TRPGプレイヤーが異世界で最強ビルドを目指す

ヘンダーソン氏の福音を 4［下］

Mr. Henderson Preach the Gospel

ヘンダーソンスケール

【 Henderson Scale 】

タイトルのヘンダーソン氏とは、海外のTRPGプレイヤー、オールドマン・ヘンダーソンに因む。

殺意マシマシのGMの卓に参加しつつも、奇跡的に物語を綺麗なオチにしたことで有名。

それにあやかって、物語がどの程度本筋から逸脱したかを測る指針をヘンダーソンスケールと呼ぶ。

Author
Schuld
Illustrator
ランサネ

ミカ
Mika
エーリヒ
Erich

子供が二人、
かじりつきで私の手元に
目線を注いでいる。
ツェツィーリア
Cecilia
「はぁー……
見事なものですね」
「兄様
かっこいい……」
エリザ
Elisa

「うひゃっ、こわっ！」
木が伸びて長方形の板となり、
一本は舵取りの長い杖となり分離する。
ミカは杖を口に咥え、
乱れる姿勢を必死に整えて暴れる筏を制御する。

空間が軋むような悲鳴は歓喜の絶叫。
金属同士が砕け散りながら
擦れあう様を連想させる
歔欷の歌声を轟かせ、
手の中に確かな感触が産まれる。

ヘンダーソンスケール
【 Henderson Scale 】

◆ -9 ： 全てプロット通りに物語が運び、更に究極のハッピーエンドを迎える。

◆ -1 ： 竜は倒れ、姫は国元に帰り、冒険者は酒場でエールを打ち合わし称え合う。

◆ 0 ： 良かれ悪かれGMとPLの想像通り。

◆ 0.5 ： 本筋に影響が残る脱線。
EX）その場のノリで思いついた、効率的とは言えない攻略法に本気になる。

◆ 0.75 ： 本筋がサブと入れ替わる脱線。
EX）お遊びの一環として、その攻略法へのアドバイスをしてみれば、真に受けて行動に移し始める。

◆ 1.0 ： 致命的な脱線によりエンディングに到達不可能になる。
EX）主が城内に潜入している蛮族がいると頑なに信じないことに困っているのは分かるよ。でもさ、領主を暗殺して物わかりの良い長男にすげ替えようとするのは本末転倒どころじゃなくない?

◆ 1.25 ： 新しいセッション方針を探すも、GMが打ち切りを宣告する。
EX）捜査権が欲しいなら物わかりのいい長男に同行して貰えばいいじゃないの。え？　このままだと対抗策を練らないから同じことが起こる?

◆ 1.5 ： PCの意図による全滅。
EX）PL的には乗り気だが、PC的に反対しなければいけない立場にある神官を殴って昏倒させ、倉庫に投げ込むことをコラテラルダメージとは認めないからな!

◆ 1.75 ： 大勢が意図して全滅、或いはシナリオの崩壊に向かう。GMは静かにスクリーンを畳んだ。
EX）ああ、本当に完全犯罪のためのアリバイトリック練り始めちゃったよこの人達。

◆ 2.0 ： メインシナリオの崩壊。キャンペーンの終了。
EX）GMは無言でシナリオを鞄へとしまった。

◆ 2.0以上 ： 神話の領域。0.5～1.75を経験しつつも何故かゲームが続行され、どういうわけか話が進み、理解不能な過程を経て新たな目的を建て、あまつさえ完遂された。
EX）えー、当主は卑劣な蛮族の奸計に嵌まって倒れ伏し、その現場を押さえることに成功した貴方達は長男を助けて当主の仇を討ち、迫る陰謀を打ち砕いた……なぁ、私は君達が領主を毒殺した現場に変身していた蛮族が来るよう仕向け、そこに偶然やって来たという体で濡れ衣を着せられた蛮族を殺した君達に報酬を支払い、チケットに署名しなきゃいけないの？　そりゃ国は守ったけどさ。

Aims for the Strongest
Build Up Character
The TRPG Player Develop Himself
in Different World
Mr. Henderson
Preach the Gospel

CONTENTS

It is the Story,
Data Munchkin
Who Reincarnated
in Different World
PLAY REAL
TRPG

TRPGプレイヤーが異世界で最強ビルドを目指す
ヘンダーソン氏の福音を
Mr. Henderson Preach the Gospel
4［下］

Aims for the Strongest
Build Up Character
The TRPG Player
Develop Himself
in Different World

Author
Schuld
Illustrator
ランサネ

マンチキン
【Munchkin】
①自分のPCが有利になるように周囲にワガママをがなりたてる、聞き分けのない子供のようなプレイヤー。
②物語を楽しむことよりも自分のキャラクターのルール上での強さを追求する、ルール至上主義者なプレイヤー。和マンチとも。

序章

TRPG《テーブルトーク　ロール　プレイング　ゲーム》

【Tabletalk role-playing game】

いわゆるRPGを紙のルールブックとサイコロなどを使ってアナログで行う遊び。

GM（ゲームマスター）と呼ばれる主催者とPL（プレイヤー）が共同で行う、筋書きは決まっているがエンディングと中身は決まっていない演劇とでも言うべきもの。

PLはPC（プレイヤーキャラクター）をシートの上で作り、それになりきってGMが用意した課題をクリアしつつエンディングを目指す。

現在多数のTRPGが発行されており、ファンタジー、SF、モダンホラー、現代伝奇風、ガンアクション、ポストアポカリプス、果てはアイドルとかメイドになるイロモノまで多種多様。

それは奇跡と呼ぶにはあまりに生々し過ぎた。

強塩基の粘液体《スライム》に襲われて蕩《とろ》けた肉体は、尋常の人間であれば死を免れぬ惨状を見せていたはずだ。

骨が見えるほど肉が溶かされた四肢。腹も肉が失《う》せて腹膜が晒《さら》され、その薄赤い膜の向こうから臓物が覗《のぞ》けるほど。

麗しかった少女の顔は頬骨が露出するほど無惨に灼《や》かれて鼻が落ち、艶やかな栗毛《くりげ》は頭皮ごと永遠に失われた。

強塩基に焼き潰された肉体は辛うじて生を保っているだけに過ぎず、蠟燭《ろうそく》が最期に瞬くように動いているだけにしか見えなかった。

潰れて焼けた声で呼ばれる私の名前は、まるで死にたくない、助けてくれと懇願されているかのように響く。

助からないはずだった。私を守ろうと、水に突き落とさんとする水棲人《すいせい》に飛びついて水に沈んだ彼女は、全ての汚濁を呑《の》み乾《ほ》す下水の粘液体《スライム》に捕まってしまったから。骨まで溶かし、生物に由来する成分は全て蕩かす強塩基の地獄に灼かれて生きていける命などあるはずがない。

だが、彼女は痛々しいまでの奇跡を引き起こし……いや、罰を受けて帰ってきた。

溶けて失せた肉が見る間に沸き立つように再生し、酸鼻極まる皮膚の残骸が脱落し、瑞々《みずみず》しい乙女の輝きを取り戻す。

それは決して美しくも幻想的でもない光景。生々しく、血と生の痛みが滲《にじ》む様は奇跡と呼ぶには痛まし過ぎる。時間が巻き戻るのではなく、失せた部分を新たに賦活した細胞が補塡し死んだ部分が落ちていく光景は、神様が見せた優しさではなく、ある種の酷薄さを想見させた。

酷《ひど》く破壊された肢体からは毛筋ほどの傷さえ取り払われ、瞬きの速度で取り戻された頭皮から伸びるは陽光の下に映える栗毛ではなく、夜空を盗み取って来たと錯覚するほどに煌《きら》びやかな黒髪。

完全に失せて歯列を露《あら》わにしていた唇は、紅を差してもいるまいに目映《まばゆ》い朱に染まり、その端から真珠色の長い牙をぞろりと溢《こぼ》す。

「エーリヒ、私は大丈夫です。貴方《あなた》が無事でよかった」

笑みに撓《たわ》み、涙に滲んだ私の目を真《ま》っ直《す》ぐ見つめる瞳は溶けて濁っていたはずなのに、一度の瞬きの後に光を取り戻す。

光の加減によって石榴石《ガーネット》の色合いを帯びる深い琥珀《こはく》の目は、今や濃い鳩血色《ピジョンブラッド》をした紅玉《ルビー》の輝き。それは色素が薄いため眼底の血管が透けて見える白子《アルビノ》の色彩ではなく、眼球の虹《こう》彩《さい》そのものが血色の輝きを放っている。

普通の人類種が保たぬ色。

「驚かせてしまいましたね。見てのとおり私は無事です。私……いえ、私達《たち》はあれくらいでは死ねませんから」

「ツェツィーリア様、貴女《あなた》は……」

「ええ、私は……吸血種《ヴァンピーレ》です」

不死者《アンデッド》の一種である吸血種《ヴァンピーレ》だけが持つ特異な光。

ああ、だからツェツィーリア嬢、彼女は危険な道々で、危険であるなら尚更《なおさら》自分が先に行こうとしたのか。

彼女は襤褸《ぼろ》と化した僧衣を抱き寄せて際どく体を隠したが、それは嫁入り前の女子として肌を晒したことを嫌っているというよりも、吸血種《ヴァンピーレ》という己の身を隠そうとしているようにも思えた。

「……ごめんなさい、驚いたでしょう。ですが、私も貴方達を謀《たばか》ろうと思ったのではないのです」

はっとして気付く。婦女子にこんな格好をさせていてはいかん！

襯衣《シャツ》の裾に手を掛けて一息に脱ぎ去り、〈清払〉の魔法を掛けて落水して染み込んだ排水や私自身の汗を飛ばした。

「きゃっ⁉　え、エーリヒ⁉」

「これを！　ご婦人の肌を不躾《ぶしつけ》に見て申し訳ありませんでした！」

「いえ、エーリヒ、それより……」

「どうかまずご着衣を！　ほら、ミカ、君も後ろを向け！」

何か言いたそうにしている彼女を抑えて襯衣を押しつけ、配管の横穴に上がって背を向ける。今は中性ではあるもののミカも拙《まず》いと気付いたのかバネが仕込まれた玩具《おもちゃ》の勢いで背を向け、並んで衣擦《きぬず》れが響く気まずい時間を過ごした。

ま、まぁ、一応は男性用の襯衣なので太股《ふともも》くらいまでは隠すこともできるだろう。これ以上脱ぐと下の肌着しか残らないので流石《さすが》に脱げないし、中性状態のミカに下を寄越《よこ》せとも言えないので我慢していただく他ないか。

「あ、あの、着ました……よ？」

戸惑いが混じる声に振り返ると、まだまだ肌色成分が濃いものの漸《よう》く落ち着いた。これ、世が世だけに普通に処刑の理由になるから赤面する余裕なんてなかった。未婚の尊き身分にある婦女の肌は、物理的に我々の目を灼くものだからな。貴種の御威光とやらではなく、獄吏の手に収まる赤熱した焼き印で。

排水で髪がぐっしょり濡《ぬ》れている以外の理由で首筋がひやっとしたよ。

それでもまだ拙い格好ではあった。恥じ入って裾を伸ばしているものの太股は半ば以上隠しきれておらず、後何年か——いや、ヒト種《メンシュ》より成長が遅い吸血種《ヴァンピーレ》であれば何十年か？——すれば男を惑わさずにいられない柔らかみを帯びるだろう曲線は大変に目の毒である。

気まずさを誤魔化すように、同時に目線は絶対に見られて快くないであろう場所から逸《そ》らして慇懃《いんぎん》に腰を折った。

挨拶は大事だが、お礼も同じ位大事だ。復活の衝撃と裸体の戦慄で頭から飛びかけていたが、命を救われたことを忘れてはならん。

「まずはご無事……いえ、助けていただいたことにお礼を。私を助けるため酷い怪我《けが》を負わせてしまい、慚愧《ざんき》に堪えません」

「いいえ、これくらいは何てことありませんよ。貴方達の挺身《ていしん》に比べれば軽いものですので、どうか気に病まないでください」

小首を傾《かし》げて儚《はかな》げに笑ってみせる彼女だが、そんなことはないだろう。

特定の条件下でなければ完全に死ぬことができない種とはいえ、痛みは普通に感じるはずなのだから。

私は直接の知り合いこそいないものの、本やアグリッピナ氏から聞いた話で吸血種《ヴァンピーレ》がどういった生物かは知っている。

不死者《アンデッド》の一角であり、長命種《メトシエラ》と同じく〝殺されぬ限り死なぬ〟不朽の存在。陽《ひ》に追われ奇跡に弱く銀器に過敏なれど、ヒト種《メンシュ》を凌駕《りょうが》する身体能力と魔力を持ち合わせた強力無比なる〝魔種〟の王。

夜に力を増し、昼に暗がりへ追われる在り方は、前世における創作や伝承に登場するヴァンパイアを想起させる。

だが、この地における吸血種《ヴァンピーレ》は〝怪物〟として民話や数多《あまた》の創作で恐れられるヴァンパイアとは異なる存在であり、立派な〝人類〟の一種として定義されている。区分こそ魔晶を体内に宿すため魔種であるものの、姿形は殆《ほとん》どヒト種《メンシュ》と変わらない。

つまり体の構造は殆どヒト種《メンシュ》と同じであり痛みは同じように感じられ……同時に復活す

るだけで死にはするのだ。

不死者《アンデッド》とは我々が彼等《ら》の無尽蔵と思える再生能力を畏怖して付けた呼び名であるものの、その実吸血種《ヴァンピーレ》は命に響く程の一撃を受ければ絶命する。ただ死しても魂魄《こんぱく》が肉体から離れることはなく、また肉体が再生し復活するだけのこと。

故に痛かったろうし苦しかったはずだ。肉体を溶かされる痛みなど、文字通り筆舌に尽くしがたく想像も及ばない。熱湯を浴びて指が腫れるだけでも眠りを妨げられるほどの痛みに苛《さいな》まれるのだから、肉が溶け落ち腸《はらわた》が透けるほどの痛みが何てことないと言われてどうして受け入れられようか。

「そう仰《おっしゃ》るなら、これ以上申し上げることはございません。ですが、何卒《なにとぞ》御身をお大事になさいませ」

痛みを呑み込んで、苦悶《くもん》の一つも上げずに耐えきった姿に敬意を表すべく、再度深く腰を折った。

たしかに彼女が命を投げ出さずとも、あの場で私やミカが対処できた公算は大きい。それでも最も尊いのは、彼女が打算もなく一心に私を助けるため、その身を投げ出してくれたことなのだ。

なれば、そこに意味は求めない。私を大事に、ヒト種《メンシュ》では文字通りに死んでしまうような苦痛を受け入れる彼女に感謝するばかりだ。

「命など、私のなど安いものですよ。それよりも私は二人に……」

謝罪しようとする言葉を遮り、話題の方向転換を試みる。彼女は何も悪いことなどしていないのだ。出自を知られまいと少々身を隠したところで命の恩には何も響かぬ。なので、気になっていたことを聞くことにした。もしも私を助けたことで、とても便利で貴重なアイテムが壊れたせいなのではとずっと気になっていたから。

「しかし、そのお姿は……」

「えっ？　あ、はい、その、私は夜陰神、吸血種《ヴァンピーレ》にも慈悲深く慈悲を垂れてくださる神にお仕えしており、卑しくも奇跡を賜っております。〈日除《ひよ》けの奇跡〉と呼ばれるもので、一時だけヒト種《メンシュ》に姿を偽ることができるのです」

おお、いわゆる〈変化〉に連なるスキルの奇跡版か。うん、思えばお約束だよな、この手の種族が人の間に紛れ込むため人に擬態するものは。死者の如《ごと》く血色に乏しい真っ白い肌と長い牙、何より貴種の首元を飾る最上級の宝石でさえ恥じ入る瞳はあまりに目立つ。

「これのおかげで昼でも痛みなく表を出歩けていました。我々に対する陽導神の怒りは未《いま》だ根深いものですから」

胸の前で聖印を握って微笑《ほほえ》む姿は――これも奇跡で溶かされなかったのか――どこか健《けな》気《げ》で庇護《ひご》欲を誘い酷く可愛《かわい》らしい。中性体であるはずのミカも少しドキッときているように感じた。

しかし、ライン三重帝国では吸血種《ヴァンピーレ》が迫害されているということはないので、主に凄《すご》く高性能な日傘でしかないのだろうが、だとしても種の特性を一時的にねじ曲げるほどの奇跡を賜っているとは。

実は彼女、とてつもない高位の僧なのではなかろうか？

奇跡は神が信徒に授ける一種の〝依怙《えこ》贔屓《ひいき》〟とも取ることができる。前世の宗教団体と異なり、神々が実存し現実世界に影響をもたらすこの世においては、僧の階級即《すなわ》ち神からの寵愛《ちょうあい》の厚さ、ひいてはどれだけ熱心に信仰を捧《ささ》げているかが等号《イコール》で繋《つな》がる。

献金額が全く評価されないかと言われれば否であろうが、だとしても政治闘争だけが得意な権力主義者や、教会に付帯する特権や税だけが目当ての銭ゲバではやっていけないので当然であろう。

とはいえ、権力が欲しかろうと銭ゲバであろうと正しく信仰さえ熱心に捧げていれば是認されるというのも中々だが。

「ですが、これのせいでお二人を騙《だま》すことになりました……」

しまった、話の舵取《かじと》りが中途半端であった。言うまい、気にさせまいと思っていた言葉が遂《つい》に出てしまった。

「どうか気にしないでください、ツェツィーリア様」

「そうです、僕らは貴女が貴女だったから助けたんですから」

慌てて言うとミカも助け船を出してくれた。

「種がヒト種《メンシュ》でなかったからと言って、貴女が私を助けてくれたことに違いはないじゃないですか」

「そうです。それに一時命を預け合ったことで結んだ友誼《ゆうぎ》は堅く、種によって変わることはないと僕は思います」

「ミカの言うとおりです！　だから騙したなど言ってくださいますな」

ここまで言っても「ですが」と言い淀《よど》む彼女に思うところがあったのか、ミカは首を振って彼女の口を止めた。

「……僕だって見た目通りの種族ではありませんよ」

更には重い、今まで秘め続けた出自を語ることで口を閉じさせようとする。

彼も変わったのだろうか、私との付き合いで。

珍しい種族であるがため遠巻きにされても口を噤《つぐ》んでいた幼少期や、受け入れられると無垢《むく》に信じて傷ついた今より幼い頃から経験を積んで。

信じられる人間と種の違いを共有する。難しくも必要になることを彼自身が望んで果たそうとしているのであれば、友人としてこれ程に嬉《うれ》しいことはない。

「僕は中性人《ティーウィスコー》なんです。この辺りでは珍しい種族なので、ご存じではないかも知れませんが」

「中性人《ティーウィスコー》……？」

「はい。今は無性、雌雄のどちらでもない状態で……」

ミカの熱心な語りにツェツィーリア嬢は聞き入り、やがて胸の前で組んだ手が自然に解かれていく。

　それは祈りの形に見えた怯《おび》えと反発に備えた防御体勢が解かれた証明。体の前で腕や手を組むのは、心理学によると身構えていることの証《あかし》だと言う。

「だから、僕だって見ようによっては貴女を騙していたことにもなりますよ」

「そんなことは！」

「だったら、言いっこなし、ということで」

　屈託のない笑みを作り、自分の唇に人差し指を添えるミカ。そんな彼を見たツェツィーリア嬢は一瞬ぽかんとしてみせ……それから、可愛らしい小さな花のつぼみが綻ぶような笑みを浮かべた。

「分かりました、では、言いっこなしということで」

「ええ、言いっこなしです。それにエーリヒだって色々隠していますよ？」

「はっ!?　ちょっ、なんだいミカ!?　私は見た目通り全く以《もっ》て無害な、しがなき丁稚《でっち》だぞ!?」

　なんでそこで私に流れ弾が飛んで来たんだ!?　いや、私は本当に見た目通りなのだが!?

「無害……？」

「しがない……？」

「なんですか!?　なにも間違ってないでしょ!?」

　含むところがございます、と言いたげな顔で見つめ合う二人。あっという間に仲良くなり過ぎでしょう！　と叫びたくなった。なんだ、私は何も間違ってないはずだぞ。

抗議を重ねようとしたところ、甲高い声が響いて配管に何度も何度も反響した。

クシャミだ。見れば、ツェツィーリア嬢は口を両手で押さえたまま、ただでさえ白い顔を今にも発火しそうなほど真っ赤にしている。

貴人にとってクシャミとは公の場でするものではなく、したくなっても我慢するもの。それが気の緩みで暴発して、彼女の羞恥を多いに擽《くすぐ》ったのであろう。

暫《しば》し三人で黙って見つめ合い、それから誰からということなく笑ってしまった。

大きなクシャミで冷静になると馬鹿らしいと思ったのだ。

この場の三人全員が互いに互いの命を握り合った後で、一人は上半身裸、一人は足を曝《さら》け出し、もう一人はずぶ濡れの酷《ひど》い様。にもかかわらず自分が自分がと悪いところを上げ合っていたのが滑稽でならなかった。

「はは、このままでは冷えて全員風邪を引きますね」

「そうだね、僕も〈清払〉があったとしても着替えたいや」

「じゃ、さっさと道を見つけて地上に帰ろう。随分遠回りになるが、魔導区画までそんなに遠くないはずだし」

「ふふ、では参りましょうか」

この玄室の配管から別の管に出れば、また魔導区画に戻るのはそこまで難しくはない。

そもそも妨害として盛大に追い回されたから苦労させられただけで、下水の粘液体《スライム》が正体不明の野盗共を追っ払ってくれた今は普段通りの警戒をすれば問題なく通れる。

「では、ツェツィーリア様、お手を。配管の中はよく滑りますから」

「分かりました……あっ、そうです」

支えるために手を取ったツェツィーリア嬢は朗らかな笑みを添えて告げる。

「どうか、私のことは気軽にセスとお呼びください。親しい者達《たち》は皆、そう呼びますから」

ミカと私は一瞬見つめ合い、気軽に呼んでいいものかと悩んだが、そうしてくれと望まれたのであれば友人を自称したのだから断ることも無粋であろう。

全ては時と場合。今は友人として親しく接してもよい場所だ。

「でしたら遠慮なく、セス嬢」

「ふふ、なんだか少し気恥ずかしくもありますが……セスと呼ばせていただきます」

「はい！　どうか気安く接してくださいね！」

宣言の後、再びクシャミが鳴り響く。貴婦人のクシャミに今度は咄嗟《とっさ》の対応も間に合い、顔を逸《そ》らした私達はまた我慢できずに笑ってしまった。

少しずつだが、友人の間に流れる空気というものが三人の間に生まれつつあるような気がする……………。


【Tips】僧位。僧会が定める僧の階級。各神殿によって独自の位階が存在するなど多少の例外はあるものの、原則として統一された階級制度が敷かれている。

主として僧の格とも呼べる神からの寵愛、即ち許された奇跡や熟《こな》した修行や苦行によって認定される。

「畜生、大損害だ……」

下水道の奥深く、人知れず存在している数多《あまた》の玄室の一つで悪態に交じって苦悶の声が反響する。

それは顔を切られ、手足を折られ、指を切り落とされた男達が上げる怨嗟《えんさ》の呻《うめ》きだ。

悪態を吐《つ》いた男は虎の子の魔道具、持ち主と彼が仲間であると指定した者にしか見えぬ光源を掲げつつ惨状に頭を抱えたくなった。

彼はこの集団、赤の班の班長であった。数ある班の中、規則性のない名を識別のためにのみ名乗る彼の背景は、特に重要でもないので語るまい。強いて言うのであれば、普段は善良な臣民として振る舞い、目立つことなく市井に紛れて生活を送っている背景の一部である。

「くそ……歯が……」

悪態に添えて口腔《こうこう》に溜《た》まった血を吐けば、痛みと共に舌に触れる違和感が一つ。口に指を差し込めば、奥歯が二本、強烈な打擲《ちょうちゃく》に耐えかねて歯茎から殆《ほとん》ど脱落していた。

壁が変化した拳によって打擲された名残だ。彼は指揮官として後方にあったため荒ぶる金色の短刀からは逃れられたものの、魔法使いが操る拳の乱打からは見逃されず、石の鉄拳と壁に挟まれて撤退の直前まで昏倒《こんとう》していたのである。

今や歯茎の残骸とでも呼ぶべき細い肉で繋がっているばかりのそれを強引にねじ切り、明日からどうやって飯を噛《か》めばいいのだと憤りに任せて壁に投げつけた。

「ありえねぇ、何なんだあのガキ共……畜生、何て報告すりゃあいい」

しかし、体の一部に怒りをぶつけたところで問題は解決しなかった。この壊滅状態の手勢——よくよく見れば、はぐれたか粘液体《スライム》に呑《の》まれたのかして随分と数が足りていない——の始末もさることながら、仕事を言い付けた幹部への申し開きが思いつかない。

元々名を名乗ることのない組織、外から多頭竜《ヒュドラ》と呼ばれることもある彼等《ら》は武闘派ではない。彼等が誇るのは下水道を熟知しているが故の隠密性《おんみつ》と機動性、そして他に類を見ない組織の秘匿性だ。

暗殺や拉致は、それらの〝オマケ〟であり、できるからやっているに過ぎず得手であると公称したことはない。

だとしても並の破落戸《ごろつき》では戦いにもならぬ手練《てだ》れ揃《ぞろ》いを集めたにも拘《かか》わらず、成人しているとは到底思えぬ小兵のガキ二人に良いように弄ばれたなど、どのような面をぶら下げて言えるだろうか。

これが官憲や数少ない敵対組織、或《あ》いは数奇者極まる冒険者などが相手であれば言い訳も立つ。帝都の衛兵はそこいらの立哨《りっしょう》でさえ正規の軍人に劣らぬ力量を持ち、敵対組織には武闘派でなしている者達もいる。

冒険者とあっては、斯様《かよう》な立地で商売が成り立つのは〝貴族相手の商売〟をしている上澄み中の上澄み連中だけだから尚《なお》のことだ。そんな怪物が相手であれば、そもそも真正面からぶつかるような愚を犯しはしなかった。

だが、子供と侮った結果がこれだ。

彼等には正直言って何が起こったか殆ど分かっていなかった。凄《すさ》まじい素早さで飛び出してきた金髪の小僧は暴風の如《ごと》く暴れ回り、何があったのか途中から視界が闇に閉ざされて何もできなかった者も多い。

壁から飛び出す石の拳や轟音《ごうおん》を引き連れて飛来する石礫《いしつぶて》に叩《たた》きのめされた者達も、突然過ぎて理解が及ばなかったであろう。普段であれば彼等の商売を助ける狭い通路が敵となって襲いかかってくるなど、どんな脳構造をしていれば想像ができるのか。

言い訳をするには被害が大き過ぎ、相手が悪過ぎた。

「畜生、畜生……何時《いつ》までも泣いてんじゃねぇ！　情けねぇガキかテメェら！　動けるヤツは手当に掛かれ！」

どうあれ、ここで何時までも悲嘆に暮れている訳にもいかぬ。彼は苦痛に呻く配下に発破を掛けてさっさとへたった腰に芯を入れ直させなければならなかった。

簡単な傷の手当をし、下水から引き上げねば明日以降の表側の顔に響く。骨が折れた者はそれらしい工作をせねばならぬし、ここも血を拭うなどして表面上は誰も訪れていなかったようにしなければ公儀の手が及ばぬとも言い切れぬのだから。

それが済んだら、気が重いことこの上ない幹部への申し開きが待っている。彼等の苦い顔を想像し、後に下される沙汰を予想すると男の胃が腫れ上がった顔以上に痛む。

組織は決してチンピラ共と違って失敗に対して極端な不寛容さを持ち合わせていないが、統率と秘匿を重んじるが故に責任をどこまでも重視する。

不首尾への詫《わ》びを入れ、代わりの人員を手配し、怪我人《けがにん》が出たことで着手していた仕事が停滞することへの応急策も必要となる。これによって懐から出て行く金は金貨の一枚二枚では収まらず、もしもに備えて積んでおいた隠し金まで必要になるやも知れぬ。

今流している血よりも多くの出血に血の気を引かせている彼は、小さな音を聞いた。

水滴が落ちる微《かす》かな音は下水道に反響し遠くまで届くが、これと言って珍しい音ではない。常に水が流れ、壁や天井に結露がつく下水においてはどこででも聞こえる音。

ただ、取るに足りないはずの日常音が彼の意識に強く引っかかったのは、無意識にまで浸透した犯罪者としての強い警戒心故であろうか。

次の瞬間、彼は顔面を壁へと強《したた》かに叩き付けられて体の制御を失った。頭蓋の中で脳が跳ね、へし折れた鼻の中で溢《あふ》れた血が口腔にまで逆流して呼吸を妨げる。頭骨が折れかねぬ痛み、脳が揺れる気味の悪さ、塞がれた気管の三点が彼の動きを阻害した。

立ち上がって反撃することは疎《おろ》か、配下に警戒を促すことさえできず前歯すらもへし折れてしまった口で悲鳴を溢《こぼ》すばかり。

圧倒的な暴力は班長だけではなく、構成員の全てに襲いかかっていた。

ある者は指揮官と同じく顔を潰され、またある者は鉄槌《てっつい》の如き拳を腹に浴びて膝を突く。肉体を破壊し、戦闘力を奪うことに知悉《ちしつ》した武という名の統制された暴力が、陰に蔓延《はびこ》り静かに稼ぐ者達を打ち据えるまでに掛かった時間はあまりに短い。煙草《たばこ》の一服、吐き出された一つの紫煙が虚空に溶けるより素早く全ては終わる。

涙混じりの視界の中、漸《ようよ》う正しい息の仕方を思い出した班長の男はありえざるものを見た。

怪我を負いつつも二桁を上回る、まだ戦うことができた配下達。全員が行動不能になるまで叩きのめしたのは、ただ二人の男だけであった。

「はン、他愛なか」

心底つまらなそうに呟《つぶや》いたのは、全くの無手で武装などしていないヒト種《メンシュ》の男だ。南方の強い訛《なま》りがある言葉を口にした彼はまだ若く、後ろに撫《な》で付けた短く黒い毛は剣山のように逆立っている。

「地下に潜ってる連中ならそんなものでしょう」

応えたのは爬虫類《はちゅうるい》か両生類系の亜人だ。沼地人《ヘカトス》とも有鱗人《サウリアン》ともつかぬ男は、のっぺりした人語を話すには不適切としか思えぬ口から洗練された宮廷語を響かせて笑った。

種族が異なる二人の男達に共通しているのは、どちらも黒喪の軍装を纏《まと》っていることであった。

襟の高い二つ釦《ダブル》の詰め襟軍装は一般の兵士が纏う物ではない。

弛《たゆ》まぬ忠誠、研ぎ澄まされた知性、何より比類なき実力を持つ者だけが所属を許される〝禁軍〟の軍装である。

近衛《このえ》とも呼ばれる皇帝隷下の直属軍、如何《いか》なる謀反が起ころうと孤軍にて皇帝の身を守り抜けると讃《たた》えられた個の暴力を群に昇華させた最精鋭。

辛うじて人の形をしているだけの化物が煮詰まった集団が何故《なぜ》、と男は思い、同時に結論に至る。

近衛を動かせるのは帝室の関係者だけであり、同時に彼等が動くのは皇帝かライン三重帝国そのものが危険に晒《さら》される時だけ。

つまり、それほどの重要人物を追わされていたのだと理解する。

あの僧衣を着た子供。依頼を投げてきた小悪党の役人が言う「重要人物の子弟」とやらが、よもや帝室に連なる者であると誰が想像できようか。

帝都には貴族が多く、その子弟を狙った脅迫や拉致仕事など年中あるものだ。貴族は煌《きら》びやかな生活の中で、この下水の排水管が流れる汚濁の区画さえ清流に思える暗闘を絶えず繰り広げている。故に後ろ暗く、同時に誰にも悟られたくない仕事は多頭竜《ヒュドラ》によく流れてくるもの。

彼等が習慣となる程に手を染めた犯罪が、真逆《まさか》この世で最も手を出してはならぬ血筋に関わっているなど夢にも思わなかった。

「じゃっど、こやつらンな水たまりでなんぞしょっとか？」

「さてね……ですが利ける口は沢山残しましたし、何か情報は得られるでしょう」

ライン三重帝国の軍権が皇帝の右手に提げられた大剣であるとするならば、近衛は左手に握られた護剣だ。そして、その中でもこの黒喪の軍装は護剣の鋭き切っ先。

精鋭の中でも最精鋭、最も秀でた個にして皇帝の道行きを守護する近衛猟兵だけが身に纏うことを許された物。

開闢《かいびゃく》帝が見出《みいだ》し、後継達が行幸先へ必ず随伴させた斥候兵は清も濁も命ずれば躊躇《ためら》わずに呑み込む忠臣揃い。

彼等の腕に掛かって逃れられる者はいない。万全であったならば、彼等も下水の構造を利用し煙《けむ》に巻くことはできようが、捕捉されては最早《もはや》自害さえ適《かな》わぬ。

後に待つのは苛烈な尋問、そして二度と浮かび上がることのできぬ闇。

市井に紛れ悪徳に耽《ふけ》った者達は、全てが上手《うま》く行ったまま人生を終えれば決して覚えることのなかった慚愧《ざんき》の念を抱いた。

こんなことなら、一時の大金に負けず、真っ当に生きる努力をするべきであったと。

彼等は何も知らぬ。故に吐けることはない。

つまりひと思いに全てを明らかにして楽になることもできぬのだ。仮に知らぬと言ったところで、尋問する側の心理としては、それすら真実か疑わしいため念の為《ため》に拷問しておくかとなる。そして、納得いくまで苛《さいな》んだ後、要は死ぬ数歩手前まで達してやっと認められるのだ。

この夜、人知れずして帝都の悪逆を担う者達の幾許《いくばく》かが暗渠《あんきょ》へ消えて二度と帰ってこなかった。結果を受け止めた幹部は粛々と痕跡を消し、出張ってきた者達《たち》の気配に襟を正して関わりを断つ。

触らぬ神に祟《たた》りなし、という警句はなにも東方に限って伝わるものではない。多神を崇《あが》める帝国においても通づる不文律であり、同時に神に等しい権力を持つお上にも言えることであった。

悪因悪果、天網恢々《てんもうかいかい》がまかり通るのは戯曲の中だけと言われるものの、今宵《こよい》はその珍しき例外となった………。

【Tips】近衛。正式名称は帝室近衛隊。禁軍とも。

帝室に連なる血統を守護する機関であり、指揮権は皇帝に属する。数少ない専業軍人の一角であり、能力と忠誠を選《よ》りに選った最精鋭。近衛全体でも枠は一〇〇を超えることはなく、開闢帝時代より続く貴賤《きせん》を問わぬ徹底した実力主義によって選抜されるため、その門は針の穴の如く狭い。

少年期

十三歳の晩春

二

種族特性

TRPGにおいて多様な種族が存在するシステムの場合、種族ごとに特別な能力を持つことが多い。中には、その特性一つのため成立するビルドが存在するほど強力なものも……。

下水道の探索は、セス嬢の種族が分かったところで楽にはならなかった。

だってねぇ、どれだけやっても死なないし怪我も治ると主張されたところで、ご令嬢の柔肌に一時であれ傷を付けていい理由にはなるまいよ。

社会的身分的云々《うんぬん》を差し引いて、男としてどうなのって話だ。少なくとも私は二度目を見るのは御免被るよ。

前時代的と笑わば笑え、むしろこの時代では十分正当だ。それにこちとら脆《もろ》い定命であろうとも、曲がりなりに戦士として磨いた腕前への自負も男の子としての矜持《きょうじ》もある。

そりゃあね、本当にこれがＴＲＰＧで彼女の〝中の人《PL》〟と相談できるのであれば、遠慮無く前を進んで貰《もら》って不死性を活《い》かした漢《おとこ》探知——敢《あ》えてダメージを喰《く》らって罠《わな》を解除する強引な方法——ならぬ乙女探知で安全性を確保して貰うとも。

ひでぇ、としか言いようのない無茶な行為も卓の中では笑いの種である。斯様な突拍子もない行動に至るまでの過程も演じて楽しんできたものさ。

外道行為は笑いのスパイス、無茶は箸休めの福神漬けみたいなもんだ。

しかれども、私が生きるのは笑いながら外道行為に手を染め、頭が悪いとさえ思える効率に拘《こだわ》る古巣ではないのだ。もうエーリヒとして以外の自己認識ができなくなるほどこの世で生きた私には、割り切った効率厨《ちゅう》ムーブはとてもできない。

まぁね、私自身がリスクを背負って自身を差し出すのだったり、アグリッピナ氏みたいな情け容赦無用の外道であれば悪乗りとしか言いようのない行為でも迷わずやるが、ツェツィーリア嬢にはとてもではないが無理だ。こんな人間ができたお姫様に変なことさせて腹を抱えて笑うことは、ささやかなりし良心が断じて許容しない。

古巣の面子《メンツ》が見たら、随分とお優しくなったことでと生ぬるい笑みを贈られるだろうが構うものか。私は私が正当と思う生き様《ロール》を貫くぞ。

ここは私が！　と鼻息も荒く先頭に立ちたがる困ったお嬢様に二人で「頼むから真ん中で大人しくしていてくれ」と頼み込んで隊列の中に押し込んだ。

最初と同じく私が先を行き、殿《しんがり》のミカがセス嬢を守る形だ。

以前にも説明したが、我が下宿がある魔導区画の下水道は危険極まりない場所である。

更には悪漢まで彷徨《うろつ》いているとあれば気など一瞬とて抜くことができぬ。

ああ、普段の穏やかな御用版の仕事とは大違いだ。粘液体《スライム》に餌を与える仕事であれば、湿気と粘液体《スライム》本体にさえ気を付ければいいだけの簡単なお遣いだからな。

「私であれば、その危険な薬品であっても死ぬことはないのですが……」

「もう、結構ですので、本当にお下がりください」

「僕らも友人が奇妙な虹色の泡を吐いてのたうつ姿は見たくないのですよ、セス」

「ゆ、友人……」

何やら感動を覚えていらっしゃるお嬢様はさておき、私は油断と遠慮を捨てて再び妖精《アールヴ》を頼ることにした。

ウルスラに借りを作るのはおっかないが、それでも明かりを頼りに襲われてはたまらないので夜闇を見渡す素敵な目を貸与していただく。ヘルガが捕らわれていた古い館を訪れた時と同じ、暗がりでさえ昼間の如《ごと》く見通す目は本当に便利だ。松明《たいまつ》がなければ三歩先でさえ危うい道でも、太陽のお導きがある昼間のように歩くことができるから。

ロロットも呼べたらもっとよかったのだが。こういった澱《よど》んだ外の空気が届かぬ場所は彼女の領分ではないらしく、別の妖精《アールヴ》が蔓延る所だそうで声が届かない。

風という極めて曖昧にして範囲の広い概念を司《つかさど》る彼女ではあるものの、空気が停滞し外から風が吹き込まねばゆらぎが生まれぬ場には干渉が及ばないのだから仕方ない。遠洋航海に慣れた航海士に濁流を下る川船を扱えと言うようなものだからな。どっちも同じ船でしょ？　と頭の悪い無茶振りができようはずもなかった。

視界を確保したので、適当に〈見えざる手〉を伸ばしてそこらを蔓延っていた鼠《ねずみ》をとっ捕まえた。粘液体《スライム》蔓延る下水でも元気に生きている彼等《ら》は丸々と太っており凶暴だ。おそらく人口が多い帝都なので、廃棄される食べ物も多いため食うに困っていないのだろう。流石《さすが》に犬ほどの巨大さで人間に襲いかかるような物は駆逐されて久しく――逆説的に以前はいたようだが――殺されることはないが、だとしても噛《か》まれれば肉は抉《えぐ》れるし鼠咬《そこう》症《しょう》や黒死病《ペスト》の媒介ともなるため注意は必要である。

じゃあ何だってそんなものをとっ捕まえたのかと言うと、金糸雀《カナリア》の代わりである。見えざる手で前に突き出して歩けば、ヤバい液体が気化して充満していた場合は先に反応して危険を教えてくれる。

不心得者の魔法使いが違法投棄したヤベー薬を吸い込んでは堪《たま》らんからな。さっきミカが言ったように、虹色の泡を吐いて癒者の所へ担ぎ込まれるのは勘弁だ。

きぃきぃ喧《やかま》しい鼠の口を閉じさせて進むこと暫《しばら》く。足音に気を払い、水の中にこれまた違法投棄された魔法生命体がいないか注意しつつおっかなびっくり進んだところ、やっとのことで知っている点検口に辿《たど》り着いた。

どうやら今日は倫理観を脳味噌《のうみそ》から揮発させ、鼻の穴から排気したアホがいない日だったらしい。よかったよかった、ここまで来たら次は白くて巨大なワニが徘徊《ワンダリング》してても不思議じゃないからな。

「ここが目的地ですか？」

「ええ、このすぐ上が私の下宿がある小路です」

お役目ご苦労と金糸雀代わりを務めてくれた鼠を離してやり、少し離れて着いてくる二人に手招きした。興味が薄まらぬセス嬢が早速梯子《はしご》に手を掛けようとするのを留めた。危ないから私が先に行きますって。

「やれやれ、この小汚い梯子が今は光り輝いて見えるよ……お風呂入りたい」

「全く同意だ。さりとてこの時間だともう空いていないだろうから、盥《たらい》で我慢してくれたまえ」

「ああ、魔法があるとはいえ、綺麗《きれい》になったという実感には乏しいから悩ましいよ」

友の嘆きに見送られながら湿った梯子を登る。そうなんだよな、〈清払〉の魔法はたしかに素晴らしいがサッパリはしないから物足りないのだよ。頭からつま先まで水に浸《つ》かった私も風呂が本当に恋しい。芯から冷えて春も終わろうと言うのに風邪を引きそうだ。

「よっこら……せっと」

しかし、重い点検口の蓋を撥《は》ね除《の》ければ我が家が待っている。風呂とまでは行かぬが、温かい湯を入れた盥で湿らせた布で体を拭えば多少はマシだ。冷え切った体を黒茶で温めるのもいい。

「……兄様《あにさま》？」

「え、エリザ!?」

ずずっと蓋をずらして頭を出した私を出迎えたのは、よそ行きの服でめかし込み、我が家の前の石段に腰掛けた愛《いと》しい愛しい妹であった………。


【Tips】御用板の仕事で貼り出される粘液体《スライム》の餌やりの仕事は、比較的安全な区画だけが指定されるため魔導区画は専ら専門家であり自衛ができる魔導師《マギア》の領分となる。エーリヒは移動距離の短縮を狙って通っているだけで、本来は推奨されない危険な行為だ。


エリザは最近ご機嫌だった。やってきたのと同じ唐突さで師匠が姿を消して、大好きな兄様と過ごせる時間が沢山増えたからだ。

勿論《もちろん》、とときさまやかかさまと会えないのも、他の兄様達や新しくできたお姉さん、前の

お家《うち》の〝おともだち〟と会えないのはやっぱり寂しい。

けれどエーリヒ兄様がいてくれれば、エリザは我慢できた。硬いけど温かくて優しい掌《てのひら》で頭を撫《な》でて貰えれば、お日様の下でお昼寝するのと同じ心地になれるのだから。

そんな兄様が師匠が消えてからとてもよく構ってくれる。半透明のきもちわ……怖い女の人から貰った服を着てみれば、手が千切れるほど拍手して褒めてくれる。おめかししたんだから、と外に連れ出してもらって色々遊べたのは本当に楽しかった。

あの煌《きら》びやかに身を飾った騎士達を見に行った日のことは、昨日のことのように思い出せるほどエリザの心に残っている。師匠が惰性よ、と言ってつけていた日記の意味が分からなかった彼女が、初めて日々のことを改めて思い出し文章に残すことの意義を悟るほど。

それに初めて帝都で知り合いができた日でもあったから。

兄が引き合わせてくれた黒い髪の男の子――時期によって性別が変わるんだよ、とあとで教えてくれた――は、最初は怖かったけれど一緒に遊んでいる内に怖くなってきた。故郷の兄達よりも遠慮があれど優しい彼がエリザにとっても、そして大事な大事な兄様にとっても敵ではないと一緒にいる内に分かってきたから。

隠すことなく言うのであれば、エリザは最初、彼のことがよく分からなかったのだ。

妖精《アールヴ》はこの世に肉の身を結んで生まれ出るいかなる生命とも異なる命を持っている。非定命《メトシエラ》の長命種や吸血種《ヴァンピーレ》でさえ人類の範疇《はんちゅう》に含まれて、生理的に魔法を扱う幻想種や半分概念に足を踏み込みつつある生命体とて、生命の相が異なる妖精《アールヴ》と比べればまだ生物らしい。

生ける概念にして現象とも解釈される妖精《アールヴ》の魂を持つエリザには、誰にも話したことはないけれども人の感情の揺らぎや本質を僅かに見ることができた。

だから彼女は一心に愛情を注ぐ家族に懐いたのだ。妖精《アールヴ》であった頃の彼女が憧れ、その身を捨ててまで加わりたいと願う家族の中に安寧と愛情を求めて。

そんな彼女の目にはミカがよく分からなかった。中性人《ティーウィスコー》という帝国では未《いま》だ珍しい種族は、妖精《アールヴ》であった頃の彼女が主に活動していた所にいなかったから。

彼の感情は複雑な斑《まだら》を描いている。男性としての色、女性としての色、両方が混じり合った複雑な色。全てが彼の本心であると同時に隠されたものであり、絵の具を混ぜた水をかき混ぜたように一定にならず渦巻き続けている。

渾然《こんぜん》として一体ならざる感情をエリザの経験に乏しい幼い自我では、上手に咀嚼《そしゃく》して理解することが能《あた》わなかった。全て好意的なものであろうことに疑いはないものの、複数の結晶がくっついてしまった未研磨の原石もかくやの複雑さで判断ができぬのだ。

親しみと愛情、羨望、愛着に悦《よろこ》びと……渇望？　どうあれ一つの魂に三つの性別が絡み合って存在するミカは難しかった。変に一つの性別しか表に出ない分、根っこが変わらない魂に複雑な色彩で乱反射する感情は言語化が困難である。

故に悪い人ではないと、自分と同じくエーリヒを助けてあげたいと思っていると分かっていても、エリザはミカへの対応を図りかねていた。

本で読んだような友人の関係になることへの抵抗はない。兄が仲良くしている以上に、馬揃《パレード》のお祭りで知った彼の為人《ひととなり》は好感が得られたからだ。

荘《しょう》の子供達《たち》はエリザにとって恐ろしくあった。彼等は遠慮がなく、思慮に乏しく、自分ができることは相手もできて、自分が考えているのと同じことを考えて当然というところがあったから。

それは世界が自分で一杯の子供にとって普通のことであっても、体が弱いエリザには恐ろしくて仕方がなかったのだ。

だけどミカはそんなことはない。思慮に溢《あふ》れ気遣いができ相手を思い遣《や》っていることが、感情の色を見ないでもすぐに分かった。

だからエリザが個人的な友誼《ゆうぎ》を結ぶことに抵抗はない。

誘われて二人で遊びに行くのも楽しそうだし、同じ机を囲んでお茶を飲むのもよいと思う。エリザは飾られるばかりだったので分からないけれど、本にある同性同士で街に出かけて装身具を見る遊びも時期が合えばやってみてもよかった。

しかし、ミカのエーリリヒに対する複雑な感情への答えがでないことが接近を躊躇《ためら》わせる。

果たしてミカはエーリリヒとどうなりたいのであろうか。それだけが妖精《アールヴ》の深遠たる思考の中で、どれだけこねくり回しても分からなかった。

妖精《アールヴ》の精神性はヒト種《メンシュ》のみならず、人類全体と大きく異なる。現象が自我を持ったとも言える彼女達にとって、時間とは酷《ひど》く曖昧で適当なものだ。そして感情もそう複雑なものではなく、むしろウルスラの如く迂遠《うえん》にして厄介な人らしい価値観を愛する方が希《まれ》である。

妖精《アールヴ》にとって好意とは愛情であり執着であり独占欲であり肉欲でもある。人類が敢《あ》えて区別することで平静と秩序を求める感情に仕切りを作らない、いや作れないのが妖精《アールヴ》だ。なればこそ彼女達は彼女達の価値観において正しい愛情により魅入った子らを攫《さら》い、永遠に暮れぬ薄暮の丘での踊りに誘い、最終的には同胞に仕立ててしまう。数々の悪辣としか言えぬ悪戯《いたずら》の数々でさえ、彼女達は人間に想像できる〝悪意〟とやらを持って成していないのだ。

尋常の思考を持つのであれば、それこそ長命種《メトシエラ》の如く浮世から隔絶された思考を持つ種でさえ類推できる、親から引き離されることの不幸を妖精《アールヴ》達は分かって拉致しているのではない。

分からぬがため、自身の考える幸福に浸してやろうと拉致するのである。

愛とは複雑怪奇なるもの、と多くの詩人が尤《もっと》もらしく謳《うた》うものの、妖精《アールヴ》のそれは更に複雑な物なのだ。整理などできず、況《ま》してする必要などない。ただ在るべくして在り、望むままに揺蕩《たゆた》う命として振る舞う現象の感情に何の区別がつけられよう。

本質的に人類には理解できぬものを本能で理解し、当然として受け入れている妖精《アールヴ》の愛情を理詰めで整理することは不可能だ。たとえそれが人の肉の殻に収まり、人の脳を借りて演算を行っている半妖精《チェンジリング》であったとしても。

人間としての思考、妖精《アールヴ》としての自我、これらが溶け合ったようで一部では決定的に混合しきらぬエリザには、自分自身にも感情を理解させることは難しい。

むしろエリザは半妖精《チェンジリング》としては長く生き、人間の倫理観と愛情を仕込まれたからこそ領解に至れぬ。混ぜてはならぬものを意図して混ぜた弊害がここにあった。

なにも半妖精《チェンジリング》が不自然であるのは、肉の体に妖精《アールヴ》の魂を収めているだけではない。結果的に人類の倫理と妖精《アールヴ》の本能が破綻するからこそ、魂と肉体が歪《ゆが》んで命を縮めるまでに至るのだ。

どうあれエリザには、半妖精《チェンジリング》の混沌《こんとん》極まる精神性でもミカのことは分からなかった。

本当に彼は愛しい兄と最終的にどのような関係に収まりたいのだろう。

マルギットは分かりやすい。ああも女性としての好意と愛情を前面に押し出していれば、五つの幼子であっても彼女が求める最終的な帰結を思い描くことができる。

夫婦となって新しい家庭を育み、互いの人生を互いのものとして完結させる。人類が連綿と紡いできた、ある種正しい形を蜘蛛人《アラクネ》の狩人《かりゅうど》は夢想している。まぁ、その在りようが世間一般での夫婦と等号で結べるかと言われれば、大体の人間が首を傾《かし》げる様相を呈していることは横に置くとして。

然《さ》あらばこそエリザはマルギットを嫌う。大事な兄の、愛しい兄の一番大事な立場を攫ってしまうから。もしマルギットが兄の一番を奪えなかったとしても、きっと二人の間に産まれる子が一番を攫ってしまうことが女に生まれたヒト種《メンシュ》の本能で分かるのだ。

エリザは兄がよく言う、世界で一番可愛《かわい》い女の子の立場《ポジション》を譲るつもりは更々ないのであった。

一方でアグリッピナも分かりやすい。

アレはエリザの感性からしても十分邪悪であり、協力者として手を取り合った今でさえ精神性の異常を認めざるを得ないのだが、同時に兄をエリザが危惧する方面でどうこうしようとは考えていないのが明白であるため敵にはならない。

強いて言うなら邪悪で全てが占められているため却《かえ》って純粋とでも言うべきであろうか。濁った緑にも近い黒い感情は、何時だって自分の喜悦のみを追い求めているため、考えていることこそ分からずとも、目指すところだけは分かるため単純だ。

危険な仕事を押しつけて、危ない魔法を覚える手助けをするのは如何《いかん》ともし難いが、自身の立場を脅かさないのであれば、エリザとしては対策のしようもあるため特に危険ではなかった。

対してミカはどうか。

男性であった時のミカからは〝基本的〟に強い信頼と友愛を感じた。余人が関与し難い何らかの絆《きずな》を結んだ男同士の間柄であり、エリザは知らぬが、俗に戦友や盟友と呼ぶ深い間柄の者達が抱く感情だ。

それだけであったならば、エリザは兄が言うとおりにミカを第二の兄と遇することに時間は要すれど抵抗を覚えはしなかったろう。

問題はミカの中に内包された、他二つの性別のことだ。

これが実に難しく、一つの性別につき異なる人格が存在し、性別の移行《シフト》に併せて切り替わっているのであればエリザも三つの人格を相手にするだけの構図である。が、中性人《ティーウィスコー》はあくまで中性人《ティーウィスコー》であり、三つの異なる性別を持った人間が一つの肉体に同居しているのではない。

魂の心根は常に一つの人格に統合され、それが性別という装いの異なる服装を身に纏《まと》って表出しているに過ぎない。つまるところ、服を着替えているだけで本人は一人だけなれど、服の数と同じだけの感情を少しずつ共有しながら切り替えている形なのだ。

この辺りをエーリヒは深く考えておらず、自我は同じでも性別によって完全に切り替わっていると認識しているのだが、エリザには違うものが見えている。

三種類の異なる絵の具を場所によって塗り分けているようなものだが、触れあっている以上は境界でどうしても色が混じり合う。丁寧に塗られたそれは傍目《はため》には完全に独立しているように見えても、一切の干渉を絶たれているのではない。

エリザには、その微妙な感情の混淆《こんこう》によってミカが分からなかった。

果たして彼はどうなりたいのか。妖精《アールヴ》としては半端で、人間としては未成熟で、どちらにもなりきれぬ少女にはどうしても解答を出せぬ。

あるいは、本人さえも解決できていないのではと想像を巡らせられるようになるには、今暫《しばら》くの時間と経験が必要になることだろう。

それでもミカが優しいことに反論はしない。一度だが勉強を教えてくれたこともあったから。

そう、エーリヒが誘って勉強会として書庫で会うことがあったのだが、それ以外でも兄が勉強を見てくれるようになったのもエリザにとっては重要なことだった。

師匠が課題図書として用意した沢山の本、硬い宮廷語で書かれていて難解な本ばかりだったが、それをもっと平易で面白おかしく――情緒的、と言うんだよと兄様は言った――した内容の物を持ってきて一緒に読んでくれて、交替して上手に読めた時は沢山褒めてくれた。

一つできれば笑ってくれて、二つできれば撫でてくれて、三つできれば抱きしめてくれる。エリザはできることが増えるっていいことかも、そう思い始めてきた。四つできたなら、五つになったなら、六つ目を果たしてしまえばと思えば小さな胸が高鳴りで爆《は》ぜてしまいそうになるくらい。

ミカに対して難しいことを考えて居たのがどうでもよくなる位素晴らしい日々だった。

朝起きたら兄様がいて、師匠の邪魔が入らず二人でご飯を食べて、それからまた一緒に二人でお勉強をする。兄様が御用があって出かけることも多かったけれど、二人だけの時間の頻度は今までの何倍にもなったのだから。

こんな日々が続くなら師匠が帰ってこなきゃいいのに、と本人に聞かれたらいつもの笑顔で凄《すご》いことをされそうなことを思ったりもして。

今日も師匠がいない穏やかな日だった。

エリザが朝の自習をしたら、兄様はちょっとだけと言ってお馬さんに乗せてくれた。ポリデュウケスという黒いお馬は実家のホルターよりずっと大きいけど、彼と同じ位優しくてゆっくり歩いてくれたから楽しかった。遠くが見えるようになっただけで、世界が変わってしまったのかと思うほど世界は新鮮で鮮やかに煌《きら》めいていた。

お昼になったら兄様はお仕事に行ってしまったけど、夜はまた来ると言ってたからエリザは楽しみに待っていたのだ。

たのしみに、たのしみにまっていた。

だけどゆうひがかたむいてもあにさまはこなくて、しずみきってもきてくれなくて、えりざはとてもとてもかなしくて……。

だからエリザから迎えに行くことにした。兄様はいつも危ないことをするから。危ない物を持って、危ない魔法を覚えて、危ないことを楽しんでしに行くから。だからエリザが迎えに行かなければと思ったのだ。

兄様のお宿をエリザは知っていた。何度か招待してもらって、兄様のお世話をしてくれている灰色のお姉さんとも仲良くなったからだ。灰色のお姉さんは兄様のことを沢山話してくれたので、とてもいい人だからエリザは彼女が好きだった。自慢するだけして帰っていく、真っ黒で真っ白で意地悪な羽虫とは全然違うから。

仕方のない兄様だ。エリザは兄様の反応が一番よかった服で——真っ白なブラウスと黒のコルセットスカートは、初めて帝都にやって来た日のもの——おめかしして、兄様のお宿へ迎えにいくことにした。

お土産はたっぷりと。ぶしょーでずぼらなお師匠がお部屋にため込んでいるお茶の缶、焼き菓子の小袋、あとはちょっぴり背伸びをして、つんとする臭いの乳酪《チーズ》と葡萄酒《ぶどうしゅ》を一本。

大丈夫大丈夫、適当に買ってきて放り込んでいるだけだから、奥から一つ二つ持ってきたってバレないバレない。何だか読めない名前の葡萄酒だけど、真っ赤で綺麗《きれい》だから兄様はきっと気に入ってくれるはず。たっぷりの蜂蜜とお水で割ればエリザでも美味《おい》しくいただけるから、兄様なら必ずエリザにも分けてくれるに違いない。

ふわふわ飛んでるお友達に助けて貰《もら》って髪を編み、バスケット片手に遊びに行ったのに兄様はいなかった。沢山の人混みを泳ぐように潜《くぐ》り抜けて、酔いそうになる沢山の音を浴びたのに兄様はお留守。

とても悲しくてエリザは泣きそうになった。ついてきてくれたお友達や、家の前でぐずる自分を心配してか飛び出してきてくれた灰色のお姉さんが慰めてくれたから泣かなかったけれど、悲しかったのは本当だ。

兄様が帰ってこなかったらどうしよう。まだお師匠が言うような、兄様を護《まも》ってあげられるような子になれていないのに。

不安で不安で仕方なくて、我慢していた涙が流れそうになった時、兄様は来てくれた。

なんでかお家《うち》の前の道に嵌《は》まった蓋を押しのけて、とても不思議そうにエリザを見ながら。

「一人で来たのかい!?」

と慌てて穴から出てきた兄様は――嬉《うれ》しさが勝って、なんで上に何も着ていらっしゃらないの？　と聞けなかった――心配そうにエリザを抱き上げてくれる。それだけで溢《あふ》れそうになった涙は引っ込んで、夜なのにお日様にあたったような気持ちになれた。じんわりと温かくて、優しい気持ち。きっと〝うれしい〟に色があれば兄様の御髪《おぐし》のような色をしていて、〝たのしい〟に色がついたら兄様のお目々のような色なのだろう。

そしてきっと〝しあわせ〟とは兄様のことなのだ。

「あのう……出てもよいのでしょうか？」

誰かが開け放された穴からちょこっと頭を出していた。濡《ぬ》れた黒い髪といつも兄様が着ている襯衣《シャツ》を着た見知らぬ誰か。胸元で揺れている飾りをエリザは知らなかったが、何故《なぜ》だかとても嫌な物のように思えた。

ああ、この女の人も金色なのだ。けれども、その色は兄様の〝うれしくなる〟ような金色じゃない。

きっと、この夜空に浮かぶ半分のお月様みたいな〝金色〟なのだ。首からぶら下がる聖印は、今も夜空の中央で輝く冴《さ》え冴《ざ》えと冷たい天体を模しているから。

似ているけど違う色。うれしいとは違って、たのしいとも違って、しあわせとは絶対に違う。そんな冷たい色。

怖《おそ》ろしい色。みんなから引き離される、そう知った夜のようにエリザの小さく脈打つ胸が締め上げられた。まるで誰かに握られるように、精一杯脈打つ物を潰してしまおうとするかのように。

　エリザはただ兄様に縋《すが》り付き、月色の怖い誰かをじぃっと見つめることしかできなかった…………。

【Tips】葡萄酒。三重帝国においては気候の都合で白葡萄から作られる甘い葡萄酒が主流であるが、西方においては赤く重い葡萄酒が好まれ、王室農場で生産される〝高貴なる血〟と王国語で銘打たれた葡萄酒は一本で館が建つと言う。


　実は私、結構シングルタスクな人間だったりする。

　多重併存思考なんて小器用な真似《まね》をしていて何を今更と言われるやもしれないが、同時に多数の術式を練ることと問題を解決することは全然違う。

　難しいお年頃の妹と助けたお嬢様のダブルブッキングなんて、普通に上手《うま》く処理できるわけねーだろという話だ。頼むから別のセッションでやってくれGM《ゲームマスター》、面倒くさがって一話にブチ込んでくれるな。

　私の苦悩を見下ろしてニタニタしているであろう性質《たち》の悪い誰かに思いを馳《は》せつつ、とりあえず逃げ込んだ下宿で身繕いを優先することにした。何時《いつ》までも半裸でうろちょろする訳にもいかぬし、セス嬢の艶《なま》めかしいほっそりとした足を天下に晒《さら》し続けることも同様だ。

「エリザ、すまないけど少し座って待っていておくれ、このままだと兄様達《たち》は風邪を引いてしまうからね」

「……はい、兄様。本当に何をしていらしたんですか？」

「色々あったんだよ、色々……うん、本当に」

じとっとした目で睨《にら》んでくるエリザから逃げるように二階に上げる。この前のやりとり――何故危ないことをするのかの一件――以来、妙に過保護になってきている。下水の賊と戦った時、目に見えた負傷がなくてよかった。心配して泣きじゃくられたら、私にはもうひれ伏して慈悲を請うしかなくなるからな。

最後にしくじりはあったものの怪我《けが》なく戦いを終えた自身の手並みとセス嬢の献身に感謝しつつ、衣装棚を漁《あさ》って普段着を三人分取りだした。

余談であるが、変　態《フォン・ライゼニッツ》が寄越《よこ》す豪奢《ごうしゃ》にして特殊極まる衣服の数々は工房にて保管してある。現代と違って便利な防虫剤がない中、あれほど高価な衣服を何の魔法的加護もない衣装箪笥《だんす》で保管したくなかったからだ。灰の乙女《グラウ・フラウ》が管理してくれるかもしれぬが、彼女の世話を増やしすぎるのもよくないからな。

まぁ、部屋に置いていたからと言って、二人に渡したりはしないがね。正直、ミカであれば似合うだろうなと思いながら着た服も割とあったが。

……はて、ちゃんと洗ってあるのだが、肌着を貸すのは拙《まず》いだろうか？　ミカは最早《もはや》気にしないだろうし、中性体の時は基本男物を使っているようなので体にも合うとは思うものの、セス嬢に渡したらセクハラにならないだろうか？

かといって下着文化が発達し、前世の記憶でも馴染《なじ》みある形に近い女性用肌着が普及している中で、服の下に何も着させず過ごさせるのはよくないか。

だが男物の服はまだしも下着は違うだろうと倫理観が否を唱えてくる。ただ脚絆《きやはん》の下に何も穿《は》いていないと、それはそれで擦れるし……。

かたん、と背後で音がした。振り返れば、書き物をする文机の上に湯気を立てる盥《たらい》が置かれている。盥の中では少し熱めの湯が束ねた香り付けの香草を揺らしながら使われるのを待っていた。

それだけではない。隣にあったのは畳まれた見慣れぬ衣服。

女性用の肌着だ。絹のようであるが、それより更に柔らかそうな謎の生地で作られた古風な一体型の下着《ナイトドレス》と下半身を守る肌付け《ショーツ》だ。

無論、私の部屋にあった物ではない。個人的に持っている筈《はず》はないし、泊まっていって忘れていくような間柄の女性がいるわけもなし。

「……灰の乙女《グラウ・フラウ》？」

呼んでみても答えはかえって来なかった。元々寡黙な彼女の声を聞いたことはないが、どうしたのだろう。世話を焼いてくれるのはいつも通りではあるものの、どこか機嫌が悪いのだろうか？

音を立てて置いていったのは報《しら》せるためかもしれないが、いつも無音で給仕をする彼女らしからぬ仕草に疑問が残る。何か彼女の気に障るようなことをやらかしただろうか？

女を連れ込んだ、と臍《へそ》を曲げられるような間柄でもなし、またセス嬢は礼儀に堪能な方なので、この短い時間で彼女に非礼をしでかしたということもなかろう。何せ下賤《げせん》な地下の出である私さえ家主として重んじ、座ってよいか問うお人だからな。

ともあれ、言葉を語らぬ彼女の機嫌を延々考えていられる時間がないため、礼を言って降りることにした。ご機嫌はまた今度、アグリッピナ氏の工房から上等なクリームでもくすねてとることにしよう。

「セス嬢、二階に着替えをご用意いたしましたので、どうかそちらで」

「本当ですか？　ですがエーリヒ、貴方《あなた》の服を汚すことに……」

「体を拭う盥を用意いたしましたので、お気になさらず」

まぁ、と嬉しそうに体の前でそっと手を合わせる彼女。実にお嬢様らしい喜色の表し方に田舎育ちと外道しか周りにいない環境だからか、とても新鮮な気持ちにさせられた。

ぱたぱた階段を昇っていく足取りは軽やかで、体を拭える嬉しさがよく表れている。どうやら彼女も気持ち悪かったようだ。不死者《アンデッド》とはいえ、やはり雇用主の外道と同じく汗は掻《か》くし下水のじめっとした空気は心地好《よ》くなかったと見える。

「ミカ、私達も着替えよう。酷《ひど》い様だ」

「ああ、全くだね……ところで、急に盥が出て来てびっくりしたけど、これは彼女の？」

彼が指さす普段食事に使っている机――この度、頑張って欠けていた脚を修理して正しい姿を取り戻した――にも大きな盥が乗っていた。こちらには香草ではなく輪切りにして乾燥させた柑橘類《かんきつるい》が漬けてあり、酸味のある心地好い香りがする。男性が香らせていても不快にならず、この手の匂いに弱い犬や猫の性質を持つ人類でもギリギリ不快にならぬ良い塩梅《あんばい》だ。

脇には体を拭い乾かすための布だけではなく、櫛《くし》も用意してあった。有り難い、雨水に浸《つ》かったせいで髪の間に細かな砂が溜《た》まって鬱陶しかったのだ。痒《かゆ》いし痛いし、さりとて長い髪を傷めぬよう掻き毟《むし》ることもできず、大変困っていた。

エリザが気を遣って壁に目をやってくれたため、気兼ねせず服を脱いで体を拭う。この辺り、家が狭い田舎暮らしの我々としては、異性がいるところで着替えるにも抵抗というものはない。そもそも川で遊んだり蒸し風呂に入ったりする時も斟酌《しんしゃく》しないからな。

先に〈清払〉を掛けて汚れを落としておき、濡らした布で体を拭いて人心地ついた。風呂の爽快さとは比べものにならぬが、湿気の地獄から解放された快感とあって負けず劣らずといった感じである。

魔法で髪の砂も大抵は落ちたが、細い毛が密集する頭は通りが悪く一発掛けただけで完全にサッパリとはいかぬ。さて、どうしたものかと悩んでいると、ミカが椅子を引き出して座るように手招きしてくる。

「洗って進ぜようじゃないか、我が友。僕は水に落ちていないし、髪も短いから気にならないけど、君はそうもいくまい？」

「いいのかい？」

「君がその麗しの髪に触れる栄誉を許してくれるのであれば」

戯曲の王子様みたいなことを言う我が友に思わず頬を染めてしまった。いやほんと、顔が良いのは狡《ずる》い。私達が普段するお遊びでのキザったらしいやりとりが、ちょっと居住まいを正すだけで様になるのだから。

「エリザも！　あ……うん、私もやります！　兄様！」

強く志願する妹も交ぜて頭を洗って貰えることになった。髪を解き、椅子に座って大きく上体を後ろに傾けて首を盥の縁に載せる。形としては美容院で頭を洗って貰う時と同じであるが、残念ながら背もたれのない椅子を使っているため、自重の殆《ほとん》どは腹筋で持ち上げている形となる。鍛えているから何てことはないが、結構良い鍛錬になるな。

お湯を掛けて指を通して汚れを落とす。普段やっている行為でも、自分の物とは異なる二〇本の指が這《は》い回る感触は得も言われぬ心地好さがある。自分でも割と邪魔に感じつつある長さの髪を湯の中で泳がせ、頭皮を揉《も》みほぐす指は薄い陶器や硝子《ガラス》でも触るような繊細な手付き。

「そこまで慎重にやらないでも大丈夫だよ二人とも。男の髪なんて頑丈なものだ」

「何を言うのさ、こうも美事《みごと》に伸ばしているんだから雑には扱えないよ。ねぇ？」

「そうですよ、兄様。ライゼニッツ卿《きょう》のお洋服より好い手触りなんですから、大事に大事に洗います！」

ふんすと鼻息荒く主張する二人に任せ、好きにしたらいいさと諦めた。むしろ最初から善意でやってくれているのだから、やり方に文句を言うのは無粋か。

しかし、ケーニヒスシュトゥール荘《しょう》を出る頃から伸ばし始めた髪も随分と長くなった。妖精《アールヴ》へのご機嫌取りであったが、もう毛先が肩甲骨を超えて背中の中程に達しつつある。そろそろ管理も手間だし、切ってしまいたいがどうしたものか。

冒険に出た時、邪魔になるから適度な長さにすると言おうものなら、アグリッピナ氏以外の全知り合いから壮絶に叩《たた》かれそうだから困る。

邪魔なんだよな、暑いし重いし、あと今回みたいに汚れた時に洗う手間がね。

「よぉし、綺麗《きれい》になった。エーリヒ、起き上がってくれ、水気を取るから」

「いや、もう魔法でざっとしてくれれば……」

「だめです、兄様！　兄様だってお師匠様の髪は丁寧に布で拭いてるじゃないですか！　その方が艶が出て綺麗だって！」

そりゃ貴人の髪だから従僕として気を遣っているだけですよ、と言っても通じず、何枚も布を使って丁寧に水気を拭き取られた。

……ミカのテンションが妙に高いのはあれか、荒事で昂《たか》ぶった気を敢《あ》えて日常的な雑事に没頭することで鎮めようとしているのだろうか。自分や他人の命が懸かった現場に出くわすのは、まだ二回目だからな。

酒や異性を無意識に求めるよりは健全だし、好きにさせてやろう。

むしろ私みたいにさっくり割り切って、はー終わった終わったと冷たいままでいられるのがおかしいのだ。情景《シーン》が切り替わる、と脳が認識して戦闘と平時の円滑な移動ができるのは、ある種自身の能力をTRPGに準《なぞら》えて俯瞰《ふかん》している副産物とはいえ、異常と詰《なじ》られれば何の言い訳もできんな。

有事と平時、気の切り替えがパチンと電源の入力を切り替えるが如《ごと》く入れ替えられるのが数ある良い戦士が持つ素質の一つとランベルト氏は仰《おつしや》っていたが、素質を持ちすぎているのも考えものか。

ミカだから私を不気味に感じることはなかろうが、普通なら気味悪く思って排斥されるわな、こりゃ。今度からフリでもいいから気を付けよう。

ま、この余裕も〝殺さずに乗り切った〟からあるだけで、半ばナメプしていられる今だけの吹けば飛ぶ泡みたいな財産かもしれないが。

「ふぅ、助かりました」

ぼんやり考えに耽《ふけ》っていると、階段の軋《きし》みを引き連れてご令嬢が降りていらした。ぬばたまの髪を自分で編んだのか綺麗に後ろに流し、隠していた滑らかなおでこを晒していらっしゃる。

夜会服が似合いそうな髪型なれど、残念ながら着ているのは随分と身丈が余る男物の野良着に近い普段着なのが残念だ。

「いえ、粗末な服で申し訳ありません」

「そんなことはありませんよ。私は潔斎派ですから、僧衣も麻布や綿布ばかりですし。それに男装なんて初めてで、少し楽しい位です」

口元を隠した貴人に似合いの楚々《そそ》とした笑顔だが、溌剌《はつらつ》としたそれはどちらかと言うと楽しげな子供のようであり、本当に初めての男装を楽しんでいるようにも見えた。

「それより、楽しそうですね？」

手近な椅子に腰掛けつつ言う彼女の言葉に首を傾《かし》げれば、お上品に手で背後が指された。

「あっ、動いちゃ駄目だエーリヒ」

「そこ、ミ……ミカ、手を離さないでください！」

振り返ろうとすると、髪が引っ張られてついでに首が突っ張った。エリザが躊躇《ためら》いながらもミカを敬称抜きで呼べるようになったのを微笑《ほほえ》ましく感じている余裕もない。

「いや、君ら何をして……」

「折角綺麗にしたから、もっと綺麗に編み込もうと思って」

「兄様、動いたら形が乱れちゃいます。左右が同じ形じゃないと綺麗じゃない」

「折角だからって何!?」

どうしてどいつもこいつも私の髪を玩具《おもちゃ》にしたがるのだ!?　かといって我が友と最愛の妹が楽しそうに遊んでいるのを邪魔することもできず、私はセス嬢に微笑まし気に笑われながら居心地の悪い時間を過ごすのであった……。


【Tips】三重帝国の一般的な価値観において、男性が女性の服を着ることは奇異の目で見られる奇行に分類されるが、女性が男性の服を着て過ごすことは、そこまで特異なこととして扱われない。

貴種においては、その方が似合うのであればと一種の高度なお洒落《しゃれ》として認識される。


悲報、私氏、頭がお花畑になる。

かなり現実的な物の見方をする人には、ここまでコネと色々できる才能があって尚《なお》も冒険者を志すことを頭の中お花畑と称されればぐぅの音もでないが、この場合は文字通り物理的に髪の毛にお花が咲いているのでどうしようもない。

またミカが悪いこと――彼的には素敵な思いつき――を考え、部屋を華やかにし消臭のためぶら下げていた乾燥花《ドライフラワー》を千切って髪に絡めてきたのだ。エリザまでそれを楽しいと思ったのか加担し始め、今や一本の大きな三つ編みを何本もの細い三つ編みで絡めて彩った愉快な頭は小さなお花畑だ。

しかも、最終的にはセス嬢まで面白がって薄紅葵《コモンマロウ》の花をこめかみの辺りに挿してきた。

もうどうにでもしてくれ。

そう言って寝台に我が身諸共《もろとも》全部投げだして寝入ってしまいたくなったが、長い一日にまだ終わりは訪れていない。やむないので、私は改めて場を整えようと宣言し、居間の机に各々着席した。

奥側にミカとセス嬢が並んで座り、下座に当たる手前側に私が座って、更にその膝にエ

リザが乗っかる形だ。

それと、また空気を読んだのか灰の乙女《グラウ・フラウ》が香草茶の急須を用意してくださったので、全員でお茶も飲むことにしよう。セス嬢は何の前触れもなくお茶が茶器と一緒に用意されたことを驚いていたが、面倒臭くなったので「魔法です」の一言で全部片付けた。

誰の、とは言っていないが間違いではないだろうさ。

温かいお茶を啜《すす》って――あろうことか、薄紅葵に檸檬《レモン》を入れた青い茶だったのは灰の乙女《グラウ・フラウ》の茶目っ気か？――仕切り直してから、私は膝の上でじっと机を見つめているエリザの頭を撫《な》でながら口を開いた。

「では、改めてご紹介します、セス嬢。こちらは私の妹、ケーニヒスシュトゥール荘、ヨハネスの長女エリザです。魔導院にて聴講生となるべく、今は師の下で研鑽《けんさん》を積む最中にございます」

「まぁ、魔導院の……では、妹君、私はツェツィーリア。夜陰神の聖堂にて慈悲深き月の女神にお仕えする一人の僧です。潔斎派の末席を汚す無位僧ですわ。何卒《なにとぞ》よしなに」

無位？　と驚いているが、エリザは何故《なぜ》かうつむいたまま顔を右に背けて答礼しようとしない。

どうしたのだろうか？　ミカとの付き合いで少しは慣れたと思っていたが、まだ他人が怖いのだろうか？

「どうしたんだい、エリザ？　ほら、ご挨拶を」

「う……うう……」

顔を覗《のぞ》き込んでみると、彼女は下唇を浅く噛《か》んでぷるぷると震えていた。何かに怯《おび》えているように見えるが、果たして何が怖いのだろう。

ただ、貴人を相手にこの態度は拙《まず》かろうと肩を揺すっていると、セス嬢の柔らかな手が諌《いさ》めるように添えられた。

「大丈夫です、エーリヒ。無理に返事をしなくても構いませんよ。その年の子供であれば、よくあることかと。私、これでも聖堂では小さい子達《たち》のお相手をすることも多いのですよ？　夜陰神の聖堂は救貧院を兼ねることもありますから」

「しかし……」

「よいのです。ねぇ？　エリザちゃん」

彼女が仕える慈母の神格に似合いの優しい笑みでエリザに語りかけるセスであったが、今度はエリザが体を回して私に抱きついてしまった。

少し悲しそうな顔をし、それから彼女はもうこの話はお終《しま》い、と手を小さく挙げることで示した。

ミカを見れば、彼もエリザの態度が分からぬようであったが、無理に引っ張ることもなかろうと小さく頭を振っていた。

参ったな、礼儀作法は馬揃《パレード》でミカに引き合わせた時、とてもよくなったと思っていたが。

二人だけで話をする必要がありそうだ。

楽しそうに私の髪を玩具にしていた妹が打って変わって臍《へそ》を曲げてしまったのはさておき、これからの話をしなくては。

「お二人には本当によく助けていただきました」

が、話を切り出す前にお嬢様が機先を制した。

「この上で更なる厄介事に巻き込む訳には参りません。服までいただいてしまいました。今は報いる物がございませんが、必ずやお礼をさせていただきます」

おっと、これはいかん流れなのでは？　エリザの背中を撫でながらミカに目線をやれば、彼もこのあとの展開を察したのか小さく頷《うなず》いた。それから私に目線で問いかけてきたので、一つ頷いてやる。

私達は、この短い付き合いの中であるが、彼女が決して悪人ではないことを分かっている。況《ま》してや私なんて命を救われているのだ。この段に至って一体何を疑《うたぐ》ることがあろうか？

ここで彼女を疑い、言われるが儘《まま》に放り出しては男が、いや人間としての人品が廃ろうぞ。

第一、最早《もはや》何を今更と言いたい。

こちらにも〝銅貨を抜かば金貨をも〟という毒を喰《く》らわば皿までと同じ用法の慣用句があるのだ。

あ、いや、流石《さすが》に聞こえが悪いか。せめて乗りかかった船くらいにしておこう。

どうあれ、最早我々は彼女に望んで関わった。たとえそれが厄介なことであろうと、一度始めたならば責任を負わねばならない。

それに、責任云々《うんぬん》よりも自分の心も重要だ。

こんな半端なところで彼女を追い出して、気持ちよく眠れる訳がなかろうよ。

「セス嬢、よもやこの段に至って我らに手を引けなどと情のないことを仰らないでくださ
い」

「ええ、我が友の言うとおりですセス。僕は貴女《あなた》から愛称で呼ぶことを許されたのならば、もう友人だと思っていましたが、違うのですね？」

真逆《まさか》！　と彼女は反射的に応え、やがて拙いと気付いたのか口を押さえた。

だがもう遅い。言質は取った。

「なら、友人に隠し事などなさらぬことです。ここまで来たのです、貴女の危難を救えるのであれば救いたい」

「それに、僕らは親から婦女を薄着だけで供もなく街中に放り出せ、なんて無情な教えは受けておりませんよ。お願いですから、両親に顔向けできぬようなことをさせないでください」

ちょっといつもの悪乗りが入りつつあるが、感じていることには正直だ。

ここで彼女を助けなければ、私達は心の中に良くないものを長く残すことになる。

なぁに、こちとら暫《しばら》く面を見ていないが強力なコネが背後にあるという打算もあるのだ。

あとで何を請求されるか分かったもんじゃないが、どうせあの外道のことだから、またぞろ邪悪なことを考えていいように調理してくださる。帝都でだらける大義名分となる私に多少の便宜を図るくらいはやってのけるだろうさ。

じっと熱い視線を注ぎ答えを待つと、ややあって彼女は紅玉《ルビー》も霞《かす》む鳩血色《ピジョンブラッド》の瞳から涙を一つ溢《こぼ》し、瞼《まぶた》を伏せて胸の前で手を組んだ。

「……ありがとうございます、エーリヒ、ミカ。私は……ええ……そうですね、結婚を、望まぬ結婚を押しつけられようとしているのです」

逡巡《しゅんじゅん》と躊躇いが未《いま》だ残る口調ではあったが、彼女は遂《つい》に逃げている理由を明かしてくれた。

やはりか！　と内心で手を打つ。

追われる儚《はかな》げな外見の美少女とくれば、その逃げる原因は望まぬ結婚であるのは古来より決められたお約束《テンプレ》だ。かつて、脂ぎったオッサンや彼女自体ではなくお家や財産を狙った悪党、邪悪な魔の手を振りほどいて逃げようとする展開を媒体問わず何度見てきたか。

このお約束は今生においても変わらない。情なき結婚を嫌った令嬢を遊歴の騎士や冒険者が助け出す話は、両手の指を足して自乗したくらい市井で謳《うた》われているし、多くの男の子が同じ状況の美少女を助ける夢を寝床で、または目をカッ開いたまま見ている。

ただ、問題があるとすれば望まぬ結婚とやらは話として有り触れてしまう程、世間一般でごく当然として行われることなのだが。

「ご覧の通り私は僧籍にあるのですが、これは最初、家の意向でもありました。今でこそ私自身の意志で夜陰神に仕えておりますが、最初は父が言い出したのです」

貴賤《きせん》問わず、今の時代で結婚は本人達の意向ではなく家の都合で決まるもの。貴族が平民と婚姻することの拙さは語るべくもなく、地下においても富農の息子が可愛《かわい》いからという理由だけで水飲み小作農の娘を娶《めと》ってはえらいことになる。

恋愛結婚の是非を問うことは、個人の自由を重んじてやれるほど社会が発達しておらず、また経済と生産基盤が貧弱な時代では無意味《ナンセンス》を通り越して有害とさえ言えよう。

「それが今になって還俗《げんぞく》させようなど……帝都に呼び出したのは、月望丘より中々降りて来られぬ私と会いたいが故のことと思っていましたが、真逆この信仰さえ汚そうとは夢にも……夢にも……」

結婚を親が決めるのは、お家のためだけというよりも社会秩序を維持するためでもあった。

これに口を突っ込むのは大分宜《よろ》しくない。色々と緩くなった前世でさえ、余所《よそ》のお家の結婚云々に嘴《くちばし》を容《い》れるのは無分別以外の何物でもなかったが、ここに来れば最早喧嘩《けんか》どころか戦争をふっかけているに等しい事態である。

「それを耳に挟み、父に会い館に蟄居《ちっきょ》させられる前に逃げ出したのです」

無茶をして全てをぶっ壊し、三人で荒れ野に逃げ出して背景《エンドロール》にめでたしめでたし、とデカデカ書かれたところで、我々にはまだ先がある。つまり生きていかねばならぬので問題は簡単ではない。

これが三文小説の如《ごと》く、父親をぶん殴って説教して意見を翻させられるのであれば簡単であるが、流石に難しいところである。

が、ここまで色々心配しておいてなんだが、私は然程《さほど》無法を侵さずとも何とかなりそうだと考えていた。

アホなお嬢様が下男と結婚したいからと出奔したのなら、救いようがねぇと首を振って諦めるところである。こうなればもう、障害を全部ぶっ壊して辺境に逃してやるか、一縷《いちる》の望みを懸けて親をぶん殴るしか解決法がないからだ。

だが、セス嬢は考えなしに好悪に任せて動く御仁でないと断言できる。たしかに遠足の出先でテンションが上がりすぎてフラフラしている小学生みたいなところはあるが、興味の暴走と無思慮なのはまた違うこと。

彼女も勝算がなければ追っ手を掛けられることを承知で親元から逃げ出しはするまい。

「ですが、この婚姻は家の者が全て納得づくとは思えません。とてもお世話になっているおお……おほん。伯母であれば、間違いなく父を諫めてくださることでしょう」

「おお、それは心強い！」

一瞬噛んだところが気になるが、御一門に味方してくださる方がいらっしゃるなら話が早い。やはり彼女はきちんと勝算があって逃げていたのか。

「伯母の助力があれば、僧会も必ず私に味方をしてくれる筈《はず》です。自分で言うのもなんですが、信用はされている方だと思いますし、今帝都に詰めていらっしゃいます大聖堂座主とも個人的な友誼《ゆうぎ》がありますから、捕まりさえしなければ……」

それに僧会の後援もあるとなれば、勝ち目は十分以上にあるな。と言うか、大聖堂座主って帝都の夜陰神聖堂の主席《トップ》じゃないか。一体どんな繋《つな》がりだよ。

あれかね？　不死者《アンデッド》である彼女の年齢を知らないけれど、私達と同年代に見える外見ということは五〇年は生きているようだし、定命の僧をもっと若い頃に世話してやり、そんな僧が順当に出世していった結果とかか。

気にはなるが、さして重要な要素でもないから時間に余裕があれば思い出話として聞いてみよう。大事なのは伯母上が味方ということだ。

古来、弟とは姉に頭が上がらないと相場が決まっている。外でもない私がそうだったもの。

今や記憶から薄れ、名前を思い出すのにも難儀するものの、苦労した記憶は褪《あ》せないものだ。

忘れもしない、幼少期の数少ないゲームを入手する手段であった誕生日やクリスマスのプレゼントで姉が欲しいゲームを選ばされたことを。

貴族のお家と私の軽い心的外傷《トラウマ》を比べるのもどうかとは思うが、世界が変わっても人間が人間である以上、図式はそう変わるまい。何よりセス嬢が〝何とかしてくれる〟と頼りにしている時点で力関係は明白であろうよ。

「なら、伯母上と連絡を取るだけですみますね」

「ああ、勝ち目が出て来たね我が友」

着地場所が分かれば幾らでもやりようはある。近場なら帝都を脱して向かえばいいし、遠くとも文を飛ばせば助けは期待できる。連絡さえとれるなら、最悪帝都を逃げ回りながら伯母上の救援を待てばよいのだから。

勝ち筋とゴールが見えたなら、ことを素早く起こさなければ。

なにせ相手はお貴族様。財力も人材も私達とは比べものにならず、切れる手札の数は尋常ではない。今は正しく巧遅より拙速を貴ぶべきだろう。追走というのは準備する時間を与えれば与えるほど、逃げる側が不利になるような仕組みになっているのだから。

それに追っ手が仕立てのよい服を着た質の良い使用人であったことからして、セス嬢の父君は木っ端や水飲みの類いではなかろう。ならば予算に物を言わせ、数百人規模の虱潰し《ローラー作戦》を敷いてくることも予見できる。最悪、衛兵を動員して市街全部が危険域になることも考えられた。

くそう、これだから金持ち貴族《ブルジョワ》ってやつぁ……。

「して、セス嬢、伯母上のお住まいは何処《いずこ》に？　帝都に別邸をお持ちですか？　それとも郷里が近いとか？」

妙に朱《あか》い旗が欲しくなる謎の欲求をぶち殺し、彼女の反応を見る。

ただ、急に言いにくそうにうつむき、彼女は暫く指をもじもじさせてからとんでもない地名を口にした。

「その……リプツィ……でして」

「は？」

リプツィ、それは帝国東方、リプツィ行政官区の州都にして、三皇統家の一画、エールストライヒ家の根拠地。

この帝都から〝直線距離〟にして実に〝一四〇㎞〟もの遠方であった………。

【Tips】州都。行政官区における政治・行政機能の中枢土地であり、必然的に有力な領主の根拠地。三皇統家、七選帝侯家、有力貴族は各地の行政官区の州都に自領を持ち、配下の貴族を管区内に配して禄《ろく》を与え勢力を維持する。そして、年の内何割かは帝都の別邸に参して政治に参画するのである。

あまりの距離感に一瞬クラッと来て気が飛んでしまった。北方生まれで周辺の地理に明るくなさそうなミカでさえ顔を顰《しか》める距離である。

私が帝国の地理に大まかにでも詳しくなったのは、アグリッピナ氏との三ヶ月に渡る道程があったからだ。その際、将来的に役に立つかと思い国図――版図全域を描写した粗い地図――を暗記していたから位置関係を分かっていたが、分かっているからこそ絶望させられる。

一四〇㎞と数字にしてしまえば実に単純なものだ。大体、大阪から名古屋までくらいの距離だな。

感覚としては「新幹線で昼飯食って、スゲぇ硬いアイスで一服するかぁ」とか、「高速を二～三時間ほどかっ飛ばすのか。どこのSAでメシ食おうかなー」くらいの気軽さであろうが……残念ながら我々にとっては大した距離である。

二本の足でえっちらおっちら歩くには遠すぎるし、なにより地図上で真っ直《ます》ぐ線を引いての一四〇㎞という目算は、実質換算でその何倍もの長距離である。

至極当然のことながら、平地が多い帝国にも山はあるし川も流れていれば起伏に富んだ土地だってある。何も考えず始めた都市経営ゲームのように、とりあえず重要な地点を直線の道路で効率だけ考えて直結という真似《まね》はできないのだ。

リプツィと帝都の間には南剣連峰と呼ばれる険しい山脈が横たわっている。霜の大霊峰ほど厳しくはないが、通常の旅程を想定した旅支度では半日で凍死か滑落死かで人生を終えるような場所だけあって、当然ながらここを打貫する道などない。

真っ直ぐ南に街道を敷けるのならば、そりゃあ移動の費用は安くなり時間も短縮で万々歳であるものの、魔法を操る造成魔導師だって万能でもないためできないことはある。

山を坑道《トンネル》でぶち抜いて、最短距離で繋ぐのは理想だが、あくまで理想なのだ。それができるのは今からずっと先、建築学を更に発展させた国家が重機と大量の優秀な建材を用意できるようになってからである。

三重帝国が他に類を見ぬほど交通網を発展させた国家であり、主要行政官区の州都間を〝基幹街道〟と呼ばれる石畳で舗装された広大な街道で接続する偉業の限界点が今の交通網だ。

障害物を避けて蛇行する道は、更に接続の都合――二点間ではなく三点、四点を結ぶ効率も考えねばならぬのだ――で最短距離だけで結ばれておらず、どうあっても直線での道のりより長くなる。

いや、だとしてもまだ道が使えるならマシだ。

帝国が誇る主幹街道は地下深くまで基礎を固めて排水路を備えることで水捌《みずは》けを高め、深く切った轍《わだち》が複数並ぶ道幅は数台の馬車が悠然と横並びですれ違える広さ。賊が忍ぶ場所をなくすため道の脇から林や森が取り除かれ、造成魔導師が鏡面もかくやのいわば中世の自動車高速道路《アウトバーン》といった風情である。

そして国家の大動脈たる主幹街道を通じて細かな街道が延び、更に毛細血管が張り巡らされるかのように私道めいた道で街や荘《しょう》が接続されている。

全ては国防と経済のため。五〇〇年に渡る歴史の中、偏執的とまで言える熱意によって道の整備を絶やさず積み上げた成果。私が知る中世初期から末期の事情とは異なり、彼等《ら》は敵の進撃を助ける道など要らぬと開き直るのではなく、いざ必要とあらば全ての都市から迅速に戦力を抽出し、前線へ効率よく送り届けられる機構を望み実現させてきた。

が、逆を返せばそれ以外の道は整っていないこととなる。

国家の体力も予算も無尽蔵ではなく、五〇〇年を朽ちず屹立《きつりつ》する巨人たる帝国であっても例外ではない。私道を地元有力者が整備することはあれど、全ては彼等の利便のためであり、どこへでも行けるようになんて気を遣ってはくれぬ。

どんな辺境にも車が走って行けるような前世とは違うのだ。主立った道を使わないのであれば、それは手前の好き勝手なのだから責任は手前で取りやがれと叱られるのが世の常であった。

そして、この状況において、これは非常によろしくない。

そりゃー誰だってまずは移動しやすい所に目を付けるだろう。広域逃亡犯を捕まえるなら、高速の移動手段から潰していくのが定石だ。警察とて広域手配の手始めは高速道路の検問であり、電車のハブ駅で臨検をし、飛行機の搭乗口を固めるだろう？　それと同じように放たれた追っ手達《たち》は帝都から延びる全ての街道に目を光らせるはず。

全ての門に見張りが張り付き、荷にも検査が入り中を覗《のぞ》かれる。顔を隠しても駄目で、入出時の検査は等閑《なおざり》ではなく厳しくなる。猫の子一匹逃さぬ包囲網が敷かれることは必定。警備と追っ手の目を掻《か》い潜《くぐ》り、整備されていない道を山ほどの荷を担いで女性連れで数百㎞か……死ぬなぁ。

整った道ならば、どうにかしてみせよう。徒歩でも点在する旅籠《はたご》をアテにするなら、子供の我が身であっても日に三〇㎞は問題なく歩けるし、カストルかポリュデウケスに乗れば倍は軽い。旅慣れていない貴族の子女を連れたとして、乗合馬車を捕まえられれば同じ位は移動してみせる。僻地《へきち》に行くのと違って州都間を移動する隊商は多かろうし、相乗りさせて貰《もら》うことだって簡単だ。

が、包囲網はジワジワと広がり、最終的には巡察吏の目を掻い潜るのが難しくなるほど広がってくるはず。また相手も馬鹿でないだろうから、行かれては困るリプツィへの道など真っ先に封鎖されるに違いない。

うーん、これ詰んでない……？

私とミカだけなら険しくとも追っ手を撒《ま》きながら進むこともできると思うので、私信を預かってリプツィへ向かい伯母上へお渡しすればよい。

が、辿《たど》り着くまでにセス嬢をどうするかという問題がある。今は主不在なので工房に匿《かくま》うことも難しくないが、流石《さすが》にアグリッピナ氏が何時帰ってくるか分からぬ状態でエリザとセス嬢二人を残していく訳にはいかんな。

アグリッピナ氏は無情ではないが面倒臭いことは完璧にお断りという御仁なので、私が持ち込んだ彼女に故も責任もない厄介事ならばあっさり放り出すであろう。それこそ他の貴族とコトを構えるような案件を無分別に私が持ち込めば、普通に彼女の裁量でケリをつけた上で相応の罰則が下るだけ。

どう考えても私の勝手な判断であるので、叱られても文句は言えんな。自分の部屋に置いていない物を家人に捨てられても強く出られないのと理屈は大体同じである。

〈空間遷移〉術式が完成していればと悔やんでも悔やみきれぬ。これさえ使えたなら、なぁんだ簡単なことですねと指をパチンと鳴らして、南瓜《かぼちゃ》の馬車と硝子《ガラス》の靴を仕立てる寓《ぐう》話《わ》の魔法使いと同じようにセス嬢の問題を片付けてあげられたのに。

まぁ、こういう具合に大体のシナリオが機能不全を起こすほど強力だから、習熟が困難にされているのかもしれない。もし仮に私が友人の〈空間遷移〉を使いこなせていたら、この一件は五日も時間を稼げれば全て終わっていたから。

初手でセス嬢を下宿に避難させて下水道の一件は全てカット。そこから旅路を整えて、帝都に向かう旅路で立ち寄った適当な地点を選んで再び遷移。そこから包囲網を広げきるまでにリプツィへ急いで終わり！

うーん、この盛り上がりも何もないクソゲー。PL《プレイヤー》であればGM《ゲームマスター》に何か対策しとけよと苦情の一つも入れ、GM《ゲームマスター》であればPL《プレイヤー》に対して加減しろ馬鹿と言いたくなるな。

「あっ、その、ご安心ください、アテはありますので！　流石に歩いていけないことくらいは分かっているつもりです！」

「アテ、ですか」

私達の戸惑いを感じ取ったのか、彼女は慌てて話を進めた。曰《いわ》く、帝都からリプツィまで警戒を掻い潜って到着できるアテがあると。

「まだ詳しくは申せません。ですが、三日後に必ず来ます。そして、失敗さえしなければ私達は一日の内にリプツィへ辿り着けることでしょう」

「一日!?　それはまた……」

「騎竜でももう少し掛かると思いますけど、本当に一日で？」

私は純粋に驚き、ミカは疑問に首を傾《かし》げた。

普通であれば早馬でさえ数日を要する道であり、徒歩で向かうならたっぷり二～三週間は欲しい旅程を一日とな？　騎竜であれば荒れ地も道も関係なくカッ飛んで行けるだろうけど、アレは慣れた人しか乗せない上、重要な〝兵器〟として管理されているため奪取るのも現実的ではない。

「はい、一日です！　来てのお楽しみですが、聞き及んでいる限りは確実に」

胸を張って言い切るに相応の自信がおありなのだろうが、ちょっと説明してくれないと不安ではある。

何より輝く瞳が言外に語っているのだ。その手段が彼女の感性をして〝楽しい〟ナニカだということを。

だからこそアテとやらを具体的には説明せず、お楽しみなどと暢気《のんき》していられるのだろうけど。

これも私達を友人として遇してくれているからと思えば文句を言う気も失《う》せてしまうが、ただこの人、ホント今の立場を分かっておいでなのかしら。

ただまぁ、分の悪い遠足よりはマシか。

「……承知しました。では、三日時を稼げばいいのですね？」

「ええ。ただ、ここに匿っていただいたとしても……」

「精々保《も》って一日というところでしょうね」

具体的な目標ができて何とかなるような気がしてくるが、事態は言葉ほど簡単でもない。

三日匿うだけと言えば大人しく引き籠もっていれば達成できそうなものだが、残念ながらこの世界にはいとも容易《たやす》く探し人を見つけるための〝魔法〟が存在すると知っていればのんびり構えていることもできぬ。

ライゼニッツ卿《きょう》の手紙鳥やアグリッピナ氏の折り紙の蝶《ちょう》が私を難なく見つけるように、個人を特定する〝ピン〟さえあれば探知術式が個人を特定するのは容易い。

彼女が今見つかっていないのは、偏《ひとえ》に追っ手に魔導の使い手がおらず、今は世間知らずのお嬢様が一人で帝都を彷徨《うろつ》いているだけと本腰を入れていないためと推察できる。それに出会った時は捕まる寸前まで行っていたからな、尚更《なおさら》次の手が打ちにくかったのだろう。

少なくとも多少なりとも心得のある魔法使いや、魔導師《マギア》と認定される腕前の配下が本気を出せばあっという間に見つけ出されてしまう。ここで暢気に茶をしばくどころか、多数の追っ手に囲まれて下水道で追い詰められているはずだ。

「熟達した魔導師《マギア》なら数万人の人混みからでも目的の人間を見つけるのに然程《さほど》の時間は要しません。髪の毛や爪の欠片《かけら》などがあれば術式で辿る標《しるべ》には十分過ぎます」

探知術式が探るのは、世界という織物に残された個人の痕跡。いわば布の皺《しわ》や汚れとして残された痕跡であり、どれだけ暗い所に隠れようと本質的に無意味だ。迫害から逃れた宗教家を匿うような隠し部屋や、地下深くの隠し墓地《カタコンベ》に逃れようとも思念を手繰る術式から逃れる術《すべ》はない。

しかし欠点もある。何かしら本人に縁のある物がなければ精度が落ちるのだ。

相手が魔法による捜索に踏み切るまでどれ程の時間が残されているかは分からないが、諸々《もろもろ》揃《そろ》えるなど下準備を含めて、かなり楽観的に見て一日。既に動き始めているとすれば今夜が限度といったところか。

そして、貴種が雇うに値する魔導師《マギア》は、ここが帝都である以上は石を投ずる必要もなかろうて。魔導院にコネの一つや二つ持っていないような輩《やから》であれば、そもそも三日如《ごと》きの逃亡生活で苦慮することはないからな。

さてと、ならばゆっくりしていないで手を打つとしよう。

「ご安心を。魔導師《マギア》がやることは多少知っているつもりです」

私は魔導師《マギア》ではなく、単なる丁稚《でっち》だとしても一匹のデータマンチだ。

〝自分がされたら嫌なこと〟は〝相手がされても嫌なこと〟と重々承知している。だから私は常々〝されたら困る〟ことへの対策を怠らない。自分がやりたいことはするが、相手がしたいことをさせないのは、あらゆるゲームで強い動きなのだから。

それが兵演棋であれ、TRPGであれ、ヒトを駒にした政治のゲームであれ……。

【Tips】探知術式。魔法・魔術によって痕跡を探る技法であり、一口に言っても様々な方式が存在する。単純に臭いの粒子を拾う魔術や、魔法的なマーキングを手繰るのが一般的であり、次いで縁が深い物を媒介として所有者を見つけることが一般的である。

しかし、真に優れた探知術者は、対象そのものが〝世界に存在した痕跡〟から逆探知してきたり、〝思念を辿って〟追いかけてきたりするため並の方法で出し抜くことはできない。

夜陰神の神体が中天を大きく回り、眠らぬ街とはいえ帝都の殆《ほとん》どが穏やかな休息に沈む頃、締め切った陰気な部屋で男性の重い溜息《ためいき》が零《こぼ》れた。

「……失敗ですか？」

重々しい暗色のフードが付いたローブ姿の如何《いか》にも魔導師《マギア》でございますといった風情の男性に問いかけたのは、ツェツィーリアを追って屋根の上を駆けていた女性であった。

彼女は細身の脚絆《きゃはん》、白い上衣と左肩のみを隠す半外套《ペリース》という貴人に会っても無礼ではない格好に着替え、女性にしては短過ぎる髪を髪油で丁寧に後ろへ流している。

「誠に遺憾ながら」

男性の目の前の机には一枚の地図が広がっていた。区画や道まで詳細に分かる最新版の帝都全図であり、戦略上非常に重要な情報を秘めているため一般には何があっても出回らぬような品だ。

その地図の上で振り子が揺れている。三角錐《さんかくすい》に切りそろえられた青黄玉《ブルートパーズ》の振り子には魔導的な術式印が彫刻されており、〝探し求む者〟という南海語の意味を持つ石を強力に補助している。

彼が試みていたのは、いわゆる探査針術式《ダウジング》と呼ばれる物探しの術式であり、古くは水脈や鉱脈を探すために考案された術式だ。

今では大地にまつわる神々が魔導によって懐を探られることを嫌うようになったため、開発時の用途で使われることはなくなったものの――流石の魔導師《マギア》とて、神を本気で怒らせるのは本意ではない――失せ物捜しや尋ね人捜しにおいては現役の術式である。

「持ってきた物が弱かったでしょうか。やはり抜け毛では……」

「いえ、十分でした。普通であれば、小職が人を捜すのに物は必要ありません。そうですね……何名か現在帝都での所在地が分かる方はいらっしゃいますかな？」

魔導師《マギア》の問いに女は暫《しば》し考え込み、やがて三名の名を挙げた。昼間に酷使したため、今は休息を命じて館の使用人棟で寝ている筈《はず》の面々である。

「カール殿はここ、ラルス殿も同じく……」

男性が名を聞いたあと、振り子を摑《つか》んだ手を地図の上に掲げれば、本来真下に伸びて振れる筈の振り子がありえざる角度を描いて地図の一点を指した。それは彼女の主人が従僕に向けた館を構えている場所であり、名を挙げた者達が休んでいる場所であった。

「おや、ルイトポルド殿は下町ですな……この辺りはたしか飲み屋街でしたな。若い頃、安い酒房があって世話になったものです」

あの馬鹿、と女性は舌打ちを溢《こぼ》したくなった。

振り子は急に指す場所を変えたのだ。魔導師《マギア》が言った通り、下町で飲み屋や宿が集まっており、花街にも程近い場所に。

これでこの魔導師《マギア》の実力は強く証明された。二人の居場所は女が誰の遣いかを分かっていれば、ある程度類推して当てずっぽうで館を示すことができる。それ程に女の雇用主は帝都にて有名であり、知らぬ者は相当の田舎者かモグリかのどちらかだ。

彼女をして有能ではあるが無法にして大の酒飲みかつ女好きと知る部下が、休めと言われても体力に余裕があるからと館を抜け出すことは簡単に想像できた。

なにせヤツは呑《の》み代を払う財布ほしさに、分家のお坊ちゃまを唆して脱走を手助けし、花街で豪勢に遊び歩いた前科があるのだ。斯様《かよう》な阿呆《あほう》が労働の慰みに酒を欲することは、朝になれば雄鶏《おんどり》が声を上げるのと同じ位当然のことであった。

あとで始末書を書かせて帝都を五〇周させてやろうと心に堅く誓いながら、女は再び揺れ始めた振り子を見つめた。

「そして、こちらがご依頼のご令嬢ですが……」

「これは……」

先ほどまでは糸がピンと張り一所を指し続けていた振り子が、帝都の図を規則性なく彷徨《さまよ》っていた。時折何秒か同じ所を指し示したかと思えば、また弾《はじ》かれたかのように別の場所を指し示しては移ろっていく。

示す場所もてんでばらばらで定まらぬ。何度かは帝都の城壁を外れて地図の外まで示そうとしており、酷《ひど》い時は帝城に至ることもあった。

「本来ですね、位置が判別し辛《づら》くともここまで野放図に彼方此方《あちこち》を示すことはありません。小職の力でしたら、そうですね……何もなくとも一区画まででであれば確実に絞り込めます。髪をいただけたなら、建物まで当てる自信がありました」

「では、これは？」

「改めてお伺いしますが、ご令嬢は魔法に長じてはいらっしゃりませんね？」

そんな馬鹿な、と思わず些《いささ》か野卑た言葉が女の口を衝《つ》いて出た。下町口調に魔導師《マギア》は特に反応を示さず、続いて夜陰神の奇跡に魔導を誤魔化すようなものはありますかと聞いた。

これに女は即答できなかった。

彼女の仕える家は漏れなく夜陰の信徒と言え――熱心さはさておき――家法の如く従僕衆も揃って夜陰神に帰依している。

それでも奇跡には詳しくなかった。奇跡とは神が信心深き信徒に現世での信仰と信徒を守るため与えるものであり、僧会はその無二の褒賞を世間に広く教えることはない。口伝ではなく書物による伝道に重きを置く現僧会の方針から外れ、奇跡の教えのみ唯一口伝とし文字に残すことを禁ずる程にだ。

故に僧会に属さぬ人間は奇跡のことを知らぬ。どの神がどのような権能を振るうかを大雑把な括《くく》りで知ってはいても、具体的な奇跡の内容は殆ど知られていない。

僧会が奇跡のことを知った為政者から利用されることを嫌ったのか、それとも与えられた奇跡を神が秘匿しろと命じたのかは不明であるが、どうあれ一信徒に過ぎない女には何とも言えなかった。

夜陰の神は癒やすことと護《まも》ること、そして警戒することに特化した奇跡を与えるとは言うが、その範疇《はんちゅう》に身を隠すことが含まれるかは判断が難しい。

夜闇の暗さは人を隠すため夜陰神の範疇と呼べるような気もするが、彼《か》の神の本意は月の光により夜の暗さの中に安らぎを差すことでもあるため的外れとも言える。

結局、分かりませんとの回答に対し、魔導師《マギア》はおそらく違うとは思いますと返した。

「それでは、帝都にお嬢様を強力に手助けする伝手《つて》などはございませんか？　魔導師《マギア》やそれに準ずる者は」

「それもないかと。お嬢様は普段、月望丘にて祈りを捧《ささ》げておいでですので、帝都での知り合いなどいても聖堂を移った僧会関係の者が一握りほどかと」

月望丘は帝国南方、霜の大霊峰に程近い場所に位置する〝丘〟とは名ばかりの山であり、緩い傾斜が延々と続くためにその名が付いた帝国最高峰の霊山である。

その頂上は帝国で最もよき月光が届くとされ、夜陰神を崇《あが》める聖堂の総本山が鎮座している。そして、麓には夜陰神の庇護《ひご》に縋《すが》ろうとする者や聖堂の庇護を求めた者達《たち》が街を作って暮らしていた。

そんな場所から夜陰神の寵愛篤《ちょうあいあつ》き信徒が出る機会は少ない。他の地へ伝道に出ることもあるにはあるが、彼女が探している令嬢が指名されることは〝ありえない〟ため、帝都に僧会以外の伝手どころか知人がいることすら考えにくい。

何故《なぜ》そんなことを聞くのかと言えば、魔導師《マギア》は地図の上で制止することのない振り子を捕まえ、これは尋常の結果ではないと告げた。

「仮の話ですが、探す場所が見当外れであったり、そもそもこの世に探す存在がいなければ振り子は反応を示しません。縁が薄く名も人伝《ひとづて》、顔も知らぬ者でさえ術者の力量如何《いかん》で何処《どこ》かを指し示しはするものなのですよ」

「つまり、その術式が異なる結果を示したということは」

「魔導戦を仕掛けられておりますな」

耳慣れぬ言葉に聞き返せば、魔導師《マギア》は魔導に魔導で以《もっ》て対抗することと答える。

つまり、令嬢の逃走を手助けしている魔法使いか魔導師《マギア》がいるのだと。

「馬鹿な！　お嬢様にそのような知り合いがいよう筈もない！　抜け出された時は殆ど着の身着のまま、財布すらお持ちではなかったのですよ!?」

「だとしたら在野の魔法使いが雇われたというのは考えにくいですが……失礼ですが、お嬢様は……ええ、なんと言いますか、ご容姿に優れたお方ですかな？」

「それは……まぁ、従者としての贔屓目《ひいきめ》抜きに大変麗しくあらせられます」

「なら、何処かの困った男が一目惚《ひとめぼ》れでもしましたかな。困窮した麗しいご令嬢を助けるなど、男であれば一度は夢想することですから」

嘆息と共に男は指輪に通して指に保持していた振り子を外し、地図も丸めて片付けてしまった。

それから自分が座っていた机の引出を漁《あさ》り、蠟燭《ろうそく》の明かりを反射する物体を取りだした。

「この反応はですな、お嬢様の反応が市街に散らばっているためです」

散らばっている、という言葉を聞いて一瞬従僕は顔色を悪くした。文字通りに捉え、令嬢の体が千々に裂かれて様々な所へ散ってしまったことを夢想したのだ。

とある理由により彼女は軽々に死なぬ身であるが、それでも滅することはできるし、再生を遅れさせることもできる。その中でも最も無惨にして残忍な方法が、五体を分解し密封して四方へ散らせることであった。

「ご安心召されよ、物理的にという意味ではありません。むしろ、殺されていたなら今使った術式に反応は起きませぬ」

「そ、それはよかった……お嬢様に万一があったかと思えば、心胆が寒いどころか、えぐり取られた心地になりまして」

蒼白《そうはく》な顔をする女に落ち着くように促しながら、魔導師《マギア》は取りだした物体、銀色に輝く香炉の蓋を開けた。

果たして肝の冷えは忠誠より来るものか、保身から来るものかと冷えた考えを操りながら。

「魔導における対象の探査は何と言いますか、この世界という一枚の巨大な敷物にこびり付いた人間と呼ぶ染みの痕跡を辿《たど》るものなのです。つまり、より色濃い痕跡に惹《ひ》かれるものですが、辿るべき痕跡が多ければ多いほど惑わされます」

「それはなんですか、血縁などが一所に集まればわかりにくくなるということですか？」

「仰《おつしや》る通りでもありますが、一番は本人が残す残滓《ざんし》、抜け落ちた体毛や残していった愛用の品など、本人に由来のある物が含まれるのですよ」

「ならば探査など役に立たぬのでは⁉」

「素人であれば、ですがね。小職は曲がりなりに専門家を自称しておりますので、細かな雑音に囚《とら》われぬ術式を構築しておりますよ。ただ、本人と誤認しかねるほど強い囮《おとり》を作られると、精度が良い分惑わされやすいのです」

「囮とは？」

疑問に魔導師《マギア》は例えば、と指を折りながら数え上げる。

最も色濃い本人の残滓である血液を染み込ませた物品。

肌身離さず持ち歩いていた愛用の品。

抜け落ちた歯などの、体毛より重要な肉体の一部であったもの。

あるいは、本人の囮として機能するように作った身代わりなど。

「身代わりですか」

「貴族ならば割と用意していることもありますよ。場所を知られることが不都合に働くこともありますからな」

魔導師《マギア》は香炉に続いて乳棒と乳鉢を取りだし、香炉に収めた灰をひとつまみ取りだして乳鉢に入れたかと思えば、更に小さな小箱に入れていた髪の束も加えた。

それは女が主人の寝床や櫛《くし》より集めてきた髪の毛であった。強力な代謝により老廃物を殆《ほとん》ど出さぬ種でさえ排出する数少ない肉体の一部は、日々丁寧に掃除していようともいくらかは散らばってしまうものだ。彼女は不敬と感じつつも、魔導師《マギア》から必要だと言われて慌てて調達してきたようである。

「簡単なのは呪符ですな。術式を刻んだ紙に本人が直筆で名を書き、血を垂らせば本人の要素が染みついて身代わりとして魔導的に強く注目を集めます。簡単に数が作れる上、携行も楽なのでそれとなくばらまいている方は多いかと」

まぁ、私ならばその程度の簡単な呪符は弾けるのですが、と前置きして灰と髪を乳棒ですり潰して混ぜ合わせる魔導師《マギア》。本来ならば中々砕けないはずの髪の毛という物体が、どういうわけか乳鉢の中で簡単に粉砕されて灰と混じり黒い粉末へと変じていった。

「影武者に説得力を持たせるため携行させることもあるので、この界隈《かいわい》ではかなり有り触れたものですが、それよりも精度が一段高い物もありましてな」

できた粉末を鉢の縁を叩《たた》いて一ケ所に集めたあと、魔導師《マギア》はそれを脇に寄せて懐から煙管《きせる》を取りだした。優美な手付きで机の上に置かれていた灰盆を開け、幾つも収まっている煙草《たばこ》入れの中から一つ選び出して先端に詰めれば、誰が火種を寄せるでもなく葉が赤熱する。

「……それは？」

「人形です」

　ぷかりと煙を一服。嗅ぎ慣れぬ臭いに鼻をもぞつかせる女を余所《よそ》に、魔導師《マギア》は一服しか吸っていない煙草の火種を香炉に落とした。香炭代わりの火種はゆっくりと燃え広がり、不思議な臭いと煙を立ち上らせていく。

　そして魔導師《マギア》が乳鉢から黒い粉末を香炉へ流し込めば、香炉から巨大な火柱が立ち上ったではないか。

　凄《すさ》まじい発光に腕で顔を庇《かば》い、反射的に短刀へ手を伸ばす女であったが、一瞬のあとに熱を感じないことに気が付いた。

　顔を上げれば、火柱はいつの間にか消え去り、代わりに真っ黒な煙が一塊となって浮いていた。

　煙は香炉の上に溜《た》まって渦を巻き、やがて蠢《うごめ》いて形を変える。

　それは烏《からす》だった。雄大な羽を広げる鳥を模した煙が羽ばたいて机の端に降り立ち、あろうことか羽繕いの動作をしている。

「行っておいで」

　奇妙な程に生々しい生物的な仕草を見せていた煙の鳥は、生み出した主人の命令に従って飛び立ち、扉にぶつかって消えていった。霧散したのではない、形を持たぬ煙という特性を活かして〝すり抜けて〟行《い》ったのだ。

「これで直に見つかるでしょう。待つ間に茶でも如何《いかが》ですかな」

煙管を置いて立ち上がった魔導師《マギア》は部屋の片隅に置かれた棚に向かうと、中から茶器の一式を取りだして悠然と茶を入れ始めた。魔導的で劇的な現象に晒《さら》された女は目を瞬かせていたものの、やがて意識を取り戻してご相伴に預かりますと頷《うなず》いた。

饗《きょう》された茶は帝国人に馴染《なじ》みのある黒茶ではなく、乾燥させた香草を抽出した薬湯であった。好《よ》い匂いに走り詰めで疲労困憊《ひろうこんぱい》した体の緊張が解《ほぐ》れる心地を味わった女は、こういったところにまで気の回る魔導師《マギア》の評価を内心で上げる。

三下では話にならぬ、とやってきた彼の弟子を追い返して連れ出した甲斐《かい》があったというものだ。

茶を半ばほど乾《ほ》してから、女は魔導師《マギア》にどれ程の時間を要するものか問おうと顔を上げた。

すると、魔導師《マギア》は険しい顔をして茶器片手に固まっているではないか。

息は浅く、詰まるように吐いている。まるで何かに耐えているかの如《ごと》き様に女は声を掛けることができず、異常な気配に漸《よう》く緩んでいた気が俄《にわか》に固まるのが分かった。

心配して駆け寄ろうとしたその瞬間、魔導師《マギア》が苦しんで呻《うめ》き声《ごえ》を上げつつ茶器を取り落とした。見るからに高級である愛用らしき品が絨毯《じゅうたん》の上に転がり、これまた高級であろう絨毯が汚れることも魔導師《マギア》は気にしていない。

いいや、気にすることができなかった。

自身の胸を摑《つか》み、喘《あえ》ぐことに必死であったから。

「卿《けい》！　いかがなされた!?　何があったのだ!?」

「ぐっ……ぬぐっ……かっ……かはっ……!!」

身を捩《よじ》って苦悶《くもん》に躍る魔導師《マギア》を女が押さえるが、鍛え抜いた肉体を撥《は》ね除《の》けるほどに体の拒絶反応は強く、遂《つい》に弾《はじ》き飛ばされて椅子に押し戻されてしまった。

悶《もだ》える足は茶器を踏み割り、その勢いで欠片《かけら》を躙《にじ》って広げてしまう。それでも苦痛は止《や》むことを知らず、やがて口の端から微細な泡が昇ったかと思えば……破滅的な音が机の引出より響いた。

「かはっ……!?　はぁっ……はぁ……」

音と共に身を苛《さいな》む痛みから解放されたのか、魔導師《マギア》は膝を突いて荒い息を取り戻した。未《いま》だ右手は胸をきつく押さえ、左手で机を摑んでなんとか体勢を立てなおそうとしている。

「ご無事か!?　何があられた!?」

「ぐっ……こふっ……これは……返しか!?」

女に背を撫《な》でられつつ、魔導師《マギア》はふらつく手で引出を開け、その奥から一握りの木片を取りだした。

かつては人形の、魔導師《マギア》を模した形をした人形を。

「返し!?　返しとはなんだ!?」

「防御……術式の一種……覗《のぞ》き見られること……をっ……嫌う者が張る結界による……攻性のっ……呪詛《じゆそ》だ……」

人形は魔導師《マギア》の写し身であった。本人に良く似せ、名を刻み、肌身離さず持ち歩くことで本人と同一の存在に限りなく近づけた囮である。これを故意に傷付けることが危険とさえ言える領域に至った身代わりを作ったのは、彼が失せ人《うびと》や失せ物を捜す中で身に付けた経験が必要だと判断したためである。

そして、その判断は今日、彼の命を救った。

もしもこの人形が身代わりとして砕けなければ、彼の体には致命的な影響が現れていたことだろう。

彼の放った人捜しの術式が何かに引っかかり、その引っかかった誰かの機嫌を甚《いた》く損ねたと見える。この脅しを兼ねて、ともすれば死んでしまっても構わないという強力な呪詛は、人類が簡単に扱える領域にはない。

魔導師《マギア》、その中でも熟達に熟達を重ね、人間の領域から片足をはみ出した〝教授〟という怪物が住まう領分の問題だ。

「すまない、このようなことを申し上げるのは非常に口惜しく……恥であるが……小職の身にあまる案件であったようだ」

「そ、そうですか……ところで、本当にお体に障りは？」

「なに、死ぬことはありますまい……ですが、今宵《こよい》は暇《いとま》をいただきたく」

一刻を争う状態の女であるが、これ程に疲弊した魔導師《マギア》の尻を引っぱたくことは流石《さすが》に憚《はばか》られた。本人は気丈に振る舞おうとしているものの、無理をすれば本当に死んでしまいそうなほど顔色が悪くなっている。

「も、勿論《もちろん》ですとも、どうかお休みあれ、御身をお大事に……」

「お心遣い感謝いたします……明朝、我が師に一筆認《したた》めます故、どうかご容赦を」

ふらふらと今にも倒れそうな魔導師《マギア》に見送られて彼の工房にある応接間をあとにした女は、頭をバリバリとかき乱しながら魔導院の昇降機に乗り込んだ。

彼女個人の伝手《つて》で使える一番強いアテが潰れたのだ。これ以上となれば他の一門衆の手助けがいるが、残念ながら夏期、社交期から外れ秋に備えて自領に殆どの者が引き上げている時期だけあって助力を請うて意味があるような有力者は軒並み留守にしていた。

他に残っている一門衆の伝手は彼女とどっこいと言うところであるし、倒れた魔導師《マギア》より優れた技術を持っている者もいない。

さりとて一番頼りになる上司は〝お楽しみ〟の真っ最中であり、何度人をやろうと梨のつぶてと来た。

万策尽きた！　と叫んで寝床へ背から飛び込めたらどれだけ気持ちが良いだろう。

だが、そうはいかなかった。

彼女としては主人が本意ならざる立場に押し込められるのは本当に気が進まなかったが、だとしても本家の意向を無視するのは難しい。この時代、家を離れて生きていけるものなどそういないのだから。

疲れていても諦めることはできない。何より、この地に主人が彷徨《さまよ》っていることが不安でならなかった。尋常ならざる魔導の使い手が側《そば》にいるとあっては、何が起こっているのか分からぬが故に心配が加速する。

「お嬢様、メヒティルトが参ります。どうかご無事で」

上下左右、普通の昇降機であればありえぬ軌道に振り回される気味悪さに襲われつつ、女は懐から小瓶を取りだして封を破った。調合した魔法使いの一日一服までに収められませとの言い付け諸共《もろとも》。

一口飲めば眠気がポンと飛ぶ不思議な薬を一息に乾して、本日三本目のそれを懐に戻した。残りは二本、これも今夜中になくなるであろうが、主人の身の安全を考えれば必要経費であった。副作用による不眠や体の痺《しび》れも、これを処方する魔法使いからの苦言も。

ちん、という鈴の音が鳴るが早いか、女は昇降機の柵に身をねじ込むようにして飛び出した。

また、同じくして隣の昇降機が閉じて動き出す。

こんな時間に珍しいなと思いつつも、彼女は人気が失せた〝鴉の巣《クレーエスシャンツェ》〟の正面口から飛び出して不寝番に馬を回すよう頼んだ。

まずは手近な所、帝城の近衛《このえ》府に顔を出して捜査の進捗を聞き、それから衛兵の指揮所も訪ねねばならぬ。それが終われば一度館に戻って人員を手配し……やることは尽きない。

長い夜になりそうだと腹を括《くく》りつつ、女は天を見上げ、大分傾いた彼女の主人が帰依する神格に祈った。

健気《けなげ》な主人の無事を。

そんな彼女のことと、祈られている当の本人のことを知ってか知らずか、夜陰の神体は何も言うことなく冴《さ》え冴《ざ》えとした光を地に降り注ぐのであった………。

【Tips】魔法の発動に成功したからと言って、望みの現象が起こるとは限らない。水中で発火の術式を練っても即座に鎮火するのは当たり前であり、言うなれば抵抗されてしまえば魔法も魔術もないのと同じである。

また、魔法そのものを妨害されても同様だ。

チャフやフレアというミサイルを回避する装備が戦闘機に装備されていることをフワッと覚えている。

チャフは追尾するための電波を発するミサイルに対し、電波を乱反射するデコイをばらまくことで的を見失わせる防御兵装であり、フレアは赤外線を追いかけるミサイルを烟《けむ》に巻くため、何らかの熱源をばらまく欺瞞《ぎまん》装備である。

とすると、とある探知魔術の大家が残した魔導戦知識の一つは、正しく魔導的なチャフとフレアと言えよう。

「はぁー……見事なものですね」

「兄様格好《い》い……」

子供が二人並んでかじりつきで私達《たち》の手元に目線を注いでいる。〈見えざる手〉を総動員して空中で木片が刻まれ、刻一刻と形を変えていく様や、仕上がったそれに金属的な加工が施されて細筆の繊細さで色が塗られていく様は見ていて楽しいのだろう。

工場見学で硝子《ガラス》に張り付く小学生さながらの妹と僧を横目に、私達は幾つ目かになる魔導的なデコイを仕立てた。

中々大した仕上がりではなかろうか。兵演棋の駒を作るための材料を使って削り出した木像の大きさは八分の一スケールのフィギュアくらいの物。

と、言うよりもそのまんま八分の一スケールフィギュアであった。

セス嬢の。

〈寵児〉《スケールⅨ》を目前とした〈器用〉と今まで〈円熟〉《スケールⅥ》に留め置いた〈木工彫刻〉の技術に大奮発して取得した〈観察眼〉の特性を乗せればかなりの精度で本人を再現できる。セス嬢には兵演棋の白熱した対局でかなり熟練度を稼がせて貰《もら》ったので、この特性を取得するのは惜しく感じなかった。

それにあれだ、〈観見〉が戦闘時に働く目を養うスキルだとすれば、〈観察眼〉は常時役立つ優良な目を養うスキルだ。物の細かい所を正しく認識し、更におかしな所があれば――不自然に踏み折られた枝や、踏まれた埃《ほこり》などが分かるようになるので、きっとマルギットは持っている――気付ける目はどこに行っても腐ることはなかろう。

ちょっと出費をしてまで精度を上げた木像は、我ながら良い出来だと惚《ほ》れ惚《ぼ》れしたくなる。手を組んで瞑目《めいもく》する僧衣姿のセス嬢は、彼女を知る者であれば誰が見ても彼女の名を当てられるであろう姿に仕上がっている。

そこにミカが表面を金属で覆って頑強にし、着色を施しているのでもう売り物にできそうな位の完成度となった。

「しかし君、凝り性だよね、ここまでしなくとも……」

「それを言うかね我が友。君こそ随分な力の入れ様だ、この肌の色と言い頬の紅潮と言い」

「兵演棋の駒の時も君が妙な所に拘《こだわ》ったからじゃないか。やれ太股《ふともも》の色彩はもっと艶っぽくだとか……」

「よぉしミカ！　ちょっと黙ろう！　第一、それは君も共犯だろう！　かつてないほどノリノリで調色していたんだからな！」

私の印象を大きく損ないかねない友の口を慌てて生身の手で塞ぎ、成果物を受け取って背に隠す。

さて、この八分の一スケール・ツェツィーリアだが、唐突にセス嬢の造形美に惹《ひ》かれてフィギュアを作りたくなった訳ではない。ちゃんと狙いと意味がある。

これだけでは単に出来の良い、前世であれば二九，八〇〇円くらいで取引されているフィギュアに過ぎないので〝魔導的な加工〟も施してあるのだ。

一つは木像の中に本人が血で署名した紙切れを収めてある。これで木像には、彼女の姿に似せ、ツェツィーリアという同じ名が与えられ、そして肉体の一部を持つという三つの要素が加わった。

これによって、単なる木像が魔導的には本人かな……？　本人かも……？　という目眩《めくら》ましに使える存在になったという訳だ。肉眼では一目でコレジャナイと分かる人形でも、ミサイルのシーカーポッドを一瞬欺《だま》せる位のクオリティがあれば上等なフレアと同じく、自分が考えて動いている訳ではない魔法を欺すのには十分という寸法だ。

「はい、これよろしく」

ミカから半ばぶんどった完成品を〈見えざる手〉を伸ばして死角へ運ぶ。魔法で隠しているとと見えるように振る舞いつつ、〈声送り〉の魔法で姿が見えぬ隣人へと頼みごとを託した。

「ええ、ええ、よろしくってよ。他ならぬ愛《いと》しの君のお願いだし、乗りかかった船だから使いっ走りくらい幾らでもしてあげるわよ」

「はぁい。じゃあつぎは～どこにおいてこよ～かな～」

妖精《アールヴ》コンビが受け取った囮《おとり》を持って何処《いずこ》ともなく姿を消した。

囮を作っても一所や近場に纏《まと》めて置いても片手落ち。何処《どこ》にいるかを大雑把にでも摑《つか》まれてしまえば、あとは権力を使って全ての家に押し込まれては意味がないからな。

市街各所、規則性のない方々にばらまければ、探知術式で見つけられてもどれが本物か分からないから問題なしという仕掛けである。

自分の足でばらまくのは手間どころでないので、広範囲かつありえない場所や逆にいそうな場所へ運搬するのは、貰った〝唇〟で呼びつけた妖精《アールヴ》コンビのお仕事だ。不承不承を表情で表現する下水から残業し続けているウルスラと、これも一種の〝いたずら〟として楽しんでいるシャルロッテが大活躍である。

きっと今頃、探知した魔導師《マギア》が困惑するような所に放り込んでいるのだろう。

ただ、あんまりやり過ぎると困るんだけどな。かなり精巧に作っていることもあって、本人の思い入れこそないため呪いの起点としては弱いが、使えなくもないため後で回収しなければならないのだ。

あとで拾いに行くからくれぐれも隠した場所を忘れないでくれと頼んでおいたが、ウルスラはさておきロロットがちょっと心配である。

まぁ、最悪またお駄賃に角砂糖か私の髪で遊ぶ権利でも支払って、捜して貰えばいいとはいえ、下手をすると個人情報より濃密なものをばらまいているだけあって怖いことは怖いからな。

何処かの変態がうっかり拾って、気に入ってアレなことをしませんようにと祈っておこう。

「魔法というのは凄《すご》いのですね。こんな風にして木像が作れるとは」

「頭を捻《ひね》れば何にでも使える、というのが強みですから」

虚空で踊る彫刻刀とナイフにヤスリを眺め僧は楽しそうに感想を零《こぼ》し、あらぬところへ忙《せわ》しなく目線を動かす妹は私の〝術式〟そのものを見ているようだった。悪目立ちするのは好きではないが、やはりこうやって純粋に賞賛の目線を浴びるのは心地好《よ》いものだな。

なにはともあれ、これで魔導師《マギア》が探索に加わっても探知術式を誤魔化すことができる。

まぁ、残念ながら暫《しばら》くは、と注釈しなければならないのだけども。

さて、こんな調子であと三日か。

三日後に来てくれるらしいアテとやらが、この苦労に見合うものであればよいのだが。

「では参りましょうか」

「はい？　何処かに行かれるのですか？」

数刻は魔力を振り絞ってセス嬢フィギュアを量産し、一〇体以上を市内各所にばらまいたのでもういいだろう。これ以上は作っても効果は薄くなる。回収されて効果が薄まるのが心配なら、またあとで追加生産してしまえばよかろう。

探査魔法も効果を落としたのであれば、下宿を出てより安全な、誰にも手が出せない場所へ行った方が安全だ。

そう、魔導師《マギア》の塒《ねぐら》、鴉の巣《クレーエスシャンツェ》へ。

「魔導的に安全になったかもしれませんが、直接全ての家を捜索されては誤魔化せませんからね。所詮は丁稚《でっち》が住んでいる下宿ですので、躊躇《ためら》わず押し入ってくるでしょう」

それに、先ほど何やら上の階で灰の乙女《グラウ・フラウ》が荒ぶる気配を感じたのだ。私達が居座り、探査魔法の対象となることで家事妖精《シルキー》としての逆鱗《げきりん》が擽《くすぐ》られているらしい。

家は彼女が憑《つ》き、護《まも》るものだからな。無遠慮に踏み込まれて気分がいいはずもなし。私は彼女の好意によって住まわせて貰っている身分であると自認しているので、適当な所でお暇《いとま》せねばなるまい。

何より家という本拠にある限り、家事妖精《シルキー》である灰の乙女《グラウ・フラウ》は大変強力だ。妖精《アールヴ》は自らが司《つかさど》る概念に関して下手な魔法使いでは抵抗が許されぬほどの力を発揮するため、知らずにちょっかいを掛けてきた相手が反撃を受けては可哀想《かわいそう》である。

「何人も望まれぬ限りやっては来ない安全な場所がありましてね」

「え、それっていいのかい、エーリヒ」

「大丈夫さ。応援までなら文句も言われないだろうしね」

それに理屈が通る言い訳も一つや二つ用意してあるのだよ………。

【Tips】魔導戦。魔法をぶつけ合う戦闘。直接的な破壊と暴力のみならず、諜報《ちょうほう》、謀略まで概念が及ぶ範囲は幅広い。戦争が戦場によってのみ行われるのではないように、魔導戦も広い領域において展開される。

また、この概念においては奇跡の行使も一種の魔導戦に含むものとする。

三重帝国が方々に敵を抱え、文化的にも社会的にも特異な国家として半ば孤立しながらも五〇〇年独立を保ち、今尚《いまなお》強大な帝国として中央大陸西方に影響力を持つに至った理由は何か。

地政学上の良好な立地を押さえたこと。多種族を併合しながらも迫害政策をとらぬことで国家の地力を高めたこと。一種の官僚制度めいた効率的な――ただし当人達にとっては割と酷な――貴族制度を早期に確立できたこと。

理由を挙げさせれば無数の分野の数多《あまた》の学者が数えきれぬほどの論を並べ、さもこれこそが帝国を築いたのだと声高に主張することであろう。

だが、その中で帝国を帝国たらしめる重要なピースを選《よ》っていくとするならば……彼等《ら》が偏執的な成果報酬主義者である要素は決して外せまい。

濃い隈《くま》と疲労による肌荒れや悪くなった顔色を白粉《おしろい》や頬紅で誤魔化し、放っておくと直《す》ぐ乱れる数日は碌《ろく》に洗えていない髪を魔法の香油で撫《な》で付けた女は、机の上に並べられた物を見て膝や腰と言わず全身から力が抜けそうになった。

「市内各所で見つかったので、お持ちいたしました。あれから何度か術式で囮を潰して精度を上げられぬかと工夫してみたのですが、これが出て参りましてな」

書き掛けの書簡、届いた報告書の山、各所から寄せられた苦情の手紙などが執務机から溢《あふ》れ出し、館に与えられた彼女の執務室を所狭しと圧迫している。これを処理するための文官も雇ってはいるものの、最終的に捜索の指揮を与えられた女が目を通すべき書類が多すぎて全く追いついていないのが現状であった。

そんなところに三日前世話になった魔導師《マギア》が態々《わざわざ》訪ねてきて、机の上の僅かな空間に安置した物が女の精神に強力な一撃を見舞う。

三つ並んだのは、一目で彼女の主人であると分かる人形であった。本人を八分の一ほどの大きさに縮めたような精巧さを誇る人形は、何を思ったか一体一体が異なる体勢をしており見る者の目を飽きさせぬような工夫が凝らされているではないか。

立ったまま瞑目し胸の前で手を組んで祈る姿、頭を垂れ膝を突き神々しく聖句を唱えているであろう姿、そして両手を広げて髪を翻しながら踊っている姿と一つとして同じ物はなく、これが平時であれば財布を取り出し「お幾らですか」と大人しく聞いてやるところである。

が、そんなことはどうでもいい。問題はこれが、先日魔導師《マギア》より聞かされた〝函〟であることだ。

女には分からなかった。我々を烟《けむ》に巻こうとして上質な函を用意したかったのだろうが、果たしてここまで気合いを入れた像を造る必要があるのか。

「報告のため調査させていただきましたが、かなり精巧な〝函〟でした。中には血で署名した符があり、見た目もここまで凝られては魔導的には本人と殆《ほとん》ど見分けがつけられませぬ。これの作者は紛《まが》うことなき変態でしょう……普通、ここまで凝りませぬ」

「でしょうね……私でも分かりますとも」

制作者は何を思って作ったのか。もうここまで来ると、一目惚《ひとめぼ》れした魔法使いが令嬢の逃走に加担したというよりも、その美しさに囚《とら》われて自分の物にしようと拉致したという方が得心もいく拘りようであった。

紛うことなき変態という、魔導師《マギア》の評価も頷《うなず》ける。

「魔導的に呪詛《じゅそ》には使えぬよう幾つかの保険が掛けてありました。念の為《ため》と思いお持ちしましたが如何《いかが》いたしましょう？　よろしければこちらで安全に処分いたしますが、ご令嬢のお姿をしている物ですのでそちらで片付けたいと仰《おつしや》るのであれば……」

「ええ、そうですね……置いていってください。此方《こちら》で片付けます」

引き取るとはいったものの、女は主人を模した像の処遇に困り果てることになるだろうなと近い将来の自分を憐《あわ》れんだ。これだけ似ていると捨てるに捨て辛《づら》いし、かといって無事に帰ってきた主人に委ねても困った笑みを浮かべて共に困惑することしかできなかろう。

かといって雇用主――仕える相手と給金を払う者が別というのはよくあることだ――に渡すのも憚《はばか》られた。あの方はあの方で趣味に没頭すると他のことに目が行かなくなる、どうやって頭首をやっているのか不安になる御仁ではあるものの、娘を愛していない訳ではないため妙な反応を誘発しかねなかった。

然《さ》りとて魔導師《マギア》が言うように壊すのも気が咎《とが》めるほど精巧なので、本当にどうしたものやら。処分するにできず、こんなものを部屋に何体も並べていたら、それはそれで大いなる誤解を招きそうで大変頭が痛かった。

「それと、書簡を師匠より預かっております」

頭痛に耐えてこめかみを押さえつつ受け取った書簡を開き、内容を見たところ彼女は反射的に破って捨てたくなった。

手紙にはこうあった。

未熟な弟子がごめんなさい、依頼料は返金いたします。折角呼んでもらってなんなんだけど、いまちょっと研究が良いところだから、もちっと待ってね、と。無論、相手も名誉称号を持つ教授位の魔導師《マギア》である。実際にこのような砕けた文面で返ってきたのではなく、文法も礼儀も様式もきちんと守られた、帝国貴族が見本とするに過不足のない見事な文面であったとも。

唯一の欠点が、どう丁寧に噛《か》み砕こうが、好意的に解釈しようが先の文面にしかならなかったことだが。

これがまかり通るのかと問われれば、残念ながら成り立ってしまう。

相手は腐っても魔導院の教授であり、血によってではなく地力によって貴種となった者。冷厳たる成果報酬主義を根底に置く帝国において、力ある者の無体と放言はある程度許容されるのだ。

それ故、どこぞの怠惰な長命種《メトシエラ》が数年にわたる書庫引きこもりを為《な》し、高名なる死霊《レイス》が、臆面も無く自分の趣味を満たせている。力を押しのけるには、更なる力がなければ能《あた》わず、さしもの侍従もそれ程の権限を雇用主から預かっているわけではない。

もしも教授位にある魔導師《マギア》に無理を通させ、本人の予定を曲げてまで自身が望む行動を取らせたいのであれば、必要なのは本人を上回る権力か、予定を投げ出してもよいと思わせる利点である。

しかし、今回はそのどちらも女は持ち合わせていなかった。

名代に近いとは言え所詮使いっ走り。結局のところ、本当に大事な内容であれば本人が出てこいよという話になる。

至極仰る通りだと思いつつ、女は俄《にわか》にしくしくと痛み始めた胃を押さえた。

「……誠に申し訳ない。我が師も学会が近く……」

魔導師《マギア》は心底不甲斐《ふがい》なさそうに頭を下げた。彼としては自身の至らぬところを師が拭ってくれなかったとも言え、一度依頼を受けた魔導師《マギア》としての面目もあるのだろう。ただ今回は、師が現在抱えている用事がそれよりも大きかっただけのことだ。

「ええ、構いませんとも、ええ……お時間ができればお声掛けいただきたいとお伝えください」

「必ず。小職も及ぶ限り努力いたします……では、本日はここで」

「お気を付けてお帰りを」

本当にどいつもこいつもと行き場のない殺意を心の中で渦巻かせ、女は辛うじて最後まで冷静さと無表情を保って魔導師《マギア》を見送った。

そもそも雇用主が悪いのだ。娘を迎えるためにか色々舞い上がって用意を始めたばかりに、本来ならば秘匿されて然《しか》るべき情報が侍女如《ごと》きに漏れた。漏らした当人は相当にキツい叱責を受けているだろうが、この場合はバレるような杜撰《ずさん》な用意をする者が悪いのだ。

その上、ちょっと興味深い相手と会うからと重要な事項を進めている中で引きこもれる神経が分からなかった。女ではなく本人、いやせめて有力な一門衆の誰かが合力してくれればコトはもっと早くに片付いたはずである。

未《いま》だに〝教授位〟を返上していないのだから、直ぐに用事を言い付けられる便利な後輩の一人や二人いるであろうに。

脳の血管が切れて卒倒するのではと心配するほどの怒りは、数度の控えめなノックで鎮火させられた。彼女は散らばった報告書と書類、書き掛けの書簡を纏《まと》めて入室を促す。

「あ、あの、メヒティルトさん……」

やってきたのは尼僧服を纏った彼女の配下であった。普段は主人と同じく聖堂で僧として神に侍《はべ》り、女では付き従えない場所での世話を焼いている副官格の尼僧。

手には温かな食事の載った盆があり、見るからに疲弊する上席への気遣いが湯気に姿を変えて燻《くすぶ》っている。

しかし、彼女が期待していたのは食事ではなく、彼女が持たせた書簡を使って雇用主から何らかの反応を引き出してくることであった。だが、申し訳なさそうに影が落ちた表情と、胃に優しそうな――彼女が慢性の胃炎を抱えていることを近しい者は皆知っていた――麦粥《むぎがゆ》と酒杯以外載らぬ盆を見るに期待は虚《むな》しく裏切られたようだ。

「まだ、ですか」

「ええ、その……はい、まだでして……」

吐息が質量を持ったならば、床を突き抜けて何処《どこ》までも沈んでいきそうな溜息《ためいき》を捻《ひね》り出し、彼女は目頭を揉《も》みながら部下を部屋に招き入れた。

誠に全ての元凶である雇用主が恨めしい。コトの発端に至ってもそうだし、この追走劇が〝三日目〟に至っても、本来は縋《すが》るような存在や寄る辺のアテもないはずの修道女一人見つけられない事態の根源は全て彼に収束する。

もう少し彼が手紙の文面に気を遣えば。もう少し自分の娘の成長に目をやっていれば。そして、その娘が〝多義的に自分の血脈〟であることに気付いてさえいれば。

彼女がヒト種《メンシュ》の脆弱《ぜいじゃく》な身を押して、三日も軽い休憩と魔法薬の補助だけに頼って働き続けずにすんだと言うのに。

「今回は、えー、そのー、かなーり興がのられてしまったようでして……終わる気配がですね、ええ、なんと言うか」

言葉を濁しながら報告してくる配下に女は手を振って「もういい」と示した。

付き合いは長いのだ。自分の雇用主が〝どういった生き物〟なのかはよく知っている。

それはもう、嫌と言うほど、自らの胃腸の摩耗を以《もっ》て。

彼女の雇用主は基本的に有能だ。頗《すこぶ》る有能だ。普通の君主であれば三日で泣いて位を返上するような難事と激務を趣味の傍らこなし、大過なくどころか成果を上げる傑物である。

だが、本当に興が乗るとどうしようもない。

いつもであれば多少の興味や遊興も思念を飛ばすか手紙の一つ寄越《よこ》せば切り上げてくれ

るが、心底から興味を擽《くすぐ》られる話題となれば何をしようと無駄だ。仮に皇帝から呼び出されようと切り上げず――尚《なお》、本当に何度も無視した実績がある模様――ただ自身の好奇心が赴くままに行動してしまう。

手ずから授けてくださった思念を伝える魔道具は思念波を受信しない設定にされたからかウンともスンとも言わず、手紙を差し入れるもナシのつぶて。自身や帝国の大事さえも趣味の前に擲《なげう》って没頭する様は、ヒトとは違う生物のあり方を嫌と言うほど体現していた。

結局、姿形が似ていようと生命としての相が違うのだ。完璧に理解することの方が難しい。

「ふぅ……街道の方は？」

「はい。衛兵隊を動員していただいていますが、それらしい姿は。市街においては近衛《このえ》府の長官様がご厚意で近衛猟兵隊を即日で動員してくださいましたが……」

「影も形も、と……」

帝都の衛兵は優秀である。各領邦の衛兵隊から数年の勤務実績を持つ者が選抜されており、外交都市らしく規律に厳しく人相の判別に優れた者が選ばれる。

勿論《もちろん》能力は個々によって差があるが、中小の都市で暇を託《かこ》っている面々と比べると、事務面においても実務面においても比べものにならぬ英傑揃《ぞろ》いと言っていいだろう。

職責と抜擢《ばってき》されたという実績から自身の能力に自負を持つ彼等の仕事への熱意は溢れんばかりで、こういった地道な臨検や封鎖作業において比類無き活躍を見せる。

そして、皇帝の専属護衛たる近衛府が抱える猟兵隊は、成果によって推挙された猟師や斥候ばかりを集めた特級の探索者揃い。本領は会戦前の偵察戦や追撃戦にあるが、市街地での探索においても彼等《ら》は大変有能である。

彼女等が持ち得る伝手《つて》全てを使っての結果とすれば、集まった面容は実に凄《すさ》まじいもの。

普通、衛兵隊を一家の権限で動かすことは不可能であるし、近衛府ともなれば言うまでもない。全て今頃は帝城で過労死しかけているであろう、家宰や血族、そして好意で協力してくれた僧会のおかげである。

が、これほどのドリームチームを相手にして捕まらない息女とは一体。

優秀な密偵だろうと狩り出せる布陣をして、何をどうすれば聖堂暮らしで日々を祈りと奉仕に捧《ささ》げる乙女が三日も逃げおおせられるというのか。彼女は大変理解に苦しむし、この捜索に関わっている全ての人間も首を傾《かし》げていることだろう。

俺達《たち》が捜させられているのは、本当に世間知らずな貴族の子女なのか？　と。

むしろ姿を隠せる精霊だと言われた方が今の手応えの無さにも納得がいくだろうに。

「捜索は続けていただいてください。私は帝城に参内し家宰殿と予定の摺《す》り合わせをしてきます」

「承知いたしました。ですが、もう少しで例の……」

配下の言に女は「ああ」と呟《つぶや》いた。本来これの調整で大忙しだった筈《はず》なのに、後継者の出奔という大事で頭の中から吹っ飛んでしまった催し物があったのだ。別の人間に引き継いでいたが恙《つつが》なく進行していたようだ。

なにより、これなら流石《さすが》の雇用主も興味を持ち、永い永い会談を打ちきってくれるであろう。ちょっとした質問がどうして月を跨《また》いだのかは、あとで聞くとしよう。

「では、家宰殿との折衝をしたら直接伺いましょう」

「えっ？　いえ、それくらいは誰かにやらせます。ですからメヒティルト様は少しお休みに……」

「直接お伝えせねばならぬことも多いので、私が行きますよ」

空《す》きっ腹《ぱら》に魅力的な誘いを掛けてくる麦粥を意志の力で視界の外に押しやり、彼女は貴種の従僕らしく働くために衣紋《えもん》掛けから外套《がいとう》を取り上げた。暗色の分厚い外套は右手を空けておく肩掛けの半外套。銀糸で丁寧に刺繍《ししゅう》されているのは〝正中より割れた酒杯〟をモチーフとした家紋。

旧弊を打ち破り、家の長さより実力を重んずるエールストライヒの紋章を帯び、胃痛と婚姻した女は席を立った。今頃自分と同じ理不尽を味わい、吸血種《ヴァンピーレ》なのに胃を痛めているであろう苦労人の家宰と会うため。

そして、雇用主に〝航空艦〟の帝都到来を報《しら》せるため…………。

【Tips】正中割酒杯紋。エールストライヒ家の紋章。初代エールストライヒ公は三重帝国成立以前の古い吸血種《ヴァンピーレ》家系の分派の分家であり、建国戦争後に台頭した時、結局は実力がものを言うのだとして古い主家の紋章である酒杯を真っ二つに割った図案を家紋に制定した。

ここ暫《しばら》くの市街を歩いていると、まるでテロか何かあったのかという物々しさに少し怖《お》じ気《け》づいてしまう。

辻《つじ》に立つ警邏《けいら》の衛兵が常より倍くらいに増え、市街各地での緩い臨検が敷かれている上、終わり掛けとは言え春の多い物流を多少滞らせてもやりぬく出市検閲の厳しさはちょっと想像以上だ。

更に市街各所を巡っている衛兵隊が、各家屋への立入調査を実施しており、尊い家系以外の家が軒並み〝任意〟の皮を被《かぶ》った強制のガサ入れにさらされていると来た。

前半分まではサミットやら何やらがある東京・大阪でも見てきたものだが、後半は流石に初見の大仰さである。

更には空に警戒騎と思《おぼ》しき騎竜が数騎常駐して賑《にぎ》やかに旋回しており、あまり見ることのない空を飛ぶことができる種族も遊弋《ゆうよく》している。

事態を多少なりとも知っていなければ、戦でも起こったのかと言いたくなる空気だ。

いや、それ以上にビビるのは「またか」くらいのノリで受け容《い》れている帝都市民なのだが。

「まぁ、帝都ではよくあることだから」

私より帝都生活が長いミカはそう言って、露天に並ぶ林檎《りんご》を手に取った。北方離島圏発祥品種を帝国で栽培したもので、原生種より紅《あか》く、甘いため人気がある一品。

「外国のお偉方が来るといつもこうだよ。何もお友達の件だけじゃないと思うよ」

ただ、そんな有り触れた果物も、季節の移り変わりと共に装いを変えた友が手にすると、何か意味深な物に見えてくるから困る。

「って、どうしたんだいエーリヒ」

「いや……なんか林檎似合うなって」

「なんだいそれは」

林檎片手に微笑《ほほえ》んだのは、赤い果実がそれはそれは似合う美少女であった。

そう、奇《く》しくもミカの性別転換《シフト》の時期が訪れたのだ。今日は変わった初日であり、待ち合わせ場所で先に来ていた彼女を見て大変驚いたものだ。

もう女性になった姿も三回目だと言うのに、この愛らしさには全く慣れないな。

朗らかに笑う少女は懐から財布を取り出し、銅貨で支払いを終えて先に歩き出す。

「ん……甘いね、蜜がたっぷりだ」

紅を引いてきたのかと思うほど瑞々《みずみず》しい唇が赤い果実の表皮に触れる光景は、ごく当たり前の筈なのに妙に艶っぽくてクラッとくる。視線が唇に吸い寄せられ、零《こぼ》れた果汁を拭う舌に惹《ひ》き付けられているのは単に疲れているからではなかろう。

夢にも見そうな鮮やかな光景だ。まぁ、実際に見たら某夢を分析したえらい人の論に準《なぞら》えれば、欲求不満ですねと一言で切って捨てられそうであるが。

「お疲れのようだね。これでも食べて元気をお出しよ」

言って囓《かじ》り掛けの林檎を私に放って寄越す姿は、何と言うかギャルゲーであればイベントスチルとしてドンと表示されそうだな。勿論、作中一気合いの入ったエモいBGMとスチルモーションも忘れずにな。

「……美味《うま》いね」

歯応えの好《よ》い林檎を囓り酸味と甘みの調和が取れた果肉を咀嚼《そしゃく》すると、彼女が言うとおり少し元気が出たような気がした。こうやって食べ物を分かち合うのは、彼女がどの性の時でも遠慮なく交わすことなので間接キスがどうたらと恥じらいを覚えて顔を赤くすることもない。

まぁ、それを抜きにしても随分と白い顔をしていたようだが。

「顔色が悪いじゃないか。よく眠れていないのかい？」

「まぁね……冷静になると随分大それたことをしたと理解してきて、緊張で寝付きが悪くなった。完全に綺麗《きれい》にしたとはいえ、夜中に衛兵が下宿にやってきたら緊張もするさ」

後、色々と出費が嵩《かさ》んでいるのも疲れの要因にある。出費と言っても財布のことではなく、また別の問題ではあるけれど。

それにだ、私だけではなくミカも少し疲れているように見えるが。

「分かるかい？　ま、たしかに結構なことに加担しているから緊張はするよ。もし我らが淑女が失敗したらどうなるかな？」

「さて、どうなるかなぁ……」

成功させりゃあいいとはいえ、たしかに失敗した時のことを考えると背中が冷えるな。貴族令嬢の逃走幇助《ほうじょ》となれば、逆らえぬ地下の身分であったことを盾に言い訳しても、親御殿の怒りの深さによって対応は変わるだろう。

法典に厳格なのが三重帝国の良いところであるが、残念ながら裁量権は決定を下す貴族の側に預けられているので、虫の居所によっては、どうなることやら。

流石に三族皆殺しはないにせよ――そもそも、ここまで極端な連座刑は存在しない――軽くても投獄か肉体的苦痛を伴う罰則は覚悟した方がよさそうだ。

いやぁ、後悔はしてないが冷静になるとほんと凄《すご》いことしてるよな私達。最悪があっても、口を利いてくれそうな伝手があるからこそ何とかなっているが、支援者一切なしでやっているなら正気の沙汰ではない。

まぁ、私が〝一切遠慮しないでいいですよ〟と頭を下げてコスプレを受け入れれば、ライゼニッツ卿《きよう》が助命嘆願してくれるだろうという保険は大きい。

だからこそ、この三日間をちょっとした寝不足くらいで乗り越えられたのだろう。

さて、私が三日間をどうしのいでいたかだが、実に単純と言うか、説明すると一言ですむ。

アグリッピナ氏の工房に三人で引きこもっていたのだ。

理由はある。まず僧会の関係者ということは魔導師《マギア》との繋《つな》がりが薄いだろうから、魔導院の内部にまでは手が伸びないだろうということ。そもそも、個人工房には反逆罪や大権侵犯罪などの大罪でなければ立入捜査権もないので、衛兵がガサ入れしてくることもない。

次に、あの怠惰な外道は自分が色々覗《のぞ》き見るのは好きだが、プライバシーを侵害されるのはいたく気に入らないらしく、部屋には勉強した私でも何がどうなってるのか意味不明な領域の隔離結界が張られているので、高位の魔導師《マギア》を引っ張り出されてもよっぽどでなければ安心なのだ。

最後に引きこもり、入り浸っても誰にも怪しまれない理由を幾らでも作れるから。魔導師《マギア》や魔導師見習いが工房に引きこもるのは、それこそサラリーマンが満員電車で出社するのと同じくらい普通の行動だ。ついでに住み込みの妹が寝込んだとか言い訳しておけば、丁稚《でっち》が看病に駆り出されて泊まり込んでも不思議はないし、治療のためと言って誰かを連れ込んでも怪しまれはしない。

なに、IDカードで入出時の記録を細かにとられる訳でもなし、普通にしていれば入った人間が一人出てこないなんて誰も怪しまんとも。

……まぁ、施設が施設だから〝入った人間が二度と出てこなかった〟なんて事件がザラにあるからかもしれないが。それどころか〝さっき出てったのと同一人物が何回も出て行った〟なんて噂《うわさ》も聞くからな。

いやはや、何はともあれ灯台の下は暗いものだし、幸運の青い鳥ってのは近場にいるものだね。

林檎を囓りもって下町の市場を練り歩き、必要な物品を買い込んだ。アグリッピナ氏が宅食を継続してくれているため食事には困っていないものの、一人分をセス嬢に回しているため私の食事を調達する必要がある。

下宿にはあまり戻れないからな。エリザが何故《なぜ》かイマイチご機嫌斜めな状態が続いていて、セス嬢と二人きりにするのも悪いため殆《ほとん》ど泊まり込みである。様子を見るため最初の一晩だけは帰って寝たが、その時に衛兵が訪ねてきたのは幸運だったのか不運だったのか。

彼等は必要とあらば不在でもドアをぶち破ってガサ入れしていくからな。そうなると当然灰の乙女《グラウ・フラウ》が激怒不可避なので、より面倒臭い事態になりかねず時期がよかったとも言える。とはいえ、衛兵を招き入れて部屋の中を見て回られるのは神経を削ったが。

これくらいで問い詰めては来るまいと思っても、私の物とは明確に違う髪の毛が見つかったらどうしようと要らん肝を冷やしたものだ。

ともあれ、心臓と胃に宜《よろ》しくない三日間もこれでお終《しま》い。夕方には眠たそうに起きてくるセス嬢からリプツィへ一日で辿《たど》り着ける伝手とやらを聞き出して、頼れる伯母上の所へ送り出すとしよう。

「ねぇエーリヒ、少し休憩しないかい？」

買い忘れはないかなと紙袋の中を見ていれば――冷蔵庫がない世の中、毎日買い出しに出なければならないのは面倒くさい――ミカに袖を引かれた。こういった何気ない仕草の一つ一つが、女性になると丸みを帯びて可愛《かわい》らしいのが実に狡《ずる》い。

私の友人の魅力に世の男女が気付き始めたら、相当に性癖を歪《ゆが》められるのではなかろうか。

等《など》と失礼なことを考えつつ袖を引くミカが指さす方を見れば、暖かくなる頃にはお約束の屋台が来ていた。

「氷菓子か……いいな」

「だろう？　ちょっと暑くなってきたし、座って食べようよ。それとお土産に買っていけば二人も喜ぶんじゃないかな？」

手押し車に涼しげな日除《ひよ》け傘をつけた、現代日本でも田舎の方で生き残っていそうな有り触れた氷菓子売りだ。

隊商について回っている氷菓子屋と違い、彼等《ら》は小売業者であり魔法使いではない。自分の荷台を使って菓子工房兼売り場のフードトラックめいた形態で営業しているのは、店主自身が簡単な魔法を使えて氷を作ることができる個人営業主だ。

対して帝都のような大規模都市で営業している氷菓子屋は、元締めとなる魔法使いが工房で氷菓子を大量生産し、それを雇った小売りの商人に街の各所で売らせるという形態をとっている。

どちらが美味いかと言えば甲乙付け難いが、帝都で商いをやっている彼等は大抵高品質の氷菓子を売っているため不味《まず》い店はそう見つからない。何せ行政府からの許しを受け氷室の運営をしている大手の魔法使いが商売の傍らでやっていたり、ともすれば貴族とも伝《つ》手《て》のある魔導師《マギア》が小銭稼ぎ――あるいは節税対策――で元締めをしていたりするから素の能力が高いのだ。

まぁ、その分お高くて、隊商の氷菓子が平均で一つ二五アス程度なのに比べて、こっちだと安くても倍の五〇アス、良いものだと市民向けでも平然と一リブラと言ってくるので財布との相談が必要だが。

「一つ七五アスか……ま、たまの贅沢《ぜいたく》にいいか」

「また二人で駒を作って売ったらいいさ」

今回は一つ七五アスと少しいいお値段をしており、金のない丁稚と苦学生の財布には中々の重みであったが、幸いにも我々はファイゲ卿から貰《もら》ったお小遣いと駒売りの露天による副収入で温かいお財布があった。

ならば魂の休息にはいいかと連れだって買い食いすることにした。ただねミカ、暑くなってきたと言うなら私と腕を絡めるのはどうかと思うんだ。

「お、棒氷菓子があるな……私、これにしようかな」

しかし友の虫除けを務めている自覚はあるため抗議せず、並んで氷菓子を見る。私はアイスキャンデーと呼ぶのがしっくりくる、あっさりした味付けと口の中で解ける歯応えが美味《お》しい、棒が刺さった白い氷菓子にした。

「んー、じゃあ僕はね、んんー……悩ましいな。牛乳と檸檬《レモン》、どっちがいいかな。甘いのも欲しいけど、口もサッパリさせたいし」

対して我が友は、味の種類が多い普通の氷菓子で悩んでいるらしい。硬い焼き菓子の皿に載せて食べる、帝国では氷菓子と言えばコレという形のものだ。

中々決められないらしい友人を見かね、私は店主に両方盛ってくれと頼んで小銭を渡した。

「えっ!? 悪いよエーリヒ！」

「なに、気にするな我が友。君にも苦労させているからね、お詫《わ》びの手付けとでも思っておいてくれたまえよ」

「だけど、こんなに高い物……」

食い下がる我が友の言葉が店主の高笑いで途切れた。これからの季節だと辛《つら》そうな熊体人《カリステイアン》の店主は、何を勘違いしたのか実に楽しそうにこう言った。

「彼氏が精一杯気を張ろうとしてるんだ。お嬢ちゃん、それを呑《の》んでやるのも女の甲斐《かい》性《しょう》だぜ。男ってのは腕っ節でも財布でも、頼れるもんだって見せつけたがる可愛い生き物なんだ」

「かっ、彼氏って!?」

大きな手で器用に匙《さじ》を操って氷菓子を掬《すく》った店主は、わたわたしているミカに強引にそれを押しつけ、私が払った小銭の中から大判銅貨《クオーター》を一枚返してくれた。

「今回だけだぜ？」

「……忝《かたじけな》い。以後御身をお見かけしたら懇意にさせていただきます」

そうしろそうしろ、と豪快に笑う店主。これはお土産は味を見てから別の店でと思っていたが、食べたら彼の所で購入せねばなるまいな。

顔を赤くする友人を引っ張って適当な長椅子に腰を降ろし、溶ける前に食ってしまおうと促して氷菓子を舐《な》める。

お、美味いな。適度に牛乳の甘みがあるが諄《くど》くない。

「その、ありがとう、エーリヒ」

「ん？　ああ、君の助けに比べれば安すぎるものさ。ほら、早速表面が蕩《とろ》けているよ」

「わっ⁉」

慌てて小さな木匙で掬っていく友を微笑《ほほえ》ましく見ながら、私も氷菓子を舐めていく。

半分ほど食べて冷たさに頭が機能を取り戻していく中、ふと思い出したようにミカが口を開いた。

「そういえばだね、エーリヒ。君、空を飛ぶ船の話を聞いたことはあるかい？」

空飛ぶ船とな？　寡聞にして聞いたことがないが、これまた幻想的《ファンタジー》で興味を擽《くすぐ》られる話題だな。

古今の神話・幻想小説において空を飛ぶ船は有り触れているが、実にロマン溢《あふ》れる要素として人の本能を擽るからこそ人気となった。

現代人であれば空を飛ぶことは身近なれど、残念ながらそれは管理された飛行であり、風を感じることもなければパノラマで広がる雄大な空を直下に臨めるわけでもない。気密が保たれた飛行機の中で味わえる実感と言えば、精々が乱気流による揺れと気圧差による耳の痛みくらいのものだろう。

だが、どの辺が最終なのか分からん幻想物語などに登場するような、空を飛ぶ船は全く違う。甲板に出れば吹き付ける風を味わい、船縁《ふなべり》からは雲海を心ゆくまで堪能できるはず。

もうこの単語に心躍らなければ男の子じゃないだろ！

「ちょっと講義で小耳に挟んだのだけれどね、何やら今日来るらしいんだよ、その空を飛ぶ船が」

「ほほう。詳しく詳しく」

しかし、この世界に産まれ直して随分と経《た》つが、おとぎ話の中でしか空を飛ぶ船の存在を聞いたことがなかった。それがまた今になって急に出てくるとは。

「まぁ僕も聞きかじりだから然程《さほど》詳しくはないんだけどね」

テンション高めに噂話を語る友は実に楽しそうだ。私が空を飛ぶ船という浪漫《ロマン》にワクワクしているのと同じで、空を飛ぶという乙女的な琴線を擽る存在に心を躍らせているようだった。浪漫を共有し、夢を膨らませることができる友人のなんと得難く幸福なことか。

「なんでも皇帝肝煎りの新技術らしくて、今後の三重帝国インフラを占う品だとかで凄く気合いが入っているそうなんだ。それが国威高揚のために帝都にやってくるとかなんとか」

「ほほお！　だが、何の宣伝もないのは不思議だな」

「それは決まっているじゃないか君、なにごとも突然にドバァーン！　とやってくる方が人々の印象に強く刻まれるじゃないか。前もって来るぞ来るぞと構えていれば、折角やってきたびっくりが弱くなってしまう」

なるほどな、たしかにこの手の新技術は煽《あお》りに煽って発表されるより、何の前情報も無い状態から晒《さら》した方が観衆に与える衝撃はデカイ。空を飛ぶ船なんてものが急に帝都上空に現れたなら、全ての市民に絶大な印象を植え付けていくであろうよ。

「それにだね、今日は僕の師匠も帝城での懇親会に呼ばれているんだ。大テラスでの立食酒宴だと楽しみにしていたようなんだけど、夏も近いとはいえ帝都の夜はまだ寒いだろう？」

「寒さをおして野外立食……となると、当然その酒宴には……」

「ああ、きっと諸外国の大使や駐在官も呼ばれているんだと思うよ」

帝都には関係各国の大使館がある。これは相互に使者を迅速に受け容《い》れ、外交的な手続きを円滑にするため自然と発達した制度であるが、基本は何度となく戦争を繰り広げた国々が良い加減に懲りてきたのか〝戦争を穏当に終わらせる〟ために用意した機構だ。

思念伝達の魔法や魔道具こそあれ、電話どころかモールス通信も無いこの時代、戦争をおっぱじめるにも後始末をするにも手間が掛かる。何より小国林立時代と異なり、どの国にも最早《もはや》相手を一撃で始末し、全土を併合するだけの国力がないのだ。

戦争というのは厄介なもので、敵の軍隊を殲滅《せんめつ》して、その土地を自分の物にして終わり！　という簡単なものではない。会戦で機動戦力を撃退しても攻城戦が待っているし、都市を落としても完全に自国の影響下に置くまでには大変な手間と時間、あとついでに金が掛かる。

戦争に勝ったから、おまえら今日からこの国の人間な、税金払えよと言って素直に従う人間はそう多くないし、旧支配者層を一掃して新たな役人だの領主を送り込むのも大変だ。新しい支配体制を確立するまでに必要とされる人員と予算は、ともすれば戦争の費用も相まって勝利によって得た土地よりずっと多くなる。

この手間は人類社会が発展するにつれて加速度的に増していき、出費の多さから占領に耐えられる国というのは少なくなってくる。小国同士であれば一口で呑み込んでしまうことはあるだろうが、大国間ともなれば何十年も掛かってジリジリと都市圏を二つ三つ取り合うのが精々といったところか。

劣勢と見て有力諸侯が続々と旗色を変え始めれば、一気に大国の趨勢《すうせい》が変わることもありえるだろうが、限定的な状況であるため中々に難しい。

こういった事情もあり、小突きあって少しずつ衛星諸国の宗主権だの都市の支配権だの賠償金やらを奪い合うのが基本的な戦争の形に変化していった。一度戦争が始まれば数年スパンでジリジリと殴り合い、城市を取り合って、どちらかの体力がなくなる前に落とし所を見つけて講和しなければならない。

というのも侵略を防ぐのは勿論《もちろん》だが、侵略するのもかなりの体力を使うからだ。勝てる時に勝てるだけ勝つのは大事だが、後先考えないで押せ押せと突っ込みすぎれば兵力と資源の蕩尽《とうじん》により国力は却《かえ》って衰退してしまう。上手に戦争をするのは本当に難しいものである。

斯様《かよう》な難事を何度も国を傾けながらやらかしてきた帰結として、互いの国に大使を置く文化が生まれたそうな。

懇親会だと言われて呼び出された場で、空を飛ぶ船なんて見せ付けられたら凄《すさ》まじい衝撃を受けるだろうなぁ。どれだけの酒が噴き出されるのか、ちょっと見物であるね。

空を飛ぶことの利便性は第一次大戦から先の歴史を見たら明らかだし、きっと目の色変えて色々な理由を付けて中座し、本国に連絡するのに大忙しになることだろう。街道を夜中からひた走らされる急使が可哀想《かわいそう》だ。

「空を飛ぶ船を作ろうとしているという噂《うわさ》は何十年も前から流れていたんだけど、実際に披露されるのは初めてらしいからね。酒宴が始まる夕方が今から楽しみだよ」

「これは空を見上げながら歩かねばならないな」

ここにきて一〇年以上、幻想的な出来事に心躍らされてきたが、その中でも初めて見た魔法並にテンションが上がるな。やっぱり空は良いものだ。幼心に空飛ぶ船の甲板で風に髪を遊ばせる想像をし、自由に空を駆ける竜の背に思いを馳《は》せ、一人で乗れる小型のエンジンを抱えた飛行機に胸高鳴らす。

やっぱり空はいいなぁ、これぞファンタジー、これぞ男の子って感じで。私も乗ってみたいものだ。どれくらい待てば一般にも普及するのだろうか。肝いりの新技術つったって、早々簡単に量産されるものでもないし。

「しかし羨ましいな、私も乗ってみたいものだ」

「僕も憧れるね。空を飛ぶ術式は難易度が高いし、僕とは相性も良くないから諦めていたんだ。でも、いつか人生で空を飛べるかもと思えば、明日が輝かしく思えてくるよ」

相変わらず戯曲めいた言い回しが板についている友と並び、空への思いを語り合う。あれだね、こうなると空を飛べるっていう理由一つで帝国軍への仕官を望みたくなるから困る。

私が使いこなしきれぬ〈空間遷移〉もそうだが、空を飛ぶような術式も殆《ほとん》どが高難易度かつ大量の熟練度を消費する。魔導師《マギア》でも悠々と問題なく空を飛べる人間は希少だそうで、一般的に使えたらそれだけで一生飯が食っていけるような技能だ。

なにせ、空を飛べるだけで〝航空魔導師〟なんて、ただでさえ希少な魔導師《マギア》の肩書きに立派な二字まで付く位だ。他国においても希少性は変わらず、騎竜と並んで希少な空を飛ぶ戦力として重要視される。

考えてみれば納得だ。空を飛ぶ魔法はＴＲＰＧ目線で見れば、長距離を一瞬で移動できる空間遷移と遜色なくシナリオを破綻させてくる。何処《どこ》かに侵入するにせよ、閉鎖された環境《クローズドサークル》にせよ空を飛べるというだけで、ＧＭ《ゲームマスター》が夜なべして「これ置いといたら苦労するやろなぁ」と粘度の高い笑みを浮かべながら用意した罠《わな》の大半が無効化されるため、相当にエグい代物なのだ。

もうね、罠を敷き詰めた回廊を「あ、じゃあ俺五㎝浮いて進んで、そっから綱渡してくるからみんなぶら下がって渡ってね」と簡単に無力化された日にゃあ……。

「どんな船なのだろうねぇ。僕は川船しか見たことがないんだけど、絵に描かれているような大きい外洋船なんだろうか」

「そうだなぁ、きっととてつもなく大きな帆船なんじゃないかな。青い空に雄大な帆柱を何本も屹立《きつりつ》させて、風を孕《はら》んだ帆でゆっくり飛ぶような」

「いいねぇ……」

「いいな」

過去の心的外傷はさておき、並んで空飛ぶ船に思いを馳せつつ氷菓子を平らげた。

それから夢見心地でお土産にする分も購入してきたのだが、多分この時、私もミカも大分疲れすぎていたのだと思う。

なんだってこの時点で、誂《あつら》えたように高速で移動できるような代物が登場したのに、それをセス嬢の仰《おっしゃ》る〝伝手《つて》〟とやらと結ぶことができなかったのか。普段の思考なら一発で結びつけて、心の準備もできたであろうに。

何も知らぬ私達《たち》は魔導院に引き上げ、やぁやぁ伝手って何じゃろね、と暢気《のんき》なことを考えるのであった………。

【Tips】大使と大使館。個人同士と異なり、国家間での殴り合いは落とし所が肝要なれど、直《じか》にやりとりできる訳ではないので手間が掛かる。国家規模が肥大化し、さりとて交通手段が未発達な状態で、完全併合が現実的でない時代においては特に。

そのため、大国間において大使館が設置され、法的な不可侵を約束された大使や使者が常駐することとなっている。


ツェツィーリアは掛け値無しの箱入り娘であり、その人生の殆どを聖堂で過ごしてきた。

夜陰の神を仰ぎ、静謐《せいひつ》なる聖堂にて祈りを捧《ささ》げ、民に奉仕することで以《もっ》て慈母の如《ごと》き主神の神格に倣う生活は穏やかだが驚きに満ちたものではない。

何百何千と繰り返した聖句を唱え、箴言《しんげん》を学ぶ生活と、信徒や恵まれぬ者へ喜捨を配る生活は単調で決まり切った内容が延々と続くもの。

かといって、余人であれば退屈極まる聖堂での生活が嫌いだったわけではないのだ。

帝都からも州都からも離れた帝国南方、夜陰神の総本山が佇《たたず》む月望丘――標高二，四〇〇mを丘と呼んで良いかは微妙だが――の静かな生活は彼女が望んでいっていたものだから。

初めは親の意向に従っての入山であったが、それは少しずつ彼女自身の願いに変わっていた。

祈りを捧げ、一心に神を信じる生活はよいものだった。本当に心が安らぎ、神の慈悲に触れた時の満ち足りた感覚は言葉にできぬ達成感をくれる。

この感覚は、生まれながらの吸血種《ヴァンピーレ》、純血統の者でなければ分からぬ感覚であろう。生まれながらに持つ業と、育ちきれば前世のまま朽ちることを〝赦《ゆる》されぬ〟種族にのみ得られる充足と安息。

老いと死は時として解放であり許しであると、定命に説いたところで誰も分からぬだろうから。非定命が老いの恐怖や迫り来る死の焦りを理解できぬのと同じように。

市井では得られぬ得難き安らぎが手に入る生活は、決して悪いものではなかった。たとえ豪勢に過ごすことになれた血族から、装束の質素さや食事の簡素さを憐《あわ》れまれようと、ツェツィーリアにとっては金貨を積み上げても得られない感情にこそ価値があったから。

だが、僧として帝都にやって来た直後に父から別宅へ呼び出されて以後の生活は、新鮮な驚きに満ちあふれた目が回るような驚きの連続。

別に優劣を付けはしない。それでも、侍女達の囁《ささや》きを聞いてしまって家を飛び出してからの僅か三日間で二人の友人と一緒に重ねた経験は、僧として聖堂で祈りを捧げてきた時間の全てよりも彼女に〝驚き〟と〝興奮〟をもたらしてくれた。

追っ手を撒《ま》くために走った屋根の上。逃げ出すために潜り込んだ下水道と初めて目の当たりにした〝命〟を懸けた闘争。変装して潜り込んだ魔導区画や噂に聞いた魔導院。全てが未知で、飛び込んでくる情報の一切合切が単調な生活の中で息を潜めていた好奇心を擽《くすぐ》った。

今でさえ、自分を助けてくれた駒売りの少年が半泣きで「頼むから大人しくしててください」と詰兵演棋の本を押しつけてきたから、彼の妹の私室に間借りして大人しくしているが、許されるなら行ける場所全てを見て回りたいほどだった。

ああ、そう、あの少年だ。

彼がいなければ、ツェツィーリアはとうの昔に屋敷へ連れ戻されていただろう。あの路地で夕暮れの中に墜落し、頭を熟れすぎたイチジクのように弾《はじ》けさせていた。

肉体的な滅びは吸血種《ヴァンピーレ》の終わりを意味しないが、まだ月と陽《ひ》が拮抗《きっこう》する時間であったため再生に掛かる時間は長く、血の濃い吸血種《ヴァンピーレ》であっても意識を取り戻す前に担ぎ出されてお終《しま》いだった。

初めての地で初めて命を落とし、そして初めて死んで、全てが終わるところだった。

しかし、そうはならなかったのだ。

優しい手に受け止められ、彼等《ら》はやってきた。何度となく盤上で切り結んだ駒売りの少年。金細工の髪と仔猫《こねこ》のような瞳の彼、見た目に反した悪辣で非道な指し筋に何度も苦しめられたから、なにくそという気持ちで通っていたものだ。

彼はとても優しかった。指し筋からは全く想像できないほど紳士的で、縁もゆかりのないはずの自分を庇《かば》ってくれた。望まぬ結婚に非道であると憤り、貴種の政治に平民が関われればどんな目に遭わされるかも顧みず助けてくれる。

のみならず、自分の主人の工房で匿《かくま》うなどという危険まで、彼は何の躊躇《ためら》いもなくやってのけた。

そして、彼と道を共にしていた黒髪の魔法使い。ツェツィーリアと同じく特異な種族の彼もまた、彼女を受け入れ友人と呼んでくれた。危難を防ぎ止める壁で命を守り、途絶えたと思った道をあっという間に繋《つな》げて新たな場所へと運んでくれる。

彼にだって決して好ましいとは思える出会いでなかった筈《はず》だ。ツェツィーリアさえいなければ、彼もエーリヒと共に何事もなく浴場で体を流して何事もなく日常に帰って行けた。

なんならば、無理をする友人を留めて危険な道に踏み込むことを止《や》めさせることだってできただろう。二人の間には、ぽっと空から降ってきたばかりの少女では、如何《いかん》ともし難い堅い絆《きずな》が結ばれていることが直《す》ぐに分かったから。

それでも彼は咎《とが》めなかった。金色の助勢を漆黒は拒むことなく、ぬばたまを護《まも》ることを選んだのだ。

物語の騎士のような鎧《よろい》も馬もないけれど、彼等こそ正しく語られる騎士なのではと手を引かれながら思った。困った人のため、悩める婦女のため全てを投げ捨てて走るなんて、かくあれと詠《うた》われる英雄そのものではないか。

無私と他人への慈愛、行き着くところまで行き着くほどの奉仕を彼等は見せてくれた。

種族など、詳しく知れば知るほど疎まれて当然でしかない種のことなど露ほども気にすることなく。

彼女は吸血種《ヴァンピーレ》だ。〝たいようをだましたおとこ〟という民話として今に伝わる、陽導神を詐術に掛けて不死性をかすめ取ったヒトの末裔《まつえい》である彼女は、詐術によって不死性を与えてしまった太陽神からの怒りで陽の下では肉体が焼け爛《ただ》れ続ける呪いを受けている。遮る物がなくば、肉を溶かし骨を炭にして魂までも灰に還元する強力な呪詛《じゆそ》を。

その呪いはいい。彼女自身が崇《あが》める夜陰神が、夫である太陽神を「詐術に引っかかる方も引っかかる方だ」と窘《たしな》めたことにより、彼女達は同時に月が出ている間は呪いが弱まり、完全に陽が陰れば不死性を取り戻すのだから。

重大なのはもう一つの呪い。

太陽神が罰として与えたもうた、彼の被造物である〝温かなる血を流す者〟の血液でなければ、本質的な乾きは永劫《えいごう》に癒やせないというもの。

本来ならば逆の呪いを掛けるべきでは？　と考える者もいるだろうが、太陽神は直情的であっても馬鹿ではなかった。渇きを満たすための行為が葛藤を生み、彼《か》の者達の跳梁《ちようりよう》を決定的な点において抑えることを分かっての差配であるのだから。

この縛りがあるからこそ、吸血種《ヴァンピーレ》は決定的なところで覇を唱えることができず、為政者として穏当なる治世を望むほかなくなった。

人類が豊かに増えねば血が足りなくなり共倒れとなるは必定。また欲に走って血を欲するならば、その心の臓に寄り添う魔晶は必ずや魂を濁らせて獣に落とす。さすれば種全体が人類に仇成《あだな》す者として排斥され、早晩人類の枠組みから追放されて、日の光の下に追い落とされる存在へと成り果てるだろう。

呪いは本能にも絡みつき、その種族特有の癖や嗜好《しこう》をねじ曲げていく。

血の渇きは怖《おそ》ろしい。なにせ〝死なない〟のだ。幾ら渇こうと、どれほど餓《う》えようと本質的な非定命である特質を太陽神は剥奪しなかった。

その方がより苦しませることができるから。

餓えるまでの間隔は個体によって違うが、彼女のそれは夜陰神を崇めているという加護もあって随分と長い。他の者が月に一度は血を必要とする中で半年は飲まずとも渇きを覚えることはなく、耐えようと思えば数年でも正気を保つことが能《あた》うだろう。

しかし、今回は時期が悪かった。

前に信徒から分け与えて貰《もら》った血液を飲んでから間が開いており、本来なら別邸で父が催す晩餐《ばんさん》で渇きを癒やすつもりだったのだ。

だが出奔してしまえば当然晩餐で相伴を預かることなどできず、無茶な運動もあって強まった餓えを抱えて彼女は匿われた。

これが実に辛《つら》い。人類全てが餓える苦しさを生まれながらにしてもっているが、吸血種《ヴァンピーレ》のそれはヒト種《メンシュ》の飢餓など比べ物にならぬほど重いものだ。餓えに餓え、目の前に差し出されるのが自身の赤子であろうと喰《く》らい尽くすだろう極限の餓えでさえ、吸血種《ヴァンピーレ》の餓えの前では霞《かす》んでしまう。

なればこそ、吸血種《ヴァンピーレ》は人類種ではなく、魔種に類されるような生態となったのだ。彼等の狂気とは、正しく飢餓に集約されるのだから。

耐えているつもりであっても、聡《さと》い少年には直ぐバレてしまった。

彼は魔導院に出入りしているだけあって異種族の特性にも詳しく、耐え難い渇きを抑えようと煩悶《はんもん》する彼女の所作から〝何が起こっているのか〟一目で判別してしまったのだろう。

次に目が覚めた時、彼女が寝床として借りた長椅子《カウチ》の傍らには〝新鮮な血を湛《たた》えた酒杯〟が用意されていた。一体誰が、などと愚かな問はするまい。この場に温かな血を流す人間は二人しかおらず、僅かな間だけでも溺愛っぷりを重々理解させる彼が、妹の流血を認めるわけがないのだから。

何も言わず、知らぬように振る舞うのが彼の優しさと教養の豊かさを無言で語る。三重帝国における吸血種《ヴァンピーレ》は血を啜《すす》り、呑《の》むという行為を基本的に恥じ、隠すことを彼は知っていた。親しい者だけが同席する晩餐、ないしは余人を追い払った私室の影にて隠れるように酒杯へ注いだ血を呷《あお》る。この地における吸血種《ヴァンピーレ》の食事文化は、そういった陰鬱なものであった。

もちろん、普通の食事を摂《と》ることもできれば、酒に酔いしれ微睡《まどろ》みに眠ることもできる。それでも、根源的な餓えを満たす食事は酒杯の赤色を干すしかないのだ。

種族が抱える耐え難い餓えを知る少年は、ツェツィーリアの将来を救おうと危険を侵すのみならず、何の躊躇《ちゅうちょ》もなく自身の血という慈悲を与えた。

魔法使いにとって血は非常に重要であるのにだ。魔力を循環させる体液であると同時に魔法の触媒ともなる血など、普通は何があっても他人に寄越《よこ》さぬものだ。魔導に精通し、知れば知るほど自身が失う物や背負う危機を理解して渡せなくなる。

だのに彼は、酒杯一杯分という決して少なくない血を進んで流した。請われた訳でもないのに、感謝さえ求めようとせずに。

濃密で実に美味な血であった。血には本人の性質が濃く表れる。食べた物、飲んだ物、吸った大気の匂いまでが移り、魔力が循環する血液の味は本人の来歴を聖堂の人別帳よりも雄弁に語る。

舌が痺《しび》れ、背筋が跳ねるほどに美味な血液であった。健康で、若く、そして豊かな魔力が溢《あふ》れる血。その美味《うま》さは吸血種《ヴァンピーレ》として生きて初めての衝撃を彼女に与えた。まるで舌の上を弾けるような柔らかながら重厚なヒト種《メンシュ》特有の風味。多量に含まれた魔力が愛撫《あいぶ》するかの如く舌を駆け抜け、爽やかで豊かな後味が吹き抜けるように消えていく。

酒杯に湛えられた、少年の体から流したにしては多すぎる血を彼女は瞬く間に干してしまった。清貧と貞淑をよしとする夜陰神の信徒であることさえ忘れ、はしたなく捕食器である牙を伸ばしてしまうほどに貪り、舌を伸ばし酒杯にこびり付く残滓《ざんし》までも舐《な》め取って。

一生の不覚である。自分を無くし、食欲に負けてマナーまで捨てるなど、僧や貴種として以前に吸血種《ヴァンピーレ》にあるまじき振る舞い。

それどころか事あるごとに乾いてしまい、滴の一滴たりとて残っていない酒杯を見つめ

てしまうなど。

これでは他国において吸血〝鬼〟との蔑称を受ける者達《たち》のようではないか。

三三手詰の複雑な盤面を進め、彼女はキリッと表情を整えた。未練がましく手元に残していた完全に乾ききった酒杯を押しのけ、僧としてしっかり彼を迎えねばならない。

買い出しに出て行った彼も直に戻ってくるだろう。そうすれば、自分の知る脱出の手順を説明しなければならない。頭をハッキリさせ、恥じることなき立派な振る舞いをして……。


「ただいま戻りました。いやぁ、少しずつ暑くなってきましたね」

かたんと手に持っていた女皇が落ちた。盤上で忠実に控えていた従者と騎士を弾き飛ばし、堅牢《けんろう》な城壁を押し倒した女皇は彼女の驚きをよく表していた。

春が終わり、初夏の訪れに負けて襟を大きく開けた少年の首が、どこまでも眩《まぶ》しかったから………。


【Tips】吸血行為。三重帝国の吸血種《ヴァンピーレ》は牙で血を吸うことをよしとせず、酒杯に注いだ血液を飲む文化を持つ。これは捕食種である吸血種《ヴァンピーレ》が帝国内において抱かれる畏れを薄めるために育まれた文化であり、帝国成立期に発生したと言われている。

ただ、吸血種《ヴァンピーレ》が〝恋人〟と呼ぶ特殊な間柄のパートナーとの吸血行為においてのみ、しばしば牙が用いられる。

ミカと連れだって工房に帰ってきたら、吸血種《ヴァンピーレ》のお嬢様が何やら慌てふためいていた。

まだ起きるには早い時間の筈だが、彼女も慣れない環境だけあって上手《うま》く寝付けなかったのであろうか。

私が無聊《ぶりょう》の慰めとして持ってきた中級者向けの詰兵演棋を解いて遊んでいたようだが、此方《こちら》を認めるなり目を見開いて駒を取り落としてしまった。

あれ？　私なんか見苦しい感じになってた？

貴人の前に出るのだから軽く汗は拭いておいたし、服も失礼の無いように〈清払〉の魔法を掛けておいたから臭いってことはないと思うのだが。あれだろうか、ぼちぼちアドオンか何かで〈清払〉を掛かる度に良い匂いでもするようにした方が良いのかね？

「えーと……なにか？」

「い、いえ！　別になにも！　おかえりなさい!!」

ともかく、よくないところがあるなら指摘して貰って正そうと思ったのだが、彼女は残像が見える勢いで詰兵演棋の本を顔の前に持って行ってしまった。

まぁ、そりゃそうか。人の変なところって指摘し辛《づら》いしな。

「何もないならいいのですが……」

言葉とは裏腹に、絶対何かあるだろうよと気にしながら荷物を解いていると、妙に圧のある視線を後頭部から背中に掛けて浴びせられた。気になって〈見えざる手〉でちょっと触ってみたが、なんかくっついていたりは……しないな。よかった、古典的な貼り紙系の悪戯《いたずら》がされているようではないらしい。

いや、そもそも何か貼られていたらミカが気付くか。彼が悪戯心を出して貼り付けたりしていない限り。

では一体何が彼女の注目を集めてしまっているのだろうと思いつつ、襟をバタつかせて空気を送り込んでいると背後に気配が一つ。ひっそり隠れているつもりではあるらしいが、まだまだ甘いな。マルギット相手に私が何年バックアタックを躱《かわ》してきたと思っているのか。

「兄様、お帰りなさい！」

ただ、可愛《かわい》い妹を受け止めるのはやぶさかではないから、大人げなく躱したりはしないけどね。

私は収納のドアをすり抜けて飛びついてくるエリザを敢《あ》えて見逃し、その重さのない体をしっかりと受け止めた。首に手を回し、肩に顎を乗せ懐いてくる妹の期待を裏切るのは兄貴の所業ではないからな。

「ああ、驚いた。ダメだろうエリザ、危ないじゃないか。転んだらどうするんだい」

「大丈夫、兄様はエリザを絶対に受け止めてくれるから」

マルギットは相手に飛びつくのは結構勇気が要る行動だといつだか語ってくれた。相手が反撃してくるかもしれないし、頼りなくてふらつき諸共《もろとも》に転倒する可能性だってある。

首筋に抱きついて背中や胸に顔を埋《うず》めるというのは、する側だと相手を信頼していないとできないそうな。

つまり、無垢《むく》な笑みを浮かべ、身を隠しながら飛びついてくれる彼女は私を信頼しきってくれている。どうあろうと兄は自分を完璧に受け止めて、許してくれる頼りがいのある存在だと。

兄貴冥利に尽きるじゃないか。やはり家《うち》の妹は天使だった。これはどこぞの神に嫁として召し上げられぬよう注意せねば。

「だとしても急に飛びついたら危ないよ、エリザ」

「あ、ミカもいらっしゃい」

困った妹にデレデレな私の代わりにミカが優しく窘めてくれた。ここ暫《しばら》く一緒にエリザの部屋にいるからか、呼び捨てることにも慣れてきて嬉《うれ》しい限りだ。

「それにだエリザ、君は淑女なんだから衣装棚に隠れちゃいけないよ。いつから入っていたんだい？」

「ええとね、兄様がお出かけになられてから？」

「え？」

思わず変な声が出た。出かけてから家の用事を片付けたりしたので、数時間は出ていたのだが、その間ずっと隠れていたのか？

どうしてそんなことをと聞けば、口を尖《とが》らせてそっぽを向かれてしまう。

ぬぅ、あれか、まだセス嬢と打ち解けていないのか。

悪い子だと膨らんだ頰を突っついて空気を抜いてやれば、きゃぁきゃぁと喜んで絡んできたのでなんとも。ここで本当に彼女のことを考えるなら叱るべきなのだが、どうにも甘えられると兄貴としては強く出られなくて悩ましい。

「駄目だよエリザ、お客人を無下にしちゃ……色々お話を聞かせてくれようとなさっていたんだよ？」

そう言ってエリザの頰を優しく突っついたミカは、セス嬢が仮の寝床としている長椅子付近の机を指さした。因《ちな》みに長椅子で寝ていらっしゃるのは、部屋の主の寝台を使うなどとてもとても強く辞退されてやむを得ずの処置である。私が持ち込めるような布団より、悲しいことに長椅子の方が数段寝心地は上だからな。

机の上にはミカが頼まれて書架から借りてきた、夜陰神にまつわる本が所在なげに置かれていた。聖典に始まり、聖歌を纏《まと》めた物から子供向けの絵物語まであるが、手を付けられた様子がないためエリザが逃げ続けたせいで読まれる機会がなかったのだろう。

奇跡を賜るほど敬虔な信徒であるセス嬢ならば、聖典など既に諳《そら》んじられるほど読み込んでいるに違いないから、本当にエリザのために用意してくれたのに悪いことをした。

「仕方ありませんよ、ミカ。その年頃の子にはよくあることですから。波長が合う合わないの問題はどうしても」

ミカから叱られても視線を逸《そ》らし続けるエリザであったが、遂《つい》に無視されている側からの援護射撃が放たれる。

たしかに子供にはありがちだ。何となくで気に入ったり気に入らなかったり、分かっていても必要な反応を示せないのは子供の内だと誰にでもある。気恥ずかしさや初対面の印象など、要因は多岐に渡るが子供の語彙では上手く表せないため、結局成長に任せてなぁなぁにされ何時《いつ》の間《ま》にやら解決されている問題だ。

子供の世話には慣れていると言った通り、知識だけではなく懐の広さも大したものだなセス嬢。

「優しすぎますよセス嬢……」

「ごめんなさいね、ミカ。でも、私は本当に気にしていませんから」

長椅子で楚々《そそ》と笑うセス嬢と困ったように腕を組むミカ。黒髪の美少女二人が微笑《ほほえ》ましくやりとりを交わし、そして私の首には世界で一番可愛い女の子。何という幸せ空間。男の私が存在していることが申し訳なくなって、片隅に置かれた観葉植物にでもなりたくなってきた。

「あれ、兄様これなに!?」

「ん？　ああ、お土産だよ。ほら、氷菓子だ」

「わぁ！」

しかし、首にぶら下がった我が家のお姫様がお土産に気付いたようなので、早く食べさせてあげよう。焼夷《しょうい》テルミット術式にも使った保温の術式を掛けているため溶けることはないけれど、直《す》ぐ食べたい早く食べたいと目を輝かせるエリザを待たせたくない。

「では、折角ですしお茶にいたしましょうか？」

少しでも空気が柔らかくなれば良いと思い、渾身《こんしん》の良い笑顔を作って私は夕方のお茶の提案をした…………。


【Tips】三重帝国における匂いの文化。多種族国家である三重帝国において匂いは重要な要素である。特に匂いに敏感な種族の前ではキツイ体臭も強い香水の匂いも害になるため、場に合わせた解答があるだけで絶対の正解が存在しないこともあり匂いの問題は実に難しい。

無難とされるのが汗の匂いを誤魔化す石鹸《せっけん》や花の香り、あとは焚《た》きしめた香が不快になる種族が少ないため好まれる。柑橘系《かんきつけい》は難しく、犬や猫の形質が混じる亜人種や魔種を刺激するため常用するには不適切とされた。

ライン三重帝国に根ざした神々が人々に課する戒律は、他の神群と比べて重いものではない。清貧と貞淑を重んずるものの――主神たる陽導神から目を背けながら――決して一信徒にまで厳守を強いることはなく、帰依する僧に対して殊更重い縛りが設けられることもない。

暴食や姦通《不倫》、行きすぎた淫蕩《いんとう》などは一般的な倫理観と共に窘《たしな》められて然《しか》るべきであるものの、僧の妻帯や肉食に飲酒を咎《とが》められぬ時点で随分とおおらかなものと分かろう。

されど、その中でも慈母の神格を司《つかさど》る夜陰神においては例外的に自戒的な戒律が存在する。慈しみ深き母は、慈悲をただ余裕のある者が財に飽かして〝気分良く〟なるための道具だとは思っていない。

愛とは時に重く、痛く、苦しいものであり、慈悲の本質は自らの一部を擲《なげう》って注ぐものであると信じるが故に。

さて、夜陰神に限ったことではないが、僧会にはそれぞれ宗派というものが存在する。

地球の宗教で言うところの同一宗教内における信仰を捧《ささ》げる対象や信仰の礼式、経典の解釈によって発生した分派とは異なり、彼等《あがら》が崇める対象は同一であり経典解釈もまた同一、そして属する組織も厳密には同じものである。

その中でも個人が神に信仰を捧げる方法を模索し、何が最も尊く、主神と定めた神に喜ばれるか深く考え始めた一団が宗派の始まりである。

神は慈しみを持って地上の信徒を眺めているものの、ライン三重帝国の神群は彼等の信仰に進んで関わらぬという不文律を持っており、最早《もはや》瀆神《とくしん》と呼ぶに近しい身勝手な解釈を除いて神罰や託宣をもたらすことはない。

故に人々は自分達《たち》の精神活動に基づく信仰をより洗練させるため、宗派を作って独自の信仰を形作ってきた。

この話を聞いた時、とある金髪は「二次創作に喜んで、解釈違いでも口を出さずうれしそうに受け入れる原作者みたいだぁ」と碌《ろく》でもない感想を抱いたそうな。

閑話休題《それはさておき》。宗派にも様々な形がある。主神格たる夫婦神の雄神、陽導神であれば自分達の財を擲って神事や聖堂を豪奢《ごうしゃ》に飾ることを好む絢爛《けんらん》派や、降り注ぐ陽光を有り難く考え農業に邁進《まいしん》する農精派。そして武神の一派でさえ行わぬ苦行を敢えて執り行う収斂《しゅうれん》派など、同じ神を崇めているとしても信仰の形は大きく異なるのだ。

ツェツィーリアは夜陰神を崇める僧の中では、二大宗派とされる慈愛派と潔斎派の内では潔斎派に属する。

喜捨によって恵まれぬ者に手を差し伸べることを良しとする慈愛派とは異なり、自身もまた潔斎と清貧を貫きつつも奉仕に身を捧げることを尊ぶ宗派は、貴族の家に生まれた彼女に不似合いと言えばそこまでであるが、人間性には最も適していた。

その清貧への拘《こだわ》りはある種〝苦行の一種〟とまで呼ばれるほどであり、時に断食まで行う様は過激派揃《ぞろ》いの僧侶達の中でも畏敬の目で見られるガンギマリ、もとい熱心さで知られる。

奇跡を賜れるほどの信仰心を持つツェツィーリアも例外ではなく、多くの修行を熟《こな》してきた。月が出るまでは唾液すら呑《の》み込まぬ断食から不眠で執り行う読経や写経、身の回りの最低限の物しか持たぬ苦しい生活など、普通の人間では耐えきれぬ生活を日常として慣れきるほどに。

にも拘《かか》わらず、今は上手く感情が処理できずにいる。

いや、別にエリザが覆い被《かぶ》さったせいでエーリヒの首が見せる美事《みごと》な曲線と艶《なま》めかしい肌の白さが隠れてしまったのが残念だったからではない。

玉のような汗が浮かぶ締まったしなやかな筋肉が魅力的な首筋、日に晒《さら》されようともくすまず透き通るような白、そして向きを変えれば襟元から誘うように顔を出す鎖骨が隠れてしまったのが残念だったからでは決してないのだ。

たとい俄《にわか》に湧き上がった唾で頬が膨らまんばかりに口腔《こうこう》が潤ったとして、断じてそれだけではないったらないのである。

ツェツィーリアの目線を辿《たど》ったからか、それを隠すように振る舞うエリザの真意がよく分からなかったからだ。

この三日間、彼女はできるだけエリザと打ち解けようと試みたものの、全ての行動が無為に終わっている。話しかけても反応は素っ気ないし、兵演棋に誘ってみてもルールを知らないとすげなく断られ、何をしているか問おうにも師匠からの課題だと言われれば踏み込むこともできなくなる。

ツェツィーリアにはエリザがどうしても理解できなかった。

彼女自身、子供が苦手ではないし、むしろ好きな方だった。夜陰神の聖堂は行くアテのない子供を受け容《い》れることがよくあるし、荘園《しょうえん》や街の救貧院を訪ねて子供を見舞うことが奉仕活動に組み込まれているため幼子と触れあう機会も多い。

思い上がりでもなんでもなく、活動の中で彼女は子供達に懐かれていた。優しく活動的で、色々な知識を蓄えた彼女は、何時だって子供達が纏わり付いてきて大変な位だ。

しかし、その中でも辛《つら》い目に遭ってきた子供や、子供特有の思い込んでしまったら頑《かたく》なな決めつけで嫌ってくる子供もいたため、全ての子供が自分に懐いて然るべきであるといった傲慢な考えを持つことはない。

精神性が未熟であろうと、経験に乏しかろうと人格の一つ一つが尊ばれるべきであると彼女は考えているからであり、いつか仲良くなれればいいと長い目で全てを許してきた。

だのにエリザは全く違う。むしろ、時折じぃっと茶色い瞳でこちらを観察する目線に異質さを感じさえした。

あれは二桁にもなっていない子供がする目ではなかった。言語化するのは難しいが、強いて言うならもっと〝大人〟でなければできない筈《はず》の目なのだ。

彼女も聖堂暮らしが長いせいで、その目を何度も見た訳ではないため如何様《いかよう》な感情が込められた瞳なのかの判別は付かない。薄い記憶にあるものは、別邸に訪れた〝父上の友人〟や紹介された〝貴族の婦女〟がこちらを覗《のぞ》き見る時のような色だったのは覚えている。

しかし、光の当たり具合なのか茶色から琥珀色《こはくいろ》、そして金色に見える瞳が尋常ならざる感情を秘めていることはたしかであった。

ほら、こうやってテーブルを挟み、本題に入る前にお茶をしている今だって……。

彼女は言い知れぬ不気味さを黒茶の香ばしさや氷菓子の甘さで脳裏から拭い、咳払《せきばら》いを一つして本題に入ることにした。遠大にして困難の多い道を踏み越える、たった一つの切り札を明かす時が来たと。

「そういえばね、エリザ、兄様は面白い噂《うわさ》をミカから聞いたんだ」

「噂ですか？」

話題が途切れて空気が緩んだ頃に言えば、みんな驚くだろうかと小学生じみた考えを巡らせつつ、人知れず胸を高鳴らせるツェツィーリアを余所《よそ》に兄妹は微笑ましいやりとりをしていた。妹は兄の膝を当然の権利として占拠し、自分の手を使うことなく氷菓子を口に運んで貰《もら》う厚遇を甘受する。

それもミカと同じく二種類盛りの豪華仕様だ。ツェツィーリアにも同じく二種類の氷菓子が振る舞われていたが、ミカは内心でこれをエリザだけ優遇しては悪いから皆に二種類を振る舞い、自分だけ棒一本で我慢したのだろうなと確度の高い推察をしていた。

「ほら、聞かせてやってくれないかい」

「ん？　仕方ないなぁ。エリザ、よくお聞き、何と今日ね、帝都に空を飛ぶお船がやってくるんだよ」

「「えええぇー!?」」

響き渡ったのは吃驚《びっくり》の二重奏。

そう、一つだけではない。

自信満々で皆を仰天させてやろうと温めていた案が、いとも呆気《あっけ》なく潰されてしまったツェツィーリアの悲嘆も交じっていた。

急に立ち上がって率爾《そつじ》な声を上げるツェツィーリアに三人は驚いて身を引いた。笑う際も口に手を当て、楚々とした淑女然とした態度を崩さぬ聖女が唐突に大声を上げて立ち上がったのだ。驚くなという方が無理もあろう。

「あの、どうかなさいましたか……?」

恐る恐る問うたエーリヒは、ツェツィーリアの「何故《なぜ》知っているんですか!?」という声に再度の驚愕《きようがく》を得るのであった……。

【Tips】宗派。地球においては同一の神を崇める祭礼の異なる集団、ないしは同一経典を持ちながら解釈と信仰対象を異にする組織。

神は戒律と聖典を授けたが、信徒が捧げる信仰の表現は自由に任せた。心から尊いと自身の心が信じる方法こそが最良の信仰を生み出すと確信しているがために。

余人が聞けば「子供か!」と叫び、よくよく思い返せば子供だったと納得するような理由を聞いて、三人は何とも言えぬ表情を見せるしかなかった。

ツェツィーリアが冒険気分で三人に隠していた伝手《つて》とやらは、大々的にでこそないものの市井に噂として出回っている空を飛ぶ船とやらであった。

関係者以外が漠然と空を飛ぶ船とだけ呼ぶ物は、やはり噂通り皇帝肝いりの技術であり、大きな外洋港を持たぬ帝国が今後の交易を担う新技術として開発した〝航空艦〟という名の新兵器であった。

広大な版図を誇る帝国であるが、実態として大きな外洋港が領土の中に存在しない。これは既に帝国が現在の行政能力の内に抱えられる領域の限界域に達しつつあるため、良質な外洋港を作れる場所に三首龍の旗を立てられなかったことによる。

北部域は広く海に面しているものの、その大部分は切り立った崖や遠浅の海岸だけが続いており、更には厳しい冬の寒さも相まって冬季には凍結や流氷の到来によって封鎖され、使える場所も小規模な漁港にするしかない立地ばかり。

一つだけ外洋港として機能する、北西に腫瘍の如《ごと》く飛び出したホヴァルツヴェルケ半島のシュレスヴィッヒ港が外洋港として機能しているが、こちらは北部諸島帯により北と西、温暖にして海運が盛んな海に蓋がされる形となり大きな迂回《うかい》を強いられるため実用性に乏しく、帝国の規模に見合った港とは呼べなかった。

かつては運河を掘って西方に直結させることも考えられていたものの、北海の荒波には巨大な海竜や海蛇が潜むため工事は難航し、七代掛けても完成しないという試算が出て今となっては絵に描いた餅として領主の腹を空《す》かせるだけの物と成り果てていた。

今は半ば属国関係に近しい南内海に面した都市国家群から関税自主権と貿易権を召し上げて自国の港と等しく活用しているため、外国貿易に苦労することはないのだが、それも何かの弾みで使えなくなる可能性がないとは言えないため、帝国は常に新しい海運の間口を求め続けていた。

それがかつて夢想された北海大運河の開通や国号の由来ともなったライン川を海まで延伸する非現実的な大工事であり、また今、現実になろうとしている航空艦技術である。斯様《かよう》な国家の命運を左右する技術だけあって関わる人間は多く、また秘匿することも難しい巨大な建造物の存在が市井で囁《ささや》かれぬ筈もなし。帝国としては世を震撼《しんかん》させるべくお披露目の時まで隠しておきたかったのだろうが、人の口に戸を立てることは能《あた》わず、諸処からちらほらと情報が漏れてしまっているのだった。

目論見《もくろみ》が外れたからか、どこか萎《しお》れてしまったような風情で航空艦のことを語るツェツィーリアに対し、小さなエリザは「なにかすごいもの」と曖昧な解釈をしたが、残る二人は酸っぱいような渋いような形容の難しい表情をしていた。

「今宵《こよい》、航空艦は帝都上空にやって来て郊外に停泊……皇帝陛下をお乗せし、関係者と共に各地を行幸する予定となっております……」

「潜り込むと？　その航空艦に……？」

「また大それた計画を……」

少年と少女は大胆極まる計画に震え上がり、マジかコイツと言いた気な視線を僧侶に送った。

国家肝いりの大計画。それも今宵が公式の処女航海となる皇帝のお召し艦を使って移動しようとは大胆を通り越して無謀の領域に足を突っ込んだ算段である。

元々、頭に超をつけるほどの重要な物であるため警備は厳しく、皇帝が乗るなら近衛《このえ》を巻き込んだ帝国でこれ以上は不可能という程の水準になるのが当然だ。猫の子一匹どころか、その仔猫《こねこ》についた蚤《のみ》でさえ通さぬような体制が敷かれよう。

「ええ、勿論《もちろん》ただ賊のごとく押し入るのではありませんよ。伝手があるのです」

奇妙な初めての感覚に戸惑いつつ、僧は自分のプランを披露した。

「実は此度《こたび》の航空艦開発には僧会も参加しているのです」

さて、今まで航空艦の建造と技術導入は全て魔導院の主導で行われてきた。今回も勿論立案から起工まで全て魔導院の主導であることに変わりはないが、三度目にあたる現在は僧院も開発に一枚噛《か》んでいるのだ。

というのも、今まで神々の中で誰が航空艦に関わるかという、どうし……くだ……実に深遠な議論が神当人も――言うまでもなく曖昧な託宣を介してではあるが――交えて進行していたのである。

元々神々も航空艦には関心を示していた。

最初に風雲神が空飛んでんなら自分の領分だなと腰を上げ、次いで船って名前ついてるならアタシじゃないのよと水潮神が異を唱え、造船分野なら当然俺だろうがと造緻神が割って入り……気がつけば関係ありそうな神々が全員自分の管轄だろうと手を挙げてえらいことになったのだ。

小学校の学級会ではないのだから仲良くしなさいと言いたくなるも、実際神々にとっては死活問題でもあった。神格とは寄せられる信仰によって決まるものであり、豊穣《ほうじょう》神が主神格に伍《ご》するほどの神格を持つに至った理由を考えれば、神々が本気になる理由も察することができるだろう。

要はなんぞのSNSよろしく、関係者が多ければ多いほど神の力は増すのだから。

彼等《ら》も大いに注目しているのだ。今後の帝国の趨勢《すうせい》に深く関わる技術だけあって、この技術を司《つかさど》る神格になったならば莫大《ばくだい》な信仰が寄せられることになるだろうと。人が生きている以上絶対に需要が尽きない分野を司る神々と違い、時勢によって信徒数の増減が著しい神格は皆自分のことで結構必死なのである。

斯様な進行役不在の学級会が如き神学論議がウン十年続き——尚《なお》、物理的に殴り合った面子《メンツ》も少なくない模様——最近になってようやっと話が纏《まと》まった。

いや、よりこんがらがったと言うべきか。結果的に船内に〝聖堂〟を拵《こしら》えることは決まったものの、その聖堂を占領する主導的な神は決まらなかったのだから。

起工段階においては職工の神である造緻神が加護を与え、船出のプロセスでは水運と物流を司る水潮神が祝福を授け、空に浮いたあとの航路は風雲神が見守るという訳が分からない機構が仕上がった。似た流れは水に浮く船にこそあれど、船舶の主体神格は結局水潮神の手にあるところを見るとこれは随分と拙《まず》い状態とも言える。

なんと言っても責任を誰が取るのか全く不明なのだから。

物事はできるだけ単純にするべき、と偉大な物理学者は語ったが正しく真理である。魔導院の変態共が頭を捻《ひね》るのみならず、僧会の過激派共があーだこーだと口出しするせいで航空艦は正しく三重帝国の良い面も悪い面も全部ブチ込んだ闇鍋のような存在になってしまったのだから。

「えー、そして航空艦は夜間航行も想定しているため……」

「夜陰神も関わることになった、と」

「ええ……まぁ……」

複雑そうに事情を語り終えたツェツィーリアは、停泊したあとに乗り込む予定の僧は友人なのだと言った。同門の彼女は信頼できる人間であり、助けを求めたら無下には扱われないと相当の自信があるらしい。事情を説明すれば、必ず力になってくれるだろうと。

「頼めば私を随員の僧と入れ替えてくれるはずです。夜陰神の関わり自体は然程《さほど》深くないので、人数も少ないですから乗り込んでさえしまえば衛兵の目も厳しくはないかと」

「なるほど。では、聖堂まで案内できれば……」

「はい。あとは航空艦に紛れ込み、最初の巡幸先であるリプツィに降りれば伯母様にお縋《すが》りすることができます」

もくろみとしては捻りのない密航であり、粗も多いが一番現実的と言えば現実的であった。直線距離での一四〇㎞の道なき道を歩くより、一度飛び立ってしまえばあとは手出しされない航空艦の方が賭の倍率としては悪くない値と言えよう。

むしろ、正面から突っ込んで世界初のハイジャックを企画されるよりずっとずっと理性的で現実味のある作戦だった。

「分かりました。では聖堂街に向かいましょう……しかし、どうしたものでしょうかね」

幾つも残った問題の中、差し迫った問題が一つ。

今の帝都には彼女を狙う追っ手が凄《すさ》まじい数で放たれていることだ。人相書きこそ配られていないものの、その方がまだ楽だったろう。

エーリヒは外出の際、目ざとく街の警備に注意を払い警備状況を実に細かく確認していた。

その途上で目にしたのだ。胸甲を纏い警杖《けいじょう》を持った衛兵以外に厳《いか》めしい黒喪の軍服を着込んだ連中が交ざっていたことを。

増員された衛兵のみならず、生え抜きの探索者で固められた猟兵相手に繰り広げる〝狐《きつね》とガチョウ〟の遊びは並大抵の難易度ではないだろう………。

【Tips】近衛猟兵隊。優秀な斥候や元猟師ばかりで構成される偵察集団。戦の趨勢を決する決戦地の策定、敵の規模を探る偵察や逆にこちらを偵察にやってきた物見を潰す影の主力。幾度となく帝国の将来を左右する戦において重要な活躍をしており、最も誉れ高き部隊の一つ。

決して吟遊詩に取り上げられることもなく、華やかな肖像が刷られることもないが、それこそが彼等にとっての誉れなのだ。

厳重な警戒を躱《かわ》すのは難しい。

なんと言っても我々の構成は剣士《ファイター》寄りの魔法剣士一人、支援妨害型魔法使い《ソーサラー》で学者《セージ》兼業が一人、そして非戦闘型僧侶《プリースト》一人。

そう、シティーアドベンチャーにおいて何より重要な斥候《スカウト》や野伏《レンジャー》不在という狂気の構成なのである！

よくよく考えたらおかしな編成だ。迷宮踏破《ダンジョンハック》を前提としない護衛仕事や、ＧＭ《ゲームマスター》が少人数だから雑用してくれるＮＰＣ斥候を用意してあるよとでも託宣《ハンドアウト》で先に教えてくれている卓以外でやったなら、せめて誰かメインのレベルを一個下げてでも兼業しろよと怒られる編成である。

先導して道の安全や尾行の有無を確認してくれる斥候がいないシティーアドベンチャーは大変に厳しい。誰かを護《まも》って逃げるにせよ、逃げる目標を追うにせよ。目隠しして走っているようなものだ。

幸いにも私が持っている高級特性の〈常在戦場〉や上空から俯瞰《ふかん》して周囲を警戒できる〈遠見〉の術式のおかげで伏撃くらいは防げるものの、私服で都市に埋没した敵の斥候や隠密《おんみつ》に秀でた斥候を炙《あぶ》り出すには、攻撃を受けてからでなければ難しい。

つまり最善である、クライマックス――最悪これすら回避して――まで戦闘を避けて進むという行動がとれないのである。

ああ、我が幼馴《おさなな》染《じ》み、麗しの真珠《マルギット》よ、君は今愛《いと》しの故郷で何をしているのだろう。君が故郷でそうあったように、私の背中を守ってくれて、道行きを照らしてくれたら怖いことは何もなくなると言うのに。

歪《いびつ》な一党を完璧にする欠けた一片、共に冒険者となることを誓った幼馴染みの不在で背中が風邪を引いてしまいそうな頼りなさに震えそうだ。

「……あ、そうだ」

寂しさに浸っている私をさておいて、ミカが手をポンと一つ打ち合わせてから荷物を取りに行ってくると席を外した。

何事かと待つこと暫《しば》し、下宿との間を走って往《ゆ》き来《き》してきたらしい息を切らせた彼女は大きな袋の中身を机にぶちまけた。

「これ、使えないかな」

「……薬？」

ミカが持ってきたのは大量の小瓶だ。魔法薬らしく蓋に封印が施されている小瓶は形の揃《そろ》った上等な物ばかりで、何かと問うと師匠からの貰《もら》い物《もの》だと言う。

「お師匠がサロンに行くとお土産や試供品を他の魔導師《マギア》から貰うことがあるようでね。女性になった時に色々貰ったんだ。転換が始まったなら化粧の一つも覚えておきなさいってね」

「化粧の魔法薬か。凄《すご》いな、こんな高価な物が試供品として配られるのかい？」

「発注が貰えれば何十倍にもなるから安い物なんじゃないかな。男性相手でも妻や恋人に試させて、気に入ったら贈り物として買うこともあるだろうから」

初めて知る文化だ。なるほど、たしかに魔導師《マギア》はみんなよっぽど金にならない研究にでも没頭していない限りは金持ちだし、教授ともなれば研究費とは別に年金が出るお貴族様だからな。茶会の客は身内であると同時に潜在的な商売相手にもなり得るのか。

こういう時、基本的に引き籠もっていて没交渉極まる主人を持っていると、他の人が当然のように知っていることを知らないなんてことが起こるから困る。あ、いや、私の場合はあれか、この試供品がライゼニッツ卿《きょう》から押しつけられる洋服にあたるのか。

「えーと、これじゃなくて、アレじゃなくて……あった！」

彼女は瓶の附票をああでもないこうでもないと引っかき回していたが、やがて三つの瓶を見つけ出して嬉《うれ》しそうに掲げた。

「いやぁ、とっておいてよかった。僕、こういうのあんまり興味がないから、その内エリザに上げるか売ってしまおうと思っていたんだけど、こんな日が来ようとは！」

「何の薬なんですか？」

興味津々といった具合で瓶に顔を寄せるセス嬢に対し、ミカは一つ一つ指さしながら説明した。

一つは髪を一時的に伸ばす魔法薬だそうだ。毛根再生術式の開発途上で生まれた、既に生えている髪を服薬量に従って伸ばす魔法薬であり――この世でもハゲは全男性の悩みであることは変わらないらしい――本来求められた効能からすれば失敗作以外の何物でもないが、ご婦人の気分転換には良かろうとして売られ始めたとのこと。

もう一つは同じく髪の薬で、癖を弱めて真《ま》っ直《す》ぐにしてくれる薬だそうだ。こちらも本当ならば完全な縮毛矯正を施して半年から一年は綺麗《きれい》な直毛にする薬を目指して作られたようだが、効果は精々数時間に過ぎない。今こんなのを作っているから、完成に向けて出資してはくれませんかと誘いかける呼び水だな。

効果を永遠のものにしないのは、きっと継続的に売って利益を得るためなんだろうなぁ。一時的に変更する理論を完成させたなら、不可逆の変異を引き起こすなんてむしろ簡単なんじゃないかと思うし。何処《どこ》の世界でも製薬に携わる奴《やつ》は汚いな。どっかに傘の印章が入ってたりせんだろうなと薬瓶をしげしげと見てしまった。

最後はなんと目の色を一時的に変える点眼薬だそうで、こちらもご婦人方の気分転換用……という名目で予算を集めた変装道具だと思われる。目の色は茶褐色一択の前世日本と異なり、色彩豊かな今生だと人相識別で皮膚や髪の色に次いで分かりやすい点だからな。お洒落《しゃれ》以外にも潜入や、あと褒められたことではないが不貞のためと方々で活躍するだろう。

「えーと、一滴あたり伸びる長さがこれだけだから……こんなものかな。うわまっずい!?」

「わっ、伸びてます！　伸びてますよミカ！」

「すごい！　エリザもエリザも！」

が、開発された後ろ暗い背景に思いを馳《は》せていた私とは異なり、やはり化粧品となると好奇心が擽《くすぐ》られるのか女性諸氏は大変楽しそうにしていた。

薬を服用したミカの髪が見る間に伸び、豊かに波打つ黒々とした夜の海の如《ごと》き美麗さを見せつける。このまま女性として髪を伸ばしたなら、こうなるのだろうと容易に想像させる自然さは、失敗作とはいえ流石魔導師《さすがマギア》の作品といった所か。

「うわ、僕って髪を伸ばすとこうなるのか……癖がよりすっごいな。これじゃ上手《うま》く束ねられないから、これからも短くしよ。女性の時でこれなら、男性時はもうもじゃもじゃで見苦しくなるだろうし」

「男性時だと癖が変わるのですか？」

「はい、もう今より強くてくるくるしてます。父がくせ毛だったんで、男性の時の僕は、より父に似ているんだと思います」

「あれぇ？　伸びない……」

姿見の前に立って女性らしいやりとりをする二人と、自分も薬を舐《な》めてみるものの伸びないことに首を傾《かし》げるエリザ。妹は半妖精《チェンジリング》で肉体こそ人間だが、魂が妖精《アールヴ》であるため魔法への抵抗が強いのだろうか。

「次は直毛の薬と……うっわ、これもまっずい！　舌がびりびりする！　製品版じゃないから味は二の次か!?」

「わっ、ですが直ぐに効果が出ましたよ！　凄いですねミカ！」

続いて別の瓶の薬を舐めれば、豊かにうねっていた黒髪は凪《な》いだ湖面の如く平らかになり、部屋の照明を反射して月夜の湖の美しさを見せる。元々彼女の髪質は細くて柔らかいから、思わず指を通したくなる程に蠱惑的《こわくてき》だ。

「う、首筋が熱いしなんだか重い……エーリヒ、君っていつも大変だったんだね」

「分かって頂けて何よりだ。新鮮な気分だろう？」

「そうだね。もうこれ一回きりでいいけど。でも、君にとっても新鮮じゃないかな？」

言って腰にしなを作り、色っぽい姿勢で髪を掻《か》き上げるミカ。見慣れた友人の見慣れぬ装いに少しドキッとしたのは秘密だ。

「ああ、とても素敵だ」

しかし、顔色を平静に装うのは雇用主との付き合いで慣れている。頬を赤らめることもせず、思ったままに褒めてみれば、彼女はポカンとしたあとに凄い勢いで背を向けた。

「そ、そうかい、ありがとう……」

が、背を向けても姿見があるから顔は丸見えなのだが。何やら真っ赤になっているが、褒められたのが恥ずかしかったのだろうか？

……たしかに男性時や中性時は事あるごとに褒めていたが、女性時には私が気恥ずかしくて控えめだった気がする。慣れぬ褒め言葉に反応されてしまったか。

とはいえ今は女性の友人が隠そうとしていることなので、見えてしまう位置に立っているからと覗《のぞ》き見るのは無粋だな。そっと椅子を傾けて視線をミカから外し、薬の効果がなきた。


い！　とぶーたれるエリザを構うのであった。

「大丈夫ですか、ミカ？　薬の副作用で具合が悪くなったのでは……」

「ご、ご心配なくセス、何でもありませんよ。え、えーと、次の薬はっと！」

上擦った声を聞き流してエリザを宥《なだ》めていると、暫《しばら》くして整ったのかミカが声を掛けてきた。

そこには、うり二つとは言わないが、よく似た二人が立っていた。

似た年頃で背丈も近く同じ髪の長さをしており、目は緋色《ひいろ》とは言わぬものの赤らんだ濃い褐色で見る角度によっては吸血種《ヴァンピーレ》の鳩血色《ピジョンブラッド》をした目に似ていなくもない。特徴だけを聞いて人捜しをしていたら、間違いなく声が掛かる相似性だった。

そして下宿で着替えてきた彼女は、僧衣と似た形の黒い頭巾が付いたローブを着ているではないか。

「どうだいエーリヒ、これで囮《おとり》としては上等じゃないかな？」

だから最初から分かっていたのだ。彼女が何を思いつき、何をしようとしてこんな貰い物を引っ張り出してきたのか。

「僕が先に出て囮を務めよう。適当に大門の辺りで見つかって、色々引っかき回してやろうじゃないか」

自信満々に胸を張るミカ。彼女の言を聞き漸《ようや》く意図に気付いたのか、セス嬢はただでさえ白い顔色を更に悪くしてミカの肩に摑《つか》みかかる。

「いけません！　そんな危険な！」

「ご心配なく。セス、貴女《あなた》は捜す側からすればとても大事な人物なのですから、手荒な方法で捕まえようとはしてきませんよ」

「でも！　万一捕まってしまったら！」

「僕はこう見えて帝都は長いんですよ？　誰にも捕まりませんとも」

　空元気ともとれなくもない言葉であるが、私は彼女のことを信用することにした。ミカは無茶をすることはあっても、できないことはできないと言える人間だし、簡単に自分のことを犠牲にすることもない。

　日々、造成魔導師を目指して帝国インフラと都市計画の最高傑作である帝都を身を以《もっ》て学ぶべく歩き回っている彼女だ。私が知らぬ小路の一つ一つ、下水の接続の殆《ほとん》どを知る彼女であれば嘘《うそ》偽りなく時間を稼ぐ自信があるのだろう。

「分かった、頼むよミカ」

「ああ、任された我が友。セスも心配より武運を祈ってくださいますかな？　戦いに行く前に乙女の祈りの一つもないのは寂しいですから」

　まだ受け入れかねていたセス嬢も、ここまで強く言い切られると否定しきれなかった。元より彼女が願って我々が助勢している訳ではなくとも、礼を言い、受け入れている以上は同じことと考えたのだろう。

　ミカの目をじぃっと見つめて無言の時が過ぎ、そして決心が付いたのかセス嬢は首元から肌身離さず掛けていた聖印を外す。

「どうか、無茶はしないでください。もし捕まったとしても、我が身がどうなろうと貴女のことは護《まも》ります。それまでは、どうか我が神が貴女にご加護を授けてくださるように」

聖印に一つ口づけを落とし、僧は魔法使いの首へ厳かに紐《ひも》を結んだ。

「……ありがとうございます、セス。見たかいエーリヒ？　ここまで霊験あらたかな聖印を賜ったんだ、これはもう勝ったも同然だろう？」

「ああ、羨ましい限りだとも。我々の勝利は約束されたようなものさ」

笑って手を差し出せば、ミカも力強く握り返してくれた。ただ握手を交わすのではなく、肘を曲げて手首を返して身を寄せ合い、空いた左手で抱き合う。無事を祈り友誼《ゆうぎ》をたしかめる抱擁は、ミカがどの性別の時であろうと変わりも躊躇《ためら》いもしないものだ。

「無事を」

「君こそ」

頬を摺《す》り合わせる短い抱擁を解いたあと、じゃあ頑張ってくるよと扉に向かうミカを引き留める声があった。

エリザだ。

どうしたのかと全員が視線をやれば、彼女は瞑目《めいもく》したあとに数度深呼吸して立ち上がる。まるで腹でも括《くく》るような仕草を見守っていると、彼女は今まで頑として関わろうとしなかったセス嬢の前で膝を折りスカートの裾を摘《つ》まむ淑女の礼を取ったではないか。

「今までの非礼をお詫《わ》びいたします。どのような責めでも謹んでお受けいたしますので、どうか御髪《おぐし》を一本いただけないでしょうか？」

今までで一番大人びたしっかりとした口調での謝罪に三者がそれぞれ驚いた。

セス嬢は嫌われていると思っていた少女の心変わりに。

ミカは、まだまだ幼いと思っていた少女の態度に。

私は、心の何処か深いところを擽る恐ろしい感覚に。

胸が痛くなり左手で心臓を握るように押さえれば、視界の端っこで左手の中指が小さく煌《きら》めいた。ヘルガが残した宝石だ。

「責めなんて、謝罪すら要りませんよエリザ。私は何も怒っていませんから。必要だというのであれば、どうぞ」

慈悲深き僧は何事もなく受け取り、ミカも自分や兄を思って何かしようとしているのだろうと感動しているが、私は覚えがあった。

あの洋館で私が犯した罪、その末期で悟ったこと。

妖精《アールヴ》は自信の望みによって有様を変える。それが成長か暴走かは問わず、ヒトの殻に収まった、元は妖精《アールヴ》として老成した魂が必要だと判断したのであれば。

エリザはどうなろうとしている？　何をしようとしている？

それが分からなくて堪《たま》らなく不安になり、心が痛んだ。

今までも似たようなことはあったのに。自分は無邪気にそれを喜んでいたのに。

何故《なぜ》だか、エリザが大人になろうとしていることが訳もなく怖かった。

「ありがとうございます」

髪を一本受け取ったエリザは、勉強用の文机の引出から小袋を取りだした。そして髪を袋に入れると握りしめて魔力を込め始める。

いつだかアグリッピナ氏が言っていた。肉体に溜《た》まった魔力を定期的に排出させて体調を整えるため、魔法とも呼べない簡単な魔法を教えてやったら遊びの延長として飽きもせず練習していると。

実際それは魔力に目覚めて間もない子供に遊びを通じて魔法を教える初歩の初歩であると聞いていた。子供の散りやすい気を遊びを交えることで集中させ、魔力の循環を幼い内から習慣化させることで〈魔力貯蔵量〉を引き上げる鍛錬の一種だと。

女の子向けのそれは、触媒としても多用される香草や薬草を新鮮なまま小袋に入れて室内香《ポプリ》を作ることだと言う。触媒作成に親しむことにもなり、薬草と香草の名と効用を覚えられて一石三鳥の鍛錬法。

だが、彼女はそこに髪を入れた。一体何をしようとしているのかと思えば、やがて術式を込め終えた彼女は小袋をミカに渡して告げる。

「それからツェツィーリア様の匂いがするようにしました。ミカの匂いを掻き消して、鼻のいい人類でもだませると思います」

「ああ！　なるほど！　たしかに犬の流れを汲《く》む人種に匂いを覚えさせている可能性は

あったか！」

賢いぞとエリザを抱きしめて褒めるミカ。私の小さな妹はいつもと変わらない無邪気で微笑《ほほえ》ましい笑みを浮かべ「ミカ、苦しいです」と言いつつも嬉《うれ》しそうにしていた。

それからちらと私の方を見ている。まるでねだるように。

ふっと我に返る。エリザはいつも通りだった。私が感じた所以《ゆえん》の分からぬ不安など最初から存在すらしなかったかのように。ちらと目線を落とせば、光っていたヘルガの残滓《ざんし》も既に普段通りの輝きに戻っていた。

私は一体何に怯《おび》えていた？　いや、そもそも何を考えていた？

「すごいな、エリザは。天才だ！　きっとすぐ教授になるぞ！」

益体もない靄《もや》が掛かったナニカを振り切り、私は直《す》ぐに立派なことをしたエリザを褒めてミカ諸共《もろとも》に抱きしめる。それに将来有望、教授間違いなしの天才は自分の髪を使ってセス嬢の匂いを誤魔化す香袋も用意してくれたのだ。

これで憂いはなくなったではないか。何を心配することがあったのだろう。

「じゃあ、僕は行くよ。四半刻ほど待って出発してくれたまえ」

「ああ、気を付けて」

「どうか、いと高き月の慈母の恩寵《おんちょう》が、ミカによく降り注ぎますように」

「無理しないで！　大人しくお留守番してるから！」

では始めよう。一世一代の大勝負を………。

【Tips】香袋。匂いがする香草や薬草、それらを抽出した溶液を染み込ませた綿などを収めた小袋であり、好《よ》い匂いを漂わせるお洒落《しゃれ》、礼儀としての体臭消しなどに利用される。
また魔導的に加工された物は匂いを発さずに消すような物もあり、お洒落以外の用途でも活用される。

お留守番を言い付けられたエリザは、不承不承ながら大人しく三人の留守を守っていた。勿論《もちろん》、兄を見送る時は不満で一杯の内心を一切表に出すことなく。

分かっていたからだ。自分がついていったなら、兄はあの恐ろしい月色の女性と二人で行くよりもっと苦労すると。そして、自分を宥めるために大事な時間を沢山使ってしまうことも。

できることが増えるにつれ、またエリザが必要なことができるようになりたいと思うにつれ、彼女は無意識に〝どうするべきか〟が分かってきた。

それは、どうすれば兄が喜ぶかであり、どうすれば兄が苦労せずにすむかであり、どうすれば〝兄が自分に好意を抱くか〟というもの。

今までであれば、エリザは泣いて兄を引き留《や》めたであろう。幼い彼女には泣いて泣いてお願いして、自分がして欲しくないことを止めてくれとお願いすることしかできなかったから。

だが、無知であった頃ならまだしも、勉強によって知性を養ってきた今のエリザには兄が危ないことをしに出かける意味が十分に理解できていたからだ。

それもまた、兄が望んで本人の意志で以て危地に踏み込もうとする理由も。

兄は優しいのだ。優しすぎて目の前で誰かが不幸になるのを見ていられない。たとえそれが自分が悪いことでなくとも、関係なんてすれ違って袖がちょこっと触れたような間柄であっても。

その上で兄には死ぬほど頑張れば何とかできてしまうかもしれない力があった。

もしもこれが、兄がどれだけ頑張ってどれだけ努力して、逆さになって空っ穴になるまで自分を振りたくってもどうしようもならぬことであったなら、口惜しそうにしつつも無理はしないで諦めてくれただろう。

兄は無謀なことをよくするが、全て兄なりに勝算と筋道を見出《みいだ》しているからこそなのだ。分が悪く死ぬ可能性が高いような無茶は進んでしない……と思う。

そしてエリザも自分が助けられた日のことを含め、兄が危難に自ら進む背を見ること五度目ともなれば分かってくる。

これはもう性分というもので止められないと。

一度引き留めても〝こう〟なったのなら、諦めて受け入れる他ないのである。他ならぬエリザが、自分にもどうしても止められないことを認識しているから。

ならば、と賢くなった頭が囁《ささや》きかける。

素敵で大好きな兄様が無茶を止めないなら、頑張っても止めさせられないなら、せめて自分がその無茶を少しでも危なくないようにしなければと。

だからエリザは決めた。まだ分からないところが多く、兄に向ける感情の本質を理解できた訳ではないミカを完全に受け入れることを。見せる感情の色は複雑なれど、一心に兄を慕っており、共に苦難に立ち向かおうとしていることに疑いはないのだから。

それに何だかんだ言ってミカはエリザに優しかった。嘘はつかないし、べっとりとした感情も感じられぬ彼を殊更疎む必要性は何処《どこ》にもない。

むしろ、いつか悪い笑みをした師匠に諭されて誓った「兄を自分が護る」という目的にも合致している。

盾は多い方がいい。エリザが一番強い盾になりたいが、それには時間が掛かる。ならば、それまで自分の代わりに兄を護り、護れるようになってからも共に並び立つ盾が多いに越したことはなかった。

そして、そんな盾が自分の好きな人間であるなら安心感は倍増だ。

しかしながらツェツィーリア、あの吸血種《ヴァンピール》だけはどうしても受け入れられなかった。

冷たくて恐ろしい月色の光。あの光は兄様がエリザに注ぐ優しくて暖かいお日様のような、うとうとしたくなる幸せな色と似ているようで全然違う。

あの光はよくない。兄様を照らして守ってくれるかもしれないけれど……兄様を決定的に〝何処か遠く〟へ攫《さら》っていってしまうような気がするから。

ツェツィーリア個人を見るのであれば、エリザはまだ悪くないと思っていた。見せる感情の色は綺麗《きれい》に澄んでいて、これだけ汚れていない人間を見たことがないほど。

誰にも踏まれていない新雪の綺麗さではない。ちょっと余人が踏み込んだだけで汚され、灰色に滲《にじ》んでしまう、主体性がなく清潔さからは程遠い確固たる清浄。

喩《たと》えるならば、エリザの師が時折必要に駆られて出かける時に首を飾る、無色なれど絢《けん》爛《らん》に光を跳ね返す金剛石《ダイヤモンド》の穢《けが》れなさ。

綺麗だったからお願いして手に取らせて貰《もら》った時、師は何気なく宝石のことを教えてくれた。

名は上古語における〝征服されざる者〟という言葉に由来し、所有者に比類なき堅牢《けんろう》な守護を与える。そのまた昔は原石のあまりの堅牢さに手間暇と時間を掛けて磨こうと歪《いびつ》にしかならず、未加工であれば光も鈍く美しさに劣るせいで古来より愛される紅玉《ルビー》や翠玉《エメラルド》よりは価値がないものと見られていた。

しかしここ数百年の技術発展と宝石の魔導研磨技術によって金剛石の価値は上昇し、独得な研磨によって自然光の下でさえ圧倒的な光を放つようになったため、今や宝石の王様扱いだ。

師の首飾りを彩るのは、生家にて先祖が戯れに購入した西の果ての川で出土した〝握りこぶし大〟の原石を最近――と言っても長命種《メトシェラ》の言う最近は信用ならない――加工したものので、彼女の社交界お披露目を記念して作られたと言う。

清廉で濁りなく美麗に光り輝く様は、エリザの妖精《アールヴ》の目には汚し難いものとして映った。

ツェツィーリアは、それと同じ色を擁している。

穢れず、汚されず、自身と同等の硬さを持つものにしか形を変えられぬ。彼女の精神は聖堂に入れられて僧として育ったから〝ああなった〟のではなく、環境がどれだけ違っても行き着くところは変わらなかったであろう。

そこはよいのだ。ある種軽薄な、ただ汚れを知らぬが故に穢れてこなかった薄っぺらい綺麗さではないから。

問題は彼女が吸血種《ヴァンピーレ》、削る側の宝石にもなり得ること。

金剛石を磨き上げるのもまた金剛石。優れた金剛石は、加工分野において研磨剤としても珍重される。

眩《まぶ》しすぎる輝きが兄様を攫っていってしまう姿をエリザは幻視した。だからどうしても打ち解けようという気になれなかったのだ。

冷たい月の光が優しい太陽の日向《ひなた》を塗りつぶして、明るいけれど冷え冷えとしたものに変えてしまうのが恐ろしい。

故にエリザは拒絶した。

だが、分かったのだ。兄が受け入れてしまったのならば最後、エリザが拒んだところで意味はない。

なら、精々自分が月の光に陽《ひ》だまりが汚されぬよう頑張るしかないではないか。

未《いま》だ拙く小さな体でできることは乏しいが、できるだけのことはしたつもりだった。

「兄様、どうかご無事で。またエリザの所に帰ってきてください」

ささやかな、しかし何処までも重い願いを呟《つぶや》き半妖精《チェンジリング》は手を組んだ。

神に祈りを捧《ささ》げるなど、両親に連れて行かれた聖堂で周りに合わせてやったことしかないが、今ばかりは願ってもいい。

あの僧が崇《あが》める神に、彼女が兄を攫ってしまわぬようにと……。


【Tips】金剛石。最も硬度が高く加工が難しいことと、帝国の版図では産出しない希少性が相まって現在では宝石の王様と呼ばれるほど珍重されるようになった宝石。様々な色味の物があるが、やはり清純に透き通る無色の物が装身具としても魔法の触媒としても尊ばれる。

曲がる位ならば砕けることを選ぶ性質は、防御結界の起点として他の追随を許さぬ適性を持つ。


ミカは頭巾を目深に被《かぶ》り、日が傾いて夕暮れに近づいた町並みを油断なく観察しつつ歩いた。

今日も陽が暮れようとしている帝都は人通りが多い。一日働いて帰途に就く労働者、これから夜番の仕事が控えているのか眠そうに目を擦《こす》りながら歩く夜行性種族、一日の労を痛飲で労《ねぎら》わんと肩を組んで歩く若者達《たち》。

面容は普段と変わらぬ平和そのもの。帝国中に存在する人類を全て一緒くたに混ぜてしまったような賑《にぎ》やかさは、姿を溶け込ませるには丁度良いものだ。陽の光や音に敏感な身を喧騒《けんそう》から守るため、ローブ姿で頭巾を下ろした者など、ここでは珍しくもなんともない。

不慣れなお上りさんであれば一瞬で飲み込まれるような人の波を器用に泳ぎ抜き、ミカは南の大門へと辿《たど》り着いた。

昼間であれば大勢の商人や馬車が出入りする場所も日の入りを控え、直に閉門時間となる頃には人手も疎《まば》らとなる。幾ら街道が丁寧に整備されており、最も治安が良い都市付近とあっても夜を間近に出立しようというのは、よっぽど急ぎの荷がある者だけだから。

つまり、ここまで来てしまえば、立哨《りっしょう》から彼を護《まも》り続けてくれた人混みは視線除《よ》けとして使えなくなる。

今まで何度か背格好と僧衣――に似せた格好――に反応して声を掛けようとしてきた衛兵がいたが、彼等《ら》は上手《うま》く人混みを泳ぐミカの手腕によって撒《ま》かれてきた。しかし、今となっては衛兵の足取りを阻む壁は失われた。

ここからは身一つか、と思うと中性人《ティーウィスコー》の背筋に悪寒が走り、口中の唾が恐ろしく硬くなるのが分かった。

「ま、我が友にあれ程格好好く啖呵《たんか》を切ったんだ。完璧に務めてやろうじゃないか」

頭巾の中で呟いて、彼女は何食わぬ顔をして出市の審査を待つ短い列に加わった。

割符を厳重に改め、顔を具《つぶさ》に確認し、何らかの魔道具――おそらく変装の化けの皮を剝がす類いの物――を向ける衛兵のせいで列は遅々として進まず、並んでいる者達は時折不満を口にしている。ここ数日、どの門でも同様の厳戒態勢が敷かれており、普段より出市の手続きが増えているからだろう。

さて、よもやこのままあっさり抜けられたりはするまいなとツェツィーリアから借りた割符を手の中で弄びつつ、ミカは順番を待ち続ける。

わざと見つかってはいけない。見つかるにしてもできるだけ自然に、やむなく発見されたという体を装わねば不自然に過ぎる。

だからこうやって列に並び、帝都からひっそり抜け出そうとしているように振る舞うのだ。

順番が近づいてきたその時、門に詰めた衛兵の一人がミカを見て顎に手をやった。

それからごく自然な仕草で胸元から取りだした書き付けを見て、やがて顔をはっと上げる。

来た！　気付かれたと悟った瞬間、ミカは列から飛び出した。

「あっ、そこ！　止まるんだ！」

「どうした!?」

「今列から飛び出した子！　回ってきた情報と合致するところが多い！　くっ、待ちなさい！」

呼子笛が高らかに鳴り響き、しめたと思った。衛兵はよく考えず、反射的に逃げようとする被疑者を追うべく応援を集め出した。

よく考えるだけの余裕があれば気付くだろうに。追われているという自覚がある人間が、こうも逃げた時そのままの姿で門に現れるなんてありえないと。

だが、今はそれでいい。逃げる者は後ろめたいものを抱えた人物、という衛兵の性根に染みついた本能で走り始めれば、あとは連鎖的に鳴り響く呼子笛のおかげで人員は集まり始めるから。

小路に飛び込み、ミカは誰が積み上げたとも知れぬ木箱に術式を掛けた。一部が崩れて道を塞ぐように。

「うわっ!?」

「なんだ!? 危ねぇ!?」

「畜生、ここからじゃ追えん! 回り込め! 増援を要請しろ!」

木箱の持ち主に悪いことをしたが、少女の未来を守るためと思って我慢してほしいとミカは勝手なことを思いつつ、下町の通りを疾走する。道筋は大門に来るまでに何度も思考を重ねて吟味してあるため、足が止まることは一瞬とてない。

細くて分岐が多く、一ヶ所塞がれてしまうだけで駄目にならないような道、その中でも空に蓋をするように軒が広かったり回廊が渡されていたりする小路を選び、時に木箱や裏道であるのを良いことに積み上げてあった道具を崩して追っ手を妨げる。

追う側はさぞ不思議だったろう。こんな物、逃げているのは働いたこともなさそうな令嬢なのにどうやって崩しているのかと。

「はっ、はっ、はっ……こっちは駄目か、じゃあ経路変更だ」

しかし逃げる方が帝都に熟知しているなら、追う側の衛兵も遜色ないほど地形に知悉《ちしつ》している。彼等も仕事として帝都の安寧を守る責務を負っている以上、守る対象のことは手前の体を同じ位に知り尽くしていなければやっていけない。

帝都衛兵の地元出身者向け採用試験には、地図もなく全ての区画に口頭で道案内できるかという課目が含まれるのだ。当然、動きを読んで道を塞ぎに来る。

ミカは次第に増えていく警笛の音を聞きながら、逃げ場が少しずつ失われていることを悟った。無理もない、相手は大勢で下手すれば四桁は動員されているため、持ち場を固守する者達を除いても一〇〇人単位で追っ手が掛けられる。どれだけ頑張ったところで、壁をすり抜けることができないミカではいつか行き詰まるのだ。

「おっと、こっちもか！」

大通りに飛び出して別の区画に逃げ込もうとしたが、小路の出口から勇ましく石畳を踏み散らす馬蹄《ばてい》の音が聞こえた。帝都では並足以上で馬を走らせることが禁じられているため、暴走したのでもない限り襲歩の音を響かせるのは衛兵隊の驃騎兵《キャバルリー》だけ。

騎兵まで動員する本気さに震撼《しんかん》するのと同じく、その本気さにミカは感謝する。これだけ人員が集まっているのなら、今頃魔導院を出たであろう我が友と新しき友人が同じだけ楽になるから。

「いやはや、運動を習慣にしていてよかった！　よし、もう少し付き合っておくれよ！」

地の利と的確かつ嫌らしく道を潰していく魔法に助けられ、圧倒的な物量と一対一では絶対に勝てぬ近衛《このえ》を煙《けむ》に巻くミカは、走り続ける高揚感によって声こそ上げぬものの素晴らしいまでの笑みを浮かべた。

エーリヒの冒険や遠乗りに付き合える体力を養うべく、毎朝眠いのを我慢して帝都を走り回って基礎体力を養った甲斐《かい》があったというもの。このまま誰も追いつかせてやるものかと意気も高らかにミカは走った。

そろそろ予定していた〝行き止まり〟が近いと分かりつつ………。

【Tips】衛兵隊。帝都の衛兵は各地からの選抜と推薦、及び地元徴募の三形態によって募集・編成される。社交期には有力貴族の大半が参内のため滞在し、皇帝も年の殆《ほとん》どを帝都で過ごすため肉体的にも能力的にも精鋭が集められる。

汚職防止の観念からか給金が群を抜いて高く、地方の騎士のそれに匹敵するため志望者は多いものの殆どが弾《はじ》かれる針の穴の如《ごと》き門を持つ。

猟兵という兵科の発祥は三重帝国の始まりと共に有ったと語られている。

戦の趨勢《すうせい》を左右するのは、どれほど正確に敵情を知っているかにあると開闢《かいびやく》帝リヒャルトが力説し、当時必要に応じて選抜されていた物見や伝令の組織化が推し進められた。

開闢帝が求めたのは一つ。忠義でも正義でもなく、ただ生きて向かいて生きて帰りたる者。道行きでは味方も不義も見捨てて、必要な情報だけを手に入れて必ず生還する氷の精神と鋼の肉体を持つ者だ。

身を隠して静かに行動し、時に合理的かつ冷徹に状況を判断して生還する能力は猟師が生業を果たす内に培うものであると配下を見て知った彼は、やがて猟師や狩人《かりゅうど》を斥候へ転用するべく採用活動を始めた。

それはまだリヒャルトが開闢帝ではなく、小覇王と揶揄《やゆ》されるより前、彼が独立を目論《もくろ》んだ時のことであった。

領内を駆けずり回り、少ない財貨をどうにか工面して集められたのは一〇と五名の猟師や狩人。彼等はリヒャルトが必要とする情報を能《よ》く集め、必ず生還して後に開闢帝となる男の立身出世を強力に手助けした。

この故事に由来し、三重帝国において優秀な斥候に〝猟兵〟という名誉称号を与え、時に高度な散兵戦や非正規戦を実施できる前線部隊としても運用されるようになっていった。

ただそれだけなら猟師や狩人に限った話ではないのでは？　と思われたが、これは俗に「当時なりふり構わず戦力をかき集めていたリヒャルトが、軍への参集を条件として無罪放免を約束した〝盗賊団〟を表面上は猟師・狩人の集団として扱って合法的に帝国へ組み込んだから」とも言われている。

しかし、それも五〇〇年も昔の話。今となっては猟兵は、最も優秀な斥候にして探索者のみが名乗れる誉れある兵科となっていた。

まぁ、斯様《かよう》に誉れ在る兵科も下水道にブチ込まれては名誉もへったくれもなかろうが。

「参ったな、湿気で鼻が……」

「この臭いはたまらんなぁ。人類種はなんとも思わんのか？」

猟兵の最小運用単位は二人一組《ノール》である。謎の任務で吸血種《ヴァンピーレ》一人を捜し出すのに駆り出された人狼《ヴァラヴォルフ》と鬣犬《ハイエナ》種に属する犬鬼の班は、下水の中で性能が鈍った鼻を鳴らして小さく嘆いた。

人狼と犬鬼は人類の中でも有数の斥候に適した種族だ。頑健な肉体は言うまでもなく、生肉を食せることもあって野外活動の稼働時間も長く、骨格がヒト種《メンシュ》と異なることもあり低い姿勢で素早く自然に、かつ長時間に渡って動くことができる。

その上、長い鼻腔《びこう》にびっしり敷き詰められた嗅覚細胞がヒト種《メンシュ》では到底及ばぬ感覚を彼等に与えていた。嗅覚の嗅ぎ分けと記憶能力を用いた人捜しに掛けては、正しく魔導師《マギア》にも比肩する存在として名高く、猟兵の三分の一が彼等の種族で占められると言えば実力の程が窺《うかが》い知れるだろう。

その自慢の鼻も、下水管が近い水道に配備されれば全く役に立たないのだが。

「くそ、ここの探索は俺達にはちと酷過ぎやしねぇか？　貴族の子女が通る道じゃねぇぞ絶対」

「馬鹿野郎、絶対なんてないって選抜訓練でどんだけ言われたか忘れたのかよ」

「いやお前、んでも殆どありえん可能性のためにここに来てどうすんだよ。もう姿消して三日なんだろ？　もう帝都からはとっくに逃げ出したんじゃねぇの？」

臭いに辟易《へきえき》として愚痴をこぼす鬣犬種の犬鬼、そしてそれを窘《たしな》めながら自分も辛《つら》そうにしている人狼の組は微《かす》かな人の匂いを探って下水を彷徨《さまよ》い続ける。

上を捜して見つからない以上、下に潜り込んでいる可能性は拭えない。十中八九なかろうとも人員を送らずにはいられなかった上層部の事情に巻き込まれたのが、この哀れな二人であった。

汚物混じりの下水の臭いに悩まされながら地下道を這《は》い回る探索行は、しかして三日目に突入しても何の成果も上げられていない。

たまに人の気配を感じて追ってみれば、それは自分達《たち》と同じく失《う》せ人《びと》捜しに来た冒険者であったり――人口こそ少ないが、一応帝都にもいるにはいるのだ――魔導院の学生が整備の日雇い仕事で入り込んでいるばかり。

それ以外で成果らしい成果と言えば、別の組が地下を舞台に暗躍していた悪党の群れを捕まえたことくらいであろうか。

他の者達はこれといった怪しい痕跡も見つけられず、数日誰かが潜んでいたという形跡もありはしない。

それに、正直に言えばここは人間が生きていける環境ではなかった。

酷《ひど》い臭いや水気に強い獣の毛皮でさえしんなりさせる湿気もさることながら、魔導院が飼っている魔法生物が実に悪辣である。連中は水路の清掃と維持のため、時折水路を這い回って表面の汚れを食う巡回を行うのだ。

小さな個体と出くわした位なら皮膚が少し赤くなる程度ですもうが、うっかり巨大な個体に呑《の》み込まれたら目も当てられない。死ぬ前に逃げ出しても二度と人前に出られないような様になり、廃兵院へ放り込まれることとなろう。

臭いに敏感な種族には酷な環境、全く上がらぬ成果、出会いたくない存在の徘徊《はいかい》。これだけ嫌な要素が揃《そろ》ったなら、如何《いか》に精強で忠誠心に厚い兵士でも愚痴の一つも溢《あふ》れよう。

だが、猟兵は好む好まざるで仕事の質を落とすような者では成り立たない。愚痴を言い合い、文句があろうと研ぎ澄ませた感覚と膨大な経験から常に最善の仕事をする。

不意に二人の耳がぴくりと蠢《うごめ》いた。大きく分厚い耳が頻《しき》りに動いている様は、ヒトの耳では察知できぬ音を拾い上げた証《あかし》だ。

水路に反響する二つの靴音。音の大きさからしてどちらも体重は軽く、鳴り響く間隔から推察できる歩幅より導き出される足の長さと合わせれば、足音の主が大体どの程度の背格好かを察することは彼等《ら》にとって実に容易であった。

音の主は二足歩行、体重と歩幅から逆算した上背から推察するに人類種でまだ若く未成熟。微かに交じる金属音は何らかの装具を纏《まと》っているようであり、片方の乱れない足運びには鍛え上げられた武人の色が滲《にじ》む。

聞き耳に優れた種でなければ聞き逃すほど薄い足音と比して、片方の足音は乱雑で気配を殺すことに酷く無頓着。着地の癖、足運びのリズムからしておそらく雌性体……。

二人の斥候は顔を見合わせ、一瞬の迷いも無く飛びだした。

文句を垂れようと湿気で雄々しい毛がぺたんと寝て残念なことになろうと、二人は栄えある近衛猟兵だ。微塵《みじん》であれど可能性がある存在を探知したなら、決して躊躇《ちゅうちょ》も油断も挟まない。

最高最速で駆けつけ、完璧に見届けるまで止まらぬ矢のようなものだ。

通路を駆け抜け、坂を上り、下り道を一足飛びに駆け抜けて音源に迫る。邪魔な水路は軽く飛び越え、通路を備えぬ水路は〝壁面に爪を食い込ませて〟走り抜けることで速度を落とさず飛び越える。一般人では目で追うことも難しい疾走を見せ付けれど、彼等は誇ることもなく当たり前だという顔で足を動かす。

この程度、単なる斥候ではなく猟兵を名乗る上で〝できて当たり前〟の身のこなしなのだから。

酷い臭いに混じってもヒト種《メンシュ》の臭いは簡単に嗅ぎ取れる。彼等は気配を殺すことだけではなく、自分達の臭いにもとんと無頓着だからだ。むしろ、目立つ臭いを漂わせて喜ぶ性癖は、彼等には全く理解できぬ文化であった。

しかし、次第に強くなる臭いを判別して彼等は首を傾《かし》げた。

漂ってきたのは二つとも〝ヒト種《メンシュ》の男児〟の臭いだったからだ。

疑念を抱きつつも飛び込んだ通路には、人影が二人分。

一人は若年の少年。男性にしては長い金髪を丁寧に編み上げ、革鎧《かわよろい》を纏った姿は駆け出しの冒険者のようでもある。帝都という土地柄武装こそしていないものの、足運び、そして立ち姿から剣士であることが窺えた。

そして、彼が寄り添う人影は魔導師《マギア》が愛好するローブを纏った聴講生然としたもの。何かの液体を収めた試験管が詰まった鞄《かばん》を抱えており、地図片手に下水を彷徨う姿はここ数日で何度か目にしてきた日雇い仕事に精を出す苦学生のそれ。

唐突に壁を蹴って目の前に飛び出してきた猟兵達に驚く少年達。鎧姿の少年は咄嗟《とっさ》に聴講生風の彼を庇《かば》うべく前に出るが、目の前に現れた兵士が纏う装束を見て即座に警戒を解いた。

一切の無駄をそぎ落とした暗色の詰め襟短上衣と同色のゆったりした脚絆《きゃはん》の装束は、たとえ紋章入りの外套《がいとう》がなくとも帝都市民であれば所属が一目で分かる。何者にも染まらぬ忠誠を表現する黒、そして無骨さの中に一片の洒脱《しゃだつ》を刺繍《ししゅう》で飾った近衛府の衛兵服は、帝都に住む少年達の憧れでもあるのだから。

「こ、近衛!? なんでこんな所に!?」

きらきらした目で子供達から見上げられるのに彼等は慣れていた。心底自分達に憧れているらしい剣士風の少年と、突然現れた自分達を未《いま》だ測りかねている聴講生風の少年。

また外れか、と思いつつも一応の職責を果たすため、二人はできるだけ朗らかな笑みを作って誰何《すいか》の声を上げた……。

【Tips】三重帝国の軍装。軍の大部分が徴兵軍である三重帝国に正式制定軍服は存在せず、各々調達した布鎧や革鎧、ちょっと余裕があれば鎖帷子《くさりかたびら》などで身を守った上で記章を描いた上衣を被《かぶ》るのが兵士の装いであるが、儀礼的な役割を果たす衛兵や近衛府の兵士にのみ軍装が制定されている。

人は昔から統率された行動に魅入られるもので、伊達《だて》な装束を揃いで着込み、一糸乱れぬ行進を見せ付ける近衛兵は見栄《みえ》の都を守護するに最も似合いの盾と言えよう。

先人が「これが俺の最推しじゃい!!」と暴れ回っただろう世界で、詰め襟軍服って十八世紀とかじゃなかったっけ？　とか、二つ掛け釦《ボタン》の長ラン風って未来過ぎね？　なんぞの無粋な突っ込みはやめよう。

か、カッコイイ……！　ただそれだけで十分過ぎる。

人狼と犬鬼、どちらも獣の形質を汲《く》んだ人類だが、それぞれ顔付きが異なるイケメンで、衛兵服の格好良さもあって見惚《みと》れるばかりの美男だ。人狼はほっそり長い鼻面が怜悧《れいり》で切れ者の印象が強く、鬣《たてがみ》犬系の犬鬼は太い首と野性的な鬣が何処《どこ》までも男臭くて渋く仕上がっている。

美少女は魂を癒やしてくれるが、格好好《よ》く着飾った美男子は心を昂《たか》ぶらせてくれるからよい。今はまだ効かないが、将来的には一時的狂気も朦朧《もうろう》も治療できるようになるはずだ。

普通に帝都で近衛を見かけた少年がするような目線を向け、適当な――適切で順当な――誰何に割符を見せれば、彼等は踏み込んだ質問などせず返してくれた。

そりゃあそうだろう。真面目に黒髪赤目の吸血種《ヴァンピーレ》のお嬢様を捜している二人に、魔導院の聴講生にしか見えない少年と、その手伝いに来た友人を拘束しろってのは変な話だからな。

「ああ、そっちの君、念のために頭巾を上げてくれないかな？」

「髪に臭いが付くのは嫌だろうが、仕事でね。すまない」

「え？　ああ、分かりました」

割符を懐にしまっていると犬鬼の方の猟兵が、ふと思いついたように頼んできた。人狼も詫《わ》びながら頼んできたので、それに連れは自然に対応する。

しかして、フードが取り払われて露《あら》わになったのは〝栗色《くりいろ》の髪と石榴石《ガーネット》の目〟をした少年であった。

髪を短く整えた彼は、肩幅や胸板も併せて何処からどう見てもヒト種《メンシュ》の少年でしかない。匂いに敏感な種族であれば、更に香る独特の匂いからヒト種《メンシュ》であると更に強く確信しただろう。

「ご協力ありがとう」

「足止めしてすまなかったね。もう行って構わないよ。変な人と出くわしたら声を上げるといい。直《す》ぐに助けに来るからな」

元々細かいことが気になる性分だっただけの犬鬼は、やっぱり外れだよなとでも言いたげな顔をする。彼の相方はそんな相棒の脇に肘をぶち込んで窘めてから、頼もしい力こぶを見せて朗らかに笑った。とはいえ、その笑みは牙を見せつける犬の笑みなので、ヒト種《メンシュ》からするとかなりおっかないのだが。

「いえいえ、あの、何かあったんですか？」

「大したことじゃない。ちょっと地下で悪さする奴《やつ》が隠れていないかの巡回でね」

「麦穂の粒は尽きれども、さ」

痛むのか脇を押さえつつ反撃する犬鬼と私が好きな散文詩家の一節を雑に引用する人狼の猟兵が、仕事の途中で見かけた二人組を疑っている様子はない。

彼等に限らず、十人並べたら十人が隣の連れを見てセス嬢だとは気付くまい。それこそ優れた魔法を見る目を持ち、思念波の波形で個人照合してくる怪物の類いでもなければ。

「大変ですね、近衛《このえ》も。本当にお疲れ様です」

口に手を添えて楚々《そそ》と笑う彼女は、何処からどうみても魔導院に通う魔導師見習いの〝ヒト種《メンシュ》の少年〟であった。

ミカだけ変装しては片手落ちかと思い、彼女が出かけたあとで簡単に男装してもらったのだ。

髪色と目は〈日除《ひよ》けの奇跡〉で変えて、匂いはエリザが作ってくれた香袋で誤魔化す。

それからあとは、私の腕の見せ所だ。

もーほんと頑張ったもの。あまった布を〈手芸〉スキルでパッドに仕立てて肩を盛り、体の線が男らしく見えるよう詰め物をして、大きく主張していなくても目立つ女性の象徴は幅広の布を巻いて潰す。顔の輪郭が女性的で優しすぎたので、そこは口に綿を含ませることで解決した。

それからライゼニッツ卿《きょう》から押しつけられた一着お幾らかも考えたくない服の中からローブを見繕い——たしか自分の弟子だったらなぁ、とかいって押しつけられた倒錯的な品だったはず——魔導師《マギア》っぽい装いに。

あとは、大変心苦しかったのだが、本人がノリノリで「男装するなら髪も切った方がいいですね！」と主張し盛大に断髪して完成だ。私は自分自身が伸ばしているからそこまで不自然でもないと主張したのだが、セス嬢はどうせ吸血種《ヴァンピーレ》に戻ったら元通りになりますと、自らの手で束ねた髪を雑に切り落としてしまわれた。

そうじゃないのだ。男として一時とは言え、女性が我が命のように大事にしている髪を切る姿は見るに忍びなかったのだ。例え本人が本気の男装に大変な乗り気であったとしても。

結果的に雑に摑《つか》んで切ったせいで酷い形になったので、鋏《はさみ》を使って自然な感じに整えるのに苦労させられた。いや、ほんとよかった、〈器用〉判定のゴリ押しだけで見られる形に仕上がって。

努力の甲斐《かい》があって猟兵と言えども彼女が彼女だと気付かない。仕上げた私でさえ、数年ほど顔を合わせないでこの姿を見たなら、本人だとは分からないだろうから当然か。

愛想笑いと無難な挨拶で見送ろうとしたところ、不意に猟兵二人が揃って首を巡らせた。

全く同じ方へ、びっくりするほどの勢いで。

「……あっちか」

「遠いな。一度地上に出てから向かった方が早いか」

「そうだな。一番近い出口は、二つ前の配管にあったぞ」

唐突に脈絡のないことを話し始めた二人であるが、耳の動きからして私達《たち》には聞こえない何かが聞こえているのだろう。

そう、遠く遠くから反響する、私達の耳には聞こえないほど薄まった警笛とか。

「では、本職らはここで失礼する。気を付けてな」

「改めてご協力ありがとう！　下水に落ちないよう気を付けてな！」

やってきた時と同じく、本気で追われたら私でも逃げ切れるとは思えぬ速度で去っていく猟兵。表面上は笑顔で見送り、姿が見えなくなるまで手を振って待ち続ける。素早く下水を跳ね回る足音は反響して届いていたが、やがてそれも消えた。

「い、行ってしまいました……？」

「しっ、まだそんなに遠くに行ってませんから」

彼等が消えた道を覗《のぞ》き込もうとするセス嬢の肩を引っ張り、口を手で塞いで先を促す。

ここから目的地までは、安全に行こうと思えばまだ遠いのだから。

「……ミカですかね？」

「彼しかないでしょう。よく頑張っているようです」

なるほど、ミカめよく考えたな。地上を逃げ回っていても、その内に人海戦術に負けて行き場がなくなることを想定して地の利がある下水道に逃げ込んだか。彼のことだから地上を引っ張り回せるだけ引っ張り回し、そこから水の流れに乗れば一息で距離を稼げる大きな流路のある配管へ飛び込むような意地の悪い道を通ったに違いない。

私は祝福によって授かった権能のおかげで色々弄《いじ》ることができるが、彼はそれ以上に地頭が良いからな。慣れぬ下水に足を踏み込む羽目になった衛兵諸氏はご愁傷様だ。せめてうっかり粘液体《スライム》を踏んで大怪我《おおけが》しないことを祈ろう。

この間、ちょっとした材料があれば一人乗りの筏《いかだ》を作れるようになったとミカは笑っていたのだ。今頃は川下りならぬ下水下りで相当に距離を稼いだのではなかろうか。

我が友が身を挺《てい》して新たな友人を守るべく頑張っているのだ。私も誠心誠意、能力が及ぶ限り頑張らねば。

目当ての出口目指して歩いていると、十分に距離が空いたと判断したのかセス嬢が口を開いた。一緒にいた時間は短いが、二人でいると沈黙が耐えられない御仁であることはもう分かっているので露骨すぎる話題でなければ乗って差し上げることにした。

「それにしても、今日は見回りが多いですね。何かあったのでしょうか」

何処で誰が聞いているかも分からず、自分達より優れた聴力を持つ存在が幾らでもいることを知っているため、内容を暈《ぼ》かして話してくれるのは有り難い。この辺りの機微が分かる所が、聖堂育ちとはいえお貴族様の血筋なのだなと実感させられる。

「ええ、珍しい近衛を三回も見かけるなんて。今日は良い日なのかもしれません」

ああ、勿論《もちろん》皮肉だとも。

ぶっちゃけ舐《な》めてました。念のために変装していただいたものの、もう姿をくらまして三日目なんだし地下は安地だろうと余裕かましてたら、奴《やっこ》さん全員揃《そろ》ってガチじゃない。

実はさっきの二人組に受けたのが最初の誰何ではないのだ。

小鬼《ゴブリン》と矮人種《フローレシエンス》の二人組、そして女郎蜘蛛《じょろうぐも》型のこれぞアラクネという見た目の蜘蛛人《アラクネ》と家守系の爬虫《はちゅう》人の組にもそれぞれ一回見つかっており、都度都度割符だの魔導院で実際に受けてきた下水の整備仕事の受注証なんぞを見せて躱《かわ》してきた。

いやぁ、普通油断するよね、もう三日も凌《しの》げば捜査の主力は市外に出てるだろうって。普通なら初期包囲を抜けられたことを疑って、近くの都市に目ぇやってる時期だよ。

これはさっさと動いた方が良いな。私は普通なら粘液体《スライム》が封鎖していて通れない通路を〈見えざる手〉で強引に掻《か》き分けて突破し、聖堂街への近道を試みる。

本当にここで脱出かまさないと、未来永劫《みらいえいごう》、工房から出られなくなりそうだ。

それに、ちと時間を与えすぎている。ライゼニッツ卿レベルの壊れを相手が引っ張ってきたり、上位の奇跡を扱える僧が出張ってきたら、流石《さすが》にどうしようもないからな…………。


【Tips】聖堂街。帝都北方、貴族の別邸が建ち並ぶ区画に隣接した区画。三重帝国で崇《あが》められる神群全ての聖堂が建ち並ぶが、政治用の街というのは僧会にも適用されるらしく、規模はさておき殆《ほとん》どが分社である。

ちなみに聖堂街以外にも聖堂は市街各所に建てられており、一般市民の参拝を受け入れる体制を整えている。聖堂街の建物は僧職の会議や祭祀《さいし》に用いられると共に僧の住処《すみか》として整備され、実務的な奉仕は下町の聖堂といった具合だ。


若き魔導院聴講生は、上手《うま》くいったと思うと共に、これが終わったら半日は風呂でゆっくりしてやると堅く心に誓った。

四半刻を上回る地上での逃走劇のあと、遂《つい》に追い詰められた彼女は荒っぽい手口で制圧される前に潔く投降……などせず、下水道整備の関係者でなければ開けることのできない側溝の蓋を開いて地下に飛び込んだ。

蓋は子供が遊びで開けたり、市民が勝手に入ったりしないよう受け口に工夫が施されており、一定の方向に数度回し、角度を付けて引っ張らねば開かぬようになっている。これを知るのは下水に用事がある者だけで、当然ながら余人に教えぬよう誓約書を書かされるような内容だ。

全員がありえない現実に一瞬呆《ほう》けてしまった。本来は使えないはずの逃走路の利用と、男であっても中々できない思い切りのよさに。

側溝は地下に雨水を流し込むための配管に繋《つな》がっている。緩く傾斜したそこは、臀部《でんぶ》の被害さえ我慢すれば――あるいは彼女のように衝撃を受け流す橇《そり》でも用意しておけば――一息に下まで行ける逃走路に姿を変える。

何人かの衛兵は反射的に彼女を追って飛び込んだが、多くの衛兵は「なんかおかしくね？」と肩で息をしつつ冷静になりつつある。

普通のご令嬢であれば、逃げるためとはいえ下水に逃げ込むなどありえないからだ。同時に、これほど大の大人揃いである衛兵を引っ張り回し、まだ走れるような体力のあるお嬢様が何処《どこ》にいるのかという話であった。

それでも悲しいかな衛兵隊は公僕であり、自分達を忠誠心という硬い鎖で雁字搦《がんじがら》めにしてしまっている。怪しい人物が怪しい行動をしていれば、疑問を抱いたとしても追いかけねばならぬのである。

被疑者が逃げ込んだ先が、暗く汚く、そして恐ろしい下水の先であろうとも。

悲鳴じみた雄叫《おたけ》び――事実、何割かは嘘《うそ》偽りのない悲鳴であった――の反響を背に受けながら、ミカは橇を操って分岐する排水管を器用に潜《くぐ》り抜けた。いつかの仕事で、汚れるから絶対にやらないけど、滑って移動できれば楽なのにと現実逃避の妄想をしていたのが役に立ってしまったのである。

分岐の切り替えに追いつけず脱落者が続出する中、ミカは目論見《もくろみ》通りの地下道へ辿《たど》り着くことに成功した。使い終わった橇を捨てることなく、広い幅でたっぷりと水が流れる道へ飛び込んでいく。

空中で術式を起こし、橇を一人乗りの筏に変形させながら。

「うひゃっ、こわっ！」

木が伸びて長方形の板となり、一本は舵取《かじと》りの長い杖《つえ》となり分離する。ミカは袖の中で握っていた杖を口に咥《くわ》え――手に持っていなければ魔法を使えないという決まりはない――乱れる姿勢を必死に整え杖で暴れる筏を制御する。

転覆さえしなければ、目論見通り話は簡単だった。水の流れに従って、走るより数段速く筏は流されていく。

乗っている側は良いが、置いていかれる側は悲惨である。排出されるように長い長い配管を下り終わったかと思えば、今度は頭から深い水道に叩《たた》き込まれるのだから。堀や水路のある帝都警備の彼等《ら》は、鎧《よろい》を着たまま泳ぐ特殊技能を身に付けているため溺れることはなかったが、それでも動作に重大な制限が掛かることを悟った。

最悪の環境である。衛兵は水が溜《た》まった場所での活動を想定した装備をしていない。胸甲は重く濡《ぬ》れた帷子《かたびら》はずっしりと体にしがみついて地面に縫い付けようとするかの如《ごと》く。水を吸った長靴はガボガボと音を立てて足を取り、思うように走ることすらできない。

更には暗視を備えていない種族には、これからの時刻はあまりに不利だ。下水道の殆どの箇所で光が差し込まず、また急な追撃により十分な明かりを持っていないためである。

衛兵の主任格であれば、捻《ひね》るだけで風にも雨にも負けぬ強い光を照射する魔道具を装備しているものの、指揮を執るのに忙しい彼等は今も地上に残っていた。さしもの帝国であっても、割り引かれた調達価格でさえ金貨が必要となる魔道具を人数分揃えることはできなかったらしい。

「クソッタレ！　無策に降りてくるな！　帰れなくなるぞ！　暗視持ちじゃない奴《やつ》は固まれ！」

「わぁぁ!?　鼻が利かん!?　畜生、誰かランタン持って来てないか！」

「駄目だ！　火口箱が濡れて使い物にならない！」

一方で悠々と川下りならぬ下水下りをしているミカには魔法の光源がある。下水で出会った賊との追いかけっこに際して光源が敵から見える不都合を学んだため、この三日間書架に通って師からも助言を貰《もら》い、指定した人間にしか見えないよう改良した魔法の光源が。

師は急に造成魔導師に求められない術式を改造したがる弟子を訝《いぶか》ったが、何が新しい発想に繋がるか分からないため快くそれを手伝った。

「なんでこの闇の中を進めるんだ！　ええい、あと少し遅ければ遅番の夜目が利く連中が追えたのに！」

「少しでも見える者！　先導してくれ！　このままだと俺達が遭難する！」

「笛を鳴らせ！　下水を捜索していた者達に報《しら》せるんだ！」

故に全く見えず混乱する者達をあっという間に置き去りにしていく。

「ええと、ここを曲がって、次は右、それから……」

とはいえ、ほんの一時の優位に過ぎない。帝都には巨大な堀があることも相まって、衛兵隊には完全に水中で活動することに適性を持つ水棲《すいせい》種族の衛兵も多い。彼等とて不浄な下水に潜ることは抵抗を感じるとしても、公務とあれば一切迷いなく飛び込んでくるだろう。

「よし、ここで！」

そんな衛兵が本気を出し、更に増員された場合はどれだけ地下といえど追い詰められていくことは避けられない。早晩地上で同じ目に遇《あ》ったように行き場を失うことだろう。

だから、そうならぬよう策も用意してあるのだ。

とある水路の分岐に差し掛かった所で、ミカは腰の物入れから瓶を取りだして投擲《とうてき》した。

薄い瓶は壁にぶつかって中身をぶちまけ、別の水路に流されていく彼女の背後で反応を見せる。

水道に流れる水が瞬く間に大量の香油へと姿を変えたのだ。

それは化粧品の試供品と同じく、師から譲り渡された魔法の薬。本来ならば湯船に垂らし、香油の風呂へと変えるご婦人が気晴らしに使うような品。下水に投げるのはあまりに勿体《もったい》ないが、数滴で十分のそれをまるごと一瓶放り投げれば彼女が望む現象が引き起こされる。

遠くの配管から反響する悍《おそ》ましい音。水よりも重く質量の高い物が下水を掻き分けながら進む音は、ほんの数日前に聞いて肝が凍るほどに冷やされた。

下水の主、巨大な粘液体《スライム》が差し向けられたのだ。魔法薬の投棄による、劇的な水質の変化に反応して。

「こ、怖い！　でも狙い通り！　よし、次！」

彼女は逃げていく賊の悲鳴交じりの言葉を聞き逃していなかった。血を流しすぎたんだ、と叫んで彼等は逃げていった。つまり、水を劇的に汚すことで粘液体《スライム》を呼び寄せることができるという情報の欠片《かけら》を手に入れていたのだ。

今や賊が仕事に使っていた情報を武器に、彼等が攫《さら》おうとしていたお嬢様を助ける戦いに活用している。皮肉な構図に笑いながら、ミカは次なる魔法薬を投擲して水路を下っていった。

道が粘液体《スライム》で完全に塞がれたならば、どれだけ優れた力量の追っ手が差し向けられようが意味はない。強固な魔法の結界で粘液体《スライム》を退けたとしても、圧倒的な質量ばかりは変わらぬため掻き分けて進むことも困難である。

また、仕事を始めた彼は本当に一途《いちず》で熱心だ。少々餌を撒《ま》いたところで目もくれず、成すべきことを成し続けるであろう。

手も足も出ないような強力な追っ手も追いかける道がなければ案山子《かかし》と同じ。この作戦を思いついた時、ミカは自分を天才ではなかろうかと褒めてしまった位である。

優秀な頭が捻りだした思いつきは本当に上手く回り、遂に終着点へと辿り着く。

幾本もの配管が合流する一際大きな流路。黒々とした口を開け、大量の水が囂々《ごうごう》音を立てて流れていく本流に導かれてミカは〝落下した〟。

滝の如き巨大な段差に呑《の》まれていったのだ。

勿論、ただ無防備に呑まれたのではない。不慣れなりに覚えた物理的な結界を薄く体の周りに纏《まと》わせて、水を遮ると共に酸素を確保する。薄い結界の内側に取り込めるものなど、ほんの数分の呼吸を可能にする量に過ぎないが、だとしても十分過ぎるほどに水の勢いは強い。

問題はこれからだ。

ミカはしっかりと目をこらし、濁流の先を見通して時を待った。

「……あれか！」

見えたのは大きな鉄の柵。水が流れている以上、何処からか紛れ込んでくる異物を排除するための濾過《ろか》機構だ。

柵は三重になっており、最初の柵は巨大な廃材などを受け止める人が潜れるほど目が粗いもの。次は少し細かくなって、小柄な子供が何とか抜けられるような軟質の網が続き、最後には微細なゴミを濾《こ》しとる繊維質の壁となる。

水の勢いが強いため、最初の鉄柵に直撃すると死にかねない。流れを冷静に読み、当たらぬ位置に身を置いて、しかし通り抜ける瞬間はぐっと目を瞑《つぶ》って賭けの結果を待つ。

そして、彼女は勝った。柵に殴り倒されることなく体はすり抜け、代わりに今まで彼女を運んでくれた筏《いかだ》が砕かれて引っかかった。

水流と鋼による二重の打擲《ちょうちゃく》を免れた肉体は、次の柔らかな網に捕らわれる。この網は水に交じる小動物の死体やゴミを取り除く物なので堆積した大量の汚物に突っ込むこととなり、結界越しであっても大変に気持ち悪い思いをする羽目になった。

如何《いか》に下水の主とて全ての水を完璧に濾過して捨てている訳ではないとよく分かる。常時全ての水道を回っている訳ではない彼のため、ここに一時的にゴミを集めてあとで食べに来られるようにしてやっているのだろう。

粘液体《スライム》のために作られた食堂、積み重なったゴミの間を潜り、息苦しくなる前にと必死で前に前に水を掻《か》き分けて進む。

やがて網の穴に辿り着き、破らんばかりの勢いで伸ばして身を滑り込ませた。

ゴミに阻まれて勢いを失った水の流れに乗って暫《しば》しすれば、目の前に広がるのは巨大な褐色の壁。

魔導院が作り出した細かな繊維を壁の如く積み上げて作った濾過装置だ。これによって網を潜り抜けた細かな砂や泥が濾し取られ清浄な水となる。

さしものミカもこれを潜ることはできないため、魔法で繊維に働きかけて一部を引き裂き、作った穴に飛び込んで潜り抜けていく。公共物を破壊するのは造成魔導師志願者として大変心苦しかったが、自己修復の術式が掛けてあるため許して欲しいと内心で技術者達《たち》に謝りながら。

密集した繊維の硬い隙間を抜け、緩やかになった水流に乗せられた彼女は漸《ようや》く解き放たれた。

下水が接続され、浄化したあとに排出される帝都の脇に流れる川へと。

高さのある排水管からどぼんと落水し、水中で一瞬上下が分からなくなって混乱したが、脳裏で友人が雑談の中で教えてくれた知識が甦《よみがえ》る。

「いいかいミカ、水の中に落ちて方向が分からなくなったら、とりあえず体を屈《かが》めて動きが止まるのを待つんだ。そうすれば浮かぶにせよ沈むにせよ、上下は直《す》ぐに分かるようになるから」

あの時はたしか、主人公が最後に滝壺《たきつぼ》へ落ちて行方不明になる物語の感想を言い合っていたのだったか。その流れで、僕もうっかり滝に落ちたらどうしよう、などと冗談めかして言った時に引き出された回答がこれだ。

ミカとしては、その時は私が助けるよ、と言って貰うのを期待していたのだが。

どうあれ思わぬところで役に立つ知識もある。膝を抱いて丸くなり、力を抜いて流れに任せる。結界が取り込んだ空気の酸素は殆《ほとん》ど使い果たしていたが、内に溜まった空気が少しずつ上方へと体を持ち上げていく。

やがて完全に浮上し、仰《あお》向《む》けで水面に脱した彼女は星が輝き始めた夜空を目にする。

ぷかぷかと暢気《のんき》に浮かぶ彼女を出迎えた月は、生憎《あいにく》美しい満月とはいかず、半ばが欠けてしまって、これから痩せていく姿。

それでも優しい光は友人の、あの月の信徒を助けるために奔走したことを労《ねぎら》うように光り続けていた。

「あー……疲れた」

脱力し、そのまま川の流れに任せて流されていたミカだが、やがて薬の刻限が来たのか伸びた分の髪が脱落し、元の長さに戻っていく。短さを取り戻した髪は湿気も相まって緩く波打ち始め、赤みを帯びた褐色も普段の色彩に。魔法薬までもが、もう仕事はお終《しま》いだよと告げているかのようだった。

「……よし、お風呂行こう。服を乾かしたら直ぐに」

体を返し、川辺に向かって泳ぎながらミカは固く誓った。友人達の安否は心配でならないが、直ぐに連絡ができる訳でもないため案じても仕方がない。

雨と下水、そして汗で汚れた体を洗って、心静かに待つとしよう。

彼等はきっと無事だ。

何故《なぜ》なら、こんなにも月が綺麗《きれい》なのだから………。

【Tips】月の満ち欠けは夜陰神の神事に関する重要な事項であり、月齢それぞれに意味が見出《みいだ》されている。新月時は不吉ということもなく、夜陰神が陽導神の臥所《ふしど》に入り浸っていると考えられており、信徒の休養日とされていた。

聖堂街は帝都の北方、正確には北北西に位置する聖堂を集めた信仰の街区だ。建ち並ぶ建物は全てが聖堂か僧の住居という聖職者の街は、熱心な信徒でなくとも総本山に次いで一度は詣でる価値があると言われている。

落ち着いた色合いの焼成煉瓦《れんが》や大理石に花崗岩《かこうがん》、石灰岩《ライムストーン》などで荘厳に飾り立てられた聖堂がひしめく姿は荘厳なれど威圧感はなく、ただただ静かな空気で満たされていた。

尖塔《せんとう》の高さは帝城に気を遣ってか総じて控えめであり、無駄な金細工や巨大な立像とも無縁で簡素な作りの物が目立つ。豪華な金細工や金箔《きんぱく》を好む絢爛《けんらん》派も、基本的には聖堂の内側のみを飾るため陽導神の聖堂も大人しいものだった。

控えめな物の中でも一際大きな物が陽導神の神殿であろう。神殿の大きさに法的な規制はないようだが、僧会内部での格付けはあるため、神格の強さは大体ここを見るだけで大雑把にだが分かるものだ。

ちらと見るだけで太陽と陽光を模した聖印が掲げてあることが分かったので、陽導神の神殿で間違いないな。

では、隣の互角に近い大きさの聖堂は夜陰神の聖堂ではなく、明るい色使いも考えると豊穣《ほうじょう》神の聖堂か。夫婦神の神殿は少し離して建てるのが原則になっているようで、街区や街で対極になる位置が選ばれることが多いのだ。束ねた麦穂の聖印は見えないが、帝都が他の町で守っている原則を外す訳もないしほぼ確実。

位置の確認のために眺めただけなのに、何故か心が豊かになって疲れが和らぐような気がした。これらの聖堂が持つ簡潔な装いが清廉さと高潔さを醸し出し、街全体に神聖さを感じずにいられないのだから、設計者の腕前の凄《すご》さには感じ入るばかり。

正しく神の意を受ける場所。本質を良い意味で全面に押し出した街区であった。

もしも現代であったなら、スマホ片手の異邦人達がパシャパシャと記念撮影に勤《いそ》しんでいることだろう。

私も有事でなく時間があったならば、のんびりと観光したい位だ。縁が薄いことと多忙さもあって、この辺りはまだ観光できていなかったから。

私事はさておき、時刻は既に夕方。ひっそりと佇《たたず》む点検口の蓋を跳ね上げ、半分だけ顔を出して覗《のぞ》く聖堂街には街の喧騒《けんそう》とは無縁の静かさが立ちこめていた。各種の聖堂特有の建築美を見せ付けながら、決して派手すぎない落ち着いた美の中では、何人であっても厳粛にせざるを得ない。

親しんだ魔導区画の良い意味でも悪い意味でも活気と発展がある場所とは違う。纏う空気までもが、魔導師《マギア》と神職は逆位相であった。

「やっと辿《たど》り着きましたね」

彼女を引っ張り上げ、〈清払〉で下水の匂いを追い払って一段落……とはいかなかった。

「ただ、これはちょっと予想外ですが」

聖堂街に屯《たむろ》する衛兵の数が想像以上だったのだ。

胸甲や兜《かぶと》で身を守った街路で毎日見かける通常仕様の衛兵から、衛兵服に剣をぶら下げた軽装の者。そして、地下で三度も鉢合わせた黒衣の近衛《このえ》までブラついているとか聞いてない。

いや、うん、冷静になったら普通ではあるんだけどね。古巣の辺りを固めるのは当然だし、世間知らずのお嬢様が三日も大量の追っ手を単独であしらえるなんてありえないのだから、身内に協力者でもいるのだろうと警戒してしかるべきか。

我が友が良い仕事をしてくれたおかげで、ここに辿り着くまでは楽であったが、流石《さすが》に怪しい人物が現れても最も怪しい場所の警戒は緩められなかったと見える。畜生、冷静な仕事をするお役所だ。味方なら心強いことこの上ないが、敵にすると厄介でしかない。今後絶対、お上を敵に回すようなことはしないでおこうと堅く心に誓った。

さてどうすんべ、と考えながら一旦路地へ逃げ込む……と思ったら路地にもしっかり衛兵がいやがる。ちょっとした隙間まで遠慮無く潰してくるとか気合い入りすぎだろ、イジメか。

壁を縦横に這《は》い回るフードの暗殺者でもキツそうな包囲の隙間を何とか探して潜り込み、どうしたものかと頭を捻《ひね》る。なんでコイツら一片の遊びもなくガチで潰しに掛かってくるのだろう。

はい、現実だからですね、すみません。攻略されること前提の潜入ゲームとは訳が違うのだと改めて思い知らされた。もうね、向こうがガチで殺しに掛かってくるなんて、洋館と魔宮で嫌ってほど思い知っていただろうに。

自分の学習能力にちょっと嫌気を覚えながら、現実逃避していても話は進まないので相談しながら思考を練る。

「流石にこれだけ警備が厳しいと……」

「ええ……夜陰神の聖堂はあそこ……あっ、あの尖塔の建物です。見えますか？」

セス嬢が指さす方を見てみれば、聖堂に付きものの鐘楼の上に蹲《うずくま》る影があった。落日の茜色《あかねいろ》に浮かび上がる陰影は、背中から伸びた雄大なる羽が目立つ有翼人《ジレーネ》のそれ。

有翼人は亜人種とも魔種とも判別が難しい、人類の中でかなり特異な立ち位置の人種だ。同じ有翼人の中でも受け継ぐ形質以前の問題で差異が激しく、全身が羽毛に覆われ前腕が翼と一体化した鳥の頭部を持つ者もいれば、ごく少数ながら翼はヒト種《メンシュ》で言う肩甲骨の辺りから伸びているだけで他は殆どヒト種《メンシュ》と変わらぬ見た目の者もいるなど、地域によって本当に同じ人種なのか疑わしいほど様相が異なる。

昔に何かの本で読んだが、ただ人間の背中に翼を生やしても空は飛べぬらしい。それは人間の重さと翼が生み出す揚力が釣り合っていないためであり、現実的に背負える大きさの翼では滑空も難しいそうだ。

だが、有翼人はそんな問題など知ったことかと空を飛ぶ。小柄な種は助走すら必要とせず浮き上がり、大柄な種であっても数歩の助走があれば十分といった気軽さで。

家の荘にも何家族かいたのだ、有翼人の家族が。彼等は皆、手先が然程器用でない代わりに空を飛ぶことができる利点を活かして荘に貢献しており、近場の都市のインネンシュタットにも家を持って手紙や荷物を運んで生計を立てていた。

当時は魔法が使えなかったため、はえー、便利、おれもほしー、位の軽さで見ていたが、今になれば彼等は〝生理的に魔法が扱える種族〟だということが分かる。生態や生存そのものに魔法が関わる幻想種のように。

空を飛ぶことができる生理的な魔法の便利さは言うまでもない。魔導師《マギア》でも中々習得できないその魔法には、空を飛ぶ無茶のせいで肉体が脆《もろ》く出力も脆弱《ぜいじやく》という弱点さえ覆い隠す強みがある。

にもかかわらず、彼等が様々な点において中途半端として迫害されてきた歴史を持つのは、肉体のいずこにも魔晶を持たぬのに生理的に魔法を扱うという人類の中でも異端の構造をしているからか。

こういった境遇の空を飛びながら故郷を求めてきた彼等が帝国に定着したのは当然と言うべきか、感傷に浸るなら運命と呼ぶべきなのかもしれない。

有翼人の能力と歴史的背景はさておき、空を飛べる、つまり彼等は斥候うって付け種族の一種であり、あの装束から見るに……。

「まーた近衛猟兵か……」

ガチもガチのハイレベルエネミーであることが問題だった。

後ろ姿でも分かる翼と頭の形状からして、猛禽《もうきん》の血を引く有翼人だろうから探知能力はそれこそ人類の中でも最高峰。ワシの目は一〇〇〇m先の獲物も捕らえると聞いたから、逃れるのは至難の業であろう。

さっきからこんなのばかりぶつけられてるんだが、私のサイコロはやはり変な所に鉛でも仕込まれているのではなかろうか。道中表があるなら間違いなく偏った出目のせいで溜《ため》息《いき》を吐《つ》きたくなる有様になってるだろうな。

「これは、ご友人を頼るのは難しそうですね」

しっかり協力者が潜んでいそうな場所を大駒で固めていやがるな。となると頑張って夜陰神の聖堂に忍び込んだところで、接触して入れ替わらせてもらうのは難しいのではなかろうか？　衛兵じゃなくてセス嬢の顔を直接知っている、親の手の者が張り込んでいたら終わりじゃないか。

「ど、どうしましょう？　流石に人足に紛れるのは危険ですよね……」

「まぁまず無理でしょう。私達《たち》では大柄な水夫に紛れるのは不可能ですし、そもそも日雇いの水夫を一日幾らで使いはしますまい」

帝都に一度寄るということは補給も兼ねるのだろうが、水夫のコスプレをして潜り込むのは不可能だな。国家事業で建造し、国威高揚のため引っ張り出してくる品に適当な人間を関わらせはすまい。おそらく騎士やその従士といった、身分たしかな人間だけを使っているはず。

「……夜陰神の聖堂から派遣されるのは何人です？」

となると、あと考えられるのは……伝統的な密航方法、積み荷に紛れるだな。

聖堂から僧を派遣するということは、相応の人数を送り込むのだろうし、当然私物も結構な量になるに違いない。中世の生臭坊主よろしく一人で御殿に移り住むみたいな大量の荷を持ち込むことはなかろうが、コトがコトだけに相応の位階の僧が送り込まれるなら、荷の何処《どこ》かに紛れ込むくらいなんとかなるだろう。

「え？　人数ですか？　たしか三人ですね。帝都聖堂座主と補佐役として僧都様が二人のはずです。全員潔斎派の僧なので、お付きの小間使いなどは連れて行きません」

おっと？　少人数の派遣と聞いていたが三人？　なら他の面子《メンツ》が多い聖堂ともなればそれ以上の人数だろうし、僧会関係者だけでもかなりの大所帯になるのか。

そうなってくると、空飛ぶ船は私が想像しているよりかなり大型なのではなかろうか。

幻想小説の創作によく出てくる、空飛ぶガレアス船みたいなのをふわっと想像していたのだが、収容人数を考えるともっと大勢乗れるような大型の船かもしれないな。貴人や高位の魔導師《マギア》、僧が乗り込むことを考えるなら粗末な部屋にすし詰めにする訳にもいくまいて。

それ程の大人数を収容できる部屋数となればかなり必要になるし、当然船の容量があるからと兎《うさぎ》小屋みたいな狭さにはできまい。更には彼等の世話をする者達を寝起きさせる部屋や、世話そのもののための設備を用意するならば、相応の巨船にしなければならないのだし。

何だか私が考えている、古き良きファンタジーの船とは趣が違うのではなかろうか。嫌だぞ私、世界一周とかに繰り出しそうな豪華客船がでーんと空に浮いているみたいな光景は。

まぁ、私の希望云々《うんぬん》は後回しにして、少し予定を修正しなければな。

「……聖堂のどの辺りに旅支度がしてあるかは分かりますか？」

問うてみると、彼女は顎に手を添えて考え込んだあとに「多分」と自信なげに答えた。

さて、ここからはちょっと神経を使う作業になる。幸いもうじき日が暮れて、恐ろしい猛禽の目もあまり利かなくなってくる。目の構造がヒトよりも鳥寄りなので、彼等は総じて酷《ひど》い夜盲なのだ。

ではじっくり日が暮れるまで耐えて……って、いや、まて、なんだあれ。

有翼人の動向を観察しようとしていると、北の空にぽつんと浮かぶ点が見えた。緋色《ひいろ》に染まった空の中、嫌に目立つ白い染みは次第に大きさを増してゆく。

小さく見えた染みは見る間に巨大な陰影を描き、遂《つい》に肉眼ではっきりと形を確認できるほどの大きさになる。空の高い所に浮いているだろうにも関わらず、あれ程巨大に見えると言うことは想像を絶する規模ということ。

白亜の巨船は緋色の空を滑るように現れた。街区を吞《の》み込むほど巨大な笹《ささ》の葉形の船は、大気を切り裂いて純白の装甲を誇るように輝かせながら空に浮いている。

「でっけ……」

静かにしていなければいけないのに、思わず声がでた。でも、多分みんな私と似たような反応してると思うんだよ。帝都中で空を見上げている人間が全員。

笹の葉形の船体は薄く——割合にしてだ——真正面から見れば鋭い菱形《ひしがた》を描いており、今見ている側を船首とするなら、船尾に向かうにつれて太くなる構造を取っている。空気抵抗を軽減することを考えられた船体は研ぎ澄まされた槍《やり》のような優美さで空を舞い、両脇から伸びる三枚二対の翅《はね》は……可視化するほど膨大な魔力を秘めた術式陣だな。

え、ちょっと待って、ほんとあれどんだけデカイんだ？　距離感からしてかなり高い所に浮いてるっぽいんだけど、大きさがえげつないから遠近感が狂う狂う。街一つとは言わないが、確実に街区一個分の面積はあるぞ。

なんだろう、凄いのは凄いんだけどコレジャナイ感が……。

私が見たかったのって、本当に幻想物語に出てくる古典的な空飛ぶ船だったんだよね。でもなにアレ。微妙にSF感があると言うか、侵略兵器っぽさがあるって言うか。

なんかこう、思ってたんと違う!!　責任者出てこい!!

ぼやっと見上げていること暫《しば》し、ふと気がつく。今なら全員の注意があっちに行っているのではなかろうかと。みれば、鐘楼の上の有翼人が「なんじゃあれ」って感じで棒立ちで見入っているし、他の衛兵も突如現れた巨船に当惑している。

多分、と言うかほぼ確実に全員が私と同じショックを受けているんじゃなかろうか。衛

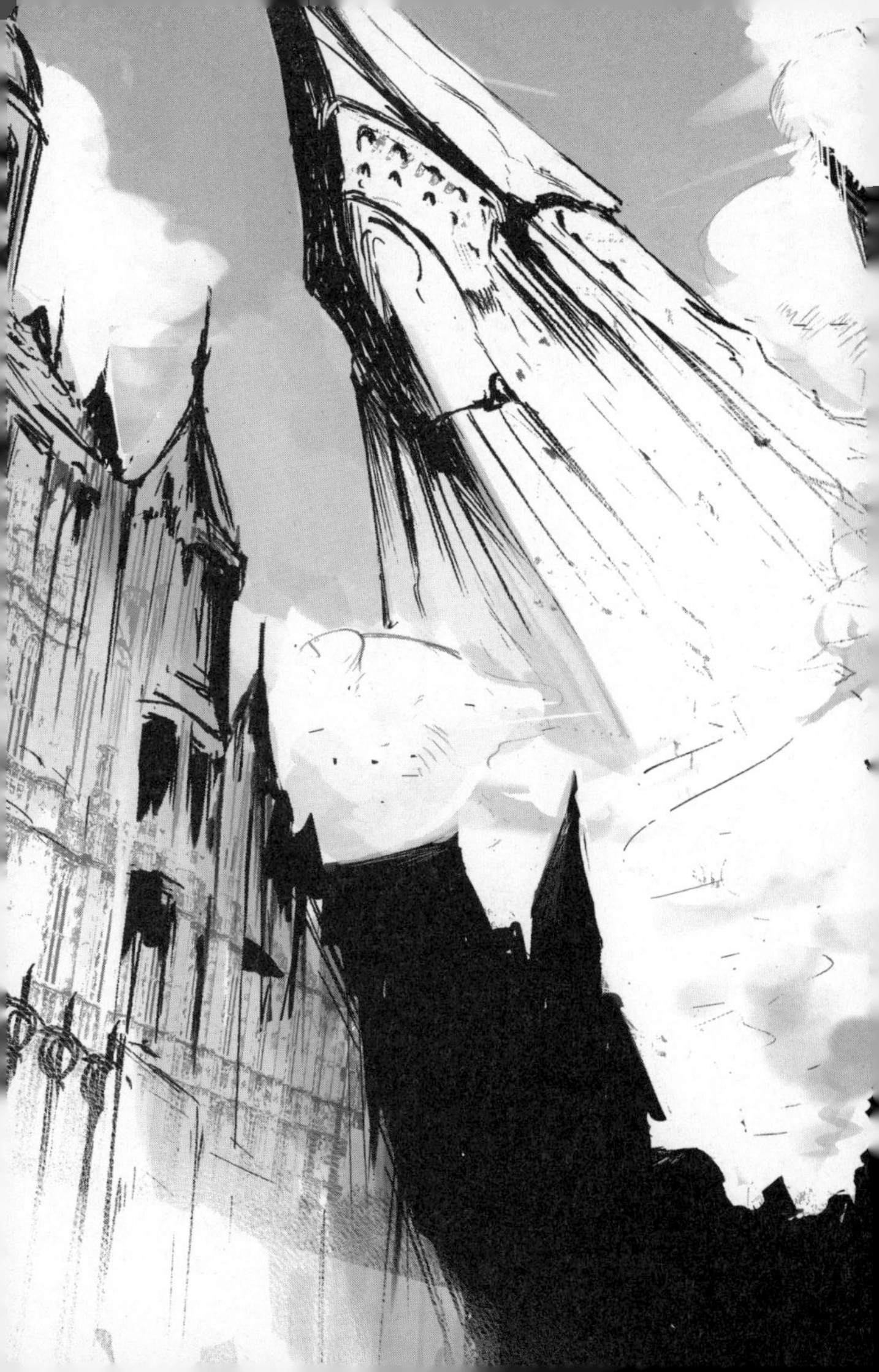

兵も大体この時間に空飛ぶ船が来ると前もって通達は受けているだろうが、普通の人間の想像力で〝空飛ぶ船〟ってアレを捻り出してくることはないだろう。

……あ、ひょっとして今って他にない位の好機なのでは。衛兵の目は空に釘付《くぎづ》けだし、多少の物音も気付かれない位の衝撃を受けているだろうから。

私は同じように空に現れた船に驚くお嬢様の肩を揺らし、何とか正気を取り戻させようとするのであった………。

【Tips】術式陣。魔法や魔術が世界に干渉することを補助する技巧の一種であり、主として塗料で床に描かれるか、空間に投影する発光術式で描かれる。三重帝国の魔導師《マギア》においては補助詠唱と同じく「大仰過ぎてダサい」という風潮があり好まれないが、高貴さもへったくれもない市井の魔法使い達は、何度も使う術式の補助として入れ墨を刻むこともある。

ここ数ヶ月で何度となく繰り返した「どうしてこうなった」という感情を押し込めながら、アグリッピナ・デュ・スタール男爵令嬢は楚々《そそ》とした笑みを作る行為判定に難なく成功した。

長い銀髪を丁寧に編み上げて作った冠の如《ごと》き髪型は、職工が人生を捧《ささ》げて作り上げた宝冠が霞《かす》む麗しさ。薄く長い紅の夜会服は肩や二の腕など晒《さら》す場所が多く、纏《まと》う者を選《よ》りに選る美しくも先鋭的な衣装なれど、薄布が飾り立てる身は他に似合う者など地上には存在しないと確信させんばかりの艶《なま》めかしさ。

酒杯片手に憂いのある笑顔を輝かせるは、夕刻の露台《テラス》で輝く絶佳の華。年頃の男性はたった一瞥《いちべつ》くれただけで心を奪われ、帝国社交界に殆《ほとん》ど顔を出さなかった一輪の華――実態は酷い毒花だが――の香りを嗅がんと周囲に群がっていく。

アグリッピナは社交界が大嫌いだ。別に礼儀作法や立ち振る舞い、場の空気を読むことが下手なわけではない。社交的な会話や振る舞いはセーヌ王国の貴種として父に同伴していた一〇〇年ほどで完璧に仕上がり、五〇年以上遠ざかっていたとして錆《さび》の欠片《かけら》も浮いていない。

単にハイソで迂遠《うえん》な会話がクッソ面倒臭くて仕方がなく、興味の欠片もない遠乗りだの庭園散歩だのに煩わされる人付き合いに反吐《へど》が出るだけである。

況《ま》してや最低限で人間関係を完結させられるよう気を払って過ごしていたのに、名前を知られて付き合いが増えるような場など、許されるなら今から焼き払って帰りたい気分で一杯だった。

それをしないのは一握りの理性が面倒くささに勝っているからであり、この均衡が崩れた瞬間、世界を滅ぼしかねないのが力ある長命種《メトシエラ》の厄介なところだ。

澱《よど》んだ内心を完璧な笑みで塗りつぶしつつ、歯が浮きそうな会話を繰り返して踊りの誘いを軽く蹴飛ばし、聞くに堪えない罵倒を心中に留《とど》めて外道は大いに恨んだ。教授会に推薦する前にお目見えせねばな！　と嬉々《きき》としてこの場に引き摺《ず》り出してきたマルティン公を。

最初、彼の侍従から差し入れられた手紙を面倒臭そうに開いた彼が「もうそんな時間であったか」と言って立ち上がった時は歓喜したものだ。この居心地が悪く最悪な催しがやっと終わると。後々のことは何一つ解決していないが、疲弊した精神を数ヶ月ぶりに休ませられると喜んだのもつかの間。

気がつけばあっと言う間にめかし込まされ、こんな所まで引っ張り出されてしまった。挙げ句の果てに面白いものが見られるからと言って連れ出したにも拘《かか》わらず、何やら急用とか言って諸悪の根源が姿を消す始末。せめて彼《か》の公爵が隣にいたならば、有象無象も遠慮して下らない質問の雨を止《や》ませたであろうに。

アグリッピナは許されるなら泣き喚《わめ》きたかった。

一体何が悲しくて帝城の北大露台、通称〝星毯庭《せいたんてい》〟で〝皇帝臨席〟の懇親会なんぞに参加せねばならぬのか。

どうでもいい次から次へと寄って来る男性の名前を適当に覚え、幼年期に培った心底興味が無い話題をさも楽しそうに聞き流す手法をこれでもかと活用してアグリッピナは耐え忍ぶ。この手の懇親会はあって数時間、長い人生を生きてきた自分にたった数時間が耐えられない理由があろうか？

いや、あるはずがない。

やけくそ気味に饗《きょう》される上質な葡萄酒《ぶどうしゅ》を呷《あお》り、毒にも薬にもならない社交辞令な会話を重ねて暫し。夕焼けの色合いが深みを増し、直に鮮烈な朱から重厚な濃紺に装いを変えるだろう空を見上げて小さなざわめきが沸き上がる。

釣られて目線をやれば、アグリッピナの類《たぐ》い希《まれ》なる魔法を見抜く目が焼けるような痛みを訴えた。

一瞬で膨大な術式を見過ぎたために生じた過負荷で神経が悲鳴を上げたのだ。

「つっ……」

夕焼けを裂いて飛ぶ一隻の船は、正しく魔導の結晶であった。縦横に張り巡らされた術式陣が及ばぬ場所など寸分もなく、あらゆる場所で魔導が巡り、数えきれぬ術式が煌々《こうこう》と煌《きら》めく。

その巨大すぎる船体を支えるために素材の結合を高める魔術が至る所で走り、上から覆い隠すように剛性を高める魔法が張り巡らされて巨体を支えている。ここまでやらねば、即座に空中で四散するほどの無茶な質量を抱えてあの船は飛んでいるのだ。

六枚の可視化するほど濃密に描かれた術式陣は、抗重力術式と斥力障壁、そして吹き抜ける空気を結界の隙間を通すことによって推進力に変えるという、精緻極まる術式の結晶体だ。空前の大魔力を湯水の様に使いながら飛ぶそれは、たとえ一切魔法を見る才能がない者にもぼんやりとした光として捉えられるほど世界を侵す。

なるほど、あの新しい好き《フェチ》で魔導狂いの公爵が〝凄《すご》いもの〟と称するだけある。

見ればあまりの威容に参加者のほとんどが口をポカンと開くか、何じゃあれはと酒を噴き出して驚いていた。中には世界の終わりが来たとか呟《つぶや》いて酒杯を取り落とす来賓もある。

多分、彼が信仰している異国の神群がそういう預言でもしているのだろう。

たしかこの集まりには諸外国の大使も参加していたはず。だとしたら外交上の演出としての威力は十分以上であっただろう。周りの惨状からして与えた打撃はあまりに大きく、むしろその衝撃から国元の人間に信じさせる方が困難やもしれない。

「うわ……凄いの仕込んでるわね」

落ち着きを取り戻したアグリッピナは呆《ほう》けて立ち尽くす給仕の盆から勝手に発泡性の葡萄酒を取り上げ、船の下部が開いてそこから騎竜が飛び立つ姿を見て呟いた。一体どれだけのビックリと仕掛けを見せ付ければ気がすむのだろうか。

一旦落ち着き、冷静になってみれば良い出し物だ。実に派手で、見ていて目に楽しく飽きることがない。次々飛び出す騎竜が煙幕を垂れ流し、曲芸飛行を始めたので益々《ますます》見世物染みてきた。

しかし、これほど楽しげな出し物になるのなら、楽しみにしていたであろう公は何処へ姿を消したのか………。


【Tips】帝城は三つの小舞踏場《ダンスホール》と一つの主舞踏場を備えている上、歓待用の宴会場《パーティーホール》が都合七つ、小規模な宴席用の広間が六つ、会議室においては大小合わせて二五を抱える正しく宴会と会議の城である。その中でも四方の大露台は屋外夜会用に整備されており、恒常的に張られた結界で適温に保たれた場は帝都の夜景を一望できることもあって内外から好評を博している。

大気を裂く重い軋《きし》みを城下にまで届かせる巨船を呆然《ぼうぜん》と見上げながらも、鋭敏な感覚は一切衰えることはなく異音を聞きつけた。

窓が開き、蝶番《ちょうつがい》が擦れる音。

夜陰神の聖堂は皇帝からの協力依頼に応え、現在戒厳令下にある。出入りは内部に控えた衛兵に監督され、窓を開けるのにも念のため報告するようにとの達しを受け入れる程の厳しさだ。

普通なら独立の気風が高い聖堂は、このような無体とも言える指示を呑みはしなかっただろう。彼等《ら》は国が相手であろうが、信仰と独立を守るためであれば剣と馬蹄《ばてい》で以《もっ》て説教をすることに躊躇《ためら》いのない過激派揃《ぞろ》いであるから。

特にこの聖堂の座主は、過激派を煮詰めた蠱毒《こどく》に近い僧会の中でも指折りの過激派、陽導神収斂《しゅうれん》派と並ぶ夜陰神潔斎派で僧正にまで上り詰めた変態である。

狂気の域とまで呼ばれる清貧と潔斎を自身に課すことを悦《よろこ》びとし、苦行を日常的に熟《こな》す変態の中でも上澄みを更に煮詰めたような人物が、これ程の無体を受け入れるのは普通ありえないことだ。

ただ、彼等には彼等で責任があり、責任を果たせなかった事実がある。形だけとは言え預かっている人物が逃げたとあれば、たとえ何の関与がなくとも無関係ではいられないのが社会というものだ。

普段であれば頑《かたく》なに撥《は》ね除《の》けるような要請を呑《の》むのは、最も分かりやすい反省の格好。なにより、多少の不便で下手すると律師階級どころか僧正階級でさえ首が跳ぶ不祥事がこの程度で収まるのなら安いものだと座主は判断したのだ。

苦虫を大量に噛《か》み潰し、掌《てのひら》に爪を食い込ませ、屈辱に腸《はらわた》を煮え繰り返させながらも「あの先輩は年に一回はなんかやらかさんと生きていけんのか……」と一言恨み言を呟いて。

それ故、聖堂内において戒厳の布告は徹底されている筈《はず》。

ならば、音は、外からの干渉によるものの確率は極めて高かった。

この多種族都市において、建物によじ登れる人類を数え上げればきりがない。

爬虫《はちゅう》人の一派は吸い付くように壁を這《は》い、蜘蛛人《アラクネ》を初めとする昆虫系の諸種族も登攀《とうはん》に高い適性を持つ。それ故に「え？　ドア？　自室に一直線だから窓でいいじゃん」と無精して衛兵に怒鳴られる住民が絶えない。

彼は自身の思考と感覚に従って〝飛翔《ひしょう》〟した。腕とも翼とも呼べぬ肉体の一部を力強く羽ばたかせ、身に宿した魔法が空気を弾《はじ》いて重力という名の嫉妬を振り払う。

そして、鐘楼より投げ出した身を丸めるように撓《しな》らせ、ヒトに似た肉体構造がなければ再現できない空中での鋭角な方向転換を魅せつけて屋根すれすれを飛んだ。曲芸という言葉さえ生ぬるい絶技は、しかして僅かな位置取りが生死を分ける空中戦を嗜《たしな》む者達《たち》にとっては当たり前の技術。

凜々《りり》しい嘴《くちばし》が屋根瓦に掠《かす》れるほどの間際を駆け抜けた有翼人の〝近衛猟兵《このえ》〟は、壁に張り付く〝一人〟の不審者を見咎《みとが》めて大声を上げた。

「そこの貴様！　何をしている！　止まって外套《がいとう》を脱げ!!」

体格からするにおそらくヒト種《メンシュ》、それも若い雄性体。ヒト種《メンシュ》は有翼人である彼にとって、御しやすい生き物の中でも屈指に入る面々であった。

何故《なぜ》かは知らないが、彼等は揃いも揃って〝猛禽《もうきん》〟の流れを汲《く》む自分達が〝家禽《かきん》〟と同じく、夜目が利かず、夜間は大人しいと種族全体で思い込んでいるのだ。

要らぬ世話の貸し灯《ランタン》、という笑い小唄が残る程………。

【Tips】種族に対する先入観というものは多種族国家において付きものである。水棲人《すいせい》が半日以上水に浸《つ》からないと死ぬ、吸血種《ヴァンピーレ》は太陽に当たったら溶ける、鼠人《スチュアーツ》がナッツ類を好むのは歯を削るため、有翼人は全ての種が夜盲といった具合に。

同じことがヒト種《メンシュ》にも言われており、大凡《おおよそ》全ての環境で生きていけるという特性を勘違いされ、暑いとか寒いとぼやくと首を傾《かし》げられることも……。

どんな判定をする時もだが、これくらいは失敗せんやろとか、システムの仕様上サイコロ振る必要あるだけだからどうでもいいや、なんて具合に義務感で適当に判定をすることがあるだろう。

で、そんな時に限って酷《ひど》い出目が見えたり、何か致命的な勘違いをしていたりするんだよな。私の人生。

多分、行為判定そのものには成功したのだと思う。〈見えざる手〉の多重展開で虚空に作った不可視の階段を上り、セス嬢はきちんと聖堂二階の窓から中に転がり込めたのだから。吸血種《ヴァンピーレ》を名乗るなら、羽ぐらい生やして華麗に飛んでくれよと思ったのは内緒だが。

そして、自分もあとに続こうとしてたらこれだよ。

「そこの貴様！　何をしている！　止まって外套を脱げ!!」

誰何《すいか》の内容が一瞬理解できなかったのは、自分のアホさで見つかったことを理解できなかったせいではなく、あまり言語の発声に秀でた構造でない声帯から発される声が、硝子《ガラス》の断面を摺《す》り合わせたような割れた声だったからだ。

隠密《おんみつ》に失敗、リアクションにも失敗。ご丁寧に声を掛けてくれているからいいが、警告無しだったら追加でのリアクションをさせて貰《もら》えたか分からんねこれは。

衛兵は原則的に即実力行使に移らず、先に一言掛けてから物理的な制圧を試みる。市街での警邏《けいら》や行幸先での護衛を行う近衛も同様の教育を受けているのだろう。

なんつったって余裕がある。警告によって相手が臨戦態勢に入ったところで訳なく蹴散らせるのなら、無警告でぶん殴って市民から不興を買うより一手間掛けた方が絶対にお得だ。

　顔を見せて素性を明らかにすると共に武器の不携行を示せという警告、されど相手は既に攻撃の態勢に移っていた。

　至極当然、戒厳下の建物に忍び込もうなんて阿呆《あほう》など、碌《ろく》でもないヤツに決まっているのだから。一応の義務を果たしたらぶっ飛ばしてもいいやろ、という雑なのか丁寧なのか判断しかねる思考が、翼を大きく広げて蹴りのために足を撓《た》めた、正しく鷹《たか》のような威容から透けて見えた。

　三重帝国民は蹄《ひづめ》やら爪だの蹴爪なんぞ持つ種族でも靴を履く文化があるが、襲いかかろうとする彼が履いているのはつま先が露出したサンダルのような構造のブーツ。蹴りの威力を十全に発揮させる種族固有装備といったところだろう。あんなモンで勢い付けて摑《つか》みかかられたら、肉はレアのステーキみたいにぱっくり切り分けられて、下手しないでも骨まで行きそうだ。

　まぁ、いわゆるマストカウンターな一撃。喰《く》らったら気絶判定を突き抜けて、ともすれば生死判定まで振らされそうな剣呑《けんのん》さで夕日を反射する爪。

　私は登攀の助けとして上体を支えていた〝手〟を咄嗟《とっさ》に搔《か》き消し、力を抜いて自由落下に移行。最後まで足場にしていた〝手〟を消さずにおいたことで、ゆっくりと上体から不自然な倒れ方をすることで回避行動とする。警告によってリアクションのチャンスをもう一度くれた真面目な彼と、ほんの一瞬の隙に反応させてくれた〈雷光反射〉特性に無上の感謝を。

鼻先を掠めるように爪が駆け抜けていっ……コワイコワイ！　掠れば鼻が飛ぶ恐怖で顔を隠すために頭巾を押さえてる〝手〟が霧散しかけたぞ⁉

チビりそうになりつつも空中で猫のように身を翻し手から接地。関節を撓めて衝撃を弱めながら力を左方に受け流し、次いで肩を接地させ転倒する形で完全に落着。それでも殺しきれない落下の衝撃を回転することで散らし、受け身を成功させる。

うん、狐《きつね》とガチョウで負けがこみ、遂《つい》にカッとなって取得した特性群も馬鹿にしたもんじゃないね。受け身を取るのと魔法を使うのとでは消費が段違いだ。

余裕をこいている暇はないので、回転の勢いを駆って立ち上がり路地に逃げ込む。とっ捕まって尋問なんぞされたら全部お釈迦《しゃか》だ。事態が事態だし、最悪〝精神魔法〟の使い手を駆り出してくる可能性もあるから、逃げ出せなきゃ詰みだ。

「あっ、こら、待て貴様！　くそっ‼」

有翼人は空を飛ぶという能力で我々が絶対届かない領域にいるが、地べたを走るのはヒト種《メンシュ》の方がずっと得意だ。中には有翼人にもかかわらず走る方が早いとか言う変な種族もいるが、翼のせいで路地に入り辛《づら》い彼から逃げようと思えば、初撃さえ躱《かわ》せばわりと容易なはず。

「ええい、くそ、すばしっこい地べた這いが……！」

そして悪態に続いて鳴り響く警笛の音……知ってた。そりゃ警邏についてんだし、有事に他の警邏を呼び集める方法くらい持ってるわな。あの嘴でどうやって鳴らしているのかは不思議でならなかったが。

潜り込んだ路地に元々いたであろう衛兵が警笛を聞いて正気を取り戻し、飛行艇に奪われていた目線がやっと地面に落ちる。

「おわっ、なんだ君……」

「ちょっと失礼！」

年若いヒト種《メンシュ》の衛兵に肩から突っ込んで壁に叩《たた》き付け、折角だから抱えていた警杖《けいじょう》を拝借する。この辺りは治安もいいので、通常配置の衛兵だと佩剣《はいけん》していても槍《やり》は持たずに警杖を装備していることが多いのだ。

「おっご!?」

壁と勢いが付いた私に挟まれて苦しそうな悲鳴を上げる彼を捨て置き、手の中で小柄な私と然程《さほど》変わらない長さの警杖をくるりと回転させて小脇に挟む形で保持する。

さぁて、じゃあこれから……。

うん、どうしよっか、マジで。

ちょっと〝気を遣って〟から逃げ出したから、セス嬢には自分の未来は自分で切り開いて貰う他なかろう。しくじった私が言うのはなんだが、特大の手札を二枚も切ったのだから、最低限の責任は果たせた……と思いたい。本当なら最後までお供すべきだし、したかったけれど、こうなれば最早《もはや》それも叶《かな》うまい。

セス嬢の未来を憂うのはいいが、喫緊の問題は手前の未来なんだよな。

これ捕まったらどうなるんだろう。

関わってる事件が事件だからなー、お腹《なか》が空《す》いてたんで喜捨のパンをくすねようとしました、ごめんなさい！　じゃすまないだろうし、と言うか保護者――今のところは、アグリッピナ氏になるのか――に連絡言ったら何やってんだよと揃《そろ》ってお叱りを受ける程度ではすまない気もする。

おっと、前から二人……奇襲は無理か、警笛で集まったから警戒している。じゃあ真正面からだな。

帝都の衛兵は厳しい選抜試験を潜《くぐ》り抜けてきた精鋭揃いで、日常業務の間にも軍事教練を絶やさない勤勉な兵士が揃っているが、未《いま》だ剣の頂に程遠い私であっても然程難しい相手とは言えない。伊達《だて》に最上位の一歩手前まで鍛えていないのだし、なによりあれだ。

帝都は平和過ぎる。

「がっ!?」

棒を構えることなく前傾で駆け寄れば、敢《あ》えて「打ってこい」と晒《さら》した頭へ何の逡巡《しゅんじゅん》もなく警杖が振り下ろされる。誘いに乗って打ってくれる一撃ほど調理しやすいものはないね。

打ったのではなく〝打たせた〟一撃を左半身になることで回避し、小脇に抱えた警杖を脇に挟んだまま跳ね上げる。脇を支点とし、腕の力点から伝わる力が増強されて作用点たる警杖の突端で発揮され、がら空きの顎を跳ね上げる。いわゆる第三の梃子《てこ》の力を借りた一撃は、勇ましく先行した衛兵を一撃で轟沈《ごうちん》せしめた。

「なっ!?」

同僚が一撃で昏倒《こんとう》させられたことに困惑している衛兵だが、そこで慌てるようではいかん。逆に荒事がひっきりなしに起こる地方の衛兵なら、今し方沈黙した同僚の体を突き飛ばして私を押し潰させようとするくらいはするだろう。

各地から選抜された精鋭とやらだが、田舎剣法より更に野卑な実戦剣術を習得した身から言えば暢気《のんき》なところが目立つ。

腕は良いのだ。一対一、真正面から同じ条件で打ち合う試合も試験に含まれるそうだから、剣にせよ槍にせよ実力者が揃っているのは疑いようもない。

ただ、やはり衛兵という立場もあって実戦経験には乏しい者が多いのだ。

帝都は諸外国から大勢の人間がやって来ることもあって、衛兵の質、つまり修めた武以外にも人品や頭の良さにも気を遣われる。そのため、何をしようとどうあろうと勝つ、という貪欲さは薄い。

街の治安を守るのだという崇高な使命に身を殉ずる覚悟こそあれ、荘《しょう》の自警団の如《ごと》く「俺らが死ぬ時が家族の死ぬ時だ」という貪欲さに欠けているのである。

これが自分達の敗走が滅亡に繋《つな》がる自警団であれば、腕は劣れど気迫と捨て身の覚悟で〝自分の体に剣を突き刺させて〟でも武器を奪うという壮絶な手段を取ってくるからな。

正直、お上品にお強い兵士よりも対処が難しいものだ。

彼等《ら》への総評は、腕は良いが物足りない。熟成の足りない琥珀《こはく》酒といったところだろう。

それに閉所での武器の扱いにも慣れていないようだ。振り上げようとした警杖が路地の壁にぶつかって狙いがそれ、微《かす》かに首を反らすだけで回避できてしまう。集団戦に特化していることと、基本的に相手が向かってこず逃げるような環境に身を置き続けた弊害であろうな。

私は打突の勢いで下方へ跳ね返る警杖を抑えるのではなく、勢いを殺すことなく優しく制御して軌道を変更。味方を踏まぬように、という今不要な気遣いと共に踏み込まれた足を払いのける。

「おあ……がっ!?」

で、彼自身が転倒する運動エネルギーを無駄にすると勿体《もったい》ないお化けが出るので、丁度顎が来るだろう位置につま先を置いて蹴りに変換。かなり荒っぽいが、きちんと意識を刈り取れた。

……うん、死んでないな。暫《しばら》く硬い物を食べる時に難儀するかもしれないが、歯が砕けたりはしてないっぽいからよし。

さぁて、これ後何回やりゃいいんだ？

「こっちで声がしたぞ！」

「囲め！　広く展開しろ!!」

「直に増援が来る！　位置の特定を優先するのだ!!」

さてと、ではちょっと気合いを入れて狐とガチョウの遊びをやるとしましょうか。なに、マルギットと遊ぶのに比べたら軽い軽い。ちと人生懸かってるくらい大体同じだろう。

ノした二人を跨《また》ぐと、耳飾りが私を勇気づけるようにチリンと鳴った……。

【Tips】帝都における衛兵の練度。衛兵の基本的な仕事は犯罪の抑止と捜査であり、市街に武装して立つことが最大の仕事と言える。予備兵力という側面もあるため軍事教練も十分に受けており実力は高く、選抜基準に頭の良さも含まれるため捜査能力もすこぶる優秀である。

が、如何《いかん》せん平和な時期がそこそこ長く、市街で暴れて取り押さえねばならぬ犯罪者も酔漢止まりのため、十分な実戦経験を持つ衛兵は勤続ウン十年という熟練者《ベテラン》か、惰性で延々と衛兵をしている非定命種族くらいのものである。

急によじ登っていた窓から室内に押し込まれ、高貴な尻餅をついたツェツィーリアが事態を飲み込むのには数十秒の時間が必要であった。

表から聞こえる罵声、派手な音、響き渡る警笛。大きな瞳がぱちくりと瞬き、石のように硬い事態を思考の歯が咀嚼《そしゃく》し、脳味噌《のうみそ》という胃袋に飲み込んでいく内にコトは彼女を置いて動き続ける。

ああ、自分達《たち》はしくじって、エーリヒが見つかったのだと気付いた時には、もう警笛は聖堂から随分と遠くから聞こえるようになっていた。

いけない！　そう彼女は叫ぼうとした。いや、実際に息を言葉として吐き出し、口を開いて舌を動かした。しかし、いつも当然の様に形を結んでいた自分の言葉は大気を揺らしてはくれなかったのだ。

何事かと周りを見回せば、ちらちらと淡い燐光《りんこう》の残滓《ざんし》が見える。それは、エーリヒが探査術式を妨害するときに〝使役〟していた存在が動く時に見え隠れしていたもの。

神の敬虔《けいけん》な従僕である彼女は、父譲りの秀でた魔法の目こそあれ、信仰によって目を使うことなく生きてきたために深い神秘を見ることはできない。相手が望んで姿を現すなら生来の才能で視《み》ることも能《あた》うが、姿を隠されればどうしようもない。

ひらひらと二色の燐光が自分の周りを舞っている。この光に向かい、彼は疲れたような、それでも何処《どこ》か慈しむような声を投げかけていた。

どんな存在なのか聞いたこともある。ただ、彼はそっと妖精《アールヴ》であるとだけ答え、名前は教えてくれなかった。名前は、自分だけに許されたものだからと。

急《せ》かすかのように燐光が舞い散っているということは、妖精《アールヴ》はここにいる。困った状況に追い詰められたにも関わらず、彼は自分を案じて妖精《アールヴ》をつけてくれたのだ。

彼女はできることなら、窓を開けて自分はここだから彼に危害を加えるなと叫びたかった。箱入りのお嬢様であっても、今の事態で捕まれば〝穏便〟にはすまされないことくらいは分かる。

仮に情報を得るため殺されなかったとしても、無力化のため寄って集《たか》って棒でたたきのめされる。もしかしたらならば、骨を何本も折り関節を外されることだってあるだろう。

だが、そんな状態にも関わらず、自分にお守りを残していくということは、彼はまだ諦めていないのだ。

そして、信じている。

自分は何とかして逃げるので、きっとツェツィーリアも仕果たしてくれるだろうと。

彼女は暫く震えたあと、覚悟を決めたように拳を握ると借り受けたローブから埃《ほこり》を払って立ち上がった。そして、声が出なくされていることは分かっていても、周りを旋回する緑と黒の燐光に問いかける。

力を貸してくれますかと。

問い掛けがなされるなど、真逆《まさか》あるまいと思っていたのだろう。燐光は礑《はた》と動きを止め、その様は人が突然の事態に当惑する様を連想させる。

果たして、姿を隠した妖精《アールヴ》は、肯定するようにくるくると回って扉へ向かう。

導いてやるからついてこいと言うのだ。

僧は遠方でけたたましく鳴り続ける警笛に意識の端っこを引っ張られそうになるも、それは却《かえ》って彼が健在であることを報《しら》せる灯台なのだと解釈して迷いを振り切った。

さぁ、昔やった遊びをもう一度やろう。

偉い人の行李《こうり》にかくれんぼで潜り込み、怒られた思い出くらい彼女も持ち合わせているのだから…………。

【Tips】妖精《アールヴ》は誰にでも見えるわけではない。彼女達は姿を現したいものの前にのみ現れる。故に幼子は薄暮の丘に迷い込み、子供を捜す親は妖精《アールヴ》を見つけることすら適《かな》わない。隠れた妖精《アールヴ》を燻《いぶ》り出せるのは、それを凌駕《りょうが》する魔法を視る力のみである。

寡兵と多勢の勝負は往々にして後者が征するからこそ、ごく希《まれ》な奇跡である前者の物語が喧伝《けんでん》されて人の意識に残る。そして、意識に強く残ってしまうことの反作用として、奇跡の筈《はず》が有り触れた物語に変換されていき、最後には割と当然のことになる。

そして、どういうわけかどれ程大変であっても、強さの演出のために却ってあっさりした描写ですまされてしまうものである。

まぁ何が言いたいかって言えば、ちぎっては投げちぎっては投げ、と一言で表現されきってしまう物語の無情さを感じていたわけだ。

「ぐっ、何故《なぜ》当たらん!!」

身を屈《かが》めた私の頭上を凄《すさ》まじい勢いで突き抜けていくのは一条の光線。壁に当たる前に虚空に溶けて消えていったそれを分かりやすく言うのであれば、高出力の誘導放出光増幅放射《レーザー》だ。僅かに掠《かす》った頭巾を焦がす、魔導的に再現されたレーザー加工機の火力は凄まじい。

なんだって私は、猟兵と同じく黒喪の軍装を着込んだ近衛《このえ》魔導衛視隊まで相手にさせられているんですかね？

衛兵に交じって護衛を引き連れた彼がやってきた時、もう破裂して死ぬのではと思うほどに心臓が跳ねた。

彼等は魔導師《マギア》ではないが、魔法使いとして皇帝の身辺を警護する魔法の達人《エキスパート》である。魔導師《マギア》の如く理論を精密に組み立て論ずることはできないが、体感と経験によって練り上げた術式の高度さは決して劣るものではない。

猟兵が有力な狩人《かりゅうど》や猟師から選抜されるのと同じく、在野の優秀な魔法使い、あるいは魔導師《マギア》になることを諦めた聴講生から選抜されるのが魔導衛視隊である。彼等は皇帝の側《そば》に侍《はべ》り、実務的な魔導の護《まも》りを担い呪詛《じゅそ》や攻撃魔術を防ぎ、時に毒の検知や罠《わな》の発見まで行う優秀な戦闘向きの魔法使いが揃っている。

斯様《かよう》な怪物共の一人が、何の因果か――単に近くにいたとか言う、クッソ運が悪いだけの理由だと思う――出《ポ》て来《ッ》て《プ》ガチの攻撃魔法を遠慮なく放ってくるとか本当になんなの。今日はとことん運が悪い日だな。星座占いなんて乙女チックなものはまだないけれど、きっと私のそれはダントツで最下位であったに違いない。

数秒触れるだけで鋼でさえ溶断する高温の熱線、しかも文字通り光の速さで襲い来るそれを回避しつつ手近な衛兵の鳩尾《みぞおち》に警杖《けいじょう》の突端を突き出し、更に突き刺さった形の警杖を振り回すことで体を跳ね飛ばし隣の一人を巻き込んで転倒させる。

魔法を避けながら戦うのは難儀だが、一瞬でも止まると撃たれるからな。難しかろうと戦うのを止める理由にはならなかった。

言うまでもないが、私の〈瞬発力〉では……というより人類の到達可能域では光速で動けないため、見てからレーザーを避けるのは不可能だ。さしもの〈雷光反射〉とは言えど、物理的に光を追い越す反射を与えてくるわけではないからな。

よく戦闘漫画《バトル》で多用される、術者の目線や思考を推察し、何処に跳んでくるかを先読みして、留《とど》まれば光線が当たる場所から身を移しただけだ。

魔法はどうしても思考を介し、魔力を術式に通して世界を歪《ゆが》めるまでに数秒は誤差が生じる。アグリッピナ氏の領域に至れば、誤差でさえ潰して正しく思考の速度で放つこともできるのだろうが、んな化物を超えた化物術者がそう何人もいては世界の均衡《ゲームバランス》が光速でぶっ壊れるため、幾ら運が悪い私とは言えど遭遇することは希である。

あとはどうにかこうにか頑張って避け、あるいは乱戦での誤射を嫌う術者の優しさを利用して衛兵を壁にして撃たせない。

頭の良い脳筋としての戦い方に全力だ。

流石《さすが》に相手に魔法使いがいるのなら、よっぽど危ない状況でもない限り魔法は使えないからな。残留魔力から私の思念を遡って下手人であることがバレるのは何があっても避けねばならぬ。

だからこれは断じて舐《な》めプではないのだ。結構真剣に命が懸かっているが故の縛りプレイである。

「クソ！　射線を空けてくれ！　このままでは撃てん！」

「なんとかならんのですか!?　囲むのを止《や》めれば直《す》ぐに押し込まれます！」

「無茶を言わないで欲しいな！　当たれば竜鱗《りゅうりん》でも抜く術式に、そこまで高度な干渉ができるかね！　そもそも光線は直進するものだぞ君!!」

今なんか聞き捨てならない台詞《せりふ》が聞こえた気がするけどマジですかね？　あれ？　いつの間に私、殺してもいい的になったの？　竜の鱗《うろこ》を抜く火力とか、捕まえて情報絞るの諦めてない？

ぞっとして大量に冷や汗を掻《か》きつつ、先に近衛を潰さないとヤバいと意識を切り替えた。避ける方法があるのと避け続けられるのは別の話であるし、彼が最悪色々と諦めた場合は回避できない広範囲を焼く術式を放ってくる可能性があるからな。

「ちょっと付き合え！」

「なっ!?　ぐぅ!?」

叩《たた》き込んだ警杖から手を離し、崩れ落ちようとする衛兵に接近して胸ぐらを摑《つか》み上げた。そして、そのまま重い体を持ち上げて一気に走る。

二人の護衛の衛兵に守られた衛視へと。

「あっ、なっ、卑怯《ひきょう》な!?」

「お褒めの言葉ありがとうございます!!」

感謝の言葉と気絶した衛兵の宅配が届くのは殆《ほとん》ど同時であった。

やっぱり優しいのね、近衛でも。ここで衛兵ごと熱線を叩き着けられたら詰みだったのに。

いや、味方に危険を知らせるため、敢《あ》えて光線に可視光を混ぜて派手に光らせている時点で優しいのが丸わかりか。魔導師《マギア》が本気で組んだ術式だったら、俺の射線に立つ方が悪いって勢いで不可視の熱線が仲間も敵も、更にはその背後の壁もぶち抜いていくからな。

住居を傷付けないよう、外れたらそこで消滅するなんて〝無駄に魔力を消耗する〟構造を噛《か》ませている時点で彼は聖人だ。

いかんな、私も大概思考が腐れ外道寄りになっている。ここらでちょっと一般人向けに方向修正しておかないと将来に大きな禍根を残しそうである。

頭の悪いことを考えつつ、護衛諸共《もろとも》に衛兵を叩き付けられて倒れた衛視の顎を蹴り飛ばして気絶させ、ついでに立ち上がろうとしていた護衛も寝かしつける。

「……じょ、冗談だろう?」

乾いた声を上げたのは誰か知らないが、私が言いたいよ。二〇人近い衛兵に襲われた上、純粋な戦闘に特化した魔法使いとしては私より格上がやって来るなんて冗談も良いところである。

武器はさっき捨ててしまったので、足下に転がっていた警杖を蹴り上げて再び装備。因《ちな》みにこれで使い捨てた数は本日五本目である。

首を巡らせて残った面々を見れば、明らかに腰が引けているものの、職務に忠実であり決して逃げようとも後ずさりもしなかった。

実に見上げた忠誠ではないか。それを私に向けないまま、今後とも励んでいただきたい。

走っていくのも億劫《おっくう》になったため、左手を挙げてちょいちょいと手招きしてやれば、彼等《ら》は私を威圧する以上に自分を鼓舞する目的の怒号を引き連れて突撃した。

「はぁー…………しめて……二二人？　馬鹿じゃないの……？」

そして、そんな忠義の突撃も、私の敢闘も物語であればあっさり斬り捨てられてしまうのが双方にとっても悲哀を感じさせる。

拭っても拭っても尽きぬ、滝のような汗を拭って一息吐《つ》く頃、私の周りには負傷兵の山ができていた。

彼等は本当に優秀だ。遠巻きに包囲するよう部隊を展開し、二人から四人組の分隊が接敵した場合は足止めに終始して警笛を鳴らす。そして、続々集まる増援で包囲を敷き終えたら、数で圧殺しに掛かる。

気分は生地でくるまれる餃子《ギヨーザ》の餡《あん》。実に無駄のない理論的な戦術。

足止めを喰《く》らった阿呆《あほう》な私が包囲され、一対二二というアホみたいな混戦に引きずり込まれた原因がそれだ。

極限まで練り込まれ、都市部の捕り物に最適化された手順。そして、それを忠実にこなせる衛兵達《たち》には賞賛を送らざるを得ない。私が菩薩《ぼさつ》から与えられた権能で十分に鍛えていなければ、とうの昔に首に縄打って屯所まで連行されていただろうに。

酷使した結果、折角補充したのに罅《ひび》が入ってしまった警杖を投げ捨て、手近に転がっていた手槍《てやり》を取り上げる。〈戦場刀法〉のおかげで棹状武器《ポールウエポン》も問題なく扱えるからいいのだが、欲を言えばアドオンを乗せまくっている片手剣が欲しいところ。

とはいえ、刃引きしてない剣での加減って難しいからなぁ。真面目に仕事に勤《いそ》しみ、家庭に戻れば良き夫や良き妻であるだろう衛兵諸氏に消えぬ傷を負わせるのは勿論《もちろん》、死なせてしまうのは余りに忍びない。

漫画みたくご都合主義的にドカンとブッ飛び、目を回してくれるようなシステムならよかったのに。あるいは、何処《どこ》かの番長連中みたく殺しても死なない位の頑強性の持ち主ばかりなら却って気楽とも言える。全く以《もっ》て世の中はやり辛《づら》いようにできているもんだ。

私はつかの間の相棒となる槍の握り心地をたしかめつつ、重心を探るように軽く振りたくって内心でぼやいた。うん、歪みもない良い槍だ、ちょっと借りてくぞ。返せるか知らんけど。

「おい、急げ！　静かになっちまってるぞ!?」

「味方は劣勢か!?　冗談だろう!?」

どうやら一服する時間もくれないらしい。遠方から寄って来る怒声、鳴り響く警笛に追い立てられて走り出す。ああやって大声を出すのは連携を取るだけではなく、追われる側を慌てさせて落ち着かせないことも狙ってるのだろうな。よく考えられているもんだ。

駆け出すついでに衛兵の懐からこぼれ落ちた水筒を槍の石突で引っかけて一つ回収し、小路を通り抜ける。一口だけ煽《あお》り、上がった体温を下げるため頭巾の上から中身をぶちまけて体を濡《ぬ》らした。

さぁて、そろそろ地べたを這《は》って逃げ回るのは限界っぽいのだが……屋根の上は上で死地っぽいんだよな。

ちらと見やれば、殆ど日が暮れて紫紺に装いを変えた夜空を怖《おそ》ろしく素早い影が通り過ぎる。建物で切り取られた狭い空に憤るように飛び交う影は、最初に私を捕捉した有翼人の近衛猟兵に相違なかった。

もう日も暮れたと言うのに彼は元気に空を飛び回り、私を見失わないようずっとあとを付けてくる。その上、ちょっとでも飛び込めるような隙間があれば、遠慮無く上空から跳び蹴りを見舞ってくるので本当に気が抜けない。

あれほどの機動力なら、正しく故郷《ホーム》と言える屋根の上に行こうものなら却《かえ》って良い獲物となってしまうだろうな。有翼人の追加が来た日には……。

うん、逃げるという一点で高所を駆け回るのは利点かもしれないが、自分より達者な奴《やつ》らがいるとなると駄目だな。そして、ステルスゲーのように直近の敵を全て気絶させたら警戒が解除される都合の良い世界でもないと。

少し前に操った戯《ざ》れ言《ごと》と被《かぶ》るが、持たざる者の悲哀ったらない。普通に考えたらもう詰みじゃないか。

殺してはならず、尾を引くような怪我《けが》を負わせてはならず、身分が露見するような下手を踏んでもならず、さりとて囮《おとり》として目立たねばならぬので縮こまっている訳にもいかず……。

今更ながらヒデェ条件だな、おい。

悪態に交ぜてツバの一つでも吐いてやりたい気分になっていると、背筋に嫌な気配が走った。皮膚が総毛立ち、冷え切った氷が首筋を撫《な》でていくような感覚。

同時に走っているため鳴る筈《はず》がないのに、ちりんと音を立てる耳飾り。

近頃ではすっかり馴染《なじ》んでしまった、殺気の愛撫《あいぶ》だ。

直感に従って跳躍、剣と違って慣れない槍での防御は不能と判断。態勢が崩れるが、下手に判定してしくじるより、行動放棄扱いになっても確実な回避《ドッジ》に頼る方が正解だ。

直後、飛び出す前まで右足が踏みしめていた石畳に――それも、劣化を防ぐ魔術で表面が保護されている――一本の矢が突き立った。前転気味に宙を舞う私の視界に飛び込んできた、ひび割れすら作らず石畳に三分の一ほど突き立つ矢という現実を疑う光景。驚異的な威力と、人外染みた精密狙撃に股間が縮み上がった。

いや、これまともに貰《もら》ったら足首から先が千切れ飛ぶぞ。つーか、魔力反応が一切みられないんだけどどういうこと⁉

冗談も大概にしろよと嘆きながら受け身を取り、私は空から奇襲だけではなく、狙撃にまで気を払わねばならなくなった状況に涙をにじませるのであった……。

【Tips】近衛《このえ》魔導衛視隊。近衛の一部門。魔法使いだけで構成され、皇帝の身を魔導的に守る兵士達の集団。皇帝の居を結界で守る班や生活に潜む危険を炙《あぶ》り出す班、そして実力によって敵を撥《は》ね除《の》ける班など状況を想定した幾つかの部署で構成される。

帝都には時刻を報《しら》せるための鐘楼や象徴的な尖塔《せんとう》が何本も聳《そび》え、工房区画には濛々《もうもう》と煙を吐き続ける煙突も競うかのように伸びている。

そんな鐘楼の一本に一組の射手が陣取っていた。

長大な手足を器用に突っ張らせた大型の蜘蛛人《アラクネ》が足場となり、その巨軀《きょく》と対比すれば赤子かと錯覚するような矮人種《フローレシエンシス》の射手が彼に抱きかかえられながら、これまた不釣り合いなまでに巨大な弓を携えていた。

「おいおい、今のを避けるか……」

特注の大型種族用軍服を着込んだ鳥喰《バードイーター》蜘蛛系の蜘蛛人《アラクネ》男性は、相方を抱える手とは逆の手で持つ遠眼鏡を取り落としそうになった。儚《はかな》い筈の指が鉄梃《かなてこ》のように変質するまで己を練り続けた相方、その絶技が的を外すことなど、組んで随分と長いが殆ど見たことがなかったからだ。

「後ろに目玉でもついてるんじゃなかろうな」

三重帝国で近年出回り始めた両端に滑車の備わった機械弓をやっとのことで――配給以外の武器は、官費ではなく自費で購入せねばならぬのだ――手に入れて以降磨きが掛かった相方の狙撃は、支援している彼からして大層怖ろしいものであった。

魔法にも神々の加護にも頼らず、ただ人の身一つで練り上げた武錬の鋭さは、体力と持久力において大きく劣る矮人種《フローレシエンス》の身でありながらも近衛猟兵の称号をもぎ取っているだけで如何《いか》ほどのものか推察できよう。

強い信念、いや、半ば狂気染みた遠当てへの妄執で磨き上げた技が空を穿《うが》った。

ちらっと見やれば、もう三十路《みそじ》も近いと言うのに愛らしさの陰りもない――あくまで蜘蛛人《アラクネ》の外見的審美感覚に依《よ》る――相方が下唇を噛んでぷるぷると震えていた。

何らかの不運で外した反応とは言えない。むしろ、弱い力で豪弓を引けるが、機構が繊細すぎる機械弓の不具合であれば、彼女は淡々と機械の狂いによるブレさえ計算に入れた次射を淡々と放っていたであろう。

つまりは、必中の自信を持ち、一分の瑕疵《かし》も無く完璧な射を実行して尚《なお》も的を外してしまった。否、回避されたということ。

それ程の敵手ということだ。

種族の多様さでは類を見ない三重帝国において、上背の小ささなど目に見える要素で敵手を測ることは実に危うい。蠅捕蜘蛛《はえとりぐも》系種族のように外見はヒト種《メンシュ》の幼年のまま成熟するような種族もあれば、成人しても小柄なままという正に彼の相方の如《ごと》き種も珍しくない。

なら〝子供のように思えた〟という仲間からの報告は頭から消した方がいいだろう。

「ちっ、しかも相当にはしっこい野郎だな、もう射界から外れやがった」

前転による回避行動から難なく立ち上がった敵手は、たった一射で射点を見抜いたのか素早く踵《きびす》を返して別の小路に潜り込んだ。こうなると最早《もはや》ここから敵を狙うことはできない。

「……おって」

「あ？」

掠《かす》れるような小声は、高い鐘楼に掴まっていることもあって殆《ほとん》ど風に紛れて聞こえなかった。しかし、比喩でもなんでもなく親の声よりよく聞いた相方の声は、普段の冷厳とした成人女性のものではなく……。

「いますぐおって!!」

癇癪《かんしゃく》を起こした子供のような、舌っ足らずなものになっていた。

あーあ、とでも言いたげに蜘蛛人《アラクネ》は遠眼鏡を持った手で額を覆う。こうなったらもう駄目だ。たとえ位置取りが悪く、自分の足では次の射点に移るまでに結構な時間が掛かると主張したとして相方は受け容《い》れまい。

要するに彼女は滅茶苦茶《めちゃくちゃ》負けず嫌いなのだ。今の地位も全ては並々ならぬ諦めの悪さと自尊心に依るものであり、当然ながら己の力量に狂気に近い自信と自負がある。何度も練習して身につけた、デキる女風のハッキリした口調が崩れるほど、会心の一射を外されたのを悔しがっているのだ。

「はいはい、仰せのままに……」

このまま抵抗すればジタバタ暴れて勝手に追いかけかねない相方を放っておく訳にもいかず、蜘蛛人《アラクネ》有数の巨体を誇るが故、瞬発力に自信はあっても持久力に乏しい男は精一杯の速度で鐘楼から降り始めた。

無言でじっと先を見つめる相方の姿は、他の連中に盗《と》られたらどうするんだ早くしろと言わんばかりに突き刺さる。えっちらおっちら慎重に鐘楼を降りた彼は——大土蜘蛛系の蜘蛛人《アラクネ》は、その力強い外見に反して意外と脆《もろ》いため慎重派が多い——目標が消えた方向から移動速度を予測し、即座に最適な射点を割り出して目当てを付ける。

そして、彼が能《あた》う限り急ぎ煙突に登った時、相方は即座に矢をつがえて彼が目標を視認するよりも早く一射を送り込んだ。

「あああ!?」

次いで響く悲鳴を聞き、蜘蛛人《アラクネ》は更に大きな驚きを抱く。

ここまで獲物に執心し、二度目ということもあって最高に高まった渾身《こんしん》の一矢。

それがまた外れたがために悲鳴を上げたのかと。

「どうなった!?」

とりあえず彼は相方に問うてみた。近頃はめっきり機会も減ったが、失敗して子供みたいにボロボロと泣き続ける彼女を一晩掛けて慰めるのもまた、彼の仕事であったから。

すると、彼女は大きな目に負けぬぐらい大粒の涙を目尻ににじませながら、鼻を啜《すす》る。

「おちちゃった……」

「は？」

ちゃんと当てたのに、水路に落ちちゃった。

消え入るような呟《つぶや》きを聞いて、彼は今度こそ頭を抱えた。相方諸共《もろとも》に。下手に外すより、ずっと拙《まず》いことになってしまった。

あー、ドブさらいをやらされる同僚共から死ぬほど嫌味を言われるやつだと………。

【Tips】同じ蜘蛛人《アラクネ》であっても蝿捕蜘蛛種や大土蜘蛛種、女郎蜘蛛種では脚の数以外に共通点が見られないほど、種族間に差異が産まれる種も珍しくはない。

少年期
クライマックス

別行動

団体行動が基本となるTRPGでも時と場合によっては、PC達がバラバラに別れて行動することがある。敵に分断され、自己犠牲でその場に残り、各々のケジメを果たしに。個の力で全てを為さねばならぬ時の訪れは、TRPGがPCの人生を演じている以上、避けられぬ事態でもある。

ごとごとと荷物ごと揺さぶられながら、ツェツィーリアは早鐘を打つ心臓を中々止められずにいた。

本来なら貞淑にしていなければいけない夜陰神の僧である彼女は、一時その矜持《きょうじ》を擲《なげう》って行李《こうり》の中に身を潜めている。空を飛んできた船に乗り込む僧会関係者、他ならぬ帝都大聖堂座主の荷物に紛れ込んでいるのである。

構図としては彼女が二〇歳にもなっていない頃、まだまだわんぱくな子供だった時分に救貧院の子供と交じってやった隠れん坊と変わらない。五つ六つの子供と遊んでいたことを四三になってやる気恥ずかしさとは別の意味で大変ドキドキしていた。

この鼓動が外に漏れ、誰かに聞かれてしまうのではと錯覚を覚えるほど。

元々は船旅に備えた着替えが詰まった行李――空間確保のため結構な量を引っ張り出してしまった――の中で膝を抱える彼女は、こうも上手《うま》く行くのかと興奮と緊張で高鳴る胸を止められずにいる。

この揺れは、人足が船に荷を運び込んでいる揺れだからだ。

高貴な人物の荷とはいえ、一応の臨検は入る。荷が申告された通りのものであるか、妙な物が交ざっていないかなど何重もの点検の目に貴賤《きせん》の差を問わず晒《さら》されてゆくのだ。誰の物であろうと、一つの例外もなく。

何と言っても今宵《こよい》は現職の皇帝陛下が乗り込まれる。国家の最上位にある者が命じた指示であるならば、有力貴族の荷だろうが大公の私物だろうが関係ない。当人にその気がなくとも、権力の笠《かさ》で目を眩《くら》ませて危険物を忍び込ませようと目論《もくろ》む者がいないと誰にも断言できないのだから。

だが、その全てを彼が付けてくれた〝見えない協力者〟が誤魔化してくれた。服が入っている行李にしては重すぎることは不思議と重さを感じなくさせられ、蓋が開いた時にもどういう理屈か衛兵は中身を普通の服が整然と畳まれているだけだと認識し、最終的に彼女は船の倉庫へ収められた。

「上手くいってしまいましたね」

彼女もちょっと思っていたのだ。実行に移しておいてなんだが、こんな子供の悪戯《いたずら》みたいな方法で本当に入り込めるのだろうかと。

事実として彼女は知りようのないことだが、行李に隠れただけではアッサリ見つかっていた。推定でも推察でもなく、これればかりは確実である。

彼女は気付いていないが、最高機密である航空艦だけあって、運び込まれる荷は目視のみならず、魔導師《マギア》がもれなく探査術式で精査しているからだ。

思念波を手繰って生物を探し、害意の有無まで判別する高位の魔導師《マギア》さえも妖精《アールヴ》は眩ませた。生きている概念であり、本質的に〝現象〟に近しい妖精《アールヴ》は自身の本分を果たしている際は無類の強さを発揮する。

妖精《アールヴ》は子供を迷わせるものだが、時には導くこともあるのだから。

また彼女に害意が全くなく、夜陰神の加護を受けていることも潜入を助けていた。一説では夜を守る月光を地上に降り注がせるものの、反面〝狂気〟を発散させもするとされる月の神格は、精神に深く結びつく精神防壁の加護を信徒に授ける。

この地においても例外ではないのだ。月の光を呷《あお》りすぎれば酔ってしまう。いと高き天の黒い舞台に星々を従者として立つ彼女は、陽導神と善を分け合いながらも、かつては全き悪を司《つかさど》る神格であったのだから。

幾つかの力添えと少しの幸福で船に潜り込めた彼女は、これからどうするかで頭を捻《ひね》った。一時的に運び込まれた船倉は非常に大きく隠れる所は幾らでもあるから、見えない協力者の助けがあればリプツィまで息を潜めることは容易《たやす》かろう。

忍び込む時と同じく独力であれば直《す》ぐに見つかってお終《しま》いだが――船には各所に割符を持たない人間が通れば反応する検知術式が張り巡らせてある――妖精《アールヴ》の手助けさえあればただの見回りでは障害にはならない。

吸血種《ヴァンピーレ》である彼女には飲食も排泄《はいせつ》も必要にはならないため、一日瞑想《めいそう》でもしながら動かなければいいだけだ。その後は出て行って身分を明かせば、きちんと目的の人物に引き合わせてくれるはず。

ただ、彼女の脳裏で掻《か》き立てられる不安が一つ。あの心優しい二人はどうなったのだろうか。

上手く立ち回り安全に逃げおおせて、今頃は二人で合流してエリザを交え勝利の祝杯としてお茶の一杯でも楽しんでいる、などと楽観的に考えることはできない。彼女は良い兵演棋の指し手達《たち》が皆そうであるように、常に最悪の事態も想定して先を考えているから。

　意識の片隅では、あの二人ならば、絶望的な状況をくぐり抜けた二人ならば悠々と帰ってくるという担保するもののない光景が思い浮かんでも。

　二人は自分たちと違う定命だ。骨を折れば癒えるのに数ヶ月を要し、首を断てば繋《つな》げることは能わず、内臓が爆《は》ぜれば虫のようにのたうちながら命が尽きる。

　そして、どれほど能力が高かろうと衛兵隊全部を相手に明日まで戦える個は、余程の例外を除いて存在しない。たしかに二人ともすこぶる有能ではあったが、そこまで〝壊れて〟しまってはいなかった。

　幾つもの悲惨な行く末が彼女の脳裏を過《よ》ぎった。首に縄を打たれる二人、衛兵に滅多刺しにされて倒れる姿、手傷を負ったまま逃げて何処《どこ》かで誰にも看取《みと》られることなく倒れ臥《ふ》す姿。

　最後に、二つ並んで晒される首を想像した瞬間、彼女は総毛立つような怖気《おぞけ》を覚えた。どれも現実に起こりうる可能性。僧は震える体を抱きしめ、ただ一心に思った。この悪い想像、何かの間違いが起こらずとも起こりうる悪夢を現実のものにしてはならないと。あれほど真摯に自分を助けてくれた相手に頼りっぱなしでいいのか。それで今後、自分は胸を張って神に信仰を捧《ささ》げられるのか。

　論ずるまでもないことだった。

　他の誰に知られることはないだろうし、仮に知られても平民を使い捨てた程度で誹《そし》りを受けよう筈《はず》がなかろうと、ただ偏《ひとえ》に彼女が彼女自身を赦《ゆる》すことができない。斯様《かよう》な様で一体どうして信仰を口にできようか。それほどの不実を為《な》して何が慈母を崇《あが》める信徒か。

自分を擲つ覚悟で助けてくれた定命の友人達を見捨てて無様に聖堂に残るくらいなら、いっそ不完全な不死など返上し塵《ちり》に還《かえ》った方がマシだ。払暁の刻に外套《がいとう》を脱ぎ捨て、加護を拒んで命を神々に返上する方がずっとずっとマシ……いや、信仰を抱く者として、人として真っ当だと胸を張って言える。

むしろ、その方が天上にて神にも申し開きが利こう。

この時、単なる浪漫主義《ロマンティシズム》や悲劇的な結末に憧れる子供の精神性に依《よ》ってではなく、信仰者として彼女は決意した。

もしもあの二人の両名、ないしは何《いず》れかが不運にも果てたとしたら、己は信仰者として陽《ひ》の下に身を晒そうと。

義務でもなく、責任でもなく、人としてどうあるかを考え、良く生きることを志すのもまた信仰だ。

良く生きたと胸を張って神に主張できぬ人生に価値などない。尼僧としての利他を軸に据えた歪《いびつ》で利己的な考えが吸血種《ヴァンピーレ》の脳内で完結した。

その思考に従って、ツェツィーリアはうんうんと呻《うな》りつつ必死で考えた。どうすれば二人の助けになるか。自分にできることは少ないが、最悪姿を晒して助命をすることまで思考が行ったところで漸《ようや》く一つ思い至る。

彼女の乏しい魔法に関する知識の中で、遠方の人間とやりとりする方法が一つあったと。

そして、これほど大規模な船であり、国としても重要な代物であるなら、その品もきっと積み込まれているに違いない。

「手伝ってくれますか」

祈るような、神に捧げるのと同じような真剣な言葉に燐光《りんこう》が舞った。

彼女は聖印を握りしめ、数多《あまた》伝えられる箴言《しんげん》の中で最も尊いと信ずる聖句を口にした。

「与うるものよ、心得よ。与える時は全てを与えよ。与えられるものよ、心得よ。与えられる時は一つのみとせよ」

言い聞かせるように。確認のように。そして、覚悟するように。

漫然と与えられてはいけない。人が人の間を巡る世界で一番大事な箴言だと堅く信じるものを彼女は頼りとし、質素な僧衣が詰まる行李の中から飛び出した。服が足りなくなる座主には大変申し訳ないが、これも信仰のためと思って我慢していただこう。

なぁに、人間一日二日着替えが足りなくても死にはしない。どうせ船には航海魔導師も乗っているだろうから、頼めば〈清払〉の魔法で綺麗《きれい》にしてくれるはず。

行李に蓋をしながら座主に小さく詫《わ》びて、僧は広大な船内へと踏み込んだ。

航空艦は現在、皇帝を始めとした乗客を迎えるために帝都の郊外に着陸している。今はまだ何の整備もされていない野っ原に過ぎないが、航空艦の実験が成功裏に終了した場合は——尤《もっと》も、皇帝が座乗する時点で実験など全て終わらせたに等しい状況だが——広大な航空艦の運用拠点が建造されることであろう。

何かと多忙な皇帝の足とするには、空を飛ぶ船はどこまでも都合が良かったから。

そして、将来的には皇帝や有力な貴族を乗せることを前提に置いていたからか、航空艦の廊下には贅沢《ぜいたく》にも全面に魔導照明が導入されていた。

「……誰もいませんね」

顔だけを出して左右を確認してみると、船内とは思えぬほど明るい廊下には誰もいなかった。恐らく荷物の運び込みが完全に済み、ここに用事のある人間が絶えたのだろう。

「しかし、夜なのにこんなに明るいなんて。凄《すご》い贅沢ですね」

帝都の街灯と同じく、魔晶を収めて魔力で輝く照明だ。暖色の光が外の無骨さとは打って変わって落ち着きのある板張りの床と壁紙が貼られた廊下を照らしている。窓の形が独特の円形窓でなければ、どこかのお屋敷の廊下と勘違いしそうなほどに調度は整えられていた。

「……それより、ここはどの辺りなのでしょう？」

残念ながらツェツィーリアには船の知識はないし、箱に詰められた状態で運ばれても失わない方向感覚や、揺れからどれだけ移動したかが分かる卓越した距離感もなかった。

高級な筈の硝子《ガラス》を惜しげもなく使った窓から外を覗《のぞ》いてみて、地面が近いため底の方だろうなと推察することしかできない。

さて、この航空艦は既存の船とは全く違う外見をしているものの、その内側は一般的な外洋艦を参考にされていた。

船底付近に然程《さほど》重要ではない、つまり破損しても人命に関わらぬ貨物船倉が設けられ、上にいくにつれて高貴な人間向けの船室が連なっている。機関が故障し、胴体着陸することになった際に少しでも死人を減らそうと足掻《あが》いた結果の構造だ。

そして後部には巨大な魔導の結晶である船を管制・運行するための設備が詰まっており、数機の魔導炉を搭載した機関部と上面に貼り出した後部楼がある。

対して船首方面は先に向かって細くなる笹穂《ささほ》型の形状も相まって空間が少ないため船室や船倉はなく、船首楼——実際には外に飛び出してなどいないが——が設けられ艦底部や地面と正面を観察するための設備が詰め込まれていた。

実質的な指示は艦後部の後部楼が担い、指示に必要な情報を集めるのが船首楼といった具合に役割が分担されているのである。

「……駄目ですね……やっぱり肝心なことは書いてない」

ツェツィーリアは、これ程に大きな船であれば迷う人間が出てくることが想定できるため、案内板や地図が貼ってあるのではと思いつき、予想の通りにそれを見つけた。

しかしながら、それは一般の船員や客に向けた物であり、書いてあるのは客室や船倉への案内ばかり。肝心の部分は最初から灰色に塗りつぶされており、立ち入り禁止の表示があるだけ。

「今の位置が分かっただけよしとしましょうか」

しかし、どうにか現在位置だけは分かった。迷子への理解度が高い設計者が、丁寧に今見ている地図が船内のどの位置なのかを赤い点で図示してくれていたからだ。

どうやらツェツィーリアは船底一層——中央の線から底と天を区別しているらしい——の貴人向け貨物船倉の近くにいるようだ。ここから一つ上がれば食堂や晩餐《ばんさん》室のある中央層に繋がり、中央層から更に登ると天頂側第一層以降が客室となるらしく、最上部にあたる天頂三層は最貴賓として、こちらも表示だけはあるものの立ち入り禁止との標記があった。

「うーん……聖堂と同じなら、実務に関わるところは貴賓室や客間の近くには置きませんよね……」

三重帝国貴族の美的感覚に依るのであれば、日常的なことは可能な限り客に隠して行うのが優雅とされ、その様式を聖堂も守っている。彼女がよく出入りする炊事場や洗濯室は巡礼者や礼拝に訪れる信者に見えぬよう裏側に置かれ、座主が執務を執り行う部屋も高層階でこそあれ裏側に配置されている。

ならば、目的の部屋は当然客室や貨物船倉の付近にはない。

だとすれば船員だけが立ち入れる船首か船尾方向のいずれかにあるはずだった。

どちらにしようかな、と指をふらふらさせていたお嬢様は、ふと思いつく。

エーリヒが目眩《めくら》ましの像を方々にやっていた時、妖精《アールヴ》さんのお世話になっていたのではと。つまり、妖精《アールヴ》さんは誰にも知られず色々な所を見てこられるのではなかろうか。

「ねぇ、妖精《アールヴ》さん、どっちに行けばいいでしょうか？」

問いかければ、二色の燐光が目の前で瞬いた。人間に直すのであれば、二人で顔を見合って考え事をしているのであろうか。

やがて緑色の燐光が賑《にぎ》やかに瞬いたかと思えば、ツェツィーリアの周囲を旋回して消えた。

「……これは、助けてくれるということでしょうか」

首を傾《かし》げてから待つこと暫《しば》し。誰かが忘れ物を取りに来たり、追加の荷物などを持って現れはしないかと冷や冷やしながら待っていると、やがて緑色の光が船首側の廊下から戻ってきた。

そして、付いてこいとでも言うように数度瞬き、もと来た道を戻り始めたのだ。

「分かったんですか!?　わぁ、ありがとうございます！」

必死に追いかけるとやがて船体を上下に貫く大階段に辿《たど》り着いた。階段は船員が五人から六人、荷物を持って並んでも問題ないほど広く、周囲の空間も開けている。

更には仕事の合間の休憩か、階段に腰掛けて水を飲む水夫がいるではないか。

ツェツィーリアは慌てて足を止め、廊下に戻って考え込む。

これだけ開けているならば、彼等《ら》を掻い潜《くぐ》って妖精《アールヴ》さんを追いかけるのは難しい。ツェツィーリアのことなど気にした様子もなく、緑色の光は階段を無視して船首方向へ飛んでいく。

しかし、当人が望んでいるからツェツィーリアにだけ見えている妖精《アールヴ》と違い、この世に形を結んで存在している彼女には姿の隠しようがなかった。身を隠せるような観葉植物や搬送待ちの荷物が積み上げられていることもなく——そもそも空を飛ぶ代物だけあって、そんな危険な物は廊下に置いておけない——身を隠せるような死角さえないのだ。

困った、あの人達、どこかに行ってくれないかしらと小さく足踏みしながら待っていると、今度は黒い燐光が目の前で瞬いた。

そして、照明の配置の関係でうっすらと暗くなった部分に飛んでいくのだ。

ここを通れと言わんばかりに。

彼女は少し悩んだ。たしかに暗がりと言えば暗がりではあるものの、所詮照明配置の都合で薄《うっす》らと暗いだけで影とさえ呼べない場所だ。そんな所を選んで歩いたところで、姿など隠せるはずもない。

しかし、妖精《アールヴ》が言うなら信じてみようと覚悟して一歩を踏み出した。

するとだ、堂々と姿を晒《さら》しているに近い有様のツェツィーリアに誰も気付かないではないか。船倉を彷徨《うろつ》いているには明らかにおかしい姿で、迷い込んだ客とも水夫とも思えない誰何《すいか》せずにはいられない姿だというのに。

「……え？　なんで？」

気付かれるどころか視線の一つも寄越《よこ》されず素通りできてしまったツェツィーリアは、

思わず振り向いて呟《つぶや》いてしまった。

彼女には知る由もないことだが、黒色の燐光、夜闇の妖精《スヴァルトアールヴ》であるウルスラは人の姿を隠すことができる。今は彼女が支配する時間帯であり、力が最も強まる時。ならば、子供を守るためであれば、ほんの少しの暗がりであっても深夜の闇と変わらず姿を隠してやることができるのだ。

そして、あまりに不用心な呟きも緑色の燐光、風の妖精《シルフィード》であるロロットの力により彼等に届くことはない。無遠慮で隠すことを知らない足音も、着慣れない服のため抑えることができない衣擦《きぬず》れすらも。

妖精《アールヴ》に導かれて僧は危うい道を誰にも妨げられることなく進むことができた。

途中ですれ違った水夫も、警戒のため彷徨いている衛兵も、道に迷ったらしい整備員の魔導師《マギア》も彼女に気付かず素通りしていった。

船員のみが立ち入れる区画の扉が施錠されていることに悩まされたが――扉が閉まると勝手に施錠される魔法の錠が装備されていた――それは偶々《たまたま》出て来た船員が扉を不用心に大きく開け、後ろ手に閉めることなく出て行ったため体を潜り込ませて対処した。

船員は閉まるまでに間があった扉を多少訝《いぶか》しく思ったものの、勝手に錠が落ちる不思議な扉なのでそういうこともあるかと気にすることはなく、用事を片付けるべく立ち去ってしまう。

「あっ、本当にこっちだった……」

船員のみが立ち入れる運用区画は、豪華で貴族の館を思わせる客室区画と打って変わって、金属の合板が剝《む》き出しの飾り気も温《ぬく》もりも無縁の無機質な空間であった。

船で怖いのは火災である。特に逃げ場のない空で炎が燃え上がると対処が極めて困難であるため、航空艦は可燃性の素材を極力廃した構造が取られている。見栄えの為《ため》に客室区画こそ難燃化の魔法を掛けた木材を多様しているものの、外見を取り繕う必要のない運用区画では魔導合金の地金が剝き出しになっていた。

そんな冷たい鋼色の壁に船員向けの地図が貼られている。のみならず、急いでいる際は地図を見ずとも迷わず進めるよう、各施設への案内表示も壁に書き込まれていた。

地図にはツェツィーリアが求めている場所の標記もある。

通信室、という魔導伝文機や短波魔導通信設備を備えた、外部との連絡を取るための部屋が。

彼女の所属する聖堂、月望丘は麓に街もある夜陰神聖堂の総本山に相応《ふさわ》しい場所であるものの、立地的な観点で言えば僻地《へきち》と形容するに過不足のない田舎である。標高は高いになだらかな道が延々続くため、麓の街までもかなり距離があるので急ぎの連絡をするのは大変だ。

そのため、帝国魔導院が帝国に誇る発明品の一つにして、人によっては最高の技術とも賞《あが》する〝魔導伝文機〟が苦渋の決断の末に設置されている。本質的には魔導を受け入れない神々を崇める僧達《たち》が、やむを得ずながら受け入れる程に魔導伝文機は画期的な発明である。

彼《か》の装置は魔導的に二つの地点が結ばれた道具であり、完全に内容が同期する術式が刻まれている。つまり、A《アー》地点の伝文機で文章を書けば、同じ内容がそのままB《べー》地点の装置にも書かれるのである。

これまでも距離を超えて言葉や文章を繋《つな》げる技術はあったが、これは従来の品を置き去りにするほど画期的であった。なにせ非魔法使いであっても気軽に使える上、格段に多い情報を相互にやりとりすることができるのだ。

しかも、地点を登録した魔晶を入れ替えるだけで接続点を簡単に切り替えることができ、一機の魔導伝文機で多数の街が繋がる。二機用意して受信専用機に改造する拡張機能を付ければ、常に何処《どこ》の都市からでも伝文を受け取ることさえできるのだ。

この便利さにはさしもの聖堂も勝てず、神々も「まぁ、信徒達が楽になるなら……」と利用を認めた背景がある。

そして、この装置をツェツィーリアは使ったことがあるのだ。

僧達はこれを便利だと分かっていても、やはり神の領域を侵犯する魔導を使っているというだけあって強い抵抗を覚えていた。導入された当初も担当になりたがる者が少なく、奉仕の精神と自己犠牲に溢《あふ》れる夜陰神の僧でさえ自ら就くのを厭《いと》うた程だ。

だが、ツェツィーリアは違った。前の担当者が老いを原因として退いた時、では自分が使い方を覚えますと進んで歩み出た。彼女は自分が厄介な背景を持っていることを重々理解していたし、斯様《かよう》な背景をないも同然に扱ってくれる聖堂にこの上ない感謝の念を抱いていたからだ。

そんなみんなが嫌がっているのであれば、せめて世話になっている自分がと思って覚えたことが、よもやこんなところで人生を助けることになろうとは。やはり世の中は分からないもので、思いもよらぬところで捧《ささ》げた奉仕が自分のためになった。

ここまでと同じく妖精《アールヴ》の助けを借りて、誰にも見つかることなく通信室に辿り着いたツェツィーリアは、扉に手を掛けようとして動きを止めた。

中から話し声と人の気配を感じたのだ。

当たり前である。通信室には性質上、緊急の情報が届くため常に人員を配置していなければならない。通信機や伝文機に通達があったのに、誰もその場にいなくて艦長に重要な情報が届きませんでしたとなれば笑い話にもならない。

「ど、どうしましょう……？」

ここに来て手詰まりかと僧は大いに焦った。

彼女は吸血種《ヴァンピーレ》であると同時に夜陰神の僧にして、苦行を行う潔斎派の所属である。その苦行の中には自らに制約を課して信仰を高める禁律の儀というものがあり、彼女は自身の主神に「故意の暴力を振るわない」という制約を立てていた。

吸血種《ヴァンピーレ》であるのだから、当然ながら本気を出せば彼女はヒト種《メンシュ》が抵抗できないだけの力を発揮することができる。なればこそ、エーリヒと出会った時に屋根の上を走るといった離れ業ができていたのだ。

戦闘に堪能な者を態々《わざわざ》通信室に配属することも考えにくいため、やろうと思えば彼女は自身の生まれに物を言わせて人員を制圧できた。

それでも誓約がある。神に誓った重い重い約束が。

これを破れば彼女は今まで神から受けた恩恵以上の罰を受けることになる。禁律の儀は単なる目標の設定ではなく、神との〝契約〟であるが故に。

「……しかし、ですが……」

だが、ツェツィーリアは迷った。

己が抱く信仰は何物にも代えがたく尊く大事なものであるが、友の命も比べがたく重いものだ。況《ま》してや彼等は死ぬかもしれない危険を冒してツェツィーリアを助けようとしている。それなのに自分のことだけを考え、ここで諦めていいものか？

神は如何《いか》なる理由があろうと結んだ契約を反故《ほご》にすることは許すまい。

されど、同じだけ大事なものを我が身可愛《かわい》さで見捨てることも許さぬはずだ。

いや、何より自分が自分を許さない。彼女を友と呼び、友と遇してくれた二人が命の危険を顧みずに戦ってくれたことを見逃した自分が我慢ならない。

さっきも思っただろうに。二人を見捨てて安穏とリプツィへ辿り着くくらいならば、我が身を陽《ひ》の下に晒して不死を返上した方がずっとずっとマシだと。

「……よし、待っていてください、エーリヒ、ミカ！」

僧は、ツェツィーリアは意を決してノブを掴《つか》み、全力で捻《ひね》った。同時に響き渡る破滅的な音は、吸血種《ヴァンピーレ》の怪力に負けて合金がへし折れた音である。下水道で何カ所もボルト留めされた蓋を引きちぎった膂力《りょりょく》は健在で、錠くらいの物であれば簡単にねじ切ることができる。

肩から全力で扉を押し込んで部屋に飛び込めば……そこには、椅子の上で昏倒《こんとう》する三人の男達の姿だけがあった。

「……はえ？」

思わず人生で一度も出したことがない位の間抜けな声が出た。

覚悟を決め、信仰に傷を入れることも辞さず飛び込んだ部屋の中では全てが終わっていたのだ。

「仕方のない子ねぇ……」

茫洋《ぼうよう》と目の前の事態を飲み込めていない僧の耳に、可愛らしい少女の声が響く。同時に彼女が強引に破った扉が独りでに閉じられて外界と隔絶された。

「今の声は……」

疑問に答えるようにふわりと舞う黒い燐光《りんこう》。想像を巡らせるのに少しだけ時間はかかったが、誰が助けてくれたかという答えに辿り着くのは簡単だった。

「妖精《アールヴ》さん！」

妖精《アールヴ》がツェツィーリアを助けたのだ。

ウルスラは悲壮な決意を抱く彼女を見るに見かね、暢気《のんき》に飛んでいたロロットに頼んで通信室の男達を昏倒させたのだ。

彼女は風の妖精《シルフィード》。ひいては大気に命令する権能を持っており、一時的に〝部屋の酸素をなくし〟酸欠で男達を気絶させるような所業もできるのだ。

本当であれば妖精達《アールヴ》にとって僧はどうでもいい存在だった。むしろ、吸血種《ヴァンピーレ》はその成立過程に神々の関与があることと、生き方そのものが本質的に相容《あいい》れないため嫌いであるとさえ言えた。

だとしても彼女はエーリヒのお気に入りだ。見捨てたせいで彼女が大きく傷つけば、エーリヒも同様に傷ついて悲しむだろう。

ウルスラはエーリヒを弄《いじ》って遊ぶのは好きだったが、なにも悲しませて涙を流す様を見て喜ぶ性癖までは持ち合わせていなかった。ロロットも同様で、気に入った子にはいつだって笑っていて欲しいと考える無垢《むく》な性質である。

三人の利害が人知れず、辛うじて噛《か》み合ったために妖精達《アールヴ》はエーリヒからの願いを超えてツェツィーリアを助けてやった。

先ほどの呟きは、心底思ったからこそ皮肉を込めて彼女に聞かせてやったのである。

「本当にありがとうございます、妖精《アールヴ》さん。貴方《あなた》達の協力に心からの感謝を。助けてくれたおかげで、私は信仰を貫き、また大事な友達を見捨てずに済みました。このご恩は返せるか分かりませんが、いつか必ず！」

一頻り《ひとしき》妖精《アールヴ》に感謝を捧げた彼女は、急いで伝文機への操作にかかった。

設置された伝文機は魔導院謹製の最新型であったが、使い方の基本は変わらない。しかし魔晶の交換が釦《ボタン》一つ押せばできるようになっており、使う物も操作一つで簡単に交換できるなど利便性は格段に向上していた。

「ええと、通信先が登録されていない魔晶を選んで、確かリプツィの別邸に置かれている伝文機の個体番号は……」

魔導伝文機は登録された機器同士しか接続しないものの、受信側に通信先を登録していない空の魔晶が装塡されており、その個体識別番号を知っていれば一度も接続したことのない場所からでも接続ができる。

昔は登録した魔晶を現地に運ばなければ接続できなかったものだが、明らかに不便だったために技術者達が心血を注いで実装した新機能――といっても一〇〇年以上も前に実装されたものなので、近年の人間には当然となっているが――は正しく動いた。

困ったら連絡してきなさい、と教えてくれた番号を覚えていて良かったと過去の自分に感謝しつつ、ツェツィーリアは文を送るため、伝文機に備えられた用紙に文字を書き込むべく羽ペンの先をインクに浸した………。


【Tips】航空艦内部には航行に必要な各種設備にはじまり、快適に生活するための設備も備わっている。水は艦内の貯水槽から排水管によって各所に行き渡り、共用の浴場までもが用意されている。

また船乗りを悩ませる用便に関しては、下水道の粘液体《スライム》から株分けされた小さな個体に浄化を担当させることで快適な水洗便所を導入している。

水没オチは生存フラグ。実際、これを上手《うま》く演出に盛り込んだシステムがあるんだから間違いない。ロールを頑張ったらポイントをくれる気前のいいシステムは、データの雑さに目を瞑《つぶ》れるくらいに楽しかったのをよく覚えている。

あまりの気前の良さとデータがほぼ存在しないざっくりしたシステムのせいで、殆《ほとん》ど悪乗り専用といった風情はあったものの、あれはあれでいいものだった。

「ごぇっ、ぶはっ、ごっへ!!」

まぁ、クソ汚い咳《せき》をしながら這々《ほうほう》の体《てい》で下水道に這《は》い上がっている様は、水没後に格好《よ》く復活してみせるまでのサマにならない舞台裏そのもので楽しくもなんともないが。

仕方ないだろ、人間は鎧《よろい》着たまま泳げるようにできてないんだよ。しかも、左腕に矢が突き刺さったままで。

「さ、さくせんどおり……」

誰が見ているわけでもないが、飲んでしまった水に混ぜて負け惜しみを呟《つぶや》いた。

水を吸って重くなった体を〈見えざる手〉で引っ張り上げて壁際にもたれ掛かる。〝手〟で強引に自分を引っ張れなきゃ、今頃鎧の重みと失血で川床の石と仲良くする寸前だったのは想定外である。

たしかに逃げ始めた時は、どこかで姿を眩《くら》ませるために帝都各所を流れる水路に落ちるのがいいかなと思っていたとも。適当にやられたフリをして落ちれば、衛兵達《たち》は水死したかと思って捜索するのに必死になり追撃の手を緩めるだろうからな。

その後は悠々と下水を通って姿を消して、何食わぬ顔で工房に帰ってセス嬢とミカの帰りを待つ……と楽観的な予想を立てていた。

やられたフリをして落水するまでは予定調和であったものの、本当に怪我《けが》するのは想定外過ぎる。被弾箇所があとちょっと拙《まず》ければ、魚や虫相手に滋養分を大盤振る舞いするとこだったじゃないか。

「くそ、もうちょいで撃墜数三桁が見えてたのになぁ」

痛みを誤魔化すために悪態を零《こぼ》し、鎧を脱ぎながら傷を観察した。

左腕の二の腕付近に突き立つ矢は上等な造りをしており、肉の中でじくじく存在を主張する痛みで鏃《やじり》まで上等だと教えてくれた。

何度目かになる包囲に捕まっての乱戦、その最中に飛び込んできた致命の一矢。射手の姿は見えず、殺気は鈍くて薄かった。戦って限界まで研ぎ澄ましていた神経に着弾の寸前まで引っかからないほど。狙撃を警戒して位置取りにも気を遣っていたのにこの為体《ていたらく》……

下手人は最初に避けた狙撃手かな。

なんとなく、そんな気がする。下手に避けたせいで本気にさせてしまったらしい。反応がほんの数瞬遅れていたら、二の腕ではなく肩口にブッ刺さって関節を破壊され行動不能に陥っていた。

いやはや、それにしても層がぶ厚過ぎて怖すぎるぞ近衛《このえ》猟兵。どんな人材を抱えまくっているのだ三重帝国。節操なしに色々な人種を受け容《い》れているのは嫌と言うほど実感しているが、ちょっと異常ではなかろうか。

我が幼馴染《おさななじ》みのマルギットも恐ろしい狩人《かりゅうど》であるが、私が察知できないだけの遠距離からの遠当てなんてのはできないからな。彼女と並ぶほどおっかない弓の使い手とここに来て当たるなんて、どれだけツいてないんだか。

「いっつ……」

運命を嘆きつつ左手を握れば、きちんと動くし痛みもある。幸いなことに体に潜り込んだ鏃は神経を傷つけてはいないし、筋も無事のようだ。位置が位置だけにぞっとしたが、帷子《かたびら》を抜くために細く細く作られた鏃が良い方に働いたと見える。

悪運からは見放されていなかったか。

さて、ここからどうするか。私は妙に小綺麗《こぎれい》な下水の屋根を見上げながら、重い息を肺から追い出した。

目立つという目的はある程度達したと思う。逃げ回り暴れ回る大捕物は、水路際に追い詰められる頃には完全に日が沈んでいたので数時間はしっかり稼げたはず。欲を言えば夜陰に乗じてもう何時間か、あわよくば日の出までかき回してやりたかったが……まぁ、これはこれで良い攪乱《かくらん》になっただろうし、多くを望みすぎては却《かえ》って大事なものを掌《てのひら》から溢《こぼ》すことになるからな。

なにはともあれ、まずは人の肉に入り込んできて嫌な主張をしている客人をどうにかするとしよう。環境もよくないし、感染症が普通に恐い。

抜いてみようと矢を摑むが、肉が締まって上手く抜けない。それに無駄に痛いので、鏃にカエシでもついているのか。

「あー……やだなー……でもなー……」

となると、無理に引っこ抜くと逆効果だな。位置からして太い血管は通ってないから大丈夫だろうけど、死なないのと痛くないのは別問題であって……。

さしもの私も、ノータイムで矢を貫通させて除去できるほどガンギまってる訳じゃないからなぁ。

「……南無三っ!!」

しばし呼吸を整え、服の端っこを噛み締めてから――反射で舌を噛まないようにするためと、歯を痛めないため――〝手〟で思い切り鏃を押し込んだ。流石《さすが》に自分の体の中にまで〝手〟で干渉させることはできないから力業に訴えるしかない。

将来的に〝その手〟のアドオンか医療系のスキルを取ろう。ないしは、医療に堪能な人と仲良くなる。私は堅く心に誓った。

「うぎっ……!?」

激痛に目の前が白く沸騰する。効率的に人体を破壊する構造の鏃が肉を残酷に裂きながら皮膚を突き破って姿を現し、苦痛によってかき混ぜられた脳髄から〈見えざる手〉の式が霧散する。

「はっ……ひゅっ……はひゅっ……」

痛みの余り息が詰まり呼吸が乱れる。「ちょっと節約しないとなぁ」と〈苦痛耐性〉を始めとする特性群、その取得を滅多にない殊勝さをみせて見送った過去の自分に本気で殺意が湧く。

ちょっくらタイムマシンを探しに行きたくなった。

「うー……くぅ……」

前の魔宮でも酷《ひど》い目に遭ったが、魔力切れで脳味噌《のうみそ》を捻《ひね》り倒されるような苦痛とは別種の苦痛に涙が溢《あふ》れた。ついでに鼻水で鼻腔《びこう》がつまり、情けない声が意志に反して絞り出される。農家の倅《せがれ》を伊達《だて》にやっていた訳ではないので色々と怪我もしてきたが、これはちょっと別格だな。

矢柄を適当な所でへし折り、異物が肉の洞窟を通っていく最悪な感覚にボロ泣きしながら引っこ抜く。容赦なく装甲点をブチぬいて実体ダメージを与えてくれた忌々しい鏃を腹立ち紛れに下水へ放り込んだ。

「くそう、心折れて冒険者辞めちまうＮＰＣの気持ちがよく分かる」

滅茶苦茶《めちゃくちゃ》痛い。語彙が貧相に成り果てるくらい痛い。

これブッ刺さったまま戦うとか正気を疑う。ガチ前衛は何発かコイツをカバーリングで受け止めながら戦うのが普通だったが、今更ながら尊敬するわ。柔らかい後衛の前に立ちはだかるタンク達は、本当に偉大であったのだ。

念のため腰の物入れに常備している消毒用蒸留酒などを取り出して傷の手当てを始める。折角稼いだ時間なので、いつまでもベソベソやってないで効率的に使わねば。傷が悪化して切り落とすようなことになったら泣くに泣けん。私の財布じゃ魔剣の迷宮の時みたいに癒者のお世話にはなれんからな。

しかし、船が出るまでどれくらいかかるのだろう。出航さえしてしまえば安心できて、後はどうにかこうにかミカを迎えに行ってからアグリッピナ氏の工房に引きこもれれば、セス嬢の伯母上が期待した通りの権力で豪腕解決してくれるのを待つだけだけど。

お披露目会、ということは早々には出航しない可能性もあるんだよなぁ。きっと、有力貴族を乗せて帝都を何周かする遊覧飛行とかもやるんだろうし。

やっぱり見通しが甘すぎたかな、と反省する私の前を白い物が通り過ぎていった。蛾《が》だ。ふわふわしたデザインで、真っ暗な下水の中でさえ目立つほどの白い蛾。

下水なら蛾くらい居るか、と痛みと疲労で濁った頭は軽くスルーしてしまうが、私はもうちょっと慎重になるべきだった。特にこんな、お粗末とはいえ魔導戦を展開している時には。

蟲《むし》なんて、魔導師《マギア》が玩具《おもちゃ》にして色々な道具に仕立てる格好の道具なんだから。ミカの使い魔、烏《からす》のフローキ――今回は連れて行って怪我をされたり、身バレの要因になると困るからと置いていったようだが――の活躍を知っている私は、尚更《なおさら》警戒して然《しか》るべきであった………。


【Tips】使い魔。三重帝国においては魔法・魔術的に強化改造が施された使役生物のことを指し、主として伝令や探索などの補助を行う。三重帝国成立以前に中央大陸西部にて発祥した技術。

ただし、生き物という不確定要素を孕《はら》んだ技術は近年の論壇において優雅さに欠けるとみなされるようになったため廃れつつあるが、確かな技術を持った旧《ふる》い魔導師《マギア》達が操る使い魔達は凄《すさ》まじい有用性を秘めている。


頭が下に落ちる衝撃で目が覚めた。

いかん、治療が終わって人心地ついたせいで緊張が切れたのか、一瞬オチてた。

これくらいかすり傷だ、とニヒルな笑みと共に傷を誇る演出は不朽の格好良さがあると思うが、同じことをやれと言われたら流石にしんどいくらいの傷だからな。ちょっと気絶しても無理はないか。

何より一人だし、ニヒル気取って誰に格好をつけろというのやら。

「あー……動きたくねぇ……もういっそこのまま寝てぇ」

できることもない願望を口にしたのは、現実感のないそれを敢《あ》えて表に出すことで「諦めろ」と自分に言い聞かせるためだった。やったら拙いことくらい私にも分かるし、そもそもこんな所で寝て感染症を患う可能性を高めてどうするのか。

ぼちぼち行くべ、と床にへばり付きたがる尻を引っぺがして立ち上がった。

一歩毎《ごと》にしくしく痛む傷を抱えつつ、脱出のため水路を行く。控えめな魔法の光源で足下を照らし、比較的汚れが目立つ道を選んで歩いた。

少しでも追っ手に痕跡を残さないためだ。汚れが激しいところなら、朝も夜もなく働き続ける勤勉な粘液体《スライム》が近々掃除してくれるだろうし、彼等《ら》が仕事をしている道であればさしもの猟兵とて通れまい。

とはいえ、うん、猟兵だからなぁ……あの距離で殺気も薄く、確実な一撃をぶち当ててくるぶっ壊れ共だからなぁ……普通に壁だの天井だの這って追跡してきそうだから、道を選んだところで障害にすらならないかもしれない。

「っと……またか」

小路を曲がろうとすると、ぐにぐにに不気味に蠢《うごめ》く粘液体《スライム》が勤労奉仕中であった。分裂した個体の一つが水路の一画を埋め尽くしながら、壁に張り付いた汚れや水路に堆積した泥、ゴミ、害獣と害虫なんぞの処理をしている。

半透明の体の中で鼠《ねずみ》が藻掻《もが》いているのが見えて、胃がきゅっと絞まった。じわじわと強塩基性の体に溶かされていく様は、下手を踏んだ自分の未来だと暗示しているようで心臓に大変よろしくない。

気を付ければ何てことはなくとも、下手すれば死ぬってのは公共インフラとしてどうなのだろう。なんにせよ、こんなとこさっさとおさらばするに限るな。

「あ、でも参ったな……」

この道が通れないと引き返すか、更に下に行く道しかない。近道できるからとこっちの道を選んだのだが、運が悪かったな。先週あたり餌を撒《ま》きに来た時、この区画は掃除し終わっていたから安心だと思っていたのだが。

ぽりぽりと頭を数度掻《か》いて苛立《いらだ》ちを誤魔化し、遠回りになるがやむないかと深層へ降りる道に入った。〝手〟を多重展開して足場を作って粘液体《スライム》の上を渡ってもいいっちゃいいけど、万が一しくじった時のことと短縮できる時間を天秤《てんびん》に掛けても全く見合わない。ピエロみたいな面でコスプレした金持ちと喧嘩《けんか》するのは趣味じゃないし。

「む……」

道を曲がること数度、違和感を覚える。どうにも通りたい道通りたい道全部が都合悪く堰《せ》き止められているような気がしてならない。

誰かに誘導されている？　誰が？　いや、そも何故《なぜ》、どうやって？

捕らえようとしているのであれば、こんな面倒は必要なかろう。場所を掴《つか》んでいるなら近衛猟兵を嗾《けしか》ければいいのだから。

引き返そうと思って振り向けば、神経を不快に揺らす水音が反響する。ああ、この音は駄目だ。粘質な液体が流れるのではなくのたうつ音。

かなり巨大な粘液体《スライム》が水路の表面を〝刮《こそ》ぎ落とし〟ながら這《は》い回る音。

うん、これは駄目なヤツ。

絶望的なエネミーの描写を何度も聞いてきたが、この音はかなり気合いの入ったＧＭ《ゲームマスター》の語りよりヤバイ。聞くだけで巨大な質量が脳裏に浮かび、絶望という文字が意味と形を変えて明滅する。

いいか絶対喧嘩売るなよ、分かってんな？　絶対だぞ？　そんな念を押す声が聞こえた気がした。

ええ、嬉々《きき》としてそんなのに喧嘩売ったことはあるけどね。なんども。きっとその方が面白い、という悪ふざけ大好きなＰＬ《プレイヤー》精神で。

でもこれは無理だ。絶対に駄目だ。頭の悪い選択を曲げる意志がないとＧＭ《ゲームマスター》が諦めた瞬間、無情にマスタースクリーンを畳んで演出で殺しにかかるヤツだから。

思考を介することなく私の足は動き、罠《わな》ではないかと疑い始めた道を進んでいた。

飛び込んだ先は広い玄室であった。何の用途で作られたかは知らないが――後で洪水級の大雨を受け止めるための場所だと知った――無数の柱が林立する広大な地下空間は、何の必要があってか等間隔に灯《とも》された魔法の明かりで不気味に照らし出されている。

限りなく薄くした足音が伽藍《がらん》に反響し共鳴する空間は、どういった意図か不明であるが不穏な紫紺の光のせいで怖《おそ》ろしく胡乱《うろん》な色に満ちていた。あまりの不気味さに一歩も先に進みたくなるが、最早《もはや》退路はないので仕方がない。

距離感をなくさぬように林の如《ごと》く立ち並ぶ柱、そのすれ違った数を数えること三〇。柱と柱の間隔が五m近いことからして相当の距離を進んだ頃、柱の陰から一つの影が現れた。

唐突に、しかしあくまで優美に。かつんと上質な仕立ての長靴が床を打ち、朗々と響き渡る詩歌の如く空間に染み渡る。

不穏な紫紺の光も優美な空気の演出に変えるほどしなやかな立ち姿。黒絹の夜会服に身を包み、完璧な仕立ての服に欠片《かけら》も劣らぬ、いや、これほどまでに似合うという表現が見合った者はそういないと実感させる風情の貴人がそこにいた。

ただ、細く上品な顔立ちを豪奢《ごうしゃ》な仮面で覆った姿は紛《まが》うこと無き変態。何か見たことあるぞ、朝の再放送アニメで。

変態貴族、と呼びたくなる奇人もとい貴人は、仮面さえなければ実に絵になる流麗な所作で腰を折った。見事な貴族の一礼を見せ付けた後、指が一つ打ち鳴らされる。

するとどうだ、先ほどまで無手であった絹の手袋が覆う手に、一本の長杖《ちょうじょう》が握られているではないか。

貴種が文化的に持つ杖《つえ》ではない。先端に禍々《まがまが》しいまでに赤い宝珠を戴《いただ》いた杖を一体どうして見紛《みまが》うことがあろうか。

あれは確実に魔法の焦点具。それも、教授位にある金と権力どっちも持った変態が使う、強大な魔法の行使を助けるような品だった。

本能と経験が即座に沸騰し、割れんばかりの勢いで警鐘を打ち鳴らす。私は練ったところで空回りするしかない思考を即座に投げ捨て柱の陰に飛び込んだ。

同時、あるいは微《かす》かに遅れて私が立っていた空間が爆《は》ぜる。爆発的に揺れた大気が虚空の我が身を弾《はじ》き飛ばし、着地点を見誤って激しく吹き飛ばされた。

何だ今の!?　炎熱系の術式ではないし、爆発でもないぞ!?　感覚的には〝空間そのものが圧壊した〟みたいな印象を受けたが何事ぞ!?

手前の頭では何が起こったかも判明できない攻撃に一瞬混乱しかけたが、単純に魔法知識が足りなくて判別判定にミスっただけだと開き直って思考を再整理。受け身を取りながら転がって衝撃を殺し、一度大きく跳ね上がったところで〈見えざる手〉を多重展開する。

まず複数の手で自分の体をお手玉にするイメージで体を弾き、柱にぶつかるのを防ぎながら少しずつ減速させる。一気にやると目を回すし、反動で内臓がエグいことになるので手抜きはできない。

なにせフードがはだけるだけならまだしも、括《くく》っていた髪の紐《ひも》が弾けてしまう程の衝撃なのだ。何も考えずに減速したら、強烈な衝撃で腹腔《ふくこう》の中身を浚《さら》い、できのわるいキドニーパイみたいになってしまうだろう。

十分に減速した後に〈巨人の掌《てのひら》〉で拡大した〝手〟で体をふわりと受け止めさせ、次いで間髪を容《い》れず虚空に足場となる〝手〟を連続展開。手を踏み砕く勢いで跳躍し、柱五本を挟んだ距離を一呼吸の合間に踏破する。

「ほぉ」

感嘆の声を無視し、私は空の両手を振り上げた。裾の仕込んだ妖精《アールヴ》のナイフが届く間合いではなく、間違いなく雑に振る舞っていても何らかの恒常防御障壁が張り巡らされているに違いない。

故に私は喚《よ》んだ。あの忌々しき剣の名を。

「～～～～～～～～～～――!!!」

空間が軋《きし》むような悲鳴は歓喜の絶叫。金属同士が砕け散りながら擦れあう様を連想させる歔欷《きょき》の歌声を轟《とどろ》かせ、手の中に確かな感触が生まれる。

毎夜毎夜寝床で騒がしく、ことある毎に愛を詠《うた》う名状しがたき邪剣。渇望の剣が私の呼び声に空間を飛び越えて顕現した。

手の中で嫌に存在感を主張する剣が空間をかき混ぜる不愉快な嬌声《きょうせい》は、初めて試し切りや使い勝手を試す以外の用途……求めて止《や》まぬ実用に用いられての歓呼であろう。

脳を冒すような感謝と愛慕の悲鳴が頭蓋を反響し尽くし吐き気がしたが、それを我慢して使う価値がある壊れた性能に大きく文句は言えない。

これ、前の主である迷宮の主は、魔剣の思慕の念に自己肯定感を擽《くすぐ》られていたようだが、彼は一体どんな精神性をしていたのだろう。日誌を見る限り、普通に固定の一党を作って冒険に出るような凄腕《すごうで》の冒険者であり、筆致や文体からして至極真っ当な常識を持っている印象を受けたのだが。

彼と違って受け入れがたいところはあるものの、無手から一息、つまり動作を必要とせず主戦力級の武器を装備できる強さは私の同類《TRPGプレイヤー》なら一瞬で理解できるだろう。

無手と思ったところから武器を虚空から取りだしての攻撃は、真正面から仕掛ける奇襲としては相当強く意表を突いたのではなかろうか。仮面の貴人は反応することもできず、ただ仮面の奥の目を驚きに見開いていた。

剣は空を切る音を狂喜の歌声に変えて奔《はし》る。跳躍より繋《つな》げて大上段から振り下ろす渾身《こんしん》の唐竹割りは、ともすれば無闇に力を込めて振り下ろしているように見えるかもしれない。しかし、全身の動きを連動させた肉が産む衝撃は剣先まで遺漏無く伝わり、頂点よりの落下と合わされば凄まじい剣戟《けんげき》を生む。

普通に当たれば存外に硬く、同時に柔らかいため断ちづらい人の肉体であろうと心中線から真っ二つにできる会心の手応え。中々にない快い一撃は、しかして虚空で火花を散らした。

「っ!?」

酷《ひど》く硬い物を断ち切る感覚が一つ、二つ、三つ、四つと続き、五つ目の途中で剣と私は虚空に縫い止められる。

形なき壁に食い込んだ剣と、剣を保持する筋力が釣り合ってしまったからだ。

「ふむ、七重の物理障壁の過半を抜くか」

今すぐにでも歌劇場でやっていけそうな美声がなんか信じられない数字を上げたが、深く考えている暇はない。一秒でも止まったら反撃を喰《く》らう。

故に再び術式を練った。単純かつ高燃費で使い慣れた〈見えざる手〉は、なにも移動や防御だけにしか応用できない訳ではない。

「おおっ!?」

最大数展開した六本の手は、拳を形作って渾身の一撃を連続で叩《たた》き込む。

分かっているさ、幾らアドオンで強化したところでか弱いヒト種《メンシュ》の領域から大きくはみ出ない私の膂力《りょりょく》を基準とする〈見えざる手〉では、六回連続で殴ろうと、理外の剣を振るった渾身の唐竹割りを途中で止める障壁に傷すら付くまい。

だから、拳を叩き込む先は紳士でも障壁でもなく、障壁に食い込み止まってしまった渇望の剣だ。

やっていることは単純。硬い南瓜《かぼちゃ》に食い込んだ出刃包丁の背に体重をかけて割っていることと同じ。それを気合いを入れれば人を殴り倒せる拳と、長大な両刃の魔剣で再現したのである。

慌てて避けようとするがもう遅い。脳天から入る刃が首筋から入る程度の違いだ。

そして、悪いが〝どうあろうと死ぬ〟火力の攻撃を出会い頭に叩き込んでくる変態に遠慮してやるほど私は人間ができていないんだ！

ここで再び手を汚すことになっても構わない。割と人生かかった状態でちょっかいかけてくる変態が一番悪いし、なにより魔法使いってのは「首だけになっても安心するな」と詠われるような存在。親指飛ばせば無力化できる、私みたいな剣士と同じ土俵で語っちゃいかん。

すまないが私の背には私の人生だけが乗っかっている訳ではないのだ。エリザを護《まも》ってやらねばならず、マルギットとの約束もあれば、ミカと行きたい所もある。

なにより今くたばっては、セス嬢の心に暗いところを残してしまうだろうよ。恨むなら、この状況の私に面白半分で手を出した自分を恨め。

肉を掻き分け骨の間を刃が泳ぐ怖気《おぞけ》を感じるような手応えと共に、仮面の貴人の肩から入り込んだ渇望の剣は股下へと何の抵抗もなく抜けた。

会心の一撃、間違いなくサイコロを余分に二回くらい振った心地の一撃を床にぶち当てないよう止めるのには中々難儀する。

攻撃後の隙を潰すために背後に跳びのくのは半ば習性の領域に至った習慣からであったが、なんと下から掬《すく》い上げるように杖の石突きが襲いかかってきたではないか。

鼻頭に熱を残し、数本前髪を引きちぎっていく杖の威力は一瞬股間が縮み上がるほど。貰《もら》っていたら暫《しばら》くは麦粥《むぎがゆ》を啜《すす》る生活を強いられていたに違いない。

「ふむふむ……中々どうして」

しかして、仮面の貴人は何事もなかったかのように片足で立っていた。断たれた左半身、支えがなく崩れ落ちた肉体など何事もなかったかのように。

……まぁ、予想はしてたよ。真っ当な方法で殺せるような相手が、こんな待ってましたとでも言わんばかりの舞台と演出を伴ってやってくる筈《はず》ないものな。

私に付きまとっている運命という名のＧＭ《ゲームマスター》は、何処《どこ》までも悪辣で悪趣味だ。たまにはサクッと気持ちよく勝てて、後腐れのない敵を用意してもらえないものだろうか。

「期待していた形とは大いに違うが、存外悪くない。術式構築の手順と効率化は実に素晴らしい。評価Ａ《優等》をあげよう。ただ、式が些《いささ》か実直に過ぎるな。効率と省燃費を狙っているのは分かるのだが、どうにも遊びがなさ過ぎて美しさと冗長性に欠ける。これでは簡単に妨害式を挟まれてしまうぞ少年。こちらに関しては残念ながら私の授業だとＣ止《落第寸前》まりだ」

何か教師みたいなことを宣《のたま》いながら淡々と評価してくる変態……。

ちくしょう、やっぱり私が遭遇する連中はこんなばっかだよ。変態とぶっ壊れのハイブリッドはもう間に合ってるんだよ。頼むから増殖してくれるな。

断たれた半身が片足片腕で器用に立ち上がり、断面が触れあったかと思えば至極当然の権利であると言わんばかりにくっついたから嫌んなる。

まーた不死者《アンデッド》ですか、そうですか。

ついでの如く夜会服まできれいに修繕されて理不尽さがいや増してくるな。こっちは無茶する度に繕ったりたたき直したりしてるってのに。

「では講義をつづけよう。第二講だ」

がつんと杖の石突きが地面を叩いたかと思えば、貴人の両脇の柱より二つの影が這いだしてきた。今の今まで何の気配もなかったというのに。

魔法の光を反射して濡《ぬ》れたような艶を帯びた体毛。その下で解放の瞬間を待って躍動する肉はヒトでは到底出せない瞬発力を秘めて隆起し、猛々《たけだけ》しくもしなやかな形を浮かび上がらせる。

そして、怖《おそ》ろしく整った体から伸びる〝三つの獣頭〟は、餓《う》えた獣ではなく紛れもなく調教を受けた知性あるそれ。

何度も市街で見かけた三頭猟犬《ドライヘッツヤークトフント》。その中でも一際立派な体軀《たいく》の二頭は、通常であれば大型犬と同じ大きさであるところを大きく上回り獅子《しし》の如き巨体を誇る。

尋常ならざる怪物を従え、紳士は再び慇懃《いんぎん》に腰を折った。

「これは私の自慢の子達《たち》でね。どうだい、良い毛艶だろう？　愛嬌《あいきょう》もたっぷりだとご近所でも評判だ」

一呑《ひとの》みにされる、とまではいかないが四肢程度であれば一口でぱくりといけそうな巨犬を、可愛《かわい》いワンコみたいに紹介されても……なんだ、その、困る。一体どんな肝力のご近所さんと暮らしていやがる。

「君から見て右の子はガウナ、ボールの玩具《おもちゃ》で遊ぶのが大好きな可愛い盛りの男の子だ。左の子はシュフティ、甘えん坊で寝る時はぬいぐるみを抱いて寝ているお姫様。どちらもお気に入りの玩具をすぐに駄目にしてしまうのが困りものだがね」

だから反応に困るつってんだろ。更に飼い犬自慢を重ねてくれるな。私の目線では大型の単車よりデカい生体殺戮《さつりく》兵器でしかないんだから。それと玩具の行《くだり》、可愛い要素《チャームポイント》だと思って紹介してるんなら逆効果なので改めたほうがよいぞ。

というか何なんだアンタは本当に。何がしたくて出てきたのか分からなすぎて頭が変になりそうだ。

捕縛しに来たなんてことは魔法の火力から真っ先に否定できる。雑に殺しにかかってくるし、妙に演出過多だしで実直な衛兵の関係者とは思えない。指針が行方不明過ぎる様は、如何《いか》に面白いかにだけ要点をおく厄介な同胞のようではないか。

くそったれ、たまには面白さにばっかり全フリしないで、私にも理解できる合理性を持ってみろというのだ。

「では気を張りたまえよ少年」

ああ、もう！　勝手に演出だけして納得してるんじゃねぇ！　吟遊が過ぎるGM《ゲームマスター》に延々付き合わされる気分になってきた!!

私は無理に剣を振ったせいで痛み始めた矢傷を庇《かば》いながら、飛びかかってくる三頭猟犬《ドライヘッツヤークトフント》共を躱《かわ》すため〈多重併存思考〉を全力で回し始めた……。

【Tips】三頭猟犬《ドライヘッツヤークトフント》。三重帝国が誇る主力軍用獣の一画である魔導生命体。極めて知性が高く、専門家によって調教された個体は喋《しゃべ》れこそしないが人語を解し命令をよく守る。現在は警邏《けいら》のため市街で広く運用される他、斥候の補助兵装として調教された個体が配備されている。

純然たる魔法によって人為的に生産された生命体であるため、雌雄の別があっても魔導師《マギア》の手を介さずして増えることができない彼等《ら》は、言わば使い魔の末裔《まつえい》ともいえる。


人は獣より強いのかというと、色々な論があるとは思う。

ただ確実なのは同じ土俵に立ってヒト種《メンシュ》が勝てる相手は、あんまりいないということ。

「こわっ!?」

がちんと鋭い牙が嚙《か》み合わさり、私の足の代わりに虚空を砕いた。この速度と歯の鋭さ、そして頭部の大きさに見合った咬合《こうごう》力の前では、ヒト種《メンシュ》の足なんて焼き菓子パン《ブレッツェル》みたいな気軽さで囓《かじ》り取られてしまう。

低い体勢から這《は》うように飛びかかってきた三頭猟犬《ドライヘッツヤークトフント》――便宜的に以後Aとする――の中央の頭が足を狙い、時間差で左の頭が胴に嚙み付こうとしてくるので鼻面を蹴り飛ばす序《つい》でに飛び上がって離脱。

こんなおっかない見た目なのに、鼻面を蹴られた時の悲鳴が子犬っぽいのは何だ、敵の罪悪感を煽《あお》るための罠《わな》か? だが、二体目――こちらは以後Bとする――が計算高く飛び出してきてたら意味が無いぞ。

飛び上がった体勢で〈見えざる手〉の足場を作ってBに斬撃を見舞おうとタメを作るが……。

「うおあっ!?」

作ったはずの手が霧散し、足が虚空を踏みしめて体勢が崩れる。転倒の最中で流れる視界、その隅で仮面の貴人が杖《つえ》を振りながら何事か呟《つぶや》いている様が……野郎、妨害式を噛ませてきた⁉

「って、あぶねぇ⁉」

ここぞとばかりに食いかかってくるBの左頭部の顎を蹴り上げて無理くり黙らせ、追撃せんと起き上がるAの体に手を突いて体を跳ね飛ばし再度の跳躍。空中で体を丸めてついでの如《ごと》く斬撃を放ってみるものの……浅い。

渇望の剣が持つ尋常ならざる切れ味のおかげで、しなやかにして強靱《きょうじん》な毛皮を貫いて肉を深々と裂くことができた。普通の剣であれば毛先を数本飛ばすのが関の山というところだろう。

だが、残念ながら踏ん張る所のない空中で放った斬撃は、漫画と違って空中に威力の多くを逃がしてしまって深傷《ふかで》には至らない。肉を深く裂いてはいるが、内臓には掠《かす》りもしないしょんぼり火力。

うん、挙動としてはリアクションのついでに斬り掛かり、軽くともダメージを与えたと見れば滅茶苦茶《めちゃくちゃ》お得なんだろうけどね。火力が数字として見えず、敵の最大体力も分からない中では物足りなさしか感じられないのだ。

実際、赤い血を溢《こぼ》しながらも三頭猟犬《ドライヘッツヤークトフント》Aは戦意を全く衰えさせておらず、気が早いことに傷口の出血は治まろうとしているではないか。間違いなく細胞を賦活させ傷を素早く癒やす術式が仕込まれているな。

素早く、頑強で、後衛を抜こうとする敵の行動を妨げる。なんて理想的な前衛なんでしょう。確実に四部位——頭三つと胴体一つ——はあるため、簡単に落とせないであろうところも嫌らしすぎる。

これ、頭を一つ落としても完全に息の根は止まらんだろうから、真面《まとも》に対応していたらやってられんぞ。

着地し間合いをとって仕切り直し、とのんびりさせてくれるほど敵はお優しくなかった。A・B共に巨体が嘘《うそ》の様な小回りで転回すると、人では到底発揮できない瞬発力で飛びかかってくる。私がリアクションで攻撃しているとすれば、連中はイニシアチブタイミングで殴りかかって来るビルドか。

悪辣さで言えばどっこいどっこいだな!!

Aが正面切って小細工することなく押し潰しにかかり、Aの後背についたBが飛び上がり高度差を付けて襲いかかる。本当に獣かこいつら！　下手な冒険者の一党が裸足《はだし》で逃げ出す連携を呼吸するくらいの当然さでぶつけて来やがる。

左右の頭のせいで怖ろしく広い攻撃範囲、素早く前進し続けられる四つ足の特性から右にも左にも牙が届き、後方に引いても歩幅の差で一歩踏み込まれれば口の中。そして上は飛び上がった巨軀《きょく》で蓋をされ、最早《もはや》逃げ場が殆《ほとん》ど無い。

なので半べそで唯一残った逃げ場である、巨体故に広く空いた胴体の下へと滑り込んだ。

微《かす》かに水を湛《たた》えた地面に飛沫《しぶき》を上げながら飛び込み、〝手〟で体を押し込むことで加速を得て長い胴体の下を潜《くぐ》りきる速度を得る。

　妨害式を叩き込まれて〝手〟が次々霧散していくが、一度生んだ運動エネルギーまで消える訳ではない。〈見えざる手〉そのものは魔法だが、動作に基づいて発生する運動エネルギーそのものは魔法ではないのだから。

　腹の下を潜る序でに斬撃をくれてやろうと思ったが止《や》めた。この速度と比較的柔らかいであろう腹であれば、肋骨《ろっこつ》の隙間を縫って心臓を貫き致命の一撃を叩《たた》き込むことも、筋肉が薄い部分を割って臓物をかき回すこともできるが速度が落ちる。

　そうなれば、直《す》ぐに生き残った片方が亡骸《なきがら》ごと私を潰しに掛かるだろう。

　だから代わりに置き土産を残しておいた。

　震えるほど巨大な後足の間を抜け、使役者である仮面の貴人へと突き進む。素早く立ち上がるために練った〝手〟も瞬きの間に霧散させられてしまうが、低燃費の魔法だけあって再展開も多重展開も容易《たやす》いので、椀子《わんこ》そばの如くお代わりして無理矢理に立ち上がった。

　むしろ嫌がらせみたいに妨害術式を連打してくれている方が有り難い。こちとら脆《もろ》い脆いヒト種《メンシュ》様で、既に手負いなのだから私が使える防御障壁をぶち抜ける魔法を乱打される方が拙《まず》いのだ。

　何より三頭猟犬《ドライヘッツヤークトフント》二頭で十分持て余してるんだから、後衛の攻撃まで飛んできて堪《たま》るか！　言っちゃなんだが、私は単ボスできるくらい強い訳じゃねぇんだからな!?

「ほぉ、二人を抜くか、だが私の前に立ったとしても……」

斬る前に飛びかかられてズタズタにされるとでもいいたいのだろう？　ご安心あれ、布石は打ってきた。

仮面の貴人が言い終えるか否かというところで、背後で光が爆発した。

「なっ!?」

私の体と三頭猟犬《ドライヘッツヤークトフント》二頭を壁にしたとしても目が眩《くら》むほどの逆光は、猟犬たちからすると目の前で爆《は》ぜたに等しい。同時に鳴り響く耳を割る高周波が三半規管を攪拌《かくはん》し、平衡感覚を著しく狂わせる。

腹を潜る前に自前の手で投擲《とうてき》した置き土産、使い慣れた〈閃光と轟音《せんこうとごうおん》〉の触媒が発動遅延を噛ませた術式の起動時間を迎えて時間差で起爆したのだ。

あの三頭猟犬《ドライヘッツヤークトフント》に〈閃光と轟音〉の術式がどの程度有効かは分からない。人間よりも頑丈な肉体には効きが悪そうだし、復帰するまでにかかる時間も短くなるやもしれぬ。

その上、頭も悪くないため、二度目が効くかは微妙だ。

しかし、今が札の使い時と判断した。仮面の貴人を無力化できたのであれば、三頭猟犬《ドライヘッツヤークトフント》の脅威も減る。

命捨てがまるは今ぞ、なんてな。

脇構えに似た形で渇望の剣を抱えて走り込む。三頭猟犬《ドライヘッツヤークトフント》が無力化できている内に、術式の余波で仮面の貴人の目が眩んでいる内に。

気合いと共に吐き出した声は自分をしても筆舌し難く、疾駆の勢いを完全に乗せた横薙《よこな》ぎの一撃に負けぬ気迫を出せていたと思う。そして、剣先に無数の薄くも硬い物を貫いていく衝撃が伝わり……今度は首に刃をかけることができた。

妨害式を練っていたからか、それとも三頭猟犬《ドライヘッツヤークトフント》の使役に思考を割いていたからか、障壁は最初の七層から比べて五層に減っていた。一撃だけなら五層で防げると思っていたのかもしれないが、普通に踏ん張った方が〝斬る〟という一点においては高威力なんだよ！

吹っ飛んでいく首を見送らずに残った体にもう一撃くれてやりたかったが、背筋に感じる気迫に押されて断念せざるを得なかった。

クソ、もう復帰するのか!?　かつて死ぬほど戦った飛竜連中でさえもうちょっと大人しくしてたぞ!?

凄《すさ》まじい速度で駆け戻ってきた犬共が振り被《かぶ》った前足の一撃を渇望の剣で防ぎ、自分から跳び退《すさ》ることで衝撃を移動力に変換して間合いを空ける。

今度はA・Bともに追撃してくることなく、庇うように貴人の前に立ちはだかってうなり声を上げ始めた。いや、首を飛ばされて尚《なお》も立ったままの体を心配する必要はないと思うんだけど。

ほら、案の定。

つかつかと貴人の体は首が飛んでいった方へと向かい、杖で転がった頭を跳ね上げると器用に左手で捕まえた。そして杖で〈清払〉の魔法をかけて泥水を払ってみせ、余裕の表明か傾いた仮面まで正しく直して首に据える。

ああ、正しく普通に殺しても死なない系の不死者《アンデッド》だ。あの肉体の損壊を殆ど気にしていないような挙動、優れた魔法の才、決して低くない運動能力からして吸血種《ヴァンピーレ》あたりだろうか？

となると実に厄介だな。都合良く生理的なアレルギーを引き起こす銀でできた武器の持ち合わせなどなく、神官もいないので不死者《アンデッド》を滅す加護もないと来た。

そりゃあ語るべくもなく不死者《アンデッド》の回復に必要な資源《リソース》とて無限ではない。致命的な損傷を回復するのにには非常に手間がかかるだろうし、何度も続ければその内に体力が底を突いて復活するまでの速度も鈍るだろうが……さて、一体それまで何度殺せば良いのやら。

かといって慌ててスキルを取るだけの余裕なんて一秒もなく、というかこういった場当たり的な理由で信仰される神の気持ちを考えると忍びないのでなんだかな。パワハラ＋適当な理由で信仰されるとか、気分としては相当キツそうだ。

あと、曲がりなりに信仰とは信じる力でもあるため、こんな心持ちでは私が真摯に信仰を捧《ささ》げられなくなる。さすれば、与えられる奇跡の力も弱くなり、あってもなくても大した差がない火力に貶《おとし》められよう。

「いやいや驚いた。家《うち》の子達《たち》を一瞬とはいえ無力化せしめた上、一度ならず二度までも我が身に剣を届かせるとは。胴体を両断されたのは四半世紀ぶりであったが、首まで飛ぶのは一世紀以上は体験していなかった。中々に新鮮な気分だよ少年」

楽しそうに杖をくるくる回している姿は余裕さを示していると言うより、〝一度首が落ちたごとき〟でお終《しま》いの我々を煽っているようにさえ思える。

周囲に煽りガチ勢ばかりが分布していて耐性が身についてなければ「野郎ぶっ殺してやらぁ!!」と正気でいられない位に高度な煽り力を感じる。

「剣術は全くの門外漢であるが実に素晴らしいことは分かる。魔法との組み合わせも上々。

術式構築に合わせて運用理論でもAをあげよう。ただ、打ち消されたら打ち消された分だけ突っ込み続けるのは解法として認めなくもないが、やはり美しさに欠けるな。そこは即興で式を練り直し、対策するだけの発想力が欲しかった」

凄《すご》く早口での講評ありがとうございます。犬二頭も嗾《けしか》けられてなかったらできたかもね!!

「しかし、先ほどの術式はよかった。この子達が影になって式が見えなかったのでもう一度見せて貰《もら》いたいのだが。それ次第によっては評価を改めよう」

あ、いや、こうやって余裕ぶっこいてる瞬間に弄《いじ》れば良いのか。折角の並列化できる思考があるのだから、ちょちょっと触っておこう。数パターン弄ってランダムに使うだけで、多少なりとも妨害し辛《づら》くなってくれる……はず。だったらいいな。祈っておこう。

「では、講義の続きだ。第三講、頑張って付いてきたまえよ少年」

再び杖と地面が打ち鳴らされたかと思えば、鼓膜を微かな空気の振動が擽《くすぐ》った。

最初は微かだったそれが大きくなるにつれ、皮膚が粟立《あわだ》つような怖気《おぞけ》が奔《はし》る。微かな擽りはやがて爪を立てるような不快さに姿を変え、鼓膜がこれは嫌な音だと身震いして脳髄を掻《か》き立てる。

これは羽音だ。それも鳥が発するのではなく、虫が飛行する時のそれ。

不快な羽音の多重奏が玄室の奥より飛来する。一塊となった虫の大群、奇妙な統率感により一体の生き物が如く蠢《うごめ》く姿は、人間の生理的嫌悪感をこれでもかと言わんばかりに励起する。

白い塊、面で押し寄せる蟲《むし》の群れに私は反射的に貴人の望みを叶《かな》えてしまった。

懐に〈見えざる手〉を差し込み、触媒を包んだ薬包の在庫全てを投擲する。一塊にはせず、視界を埋めつくさんばかりに巨大な群れを面で押し止《とど》めるように。

瞬間的に激烈な発光。ドロマイト鉱石粉末を触媒とした閃光と轟音の術式。七五〇〇〇カンデラの圧倒的な光と一五〇デシベルの轟音が虫の感覚器を焼いて気絶させ、個の集合によって仕立てた面で襲いかかる塊が波濤《はとう》となって床にばらまかれる。

漸《ようよ》う見れば、それは白い蛾《が》であった。

「ぐっ……」

地面に散らばり折り重なる同胞の重みで潰れた蛾からは、鼻腔《びこう》を酷《ひど》く痛めつける刺激臭が立ち上る。明らかにまともな体液をしていない。自爆特攻前提の改造が施された〝使い魔〟であろうか。

一時、ミカのフローキの便利さと見た目的《ビジュアル》な格好好さに惹《ひ》かれて私も使い魔関連の書籍を漁《あさ》ったことがある。ほら、格好好《い》いじゃない？　黒い烏《からす》を肩に留まらせた魔法剣士って。

だが、その面倒くささと融通の利かなさ。なにより金銭的、時間的な費用が莫大《ばくだい》過ぎて諦めざるを得なかった。

だって、やってられんだろう。術式に数世代慣らして漸う下地として出来上がり、そこからようやっと改造に移れるとか。ミカは師匠の筋から良質な血統のフローキを貰い、直ぐに馴染《なじ》ませることができたけれど、私はそうもいかんからな。

金持ちの道楽、と近現代の魔導師《マギア》が切って捨てたのに理解が及んでしまうような技術、アグリッピナ氏が精通しているはずも、伝手《つて》を持っている訳もなかろう。

何せ、一番馬鹿にしているのが我が雇用主と、度しがたい変態死霊《レイス》が巣くう払暁派なのだから。

かつて諦めた憧れは今は忘れるとして、一呼吸で鼻粘膜に痛みを覚える毒気から逃げ、冬の日に防寒用に作り出した〈隔離障壁〉に〈選別除外〉のアドオンを噛《か》ませて術式を展開する。冷えた大気や水の浸透を阻む術式は、即興で有害な気体の侵入を阻む壁に組み替えることもできるのだ。

「ほぉ、これは器用だな少年。うむ、再評価し術理機構もB評価《良》に改めようではないか。多様性のある中々に美しい式を書く。単純で汎用性に富み、大凡《おおよそ》全ての人類種を一時的に無力化できる術式は悪くないぞ。よければ買い取るので特許料を考えておきたまえ」

その安くない熟練度使って取得した術式を一目で看破しないでもらえませんかね!?
一部が潰れて死のうが、なんの障害にもならぬ程の数を生かして突っ込んでくる使い魔の群から逃れつつ、ちょっと本気でむかっ腹が立ってきた。向こうの方が格上というのは何から何まで嫌と言うほど分かるが……そこまで舐《な》めプをカマしてくれて余裕だと思われるのも癪《しやく》だ。

どうせ退路はないのなら、本気で巨人殺しを狙うしかない。

とくれば、ぶっつけ本番の切り札を一つ切るか。不死者《アンデッド》相手に痛い目を見せられた私が、何も札を用意していない訳がなかろうて。

さて、あの日、私がさんざっぱらアグリッピナ氏から煽《あお》り倒されて小さくなった、実験室の一区画を台無しにしてしまった日。

実は試そうとしていた術式は一つだけではなかったのだ。

追い縋《すが》る蛾の群から全力疾走で逃げながら、〈見えざる手〉を用いて物入れから奥の手を取り出す。いや、封印を破ると言おうか。満を持して出したのもあるが、私がコイツを試さなかったのは焼夷《しようい》テルミットで駄目になる実験室なら〝確実に大惨事になる〟と分かっていたからだ。

たった一つだけを使う機会もあるまいが。というかコレ使う事態になったら流石《さすが》に笑うなぁ、と頭の悪い発想をしながら持ちだしてきた切り札を投擲する。見た目は布に幾重にも覆われたガラクタにしか見えないだろうが、私が〝雑魚散らし〟として頭を捻《ひね》った最悪に悪辣な品が内側に納められている。

蛾の群れの中に放り込まれた切り札は、触覚を持つ〈見えざる手〉の中で蟲の濁流に呑《の》まれて粉々に圧壊していくのが分かる。ああ、此奴《こいつ》ら単なる自爆特攻要員じゃないのね……。

ただ、それは元々組み込まれていた過程の一つを彼等《ら》が肩代わりしてくれたに過ぎないので問題ない。むしろ予定調和、最初から〝手〟で外殻を砕くことで第一安全装置が解除される仕組みなのだ。

信管代わり兼安全装置の外殻が破れ、内側に封入されていた触媒に術式が誘発し半自動的に魔術が練られていく。簡単な〈遷移〉と〈転変〉の魔術によって内容物が変化し、同時に今まで身を守っていたものと同じ〈隔離障壁〉が起動し、術式の効果範囲を限定すべく世界の方式を歪《ゆが》めて行く。

そして、最後の後押しをするのが私だ。

反応を終えた触媒を蓄える最終外殻を開放、気化した触媒が限定空間内へ圧倒的速度で漏れ出し、同時に閉じ込められてゆき……。

「散れ、雛菊《ひなぎく》の花!!」

〝大仰だ〟として三重帝国の魔導師《マギア》界隈《かいわい》では好かれない――私もちょっと恥ずかしい――術式補助の起動詠唱とによって力の発露を励起する。

刹那、世界が爆ぜた。

〈隔離障壁〉によって限定空間内に閉じ込められて尚、威力を殺しきれず漏れ出した爆風に吹き飛ばされた。これが発生から消滅まできちんと制御された魔法であれば斯様《かよう》な無様を晒《さら》さずに済んだが、殆《ほとん》どを低燃費で済む魔術で行ったせいでこの様だ。

焼けるような熱波が障壁内を吹き荒れ、爆燃によって伝播《でんぱ》する強烈な衝撃が形無き鉄槌《てっつい》と化して暴れ回る。まき散らされた〝液化酸素〟が瞬間的に膨張、炸裂《さくれつ》することで発生する爆裂は正しく空間そのものが爆《は》ぜ散るが如《ごと》し。

たった一つのちっぽけな火花。細やかなる起爆点を軸として、噴霧された液化酸素が連鎖的に燃え上がり、瞬間的に二〇〇〇度近い熱を巻き上げながら空間そのものを爆砕、連続して打擲《ちょうちゃく》する。

爆発という現象がもたらす危害半径は、見た目よりずっと狭いらしい。それこそ派手な爆炎に巻かれても爆心地間際でなければ――無論重傷は負うが――死なないほど衝撃波による殺傷範囲は狭い。なればこそ、手榴弾《しゅりゅうだん》だのフレシェット弾だの、鉄片を効率よく撒《ま》いて危害半径を増やす工夫が凝らされる。

これは、衝撃波が伝播する距離が伸びることで威力を減衰させてしまうのであれば、散布した可燃物を一纏《ひとまと》めに爆発させれば吹っ飛ばしたい所まるごと威力が減衰しない衝撃波で掃除できるんじゃね!?　という賢いんだか蛮族なんだか良く分からん発想をした兵器の借用だ。

名を燃料気化爆弾という。

複雑な燃料の合成は私にできなかった。頭を捻り、錬金術具をこねくり回し、時にアグリッピナ氏からのアドバイスを受けてやっとこ用意できたのが初期の気化爆弾に使われていたという液体酸素。これでも酸素の沸点を下回らせるのには相当苦労したし、失敗で何度か器具を壊しもした。

半笑いで手助けしてくれたアグリッピナ氏の助けがなければ、完成にこぎ着けるのに相当の熟練度を追加する必要があったであろう切り札。

それがまぁ、本来であれば見なくていい日の目を見てしまったのは喜ぶべきか、悲しむべきか。

ともあれ、威力は十分。障壁によって隔離された一〇m半径が爆心地と化し、通常であれば一瞬で過ぎ去る爆風が数秒間にわたって発生し続ける威力は絶大だ。同時に訪れる減圧による内臓へのダメージ、衝撃による無気肺、副産物として大量に発生する一酸化炭素が同時に訪れるのだから〝呼吸している全ての生物〟にとっては悪夢のような攻撃だろう。

そう、地球基準の生物共であれば……。

【Tips】術式阻害。相手の術式に干渉し、式を霧散、あるいは狂わせる高度な魔導技術。即《すなわ》ち思念に割り込んで術式を書き換えることであり、魔導妨害における極点の一つ。

イメージとしては算数の数式に勝手な記号や数字を書き加えることに近い。かけ算をして金額を算出したいのに、勝手に品物の値段や倍数、果てはかけ算という前提を割り算にひっくり返されれば計算の意味は霧散し、時には損害すら引き起こす。


その生命は考えている。

常に考え続けている。

斯《か》くあれかしと作られた故、斯くあれかしと望まれた故。

そして、斯くあらんと努力した結果、愛された故。

多くの〝じぶん〟が一息に完全に破壊されたことを膨大なまでの思考能力と、それを持て余さぬ演算能力を授けられた生物は瑕疵《かし》なく理解した。

分裂し、培養し異相空間に保存していた〝戦闘活動用〟の個体群の八割五分が壮絶な爆発によって破壊され、高温と数秒間持続し続ける炸裂という初めて観測した事象により吹き飛ばされる。

未知の術式によって破壊され尽くした群体に再利用できる固体はなく、応答を求めても反応を返してくるじぶんは存在しない。

同時に分泌した体液も焼き尽くされて効果を失い、役割を果たせる状況にはないと冷徹な思考が判断する。

また、その生命の主人も動ける状態ではなかった。肉体表面を焼かれたのみであれば何ら問題はないが、肉体の損壊が著しく、最早《もはや》どこが無事かさえ判別が付かなくなっている。

間断なく浴びせられる爆発の衝撃波と急激な減圧に晒された臓腑《ぞうふ》は潰されて包み焼き《パイ》の

種の如くかき混ぜられ、骨も圧力に耐えかねて微塵《みじん》にへし折られた。遮る物なく受け止めた炎熱によって外表面も無惨に焼け爛《ただ》れ、蕩《とろ》けた皮膚が焼けた衣服と混じり合って痛々しく焦げ付いている。

常人であれば、大凡全ての人類であれば既に死んでいなければならない惨状。

だが、その生命は揺るぎない繋《つな》がりから主人の存命を感じている。

これ程までに、見るに忍びない程に肉体を破壊されても〝死ねない〟ことは、果たして恵まれていると呼べるだろうか？

吸血種《ヴァンピーレ》という生物は頑強だ。首を刎《は》ねても臓物を掻《か》き出して刻んでも本質的な意味で死を迎えることはなく、真の意味で終わりを与えられる物は三つしかない。

しかしながら、肉体を手酷《てひど》く破壊され過ぎれば、傍目《はため》からすると無尽蔵とも見える再生力にも陰りが出る。

その生命の主人は、吸血種《ヴァンピーレ》という自己を受け入れながらも、生き様にすることを拒否した個体であった。

血を採る機会は最小限に留《とど》め、呑み乾《ほ》す量も他の個体と比べれば随分と乏しい。受け継いだ血の強大さ故に拒食に近い状態であっても存在が衰えることはないが、強力に成長し続けることもできぬ。

では、縋るものがなければ永劫《えいごう》を生きることが拷問となる種に産まれた者は何を求めたのか。

吸血種《ヴァンピーレ》という、ただ生まれ落ちただけに過ぎぬ背景に縋ることを嫌った彼は、自身が養い、そして誰にも奪うことのできぬ〝知恵〟に存在意義を見出《みいだ》したのだ。

魔力の扱いを修め、魔導を脳に刻み込み、あふれ出る発想を形にし続けることで自己を実現する。

己はただエールストライヒという高貴な血統に〝たまたま〟産まれただけの吸血種《ヴァンピーレ》ではない。

自己の価値を錬磨し、理想を実現したライン三重帝国魔導院、中天派の無派閥、マルティン・ウェルナー・フォン・エールストライヒ教授という一個人であると。

気が遠くなるほどの研鑽《けんさん》。死なぬのを良いことに生活の全てを研究に費やした日々により、欲しいが儘《まま》に血を呷《あお》り吸血鬼と誹《そし》られるような罪業で以《もっ》て自己を強化した同族でさえ訳もなく滅ぼせる高みに彼はある。

だが反面、吸血種《ヴァンピーレ》としての錬磨が足りぬばかりに、一度手酷く痛めつけられれば同格の同族と比べるとどうしようもない位に治りが遅くなる欠点があった。

今日はもう、二度も死ぬような怪我《けが》を負っている。それも、本来ならば遠間に視界に入っただけで殺せてしまうような子童相手にだ。

戯れの代償は重い。まるで何事もなかったかのように振る舞ってこそいるものの、〝転びたて〟の吸血種《ヴァンピーレ》であれば灰に還《かえ》り、蘇生《そせい》するまで故地の土で十分に休ませてやらねばならぬほどの傷を二度も受けて余裕ではいられなかった。

その上、三度目を〝物珍しさ〟で敢《あ》えて受け止めてみるなんて、生命にとっては狂気以外の何物でもなかった。死なないから好奇心を優先する生き様は、その生命体が発生してから飽きるほど見せつけられてきたが限度があろう。

どうしようもなく再生速度が鈍っている。同じ期間を生き、十分に血を採り続けた吸血種《ヴァンピーレ》であれば同じように痛めつけられても問題なく甦《よみがえ》ったであろうに、暫《しばら》く動けなくなるほど損傷は深かった。

僅か数十秒もあれば治りはする。何事もなく体は治り、器用に被服まで取り戻して普段通りの人を小馬鹿にした――本人はそんなことを露ほども思っていないが――大仰な話し方で称賛するのだろう。

されど、その数十秒でさえ危険だと生命は考えた。

今、自身が振るった魔法にも拘《かか》わらず余波を制御仕切れず吹き飛ばされた無様な子供は、遠くへ吹き飛ばされて柱に叩《たた》き付けられながらも闘志を萎えさせていない。転んだせいで剣こそ手放しているものの、体にも力が漲《みなぎ》っている。

主の体が再生する前に近づけてはならないと、その生命は強く思った。

各地に散らしたじぶんを呼び寄せるような時間はない。

同時に隠れ潜む異相空間に残したじぶんの在庫は、万全の状況での五分に足りぬ量。

だが、それがやらぬ理由になるのかと問われれば、生命にとって否であった。

残り少ない自分を束ね、全力と比べれば悲しいほどの強度に過ぎない武器を練り上げる。

それでも十分なのだ。ほんの数十秒、僅かにでも時間があれば主人は立ち上がり、簡単な課題を片付けるはずだ。

彼の真意が何処《どこ》にあるかなど、生命には全く理解することはできなかったが、それでよかった。

別に彼が何を考えているかなど、生命にとって重要なことではないから。

大事なのは注がれた愛に道具としてどう応えるかであった。

故に、その生命は迷わず、最低限自己を保全できるだけの自分を残し、異相空間から這《は》いだした…………。

【Tips】吸血種《ヴァンピーレ》の格は二つの要素によって決められる。一つは受け継いだ血族の血の強大さと濃さ。強大な吸血種《ヴァンピーレ》が正しく交配して生んだ子は、血族の強さを引き継いで産まれてくる。

第二の要素は産まれた後に摂取した血の量、取り込んだ他者の魂の残滓《ざんし》の多寡による。

しかし、それはあくまで〝吸血種《ヴァンピーレ》〟としてだけの格であり、個体の強さを決定づけるものではない。

私は可能であれば秘密にしておいた方がよかったという意味での秘密兵器の使用後、衝撃で吹き飛ばされて林立する柱の一つに強く打ち付けられた。

ぶっつけ本番ということもあって、隔離結界からどの程度の衝撃が漏れてくるか予測できなかったので踏みとどまることも、初撃を回避した時のように段階的に〈見えざる手〉で減速することもできなかったのだ。

それでも今日の戦闘におけるダイス運は悪くないらしい。

幸いにも柱に当たりにくい角度で転がったらしく、数十mをゴロゴロ吹っ飛ばされて威力が落ちたところで柱にぶつかって止まることができた。角度が最悪だったなら凄《すご》い勢いで柱にぶつかって、潰れた石榴《ざくろ》みたいになっていたことだろう。

「くっ……けほっ、かほっ……」

が、到底軽傷とはいえない深傷《ふかで》を負ってしまったようだが。

「ぬ……う……肋《あばら》かな……」

呼吸をすると腹が引き攣《つ》り、異物を突き刺されたかのような痛みがある。感覚的に何本折れたか分かるみたいな器用さを発揮することも、ちっ肋がイッたかと皮肉気に笑うこともできない。溺れるように息をして、痛みに悲鳴を上げる体を無理矢理に落ち着けさせる。ようし、落ち着け私、冷静になるんだ。今痛みに悶《もだ》えて転げ回っている時間はない。やり過ぎに近い威力を発揮していたことと、結界の構造にも難ありという点が分かった一撃だけど、どうせ殺しきれてないのだ。

私みたいなヒト種《メンシュ》であれば、相当に特性を盛った、それこそヒトの域を己の実力ではみ出しつつあるハイレベルキャラでもなければ一撃粉砕できる術式であることは、あの巨大な三頭猟犬《ドライヘッツヤークトフント》が揃《そろ》って仰向《あおむ》けで痙攣《けいれん》していることから明らかだ。

　ただ、純粋な破壊で不死者《アンデッド》と呼ばれる者達《たち》。その中でも外的な危害には群を抜いて強い吸血種《ヴァンピーレ》を滅ぼせたと暢気《のんき》していられるほど私はアホじゃない。

　なんつったってデカイ一撃を叩き込み、濛々《もうもう》と立ち込める煙に向かって「やったか!?」とか「流石《さすが》に耐えられまい」と余裕かますのは逆に生存フラグなのだから。

　長命種《メトシエラ》も不死者《アンデッド》と呼ばれることはあるが、あんなのは首を落とすか腸《はらわた》をかき回せば普通に死んでくれる常識的な存在に過ぎない。いや、アグリッピナ氏レベルの首がどうすれば落ちるのかは、遠大な謎過ぎるので横に置くとして。

　厄介なのは特定条件を満たさねば、回復力が続く限り何度でも再生してくる連中。

　特に吸血種《ヴァンピーレ》は難しい。

　彼等《ら》を滅ぼすには日の光の下に晒《さら》し続けるか、心臓に聖別された杭《くい》を打ち込んで再生を阻害し続けるのが最も効果的とされるが、これでさえ一撃で殺しきることはできない。中途半端に終わった場合、かなりの年月を要すれど灰から復活するとか言う意味不明さは最早笑いが溢《あふ》れてくる。

　それ以外となれば、自分を騙《だま》くらかしたにも拘わらず妻からの寵愛《ちょうあい》を受ける吸血種《ヴァンピーレ》を憎み続けている陽導神の強い破邪の加護を用いるか……個として強大すぎる彼等に夜陰神が与えた枷《かせ》である〝銀〟の器具で致死の一撃を与えるほかはない。さもなくば、吸血種《ヴァンピーレ》は何度でも体を再構成して立ち上がる。

「素晴らしい」

ほら、やっぱり生きている。

爆発の余波が薄れ、巻き上がった粉塵《ふんじん》の中に人影が見えた。死んでないのは想像の内として、なんでまだ人の形保ってんの？

ただ、肉体の再生は全く進んでいないため大きく動けないとみた。好機は放っておけばあっと言う間に過ぎていく。急がねば。

私は〝手〟で痛む箇所を押さえ——コルセット代わりだ。無いよりマシだろう——転んだ拍子に飛んでいった渇望の剣を呼び寄せる。差し出した掌《てのひら》に一瞬で現れる様は懐いた犬のようだが、斬りたがりの狂犬だと思うと可愛《かわい》げは全くない。

そんな可愛げのない剣を担ぎ上げ、悲鳴を上げる肉体を精神でねじ伏せて疾走。踏み出す毎《ごと》に涙が出るほど痛いが我慢する。ここで我慢しなければ、痛い痛くないどころの問題ではなくなってしまうのだから。

ここで殺す、確実に。覚悟を決めつつ〈見えざる手〉を練らんとした瞬間……それは現れた。

「っ……!?」

〈常在戦場〉による警告が違和感に変じて体に走り、僅かに遅れて薄く鈍く無機質な殺気を感じとった肉体が反射で動く。〈雷光反射〉によって何倍にも引き延ばされた体感時間の中、背後から心臓めがけて突き出される攻撃の間に渇望の剣を背負う形で滑り込ませるのに間に合ったのは、殆《ほとん》ど奇跡か偶然に近い。

恐ろしく重い一撃に、どうにか命を守らんとしただけの不格好な体勢では抗《あらが》うことができずに吹き飛ばされた。

それでも復帰までの時間は数秒もかからない。この体勢で受け止められると最初から思っていなかったため、自分から飛ばされる方向を選んで受け身を取ったのだ。

そして、本日何度目か変わらぬ体が転がる勢いを利用しての起き上がりを決めつつ、その反動を腕に伸ばして〝無手〟の右手を振り抜く。

吹き飛ばされた運動熱量を僅かな損失で受け取った右手の振りは凄《すさ》まじく速く、また渇望の剣が私の要望に応える速度もそれに負けていなかった。

腕を振るが早いか、吹き飛ばされるに際して手放した渇望の剣が手の中に自然に収まって私に追撃せんと襲いかかってきた何者かの右腕の前腕部から先を切り飛ばす。

「なっ、何者!?」

〝紫色の血液〟を切断面から溢《こぼ》しながら後退する敵を見て、思ったことを胸中に留めることができなかった………。


【Tips】吸血種《ヴァンピーレ》の再生速度は、その個体の強度によって大きく左右される。

家令からの報告を受けた時、エールストライヒ公マルティンは怒りや焦りを覚えることはなかった。

聡明《そうめい》にして怜悧《れいり》な頭が内容を理解した時に抱いた感想は、「やはり」と「ああ、そうか」との二つ。

あれは曲がりなりに己の子で、妻に似た優しすぎる子だと思っていたが、何処までも〝血は水よりも濃い〟のだなと公は笑う。

考えてみれば普通どころか、至極当たり前の流れであった。

三重帝国史上で数少ない女帝、その内の一人であった親族が当主位の移譲を仄《ほの》めかした折、周りを見渡せば適任者が己だけなのでは？　と悟った時の自分がどうしたか。

逃げだそうとしたではないか。恥も外聞もなく、持てる物を持って東方へ亡命しようと八方に手を尽くした。ただ、その全てを木《こ》っ端微塵《ぱみじん》に踏み潰され、縋《すが》るように密航した船の荷を暴いて傲岸に笑う〝彼女〟から、嫌がらせのように当主位の具現たる印章指輪をその場で嵌《は》めさせられた光景は忘れがたい。今でも夢に見るほどに。

結局、自分がやって来たことは子供もやるのだ。

彼はくすりと笑って懐から一匹の蛾《が》を呼び出した。

虫の中でも最も人に依存した虫、家蚕の成虫である。

これは公が数世紀に渡って培養し続けた〝使い魔〟の連枝、人の手によって最早《もはや》最低限の生存さえできぬようになった虫が更に成れ果てた姿。偏《ひとえ》に使い魔として使われるだけの機能を執念すら感じるほどに詰め込まれた最高傑作。

「捜しておいで」

三重帝国において、マルティン・ヴェルナー・エールストライヒの名は時にエールストライヒ家当主としてより、そしてかつての皇帝としてよりも中天派に所属していた魔導生命体研究者として知れ渡る。創造した数多《あまた》の種、とりわけ傑作として全土に広がる〝三頭猟犬《ドライヘッツヤークトフント》〟の名と共に。

放たれた家蚕の使い魔は必要に応じて分裂、瞬時に増殖し街の各所に散って臭いを辿《たど》る。家蚕に斯様《かよう》な機構はなかろうと、この家蚕は主から「捜してこい」と命じられたなら、それに必要な器官を〝新しく作り出す〟機構を持っている。

万能器具。ただ元となる個体さえ在れば伝達、探査、防護、攻撃、その全てが能《あた》う完成された使い魔。この家蚕は公の望みには全て応える。

彼がメモ書きを望めば上質な質感の翅《はね》を伸ばし、言葉を記録し鱗粉《りんぷん》の色を変える。必要とあらば寄り集まって器具となり、時至らば盾にも矛にもなる。

誰かに用事があるならば、音を出す器官を作り呼びつけることも可能だ。

今やっているように、目的の人物の〝思念波〟を手繰って飛び交いながら。

ただ、使い魔が目的とする個人の思念波は周辺に散っていて摑《つか》めなかった。故に過去覚えていた臭いを辿り、その臭いに最も近い人間に辿り着く。ヒトの鼻どころか、犬の鼻でさえ危うい微《かす》かな粒子を捕まえて。

結果的に見つかったのは二人の少年少女。

最も色濃い匂いを漂わせながら下水を走り回る少女は、その実思念波の個体波形が公の娘子のものとは全く異なっていた。彼は娘の交友関係に詳しくないものの、こうまで身を挺《てい》して庇《かば》ってくれる友人がいたのかと他人事《ひとごと》のように心が温かくなった。

そして思うのだ。自分の時にも、これくらい助け合える友人がいれば違ったのだろうかと。

初めて知った娘の友人だ、決して悪いようにはすまいと考えつつ、公はもう一人の色濃い匂いを漂わせる少年に目を向けた。

頭巾を被《かぶ》り逃げ回る姿は目的であった公の娘とは似ても似つかない。その上、それ以外に近い匂いはないのだから困ったもの。

「だが、ここまで我が娘の匂いをさせているということは何かしら知っているということか」

娘のことを知っていそうな人物は二人。ただ、下水道を逃げ回っていた方は帝都から出てしまったため、追いかけるのは些《いささ》か億劫《おっくう》だ。もし会いに行くのであれば、もう一人の方が距離も近く手間もなかろう。

務めを果たして戻ってきた家蚕の触角を労《ねぎら》うように撫《な》で、公は城を抜け出した。そろそろ航空艦のお披露目公演が……と呼びに来た家令や皇帝の配下が絶叫することなど意にも介さず。

なぁに大丈夫、どうせ近しい技術者なども登城しているから誰かに投げるだろう。皇帝も何度も見に来ているのだから、最悪手前でやればいいと勝手なことを考えながら公は飛ぶ。

遠見の術式の向こうで件《くだん》の少年が水に落ちた。遠方から近衛《このえ》猟兵が放った一矢を受け、手摺《てす》りを越えて水路に転げてしまったのだ。

良い仕事であると褒めるべきだが少々よろしくない。死なれては面倒だし――無論、面倒というだけでどうとでもできるが――手間が増える。

しかし、心配は杞憂《きゆう》であったようだ。水面で微かながら魔法が発動している気配があった。発動を隠すことに無頓着で純粋な式は、魔導戦に親しんだ魔導師《マギア》や刺客では決して書けぬもの。

何より、一度見て覚えた思念の波長に似ていた。

つまらぬ公務から抜け出して、芽の出そうな新人がいないか入り込んだ実験室。興味を擽《くすぐ》られて期待していたが、技巧品評会には結局現れなかった彼のものだと。

あれは実に残念だった。あれだけ薄い魔術の匂いしかないのに、如何《いか》にして区画の障壁を破壊するほどの熱量を生み出せたのか。並の熱や刃物では産毛ほども傷つかぬほど錬磨された、吸血種《ヴァンピーレ》の身を焼け焦がす炎を産む才能に大いに期待し、見つけたら研究予算をたんと提供したものを。

こんな形で再会することになろうとは。ああ、いや、これも考え方によっては僥倖《ぎょうこう》かと公は手を打った。

別に術式が欲しいわけではない。彼が魔導に傾倒するのは自己の栄達や名誉のためではない。

ただ一心に未知を既知に塗り変える愉悦。そして己からでは絶対に出ぬ発想を見る喜悦。公が長く、四〇〇年に及ぶ生を倦《う》まずに生きて来られた理由はこれに尽きる。

そして、あれほど愉快な術式を練り、娘の逃走に関わるような酔狂な人間であれば、きっと自分が腹を抱えて笑えるような未知を作ってくれるだろう。

娘の行き先を知っていて、今後の永く努力しなければあっと言う間につまらなくなる人生を彩る個人を捕まえられるとなれば気合いも入ろうというもの。暫《しばら》く無聊《ぶりよう》を託《かこ》っている〝可愛い子供達《たち》〟も公は呼び出すことにした。

優れた魔導師《マギア》志望を相手にするなら、前衛は必須なのだから。

さて、対象は下水に逃げ込んだ。暫くは衛兵もドブさらいに忙しいだろうが、そう時間もかからず溺死していないことには気付くだろう。普段は城の堀となっている湖に住む、水棲《すいせい》系の近衛が捜索に乗り出せば発覚は早い。

ならば邪魔が入らないようにしなければ。

公は一つの点検口から下水に入ると、誰にも知られていない深層域へ通じる縦穴へ向かった。下水は帝都のインフラの中でも重要な部分を占めている。なにせここに工作をすれば、都市一つ陥穽《かんせい》に落とすことが能うのだから。

故に地下の重要地は常に秘匿される。帝城から通じる逃走路や、清浄さの根幹たる魔導生命体の中枢が鎮座する最終浄化槽などは特に重要度が高いため、国においても知っている人間は両手の指で足りてしまうほど。

そんな重要な道を使い、公は浄化槽に降り立った。

数多の支柱が神殿の如《ごと》く並び立つ数十立方メートルの空間は、強塩基性の粘液生命体で満たされていた。夜の海の如く暗い肉体がのたうつ度にさざめきが反響し、断末魔の呻《うめ》きのように歪《ゆが》んで耳に届く空間は地獄の如く在る。揮発した強塩基の気体が大気を侵す死地にて、何の障害もないかのように浮遊する吸血種《ヴァンピーレ》は微笑《ほほえ》みかける。

〝汚濁の主宰者〟と名付けられている、彼の薫陶を受けた後輩の子供に。

「やぁ、久しいな卿《けい》よ。といっても、我の言葉など分かるまいが、我は卿が実験室の硝子盆《シャーレ》に入っていた時から知っていたのだ」

公は粘液体《スライム》の開発班に加わっていた訳ではない。研究者を集める音頭を取った首魁《しゅかい》たる長命種《メトシエラ》の後援を一時期していたため、意見を求められて顔を出し、幾つかの手伝いをしたに過ぎない。

その折に聞いたのだ。この場所も、彼の性質も、特性も。

そして、少しお願いを聞いて貰《もら》う方法も。

ともすれば都市を滅ぼせる尋常ならざる知識を用い、公は洪水に備えて作られた玄室へと少年を追い込んだ。きっとこの事実を帝国行政府の治水部に属する官僚貴族達が知ったなら、さぞ顔色を悪くしグロス単位での抗議文を認《したた》めたことであろう。三重帝国においては、下が上を罵る自由も大いに認められているのだ。

まぁ、その殆どは直行でくずかごか、気が向いたら処理すると書かれた箱へ永劫《えいごう》に放り込まれることとなるのだが。

かくして、理不尽と悪ふざけ、ついでに面白半分を携えて四〇〇年の永きを趣味に費やして生きてきた吸血種《ヴァンピーレ》は少年の前に立った。

良い魔法の使い手だと言える。式の実直さは褒められたところではないものの、剣を振る補佐や動きを助ける足場、緊急の防御用に練ったものばかりだとすれば理解はできなくもない。もう少し冗長性と遊びがあれば、妨害式にも強く評価できるのだが、きっと彼の本分は此方《こちら》にないのだろう。

むしろ、滅多にないほど研ぎ澄ました剣士としての技量が公の歓心を十分に買った。

魔法はあくまで補助と割り切り、軽い術式を連発しながら致命の一撃を叩《たた》き込みに来る様は、下手な魔導師《マギア》よりもよっぽど効率的に魔法を使っていると評価できる。

ただ前へ、ただ斬るため、ただ命へ向かって剣先を奔《はし》らせる姿は目映《まばゆ》いばかり。尋常の剣士であれば一層たりとも抜けぬ障壁を七層ブチ抜いてきた時は感嘆すら覚えた。これほど綺麗《きれい》に頭部と心臓を断たれたなら、〝転びたて〟の吸血種《ヴァンピーレ》であれば再生が追い付かず一撃で灰に還《かえ》っていただろう。

一体どんな動機があれば、あの若さであれ程に練り上げられるのか。儚《はかな》く、脆《もろ》く、たった一度心の臓腑《ぞうふ》が止まっただけで神の下へ召されてしまうヒト種《メンシュ》でありながら。

「素晴らしい」

　血を吐き出しながら公は呟《つぶや》いた。未知の術式をぶつけられたので、黙って受けてみたが想定以上の一撃。いや、あれ程に〝軽い〟術式の連続詠唱であれば、一つ二つ過程となる術式を妨害したところで何度でも何度でも再構築できるという一種の冗長性があるのだから、ともすれば触媒らしき器具を根本から処理せねば妨害できたかは怪しい。

　結局は積み重ねてきた種族の強みでのゴリ押しか、と些か自嘲気味な笑みが零《こぼ》れる。

　それはさておくとして、本当に素晴らしい術式であった。軽く魔法を走らせて肉体を調べれば、臓器はもれなく拉《ひしや》げて潰れているし、肉にかかった圧力も凄《すさ》まじく、辛うじて原形を保っているだけで〝ヒトの形をした肉袋〟と言った風情の損害。

　あれほど頑強に練り上げ、高い環境適性を持たせた三頭猟犬《ドライヘッツヤークトフント》のシュフティとガウナがひっくり返って泡を吹いている。強靱《きようじん》な呼吸系に重大なダメージを負い、昏倒《こんとう》しているのだ。死にはするまいが、暫くは空気の良い高原の別邸で療養させながらたっぷり可愛《かわい》がってやる必要があろう。

　調べるまでもなく使い魔たるしろいゆき《シユネーヴァイス》は全滅している。異相空間に隠れた本体は無傷であろうが、分裂した戦闘用の個体在庫が少ないため無理はさせられない。

　さて、一体如何なる原理にしてあれ程までに単純な術式の多重発動だけで積層の物理障壁を砕き、長命種《メトシエラ》の中でも相当に頑丈であると自負する肉体を破壊できたのか。全く以《もつ》て興味は尽きない。

闘志を萎えさせず立ち上がった彼をどうしたものかと考えていると、不意に脳裏へ思念波が響いた。

他ならぬ、今無理させてはならないなと考えたばかりの使い魔から…………。

【Tips】秘匿開発名称、汚濁の主催者。二〇〇年前、とある長命種《メトシエラ》の研究者が画期的な浄水機構を作りインフラ維持費を削減できないかと考え発明された。結果は現在も帝都の下で彼が揺蕩《たゆた》っていることから明白であり、現在は各地の大都市に株分けされた兄弟が送り込まれて繁殖し、各地の浄水機構を支えている。

それはなんというか、実に形容が難しい生命体であった。

二本一対の手足を持つという意味ではヒト種《メンシュ》と同じなのだが、女性的な起伏を持つ全身は目映いばかりに白い外骨格に覆われている。

しかしそれは、甲冑《かっちゅう》とは別種の生物めいた艶があるもので正しく外骨格と呼ぶしかない、可動部に沿って分割線の刻まれた奇妙な意匠。

更に最も奇異な部分は、蛾《が》や蝶《ちょう》の頭部をそのまま人の首から上に据えたような異形であった。

黒い大きな二つの複眼が並び、額の辺りから伸びる櫛《くし》のような器官は触覚であろうか。髪の代わりに後ろに伸びるのは、末に向かって広がる羽にも見える。

虫の形質を継ぐ亜人は帝国にも多くいるものの、こんな虫と人間を完全に混ぜてしまったような生き物は初めて見た。

　亜人種のそれは、割合はどうあれ人間としての形が幾らか出ているもので、外骨格や複眼、触覚などの虫に由来する肉体的特徴があっても、鼻や唇など人類が持つ肉体の部位を何割か持っているものだ。

　しかし、これは明らかに違う。まるで虫が人型に進化したような異形……よもや、さっきの毒をまき散らす白い蚕蛾の親玉か!?

　私の驚愕《きょうがく》を読んでか、蚕蛾の異形は肉体の損失を意に介することなく肉弾戦を挑んでくる。

　長い手足を鞭《むち》もかくやのしなやかさで振る素早さは先端が霞《かす》むほどであり、勢いを削《そ》ぐことなく受け止めれば、如何にスミス親方の革鎧《かわよろい》が高品質であろうとも致命傷は避けられまい。一番装甲が厚い鋼板を張った胸甲で受けようと造作もなく下の帷子諸共《かたびらもろとも》に貫いてくるだろう。

　異形の装甲、特に硬質化した指の先の硬度は驚異だ。なにせ、渇望の剣の鋭さにも数秒は耐え、斬撃を受け止めてくるのだから。

「ぐっ、硬い！」

　硬さは爪以外も大したもので、上手《うま》く角度を付けて刃筋を躱《かわ》してくるのが鬱陶しい。さしもの渇望の剣とて、刃筋を立てねば物を斬ることはできない。私にもっと力があったならば、質量を活かして叩き切ることもできただろうが、残念ながら片手剣と違って何のアドオンも取っていない特大両手剣《ツヴァイヘンダー》だと難しい動作は実現不可能だった。

負けるほどではないが……勝たせてくれない。

いや、敵も私を殺すつもりでやっていない。最初の不意打ち気味の一撃は迷いなく殺しに掛かっていたが、それ以降は完全に時間稼ぎ。下手をすると殺されると分かって、使役者が復活するまでの時を得ることだけを念頭に戦いを組み立てていやがる。

時間、また時間か。砂金に等しい価値の時間が流れていく。あの貴人が復活するまで、どれくらいだ？

既に三頭猟犬《ドライヘッツヤークトフント》二頭の時点でお腹《なか》一杯だったんだ、あの二頭も何時復活してくるか分かったもんじゃない。早く、早く終わらせないと細い勝ち筋が潰《つい》えてしまう。

「っ……行くぞ!!」

挑発すると同時、自身を鼓舞するために雄叫《おたけ》びを上げ、仮面の貴人の首を刎《は》ねた時と同じく脇構えに取って駆けだした。長大な両手剣の長さと質量を活かすには、私の体軀《たいく》であると大上段に構えるよりこちらの方がいいのだ。

それに私自身の体が目隠しとなり、剣自体を隠してくれるから狙いが直前まで読みにくくて対処が難しかろう。

私が散々ランベルト氏にボッコボコにされた手法だもの。やられて嫌なことだったから、同じ武器を使っているならそりゃあ真似《まね》するさ。

異形が構えを取って私を迎撃しようとしているのが見えた。いいぞ、そのまま構えていてくれ、私の狙いは……斬りかかるこっちゃないからな！

刹那、異形の感情が宿らない筈《はず》の黒い目に感情が宿ったような気がした。

それは錯覚かもしれないが、敢《あ》えて言うなら困惑だ。

なにせ、剣士が進んで剣を投擲《とうてき》武器にするべく手放したんだから。

「～～～～～～！！」

脇構えから一歩を踏み出す勢いで全力で渇望の剣を投擲した。クルクル回ってすっ飛んでいく剣から、どうしてそんなことをするの、と悲しげに泣き叫ぶ抗議の思念が届くが知ったことか。悪いが私の修めた〈戦場刀法〉という技術は、こういう物なのだ。

必要とあらばなりふり構わず最適解を取る。後でどれだけ渇望の剣から文句を言われようと、今この一瞬に勝利して生き延びる方が優先度も価値も高いのだから。

回避か、反撃か迷ったらしい異形は思考の末に渇望の剣を払うことに決めた。大凡《おおよそ》無手の私に致命傷を入れられるとは思っていなかったのだろうよ。

だが、異形の予想通りにはならなかった。

「悪いね、粗野な戦い方しか知らんのだ……！」

唯一残った左手で剣を払いがら空きになった正面。体ごとぶつかった私の手は、正確には握り込んだ〝妖精《アールヴ》のナイフ〟は首の装甲を断ち割り、外骨格の中に入った内骨格諸共に深々と首に斬り込みを入れていた。

袖に仕込んだ妖精《アールヴ》のナイフを〈見えざる手〉で引き抜き、どんな生物にも共通する弱点である首に叩き込んだのだ。このナイフはいざという時の寸鉄として常に袖に仕込んでいるが、普段はできるだけ使わないようにもしていた。

その特性、斬りたい者が望んだ肉だけを斬る……装甲点無視の特性に頼りすぎると肝心要の剣士としての感覚が鈍りそうだったからである。

しかしね、使うべき時は遠慮せず使うよ。私も命が惜しいんだ。

首を断たれて動きが止まった異形、その腹に思い切り蹴りをくれて弾《はじ》き飛ばす。すると、仰向《あおむ》けにどうと倒れた肉体が諦め悪く手足を振り回して動いているじゃないか。

ああ、やはり警戒して首を落としてからも手を緩めなくてよかった。ここまで虫と同じとは。

幼少期、まだ虫への抵抗が薄い頃は捕まえて遊んでいた人も多いのではなかろうか。その時に捕まえた獲物を籠に入れようとし、うっかり加減を間違えて首をもいでしまった人も同じ位いると思う。

そんな哀れな虫たちは、首をもがれても暫《しばら》く蠢《うごめ》いていただろう。まるで首がもがれて、遠からず機能を失うことなど忘れてしまったかのように。

それは虫の体に神経塊、脳の役割をする神経が集中した場所が複数あるためだ。頭には習性や思考を司《つかさど》る塊があり、胴や腹に脚や羽を動かす塊がある。

虫と同じ構造をし、より高度に進化したなら同じく別の神経塊が、それこそ予備の脳として機能するほど高機能の物が備わっていてもおかしくはない。

殺した相手の悪あがきで殺されては笑えないから、念に念を入れたのである。

このまま放っておいても知覚を失った肉体で私を追うことはできまい。一先《ひとま》ず驚異でなくなったのであれば、いよいよ本命にコマをすすめようじゃないか……。


【Tips】虫の形質を汲《く》む亜人種や魔種は少なくないが、基本構造は人間に近いため神経塊が二つあるなど人間から大きく離れ過ぎる器官を持つことはない。


娘にも等しい愛情を注ぎ、育ててきたしろいゆきの献身に公は泣きそうになった。

感情表現が希薄で、これまで可愛がっても反応を見せてくれなかった子が、ここまで我が身のことを案じてくれていたと思うと心が大きく揺さぶられる。

存在骨子となる術式を修めた、中枢個体以外の全てを動員して守ってくれるとは、創造主《親》として感無量だ。

ただ、悦《よろこ》びに浸るのも、被造物《子供》を愛《め》でるのも後にすべきだろう。

全ては公を守らんと乏しい個体を練って作った、しろいゆきを倒した少年を何とかしてからだ。

肉体の再生を全力で開始、しかしながらそれを前にして少年は別の触媒を放り投げてきた。投擲された瓶は空中で独りでに割れ、粘性の高い液体を散布しながら炎上。

他愛のない炎熱術式かと思ったが、ふと疑念が湧く。今し方、自分が呼吸できぬほどこの空間の酸素は薄れていた。では、この炎はどうして燃えている？

酷《ひど》く粘つく液相の炎と言うべき魔術は体に絡みつき、酸素を断つシンプルな消火式では全く勢いを衰えさせない。炎が痛めつけられていた肉体を灼《や》き、耐え難い苦痛が全身の神経を這《は》い回る。

炎、忌まわしき火は未《いま》だ吸血種《ヴァンピーレ》を憎む太陽神の眷属《けんぞく》にして長子。火は殊更に吸血種《ヴァンピーレ》の肉体を傷つけ、深い痕を残す。生理的に拒絶反応を示す銀への反応よりは緩やかなれど、通常の手傷の数倍は治りが遅いほど。

熱に肉が燃え立ち、眼球が沸騰して爆《は》ぜる。消えにくいだけではなく、かなりの熱量を秘めた炎。

痛みは死を想起させるほどに深いが、耐え難いほどではない。公は伊達《だて》に永く生きておらず、いっそ賞賛してやりたくなるほどの手間をかけて殺しにかかる刺客に今まで何度も襲われてきた。刺し貫かれ、水没させられ、鉄の棺《ひつぎ》へ封印されかけたことすらある。

そんな公が火に巻かれたことが一度や二度である筈がない。概念的に物を燃やす魔法さえ凌《しの》いできたのだから、これくらい些末《さまつ》なことだ。

即座に自身の血を操り、全身を爆ぜさせる。

肉が飛散し、飛び散る肉に巻き込まれて炎が散った。筋繊維が露出した痛々しい肉体が晒《さら》されるが、燃え続けて再生を阻まれるよりはずっといい。

最初に感覚器が再生される。ここを直さねば他の術式の起点に乱れが起き、何より外界の状況を把握できなくなる。煮立って飛び散った眼球が、逆回しの如《ごと》く再生され、仮面に覆われていた煌《きら》めく銀の瞳を甦《よみがえ》らせる。

そして、真っ先に戻った瞳が捉えたのは剣を肩に担うように疾駆し、光る何かを腰の物入れから引っ張り出した少年の姿。

瞬間的に経験と本能が叫ぶ。彼は〝吸血種《ヴァンピーレ》の殺し方〟を知っていると。

渋い顔をさらしたランペル大僧正の横顔。神学的に高度な視点で吸血種《ヴァンピーレ》のあるべき姿について語った〝受くる者の誓約論〟で一躍有名となった、夜陰神を崇《あが》める吸血種《ヴァンピーレ》の僧。禿《とく》頭《とう》のランペルが描かれた銀貨は、特に銀の含有量が高いため吸血種《ヴァンピーレ》の護符として名高い。吸血種《ヴァンピーレ》がその身を守る物としても……吸血鬼と嘲られる、堪《こら》え性《しょう》の無い下賤《げせん》に対する護符としても。

あれはいけない。あれを心臓に叩《たた》き込まれてしまえば、数百年を生きた旧《ふる》き吸血種《ヴァンピーレ》であったとしても耐えられない。

日の光と神の加護、そして銀は永遠の命の代価として架せられた重き枷《かせ》。日の光は掠《かす》め取った者への懲罰として、銀は自らを庇《ひ》護《ご》する神から増長せぬよう与えられた戒めとして。

これだけは耐えられないようできている。世界が斯《か》くあれと命じているから。

この戦うことに特化していない肉体では、どれ程生き汚く吸血種《ヴァンピーレ》の本能を丸出しにしたところで彼には勝てぬ。強化した四肢さえ剣で刎ねられて、後がなくなった。

故に公は本気になった。たった一瞬、制御できぬ本気の魔法が荒れ狂う。ただ死なぬため、生きて享楽に浸るため。

倦《う》もうにも楽しもうにも、このちっぽけな命が心臓で脈打っていなければ、世界は台無しになってしまうのだから……。


【Tips】ランペル大僧正。我らは伏して愛を請わねば、ただ賊徒に堕《お》ちねばならぬ一匹の鬼に過ぎない。この一文から始まる吸血種《ヴァンピーレ》の有り様について語り、後の世に現在の吸血種《ヴァンピーレ》文化の基礎を築いた三重帝国成立以前の僧会に属していた僧。

既に鬼籍に入っているが、吸血種《ヴァンピーレ》の守護聖人として僧会に列されており、夜陰神の信徒からは深い尊敬を向けられている。その魂は夜陰神の御許《みもと》に留《とど》まり、吸血種《ヴァンピーレ》を見守り、同時に戒めているとも伝えられる。


しかしいかんな、時間を掛けすぎた。引き延ばされた体感時間のせいもあって、非常に濃密なように感じたが実時間でいえば数十秒といったところか。僅かな時間とも言えるが、吸血種《ヴァンピーレ》が肉体を賦活させるには十分な時間でもある。

妖精《アールヴ》のナイフを仕舞い、再び渇望の剣を呼び寄せれば臍《へそ》を曲げてやって来ない、なんてことはなく呼びかけに応えて手の中に現れてくれた。ただ、投げられたのが相当お気に召さないのか――正統派な格好好《い》い剣士が好みなのか――いじけて悲しみに満ちた思念で脳を冒してくるが、後にしてくれませんかね。

渇望の剣を手に向き直れば、案の定、仮面を被《かぶ》った変態の肉体は再生が終わりつつあった。くそ、とんでもない速度だな……まだ杖《つえ》を拾えるほど再生していないようだが、急がなければ。

距離をつめつつ再生能力の高い不死者《アンデッド》対策として作った、あの日に実験できなかった術式その三を用意。割と安価に仕上げた複合術式三点が、あの魔宮で稼いだ熟練度の主な使い道……一度痛い目を見せられた敵にガンメタを張るのは全てのPL《プレイヤー》の習性といっても過言ではなかろう。ま、意地の悪いGM《ゲームマスター》だと往々にして二度と同タイプの敵がキャンペに現れなかったりもするのだが。

再生しつつある貴人に向けて投擲したのは触媒を封入した金属筒。ポーチの中で間違えぬよう形を区別した円筒は、燃料気化爆弾術式の触媒と同じく独りでに空中で爆ぜる。ただし、一側面のみが爆ぜ、前方へ内容物を勢いよくぶちまけるように。

偶然ではない。きちんと術式で制御された散布であり――引き続きアグリッピナ氏協賛――前方の敵に効率よく降りかかるよう制御されているのだ。

これの開発要綱は今まで守ってきた単純さを例外としない。焼夷《しょうい》テルミット術式とは逆で、長時間高温で単体目標を持続的に燃やし続ける術式。

すなわち、再生し続ける不死者《アンデッド》共の再生を阻害する〝油脂焼夷剤術式〟である。

轟《ごう》と大気を薙《な》ぐ音と共に炎が躍り、熱に巻かれて貴人が踊る。精製した油に肉から抽出したゼラチンを元にした増粘剤を混ぜた粗製の油脂焼夷剤の効果は高い。

親油性であるため一度へばり付いたら生半可なことでは剝がれず、多少酸素を断ったところで魔法も嚙《か》ませているため容赦なく燃え続ける炎の怪物。ガソリンがないので混ぜ物で燃焼効率を上げた油に過ぎないが、それでも術式の支援を受ければ十分に狙った通りの効果を発揮する。

如何《いか》に再生しようとしたところで、再生した端から燃やされれば追い付くまい。可能とするだけの熱量と勢い、それを実現させるのには相当苦労したのだから当たり前だ。

纏《まと》わり付き燃えさかる炎を消そうと思えば、もう燃えている部分を削《そ》ぎ落とすほか無い。それ故に各国の軍隊とゲリラが好んで作ったのだ。一度燃え移れば、普通なら詰みである。

しかし、この世界において〝普通〟の規格は幅広いものの、鼻歌を歌いながら飛び越えてくるヤツの多いことと言ったら……。

破裂音。痛々しい水気を帯びた音と共に人型の松明《たいまつ》となって燃えさかっていた貴人の体が爆ぜた。炎が全方位に勢いよく散らばり、反応しきれない速度で至近を通り過ぎていった熱の塊が髪の毛を焦がす。

まさか、燃えている肉体表面全てを弾き飛ばして消火したのか!?

赤黒い筋肉層と臓物を覗《のぞ》かせる肉体、その一部が早戻しされているかのように再生されていく様を見て焦る。拙い、私がたたみかけてくると見て生存には必要だが、戦闘には必要ではない箇所の再生を後回しにして骨と筋肉だけを優先的に修復し始めたか!?

既に隠し球は使い切ってしまったし、触媒無しで使える攻撃的な魔法の持ち合わせはない。

武器はあるから切り倒すことはできるだろう。ただ、それでさえ殺せるだけでトドメを刺すには至らない。この手の怪物は最悪〝殺されながら〟反撃して、その上で何事もなかったかのように肉体を賦活させるのだから、正しく〝ズル〟としか言い様がない。

ワンコインで遊んでる小学生が根負けするまで連コインしてくる社会人みたいな挙動しやがってからに。

「おおおおおおお!!」

萎えかけた気骨に再度怒声で鞭《むち》を入れ、血まみれの人体模型めいた姿に切りかかる。

すると、器用に肉の失《う》せた口から舌打ちが響いて不格好に手が掲げられる。

爪を伸ばし、戦闘のために体を作り替えた手が。

やっぱりできるんじゃん! 今までやらなかったのって、何なの? 舐《な》めプ!? 殴《おご》りかかったら脆《もろ》い人間なんて直《す》ぐ終わるから、優しく遊んでやろうとかいう非定命特有の奢りかなんかか!?

どうあれ、ここまで来たらもう退《ひ》けるか! このまま切り刻みながら、唯一残った焼夷テルミットの手裏剣三本で一気に全体を火葬……。

瞬間、天啓の如き発想。大人げなさの象徴として連コインや舐めプというゲームみたいな言葉を出したが……私は持っていたじゃないか。銀でできていて、純度がそこそこ高い代物を。

意識の一片を〈見えざる手〉に傾けて物入れに突っ込めば、中には薄い財布が入っている。そして、もしもの備え《銀の銃弾》としてとっておいた、私にとっては大金である銀貨が一枚。

あの日、ツェツィーリア嬢を助けた時、追っ手から情報料として貰《もら》ったランペル大僧正の銀貨は銀含有量が高く価値の高い硬貨。

何かあった時の為《ため》に持っていたお金が、よもや本当の意味での銀の銃弾《ズィルバー・クーゲル》になるだなんて。

これがあればやれる。渇望の剣で胸を裂き、再生中の心臓を露出させて直接コインをねじ込んだなら如何に不死者《アンデッド》と呼ばれる吸血鬼でさえ終わらせることができる。

何故《なぜ》なら、世界の内側を統括する神が〝かくあれかし〟と定めたのだから。

好機は一度、機会も一度きり。戦いという賭場は何時だって一回しか手札を配ってくれない。だから私はなけなしの銀貨を放り投げてコールする。賭けに応え、手札を開くことに変えて剣を振り上げ最後の踏み込み。

さぁ、後は手札の中身を比べるばかり。

まずは動きを止めなければ。

殴り合いに慣れていないのか、洗練されぬ動きを視線の誘導と体の振りで引っ掛ける。

右に軽く体を振って右から斬ると見せかけて、重心は左に残した儘《まま》にする古典的な引っ掛け《フェイント》に吸血種《ヴァンピーレ》は容易《たやす》く乗せられた。

ながら空きの右手を切り落とし、慌てて振るった遅きに失しすぎた左腕も切り飛ばす。そして三本展開した〈見えざる手〉に焼夷テルミットの棒手裏剣を握らせ、左手には全てを終わらせるための銀の銃弾。

ここでしくじれば後はない。既に有効打は出し尽くし、山札は尽きて手札のみ。

また引き下がっても後はない。無限の再生力を持つ敵に持久戦など自裁と変わらぬ。

臆すれば死、退けども死。

乾坤一擲《けんこんいってき》、命を賭ける《オール・イン》に値する一瞬は今だけだ。

「〜〜〜〜〜〜〜〜〜〜!!」

トドメを刺さんと振りかぶった〈渇望の剣〉が泣き喚《わめ》く。普段の斬りたがってねだるような、ある種の甘えた思念ではない。急《せ》くような、いや、何かを強いるような思念の塊を私の脳では言語として理解することはできない。

それを何らかの警告、と判断出来た時には全てが遅かった。

「ぎっ……!?」

ガラスが軋《きし》むような音と共に空間が〝よじれて〟爆ぜた。最後の踏み込みで空中にあった肉体が弾《はじ》き飛ばされ、流れゆく視界の中であり得ないものが見える。

どこまでも近しく、ずっと離れがたくあった己の四肢が……欠け失せて飛んでいく様が。

〈雷光反射〉の特性のせいで、見たくない光景でさえ否応《いやおう》なく緩やかに再生されて認識させられる。

右手の肩から先が関節からもぎ取られ、右足の脛《すね》から半ばと左足の腿《もも》から先がねじ切れている。自己を認識してからずっと、大事に使ってきた肉体が。

何が起こったか推察すらできないが、不思議と痛みは無かった。元々高揚していた精神のおかげか、それとも現実離れした光景を脳がきちんと処理できていないせいか。ただ吹き飛ばされ、他の四肢や肉体全体に負荷が掛かりつつある事実だけが淡々と認識できる。

いつの間にやら胸の前に勝手に移動した剣が軋む。ああ、胴体や首がねじ切られず即死せずに済んだのは、コイツが盾になってくれたからなのか。私だけでは抵抗できないと見て、命に関わる部分だけは守ってくれたらしい。

それに左手、唯一残った四肢。これも使い終わった楊枝《ようじ》みたいにへし折られて酷《ひど》い有様だけど、唯一残ったのは左手の中指で輝く指輪。今も月の指輪の台座にちょこんと収まって、綺麗《きれい》に輝く蒼氷色《アイスブルー》をした彼女のおかげだろう。

しかし、それも死をほんの数瞬送らせるだけに過ぎないようだが。

未《いま》だ肉体にかかる負荷は消えず、達磨《だるま》となった私の胴体すら挽肉《ひきにく》にせんと不可視の力場が渦巻いているのが分かった。

ま、そうか。幾ら言動の端々に遊びが滲《にじ》んでいても、今までも十分に殺しにかかっていたのだ。本気の死を目の当たりにすれば、大人げなく初見殺しや分からん殺しをブチ込んでくることくらいあるわな。

　だが、私だけ死んでたまるか。

　殺す、どうあってもお前だけは殺してやる。

　死を目前として引き延ばされた認知の中で、まだ魔法を練ることはできる。ヘルガの名残が左手に輝いて、脳味噌《のうみそ》が仕事をする限り完全に終わったわけじゃない。

　やりかけたことをするだけだ。今もまだ〝手〟が霧散したせいで空中を舞っている棒手裏剣を捕まえ、右手と一緒に吹き飛んだ妖精《アールヴ》のナイフを捕まえる。そして、体を焼いて胸郭を断ち割って開き、心臓にランペル大僧正とやらの渋い横顔を叩《たた》き込んでくれよう。

　ここから抵抗できないことは感覚的に分かる。空間遷移の障壁で防げる直射型の攻撃ではなく、空間そのものを攻撃範囲に取られると剣士型の私には回避できない。ガチガチの前衛《タンク》であれば持ち前の頑丈さを活《い》かしてライフで受け止めることも能《あた》うのだろうが、ヒトの小倅《こせがれ》というペラッペラなＨＰでは望み薄。

　だったらせめてタダでは死なない。こちとら色々な約束と妹の将来を背負って生きてきた。それをまぁ、交通事故みたいに強キャラぶつけられて終わりましたで納得できるか！

　たしかにこの界隈《かいわい》、街道歩いてたらドラゴンが降ってきたり、町中を高レベルキャラがふらついてたり、宿屋で寝ててもダイス目が悪かったら猟犬が襲いかかってきたりする地獄の巷《ちまた》だが、だからといって虫みたいに不運でぷちっと潰されて満足はできん。

　せめてお前だけでも！

「はせ回り過ぎだわなぁ、わっぱ」

相打ちの一撃を練ろうとした時、軋む音は上書きされるかのように柔らかな女性の声で塗り替えられ、全ての負荷が霧散した。

「分を弁《わきま》えよ。跳ね回るのを御するのが汝《なれ》の仕事であろうよ」

真っ赤な霧が玄室に立ちこめ、再生しつつあった貴人を包んだかと思えば破滅的な音が轟《とどろ》く。硬質な物がへし折れたような、圧倒的な質量が肉を押し潰したような耳に悪い音。精神を削るヤスリのような音を聞きながら、私は受け身も取れずに地面へ転がった。

「おや？　いささか遅かったかのぉ」

未だ耳と精神に優しくない音を立てる霧――悲鳴というか弁解が中から聞こえてくる気がした――の一部が蠢《うごめ》き、形を結ぶ。

数秒前まで形を結ぶことなく蠢いていた赤黒い霧は、まるで最初からそこにいたような自然さで高貴な女人の姿を取った。

昨今の流行からは大きく外れた、されど古典的《クラシカル》で格調高いトーガを纏った彼女は見るからに上等な身分であることが分かった。希少な染料でなくば出せない皇帝紫の装束を優美に着こなし、されどどういう訳かその下には何も纏わぬ裸身を晒《さら》す姿は衣服の高貴さと相まって酷く奇異に映る。

朱色の瞳と墨染めの髪が紫の衣服と相まって妖しく光り、濡《ぬ》れたような光沢を帯びた乳白の肌は香り立つかのよう。

大儀そうに緩められた瞳の気だるげな美しさに反し、口から溢《あふ》れるほど伸びた美事《みごと》な牙は年経た吸血種《ヴァンピーレ》の証《あかし》。

どこかで見たような気がする美女。今更ながらに失血と痛みで薄れ始めた視界に、その美女によく似た顔が飛び込んでくる。赤い霧から這《は》いだして来たのは、少し前に別れた僧衣の少女。

あ、そっか、セス嬢の面影があるのかぁ……。

私は泣きながら駆け寄ってくる彼女を見ながら、どうでもいい発見が酷く面白かったので微笑《ほほえ》みながら目を閉じた………。

【Tips】皇帝紫。三重帝国における最高位の禁色であり皇帝と皇帝経験者以外の使用が禁じられている。希少な染料を大変な手間で加工せねば出せぬ色のため、色そのものが身分の高貴さを示すと古来より慣習づけられていた故、三重帝国においても帝室典範で禁色とされた。

ただ、ド派手な色合いのため、近年では皇帝や皇帝経験者であっても正式な場以外では忌避する傾向にある。

「ちょっ、まっ、これは反則であろう!? 何故貴女《あなた》がここにおわす!?」

首を摑《つか》まれた状態で赤い霧から引っ張り出された公の第一声はそれであった。顔と上体は辛うじて人間の姿になるまで賦活を許されているものの、その四肢と胸から下は完全に失われるほど切り刻まれ、丁寧に撫《な》で付けていた髪も乱れに乱れて酷い様だ。また、気に入っていたらしい仮面も微塵《みじん》に砕かれて地面に散ってしまっていた。

「ほぉ？　相も変わらず汝は冗談の感性に満ちておるのぉ、小坊殿《こぼんどの》」

貝紫のトーガを扇情的に着崩す吸血種《ヴァンピーレ》の女性は、牙を見せ付ける種族特有の笑いを作る。威嚇と威迫の意を込めてにんまりと。直截《ちょくさい》ではなく迂遠《うえん》に、しかし時代がかった三重帝国語の嫌な響きに公は震え上がる。

　この言葉が、この響きが。なによりこの話し手が嫌いだから、彼は年経た吸血種《ヴァンピーレ》にありがちな、古典と化して現代では馴染《なじ》まなくなった単語や文法を使わないよう常に意識しているというのに。

「則《のり》に反すというならば、まず汝が詫《わ》びをいれねばなるまいよ。そこで襤褸《ぼろ》の如《ごと》く転がるヒトの小童《こわっぱ》にも、泣きながら此方《こなた》に縋《すが》り付いて来た可愛《かわい》らしい又姪《まためい》にも」

　そして何より、折角の晩餐《ばんさん》を邪魔された此方にも。撓《た》めた目尻も擡《もた》げた口元も完璧に、しかし貴種らしく整った笑みとは正反対の圧倒的な暴力的思念と共に女性……。

　三重帝国史上でも希《まれ》なる女帝。華奢《きゃしゃ》帝として知られていたテレーズィア・ヒルデガルド・エミーリア・ウルズラ・フォン・エールストライヒは自身の甥《おい》っ子の首をへし折った。

「がぐっ……」

　上質な銀食器や扇が似合いの手が首の骨を七本纏《まと》めて砕き、外見とは反比例的に強力な握力で締め上げられた首は絶えぬ圧力によって再構築を許されない。

得てして不死者を払う神の加護を得づらく、同様に諸刃《もろは》として自らを傷つける銀器を持てぬ吸血種《ヴァンピーレ》同士の殺し合いはこういったものだ。

偏《ひとえ》に暴力。賦活を許さぬ圧で延々締め上げ、相手が根を上げるまで責め続け心を殺す。不死の殻に収まっていようが、所詮精神という内容物は到底不死とは言い難い、柔らかく儚《はかな》い代物なのだから。

その点を重々承知しているからこそ、公もまた空間を圧搾し、全方位からの圧力を掛けて敵を破壊する、一種の不死者《アンデッド》に対する解答のような術式を作ったのである。

「第一、皇帝であったものが血縁一人呼ばれた程度で絞められる鶏の如く喚くでないわ。今の此方は隠居の劇作家に過ぎぬというにな。この細腕が握るのは専らペンばかりなるぞ」

締め上げられて血の泡を吹きつつ悶《もだ》える公は、細腕が何だって？　と怒鳴りたくても骨諸共《もろとも》に気管を潰されては悲鳴一つ漏らせない。

何より嫌らしいのは、公が魔導師《マギア》として自身を高めたのに対し、この〝伯母〟は吸血種《ヴァンピーレ》という生き物の有り様を行き着くところまで追求した別種の強者であり……前衛を介さぬ接近戦に持ち込まれた時点で勝ち目がない程相性が悪いことであった。

肉体を霧に変え、空間を飛び越え、血を啜《すす》って傷を癒やし尋常の枠を大きく越えた膂力《りょりょく》を振り回す。ただ吸血鬼と蔑まれかねない種族の強みを「これが吸血種《ヴァンピーレ》だ文句あるか」

と言わんばかりに叩き付ける姿勢は単純であるからこそ怖《おそ》ろしい。

骨を砕かれ、死に続ける公は術式を練ることもままならず、密航を阻まれたあの日の如く自分を睥睨《へいげい》する伯母を睨《ね》め付け返すことしかできなかった。そして、身を焦がすような銀色の視線を取るに足らぬものを見るかの如く受け止めた彼女は、気絶したヒト種《メンシュ》の少年の傍らに跪《ひざまず》く又姪に目線を移す。

「見やれよ、あの優しき子の姿を。此方も思い出すとも、リヒャルト様への恋で身を焦がした娘時代を」

ほうっと色っぽい吐息を零《こぼ》す視線の先で、吸血種《ヴァンピーレ》の尼僧は儚く絶えかかったヒトの体を抱え上げ聖印を握りしめる。

濃厚に立ち込める血の臭いに否応なく本能が刺激され、牙が伸びた。舌先に触れる尖《とが》った歯先が精神に語りかけるかのように魂を擽《くすぐ》る。あの味が、蠱惑的《こわくてき》な血の味が牙に残っていると錯覚し、甘い欲望が脳で囁《ささや》きかける。

目の前に転がるのは晩餐だ。輪転神が運命の悪戯《いたずら》で自分のために仕立ててくれた最上の馳走《ちそう》であると。

「……神よ」

しかし、僧は自身を強く律し、縋るように神の名を口にした後、思い切り自分の舌へ牙を突き立てた。堪《こら》え性《しょう》の無い吸血種《ヴァンピーレ》の〝コンスタンツェ・ツェツィーリア・ヴァレリア・カトリーヌ・フォン・エールストライヒ〟ではなく、夜陰神に侍《はべ》る僧、ツェツィーリアとして彼を救うため。

「御座にて我らを見守る慈悲深き夜陰の女神よ」

彼女は口の端から流れる血を拭うこともせず、為《な》すべきことを為すため舌を躍らせる。

僧職にありて、赦《ゆる》されながらも庶幾《こいねが》うことのなかった秘蹟《ひせき》を求めて。

「我は与うるを望む者。ただ与えられるを拒む者。嘆きを癒やす慈母の手を貸し与えたもう」

厳かな詠唱に合わせ、不気味な光が払われ優しい光がどこからともなく差し込む。それは紛《まが》うこと無き月の光。暗闇の中、迷い子を照らす慈母の眼差《まなざ》し。

「我が身を糧に愛《いと》し子《ご》の苦悶《くもん》を払い給《たま》え。御身の教えのかくあれかし」

真摯なる祈りに応え、神は自らの権能を振るい世界を〝正しく〟歪《ゆが》めた。

奇跡は一分の瑕疵《かし》無く奇跡であり、魔法でも生半可に引き起こせぬ事象を瞬きの間に引き起こす。

ツェツィーリアが壊れ物を扱うように千切れ飛んだ四肢をあてがえば、最初から繋《つな》がるようにできていたかのような自然さで四肢は元の位置へ収まった。痛々しい疵痕《きずあと》は影さえなく、残酷な負傷が残滓《ざんし》すら残らず拭われ瑞々《みずみず》しい皮膚が現れる。

普通ではありえない事象。人類が行使できる魔法や魔術では追随できる者の殆《ほとん》ど居ない偉業を奇跡は成し遂げる。世界の内側を管制する神の御名《みな》において、限られた万能は誤謬《ごびゅう》なく信徒の願いを聞き届けるのだ。

が、神はただ優しき庇護者《ひご》ではない。庇護者にして監督者でもある彼等《ら》は、奇跡の大きさに比して信徒にただ与えるだけのことはしない。

何故《なぜ》なら、それを赦せば人は人ではなく、神の家畜に墜《お》ちるのだから。

「うっ……ああっ……うっくぁ……ひっ……！」

痛々しい音と共に僧の四肢が刻まれる。筋が、肉が、骨が、あり得べからざる事象の対価だと言わんばかりに引きちぎられていった。

四肢とは一度喪《うしな》われれば戻らぬもの。遥《はる》かな未来の技術でさえ、余程限定的な事情でなければ千切れた手足はつなぎなおせぬ。

その無理を押してまで四肢の再起を願うなら、神々は相応の対価を求める。

肉には肉で、骨には骨で。

これは、他者の傷を自らに移すことで癒やしと変える奇跡。四肢再生の奇跡は癒やしの奇跡の最高位。酷《ひど》い疲労や禊《みそ》ぎに祈りを対価として奉納すれば赦される下位の奇跡とは訳が違う。

彼女の右手と両の足は、エーリヒの手足と〝全く同じように〟引きちぎられ、残った左手も蛇腹に折り曲げられて砕けた骨が皮膚を突き破る。神が地上に降り注ぐ秘蹟の代価として。

「ふっ……はひっ……くぅぅ……」

論ずるまでもなく吸血種《ヴァンピーレ》は四肢が失《う》せた程度では死なない。それに奇跡の代償も、あくまで傷を移すことそのものであるが故に清算は済んだと見做《みな》されており再生も許され、他の奇跡によって傷を癒やすことさえ能う。

大きな代償が伴う肉体を再生させるような奇跡の中では、慈母の神格がもたらすに相応《ふさわ》しい破格の奇跡と言っても過言ではないだろう。

尋常の法則に従うのであれば、誰の腕を斬り飛ばそうが、欠け失せた手足が元に戻ることはないのだから。

それでも今まで痛みを知らず生きてきた尼僧には、神が与えたもうた代価は大きすぎた。四肢が強引にねじ切られる痛みはエーリヒが味わったものと同質の痛み。否、戦闘の高揚で痛みが麻痺《まひ》していた彼が受けた苦痛とは比べ物になるまい。

傷つき、餓《う》えた肉体が血を欲する。一度鎮めた筈《はず》の〝魔種〟として身に秘めた魔性が心の中で起き上がる。啜ってしまえと、命を救った対価としては安かろうと。

この横たわる体に牙を埋《うず》められれば、どれ程に気持ちが良かろうか。どれ程に甘美であろうか。

それはきっと永遠に忘れられぬであろう悦楽のはず。今生で他に得られるかも分からぬほどの甘露であると本能で理解できる。

「ひっ……く……ふっ……あ……あああ……！」

荒れ狂う種としての渇望。ヒトの身では想像さえできぬ渇きの呪いを心の裡《うち》に押し込めて僧は立ち上がった。捻《ねじ》れた肉をより合わせ、縺《もつ》れる心に鞭《むち》を打って。

そして、若き吸血種《ヴァンピーレ》は対峙《たいじ》する。帝国建国期に産まれた大伯母に首根っこを引っ摑まれた、黎明期《れいめいき》生まれの父の前へ。

「父上、ここではっきりと意志を表明させていただきます」

血染めの僧衣を纏った娘は自分勝手な父を睨め付け、己もまた自分勝手に振る舞うことを決めた。如何《いか》に父子関係であろうと、俺が良くてお前は駄目だなんて認めて堪《たま》るものかと。

自分が大伯母から押しつけられたからといって、娘に問答無用で押しつけられると思ってくれるなと。

「私は帝位になど就きませぬ。未《いま》だ成人すら迎えぬ若輩のこの身で一体どうしてエールストライヒの当主と皇帝の責務を果たせましょう。他ならぬ叔父上や初代様も苦言を呈されましょうぞ」

何か言いたげな公ではあるが、残念ながら首つり《ネックハングツリー》の圧は欠片《かけら》も衰えておらず、家の中でも誰が逆らえるんだよという巨頭を前にしては下手なこともできない。

可愛い使い魔達《たち》は全員昏倒《こんとう》中。もう暫《しばら》くしたら復活するだろうが、流石《さすが》にしろいゆき以外の子ではテレーズィアの前では五分と保《も》つまい。

「それと私は神職として信仰に身を捧《ささ》ぐと決めたのです。たしかに切っ掛けは父上と母上が我が身を案じて聖堂へ入れたことに違いはありますまいが、今は私が私の意志で望んでいるのです」

何より、この目を見ると駄目だ。吸血種《ヴァンピーレ》特有の鳩血色《ピジョンブラッド》の目。不羈《ふき》の意志をくべて爛々《らんらん》と輝く瞳は彼の妻を思い出させた。優しい女性であったが、一度決めたことは何があっても折れず貫く鋼の意志を持った女傑でもあった。

嫋《たお》やかさの中に強さを。慈しみの中に厳しさを。そして何より夫を立てながらも決して己を見失わなかった不屈さが受け継がれている。

これはもう無理だ。危急とあらば役目を受け容《い》れることはあろうが、今だけは何があっても首を縦に振るまい。何より彼女が疎んできた面倒な親戚づきあいさえ覚悟し、中でも特級にヤバい大伯母に声をかけた時点で本気の度合いがどれ程か窺《うかが》える。

「改めて宣言致します。私は帝位にも当主位にも就きませぬ」

断言され、血族内政治における鬼札まで持ち出されれば、公が首を縦に振るしかない。

諦めて頷《うなず》こうとした時、公はふと気付いた。瞳の中でくべられる感情に怒りが込められていることを。

はて、娘は何にここまで怒っているのだろう。たしかに当主位を黙って押しつけようとした上、国と結婚するに等しい——公務が忙しくて普通の結婚生活をしている暇がない——帝位にまで就けようとしたのに怒るのは公も分かる。他ならぬ彼自身大いに憤って、皇帝就任後も何度か伯母とガチの殺し合いをやっているのだから。

しかし、それ以外の怒りも結構な割合で燃えているような気がしてならなかった。

「あと一つ……」

何だろうか、僧会に働きかけて帝都に呼びつけたことか。それともド派手な譲位報告酒宴を企画して、娘に七度のお召し替えを予定させてワクワクしていたことがバレたのか。はたまた親族も抱き込んだ今回の企ての恨みを纏めて叩《たた》き付けられているのか……。

「もうファーティー《パパ》のことなんて知りません！　だいっきらいです!!」

落雷を受けたかのような衝撃が公の中を駆け抜けた。今日一番の、ああ、いや、きっと人生で一番の衝撃。銀の短剣が心臓の脇を掠《かす》めて貫通した時よりも劇的な言葉。

「す、スタンツィ!?」

思わず潰れて一言も発せない筈の口から悲鳴にも似た声が溢《あふ》れた。娘の名前、自分が与えたが何故かあんまり名乗ってもらえない名前の愛称を口にし、類《たぐ》い希《まれ》なる美貌がくしゃっと悲しげに歪んだ。

「私はツェツィーリアです！　一番のお気に入りなので、そう呼んで下さいとずっと言っているではありませんか!!」

「此方《こなた》がつけてやった名の方がよいか、はっはっは、それはよい。愛《う》いのう、愛いのう我が又姪《まためい》よ。うむうむ、安心せよ、この婆《ばば》が汝《なれ》の望むようにしてやるからな」

ショックを受ける父に背を向け、彼女は安らかな寝息を立て始めた少年の下へ向かった。

大伯母が後の仕儀を任せろというなら、ここで黙って待っていた方が良いだろうから、硬い地面に横たえておくのは哀れだと思ったのだろう。

なんといっても彼は、望まぬ帝国との結婚から彼女を救ってくれた勇者なのだから。

「な、なんで……スタンツィ……」

「おうおう、情けないのぉ……何故に男というものは、家族はどうあっても己を好いてくれるなどという幻想を抱くのか……まぁよかろう。その辺含めてじっくり教えを説いてやろうではないか小坊殿《こぼんどの》」

僧衣が汚れるのも気にせず、ツェツィーリアは地面に座り込むと彼の体を抱き上げ、上体を膝に乗せた。如何に細やかな傷まで含めて全ての負傷を引き受けたとはいえ、さしもの奇跡も喪った血液までは戻せないのだ。失血で冷えた体を冷たい石室に触れさせる訳にはいかない。

安らかに眠る顔。脱力により傾《かし》いだ頭のせいで覗《のぞ》く首は、初めて酒杯の血を受けて以来ずっと気にし続けていた麗しさで今日も語りかけてくる。

この人は天性の吸血種《ヴァンピーレ》殺しなのでは、と僧は小さく笑い、風邪をひかぬよう鎧《よろい》の襟元を正してやった。

本能が囁く。馬鹿なヤツだと。これほど美味《おい》しそうな獲物を前にして牙を立てぬなど。むしろ、今ならば己《おの》が〝恋人〟に仕立てることなど容易《たやす》く、ともすれば眷属《けんぞく》として永遠に侍《あた》らせることも能おうに。

本能に囁き返した。それでは野盗ではないかと。かつてのランペル大僧正が痛烈に批判した吸血鬼《ヴァンピーレ》そのものではないかと。

私は吸血種にして夜陰神の信徒である。それ故、善意の奉仕に善意で返すばかりである。

彼の人生を掠め取るような真似《まね》はしない。

それに彼女はちょっと楽しかったのだ。いつだか見た観劇。お忍びで街に出たお嬢様が旅の勇者に救われて面白おかしく遊び回り、めでたしめでたしと締めくくられる有り触れたお話に似ていて。

勇者を見初めたお嬢様はそんなことをしないのだ。差し出される手を取って優しく微笑《ほほえ》み、疲れた彼を抱き留める。

それから先は、彼が勇者としてあるため影ながらに支えていくのだ。

斯様《かよう》な甘い幻想に自分を重ねて悦に入ろうと、神は咎《とが》めはすまい。今は彼が助けてくれたという事実に浸っていたい気分でもあった。

彼女の夢と有り様を肯定するかの如《ごと》く、月を模した聖印がちりんと揺れた………。


【Tips】貴種は多くの名を与えられることがあり、慣例的に父から与えられる最初の名を名乗るが、複数の名から気に入ったものを名乗ることも多い。時に同名の者が何かをしでかし、よい印象をうけなくなるなどの理由でも。

終章

エンディング

分かたれたPC達も目的を果たせば、再び一所に集い成果を報告し合うこととなる。たとえ誰かが欠けようと、生きていたとして次の冒険が望めなかろうと。また新しい物語を始めるためならば、結果がどうあろうと蓋を開けずにはいられない。

知らない天井を見上げて目が覚めることに慣れつつある自分が、どこか空《むな》しく感じられてきた。

「……あれ、生きてる？」

数分、曙光《しょこう》に照らされながら纏《まと》まらない思考で壮麗な刺繍《ししゅう》に塗《まみ》れた天蓋を眺めていると、なんでか自分が生きていることに気がついた。

普通に死んだと思っていた。途中で救援が来たっぽい記憶はあるのだが、手足が左手を残してねじ切れる大怪我《おおけが》は十分命に響くものだ。如何《いか》に貴種っぽい誰かが助けにきたとて、喪《うしな》った四肢を再生させる施術は魔導院の許可なくば使うことは許されず、僧であるセス嬢がいたとして四肢再生の奇跡は非常に高度だと聞いたので望みは薄い。私は彼女がどの程度の僧なのかすら知らないのだから。

手当で命を繋《つな》げる負傷ではなかったので、てっきり私の命脈は尽きたと思ったのだが……。

「なんだこれ、生えてきたんか？」

一体全体如何なるチートが引き起こされたのかは知らないが、仮面の奇人もとい貴人の術式で千切れ飛んだ筈の手足がさも当たり前のような面をして元の場所に収まっているではないか。

恐る恐る動かしてみるものの違和感はなく、痛むこともない。妙に肌触りの良い夜着――縫製の見事さから幾らするのか考えるに悍《おぞ》ましい――をまくり上げてみれば、肌には疵痕《きずあと》はおろか瘡蓋《かさぶた》の一つ見つからない。

　足の方も同様で、足先まできちんと神経が通り思った通りに動く。

「……呼吸も苦しくないな」

　安堵《あんど》の吐息をして気付いた。あれほど不快であった肋骨《ろっこつ》の骨折も癒えている。そっと触れてみるものの痛みや痺《しび》れが肺腑《はいふ》を襲うことなく、薄《うっす》ら筋肉が付いてきた腹を撫《な》でれば、臓物を守る肋《あばら》の曲線に乱れはない。

　いっそ幻術にでもかけられて激闘を繰り広げた夢でも見たのではないかと思う程、健康体そのものではないか。強いて言えば怖《おそ》ろしく腹が減って喉が渇いていることと、軽く体がふらついていることくらいであろうか。

　まぁ、昼から何も食ってないので単に腹が減っただけだと思う。

　で、ここはどこだろう。

　ともあれ考えて答がでなそうな事態は一旦置いて、冷静になって周りを見回せば中々事態は複雑そうであった。

　私が寝かされていたのは天蓋付きの大寝台であり、周囲が薄らと透ける覆いが外と内を隔てている。着せられた夜着の豪勢さはいうまでもなく、寝台の敷物《マットレス》を触ってみればきちんと撥条《ばね》が入った――富裕層には出回っていると聞いたことがある――高級品であり、被《かぶ》っていた布団は毛綿を詰めた最上品質。できることなら家に持って帰りたいほどの触り心地の品は、考えるまでもなく貴種でなくば揃《そろ》えられないであろう。

しかも、こんな数人寝転んで派手に〝遊んで〟も余裕がありそうな寝台、相当の権勢を誇るお貴族様の家に違いなかろう。普通の家じゃ金をかけるにしたって、こんなデカイ寝台は不要だからな。

推察できる展開は幾つもあるが、考えて事態が動く訳でもなし。まぁＴＲＰＧに関わらず、周囲の状況を確かめるのは鉄板だな。ＧＭ《ゲームマスター》、周りに何が見えますか？

この世界では誰にも理解できぬ冗句を脳内でこねくりまわして辺りを見回せば、寝台の脇に小さな鐘が置いてあることに気付いた。メモが一枚貼り付けられており、流麗な筆跡で「お目覚め？」と書き付けてあった。

なるほど、目が覚めたら鳴らせってことか。分かりやすいギミックで有り難い。

これまたお高そうな金色の鐘を手に取って振ってみる。

「……あれ？」

が、音がしない。不思議に思って逆さにすれば、舌と呼ばれる鐘と触れあって音を鳴らす分銅が入っていない。それだけならば単なる不良品であるが、目を凝らせば精緻な紋様で術式陣が刻まれてあることが分かった。

細かい所までお金がかかっていること。

しばし感心しながら構造を観察していると、控えめに扉がノックされる。しかし、待っていても扉が開かないことに首を傾げ……ああ、自分が入室を許可しなければならないのかと気付くのに一分ほどかかってしまった。

普段、入室の許可を伺うことはあっても、許可を出すことはなかったからな。精々、ライゼニッツ卿《きょう》お抱えの仕立屋で着替えに使う控え室でしか、私相手にノックしてくる者はいないからな。

「えーと……どうぞ？」

緊張して無様に語尾が上がってしまう。仕方ないだろ、こちとら純正の田舎者なのだから高貴なお人の文化に理解はあっても、手前がする側に回るとなれば意識がまわらんのだよ。

「失礼いたします」

微《かす》かなノブが擦れる音だけを供に部屋に現れたのは、それはもう文句のつけようのないメイド様であった。

わぁ、侍女だ、侍女だよ侍女。それも細部まで伝統を守り抜いた、帝都広しといえどそうそうお目にかかれない東方離島圏調の侍女だ。飾り気のない黒のロングドレスに袖飾り《カフス》と、つつましくフリルで彩られたエプロンで身を飾り、纏めた髪が散らぬよう帽子《キャップ》で覆った姿はケチの付けようがない侍女の佇《たたず》まい。

乳白の肌に翠《みどり》の瞳、淡い茶褐色の髪が愛らしい童顔の侍女。うん、テンションあがるなぁ。

さて、三重帝国における使用人制度であるが、封建的な様式と近代的雇用関係が入り乱れていて実に煩雑だ。

貴族達《たち》は代々仕える一族を召使い《サヴァント》として抱えたり、他家の長男長女以外を行儀見習として迎え入れたりしており、そういった一定の身分在る召使いが上級使用人《アッパー・サヴァント》として家令や執事として仕えている。その下に就く下級使用人《ロワー・サヴァント》は奉公を希望する者を領地より迎え入れ、身分を荘《しょう》が保証しながら給金を渡すか税を軽減することで働いている。

対して商家や豪農などが抱える使用人は純然たる雇用関係といってよく、奉公人として迎え入れた後に従業員として使うための教育を施すこともあるようだが、まぁ堅苦しい地縁血縁よりも人間関係と給金によって結ばれた関係である。

両者の違いは魔導院を出入りしていると良く分かる。金を持っているだけの魔導師《マギア》と貴種出身の魔導師《マギア》で雇っている従僕の質が全然違うのだ。

前者は私のような田舎者や帝都の市民を雇い、後者は身分確かな良家の、或《ある》いは代々従僕家系という生まれながら《サラブレッド》の使用人を連れているため雰囲気が根本から異なる。所作の一つ一つが貴種が集まる場に晒《さら》して問題がないほど流麗で、使用人向けの謙《へりくだ》った宮廷語の発声も完璧な、正しく高貴なる者に仕えるべくして産まれてきたかのような整いっぷり。

速成の庶民と上級使用人の間には、農耕馬と軍馬ぐらいの開きがあるのだ。

そして、その情報を加味して彼女をみれば……うわぁ、とんでもねぇ上流階級の家にきちまったぞ。

立ち振る舞い、言動、着ているお仕着せの質は言うまでもなく、なんとよく見れば柳葉形の耳がぴょこんと髪の間から覗く姿は紛《まが》うことなき長命種《メトシエラ》。長命種《メトシエラ》を使用人として抱え

ているとかどんな大家なんだここ⁉

「お目覚めになられたようで何よりにございます。妾《しょう》はクーニグンデと申します。御身のお世話を主より仰せつかっておりますので、存分にお使い下さいませ」

「アッハイ」

結構頑張って熟練度を振った私が土下座したくなる精度の使用人向け宮廷語に片言の返事しかでてこなかった。しかも、使っているのは最上の客に対する話法であり、爵位どころか官ですらない私に使う言葉ではないので脳味噌《のうみそ》が上手《うま》く呑《の》み込んでくれないから困る。

一体私に何がおこったんだ、ほんと。

「聞きたいことが多々お有りかと存じますが、まずは朝のお支度を。詳しい説明は後ほど主が。では、お顔を失礼いたします」

絹の手袋に覆われた手が蠢《うごめ》くと彼女の後を追従していたらしい――侍女にテンションが上がって目が行ってなかった――給仕台から湯を湛《たた》えた盥《たらい》が浮かび上がり、濡《ぬ》らした布で顔を洗われ、驚く間もなく髪の毛に櫛《くし》が入れられる。

もう随分伸ばしてしまったせいで、後ろから見れば女性と勘違いされかねない長さになりつつある髪を梳《くしけず》られ、ついでに髪油まで塗られてしまっている事態の唐突さに反応できない私だけが取り残された。

「美事《みごと》な御髪《おぐし》でいらっしゃいますね。何かお使いで？」

「は？　いえ、特になにも……」

強いて言えば妖精《アールヴ》のご加護かと。それよりも縁に座り直させられて、前から髪を整えられているせいで、私の髪より美事すぎるお胸が近づいたり遠ざかったりするのが大変神経によろしくない。貧血なのか寝起きの愚息が悪戯《いたずら》をしなかったのは何よりだが、一瞬偶然を装って顔を埋《うず》めても合法だよな？　とかいう頭の悪い思考が過《よ》ぎって大変拙《まず》い。

茹《ゆ》だった思考のままいつの間にやら服まで着せられ、ベッドサイドに背を預ける姿勢に戻されたかと思えば今度は寝台で用いる折りたたみの机が用意されてしまった。

「いつお目覚めになるか分からなかったもので、簡易な物しかご用意できなかったことをお詫《わ》び致します。しかし、ご用命いただければ可能な限り用意させていただきますが、何かご希望はおありでしょうか？」

「簡……易……？」

ケチが付けようのない香り高い黒茶、市井では出回らないデニッシュ状のパンは明らかに焼き溜《た》めなんてしていない朝焼きの一品で、ゆでた腸詰め《ヴルスト》も香草を練り込んだ庶民ではちょっと手が出ないもの。ついでに添えられた蜂蜜掛けの牛酪《チーズ》は祭でもなければ食べられないような品目で、春の収穫祭も霞《かす》むような面容をして簡易と言われたら、私が普段食ってる物はなんなんだってんだ。

これだからブルジョワは。誰ぞ鎌とトンカチを持てい!!

「重いようでしたら白湯《さゆ》や穀物粥《がゆ》もご用意できますが」

呆然《ぼうぜん》と見ていると、不調を気遣われて斯様《かよう》な提案をされてしまったので慌てて否定し、有り難くいただくことにした。何が起こってるか分からんが、温かい黒茶を冷めさせては帝国人の名が廃る。

黙々と食べ始めた私をみて安心したのか、侍女、クーニグンデ殿は側《そば》に控えた。

怖ろしく気配が薄く、たった一歩下がられただけで位置の特定が難しくなる手練《てだ》れ。自然に魔法を使っていたのだが、あれか、前に特性で見た〈魔導従士〉の職業カテゴリを修めているのだろうか。貴種に仕える使用人となれば、並の血筋ではないと言われても納得できるのだが……。

「今は陽《ひ》が高いため御前様《ごぜんさま》とお姫《ひい》様はお休みになっていらっしゃいますので、お目覚めの刻までこちらでごゆるりと過ごしていただければと」

豪勢すぎる朝食に驚く胃を抱え、平静を取り戻しきれない精神を安らげる間もなく彼女はそう言った。

お姫様、と聞いて思い当たる節は一つ。目覚めた時は否定したが、どうやら私は彼女のおかげで助かったらしい。気絶する寸前に見た光景は、絶望した私が作った都合の良い幻覚ではなかったと分かっただけで吐息が溢《あふ》れそうになる。

「……ああ、いえ、お待ちを」

言葉を打ちきったかと思えば、彼女は片目を閉じてこめかみに片手を当てる。

あの仕草には覚えがある。〈思念伝達〉で他人の思念波を不意に受けた時にしてしまう仕草だ。他には思念をよく感じ取るためにすることもあるが、従者が言葉を切るということは主人からの思念が届いたからに違いない。

「失礼しました。もう手遅れのようで」

「はい？　手遅れ？」

何のことかと問おうとした瞬間、ドアが盛大に撥《は》ね開かれた。

「目が覚めたか小童《こわっぱ》！　重畳重畳!!」

破城槌《つい》でもブチ込んだのかと錯覚するほどの勢いで開いた扉の向こうには、ひたすらに目を惹《ひ》く美女がいた。

あの夜、仮面の貴人の攻撃を霧散させた、朱の瞳とぬばたまの黒髪も麗しいトーガの女性だ。セス嬢と同じ豪奢《ごうしゃ》な色彩が記憶にやきついて、助けられた時にお召しだったトーガの色が思い出せないが、今日はごちゃっと金糸の刺繍《ししゅう》も賑《にぎ》やかな緋色《ひいろ》のトーガを纏《まと》っておいでだった。

傾《かし》いだ扉を潜《くぐ》り、堂々と進む姿に長命種《メトシエラ》の従僕は瞑目《めいもく》し、諦めたように頭を振って一歩下がる。私はもう何もできませんから助けを求めるな、と表明するように。

「やれやれ、昨夜は難儀であったぞ。急な魔導伝文機の稼働に慌てて馳《は》せれば汝《なれ》は死にかかっておるし、我が可愛《かわい》い又姪《またあい》は心配して離れようとせんわ、頭の悪い甥御《おいご》はぎゃんぎゃん喚《わめ》く。アレは喧《やかま》しいから半殺しにしておこうと思ったが殺しても殺してもキリがないわで帰りたくなったわ」

顔付きにセス嬢の面影がある美女は、信じられぬ気軽さで私の座る寝台に腰を降ろした。

のある美人だ。

しかし、似ているといえば似ているのだが、嫋《たお》やかで儚《はかな》げな美しさがある尼僧とは対照的に、眉尻が上がった鋭い柳眉と内面の自負心を反射してか絢爛《けんらん》に煌《きら》めく瞳も相まって凄《すご》みのある美人だ。

そんな美人に至近で見つめられたらどうなると思う？

折角まとまった思考がまた掻《か》き乱されて私が困る。それも大変に。

「まぁ？　此方《こなた》も可愛い可愛い又姪のためなれば、晩餐《ばんさん》を邪魔されようが腹は立たぬし、阿呆《あほう》な甥御を殴る程度の労は厭《いと》わぬよ。面白いヒトの小童もおるしな」

きっとツェツィーリア嬢が成長しても至らぬであろう、吸血種《ヴァンピーレ》らしさを前面に押し出した凄絶な美貌を笑みに歪《ゆが》めながら、名も知らぬ高貴なる吸血種《ヴァンピーレ》は鋭い爪で私の顎をなぞり上げる。

そうして嘲笑にも似た、どこか独特の口調で笑うのだ。旧《ふる》い言葉使いは蛇が這《は》い回るように脳髄へ達し、酷《ひど》く神経に障る気がした。

「おお、そうだ、汝よ後で我が姪御に感謝するのだぞ？　その五体が産まれた時と変わらずくっついておるのは、姪御の献身あってこそだからな」

これも一種のカリスマなのだろう。此方《こちら》の意を汲《く》むことなく言葉の洪水を浴びせかけられても不快さは全くなく、一挙一動、言葉の一つまでが記憶に残り忘れられなくなる。支配者の資質、それも強引に周りを引っ張り回せる豪腕の為政者、ともすれば暴君に墜《お》ちる危うい君主の色。

歴史を転がしてきた重みが、ヒトの形を為《な》して私の前に座っていた。

「まぁ、その姫御も誰ぞの無事を確かめてくれだのと更に泣くわ、無事だと分かったら分かったで文を急いで出してくれと困ったことを言うわで随分と此方を困らせてくれたものよ……で、我が又姫の傍きお気に入りよ、汝も姫御と同じく此方に色々と聞きたいことがあろう？」

問い掛けの体を為そうと否応《いやおう》無き命令に変えてしまう声音の愛撫《あいぶ》に絶えきれず、私は素直に口を開いた。

「何故《なぜ》、下に何のお召し物も着ていらっしゃらないのですか？」

……いや、だって気になっていたことは一方的に教えられてしまったし、気になるだろう？　なにせ一枚の大きな布を体に巻き付けるトーガはあくまで上着で、普通何か着ておくものなのだ。なのに下は全裸だ。全裸である。凄く気になったから二回言ったぞ。

混乱した頭に突き込まれるカリスマ溢れる言葉に思考が煮崩れ、ついつい気になっていたことが溢れた。いや、頭の深い所がバグったのか脳味噌の表面でしか考えられていないんだよ。どうしてここに居るのかとか、昨日何があったのかとか、手足のこととか聞きたいことは幾らでもあるけど！

「ふむ、それはな」

何言ってんだコイツって視線が後ろの侍女からガンガン突き刺さってくるが、半裸の吸血種《ヴァンピーレ》は一瞬だけ固まった後で至極当然のように応えた。

「下手に着飾るより、こうある方が此方は最も映えるからだ!!」

歌劇の役者が自身の振る舞いを誇るように、彼女は大げさな仕草で自身の体を見せ付けた。

しなやかな四肢、めりはりの利いた起伏豊かな肢体、彫刻の如《ごと》き傷一つ無く磨き上げられた肌は最上品質の大理石が恥じ入る程に艶《なま》めかしく輝いており、トーガが要所を悩ましげに隠すことで誘うような美を作り上げている。このまま固めて美術館の玄関に飾れば、さぞ客を集めることであろうに。

「ああ……まぁ……はい……大変お美しくいらっしゃる」

「そうかそうか、美が分かっておるな汝よ。さぁ、美しいと口にしたのが世辞でなくば、どのように美しいか申してみよ」

脳味噌の浅いところだけで滑り出す感情のままに感想を零《こぼ》せば、ご納得いただけたのか詳細を求められてしまった。いや、ご身分から察するに褒められ慣れているでしょうに、何だってこんなガキの言葉を更に引き出そうとするのか。

私はこんがらがった思考を解くのを諦め、高貴そうな人の機嫌を悪くするのを恐れ訥々《とつとつ》と、持てる限りの語彙で褒め続けた。

一番問うべきであろう「どちらさま?」という問いを呑み込んだまま……。

【Tips】使用人。封建的な従属関係、あるいは奉公や雇用関係にある召使い。一時的な雇用ではなく、一身専属的に仕える従僕を指す。

三重帝国では貴族の子女が行儀見習や花嫁修業で他家に送られることもあれば、下手な新興貴族より長い血脈を紡ぎ多大な影響力を持つ従者家系も存在するため、従僕だからと軽く見ると大変なことになる事案も珍しくはない。


貴種という生き物は面倒臭い生き物である。

彼等《ら》は〝面子《プライド》〟に依《よ》って立つ生物だ。全ては自分が持つ家名《ネームバリュー》の偉大さと権勢が物を言い、実際に唸《うな》るほどの富を持っていたとしても見合った〝背景《バックボーン》〟や人品が伴わねば相応の扱いさえ受けることはできない。

故に彼等は経済的観念から鑑みれば全くの〝無駄〟とも言える城館を築き、絨毯《じゅうたん》を敷き、豪奢な装束にて自身を飾る。内から安いヤツだと見られれば地位が墜ち、下から頼りないと思われれば求心力が失われ、外から見窄《みすぼ》らしいと感じられれば国威そのものに傷が付く。ひいては、その気位が格式という面倒臭い手続きに固執することに繋《つな》がる。

軽々に顔を合わせてはならない。腰の軽い人物だと、人付き合いに餓《う》えていると思われてしまうから。

急ぐのは自身の閥、圧倒的な格上から呼びつけられた時のみであり、時には閥が異なれば一介の帝国騎士風情でさえ三皇統家の面談を断ることさえあるという。

故に貴種は面会に大変な手続きを必要とする。手紙を出して予定を訪ね、その上で許可があれば先触れを出してようやっと。順当にいかなければ、顔を合わせるまで何度も文や配下を往来させてどうにかこうにか、ということも珍しくない。

その上でどうしても無理を押して会談せねばならぬのなら、狩猟の最中にばったり出くわしただの、行幸先で雨に降られて雨宿りに立ち寄った先でたまたまだのと〝作為在る偶然〟を態々《わざわざ》用意するほどに彼等の政治は手間に溢れている。

つまり足運びが異様に軽い――他国の貴族位継承権を持つ研究者を直接呼びつけるなど破格どころの扱いではない――マルティン公やテレーズィアこそがおかしいのであり、本来は約束もせずに貴人が部屋を訪ねてくることなどあり得ないのである。

そう、親子間でさえ予定を立てて面会する面々にとって、あり得ないできごとなのである。

「無事ですかエーリヒ!?」

それほどにあり得ない事態を起こすことに戸惑いがないほど、夜陰神の信徒ツェツィーリアは焦っていた。元より聖堂暮らしが長い彼女であっても、貴種の文化には生まれの業により精通する必要があったため、現役の貴種としてやっていけるだけの知識はあるのだ。

昨夜の混沌《こんとん》を乗り越え、大伯母に説得されて床に入って僅か数時間。屋敷内は夜陰神の加護で満たされているため昼間であっても陽に灼《や》かれることはなくとも、不快であることに違いは無いので締め切った部屋で大人しくしているのが常識的な吸血種《ヴァンピーレ》の過ごし方。

しかしながら、冒険の高揚と少年が無事であった安堵《あんど》がない交ぜになった浅い眠りは長続きしなかった。

這々《ほうほう》の体《てい》で城に放り込まれた半死の公の後始末をして、漸《よう》く主人の下に馳せ参ずることができた従僕。メティヒルトが何日徹夜したかも分からぬ徹夜明けの顔で己を揺り起こしたからだ。

ツェツィーリアの父であるマルティン公に雇われ、忠誠をツェツィーリアに捧《ささ》げるヒト種《メンシュ》の従者は、死人と見紛《みまが》う顔色ながらも真面目に働いた。聖堂暮らしにして潔斎派である主人の日常生活を助けることはできずとも、煩わしい日々のことは全て代わってくれていた彼女には今更ながら悪いことをしたと感じている。

彼女がツェツィーリアを追ったのは、衝動的な逃走によって彼女の身柄がよからぬ者の手に落ちることを憂いたからであり、彼女から僧籍を取り上げて帝国そのものと結婚させようとするような所業に賛同している筈《はず》もなかったからだ。

逃げた後で連絡することはできなかったにせよ、せめて彼女を仲間に引き入れていたならば、此度《こたび》の一件も色々と変わっていたであろうに。

とはいえ、それも夢想の話。マルティン公に忠誠を捧げる他の従僕もいたため、どうあれツェツィーリアを逃がすことは彼女には出来なかっただろうが。

主人が帝都に残る、今は殆《ほとん》ど使われていない古い別邸に戻ったことを聞いて――尚《なお》、朝になって四徹目の黄色過ぎる朝日を拝みながら――直《す》ぐに駆けつけた彼女は、主人と再会できた感動を分かち合う暇もなく、クーニグンデから届いた思念波の言付けを伝える。

曰《いわ》く、大伯母がエーリヒを玩具《おもちゃ》にしていると館の侍女頭から通報があったと。

夜着から着替えもせず、淑女としての色々をかなぐり捨ててツェツィーリアは駆けた。裸足《はだし》のまま館を疾走し、すれ違う他の召使い達《たち》が何事かと戸惑うのも捨て置いて、彼が眠らされていた客間へと。

全ては次の夜、落ち着いてから話をしようと決めていたのに。いや、あの大伯母が面白そうなことに堪《こら》え性《しょう》が無いことを彼女は知っていた。というよりもエールストライヒの連枝は大抵その〝病気〟にかかっているのだから無理もない。

自分だって加護に任せ、趣味である兵演棋のため陽《ひ》が出ている内から出歩いたりしていたのだから。

既に強引に開かれたせいで傾いだ扉に突入した彼女が見たものは……。

「白く、透き通るようでいて奥行きある白さには滑らかさと柔らかさが同居し、触れれば液体の如く沈み込んでしまうような蠱惑的《こわくてき》な色味の肌は生物が出せる色なのかと困惑を覚えました。その肌が作る艶めかしいまでの曲線も朱のトーガに覆われていながらに……」

死んだ目で自らの大伯母――つまり祖母の姉妹――を口説く少年の姿であった………。

【Tips】面談の手間。前述は生粋の貴族におけるものであり、名誉称号として市井から成り上がった貴種にはあまり当てはまらない。魔導院の研究者上がりの教授達は皆、足捌《さば》きの軽さも研究の要訣《ようけつ》であると分かっているのだから。

ただ、後援者との付き合いには必要だと判断し、きちんと身につけて使い分ける者も多い。一代限りの名誉貴族から正式に叙勲されて領主になるような功績もまた、名誉称号を受けるような傑物でこそ挙げられるものである。

「おお、ツェツィーリア！　どうした、未《いま》だ陽も高かろうに。それより聞いてたもれよ、此方はヒトの小童《こわっぱ》から口説かれてしもうた。まだ自信持ってもいいかの？」

ちゃうねん。

いや、対外的に見たら間違っていないけどちゃうねん。抱けるか抱けないかで言われたら是非お願いしたいくらいだ……げふん。どうあれちゃうんや。

そこ、驚愕《きょうがく》したような顔で私を見るんじゃあない。オバ専!?　みたいな衝撃を受けてるのが表情から見てとれちゃうでしょ。

ただ、ここで否定すると貴人に対して嘘《うそ》を吐《つ》いたことになり、より酷いことになりそうなので私にできることは目をそらすことだけ。弁解させてほしいが、今やるべきでないことを恥ずかしさに任せて口に出すこともできない。

となると、この惨めに許された選択肢は一つきり。

もう色々諦めて開き直ることだ。

「見惚《みと》れることに種族と老若の理由がございましょうか。真に優れたる者はただ在るだけで感嘆を呼びます。私は言葉足らずではございますが、その美を少しでも表現しようとしたばかり」

「ほれ、聞いたか愛《いと》しい姪御《めいご》よ！　いやぁ、此方《こなた》も罪よなぁ、いたいけなヒトの子も在るだけで魅了してしまうとは！」

愉快愉快と笑う貴人、反比例して私を見る目が冷たくなっていくお嬢様。なんだ、あれか、仮面の貴人との戦闘は実はミドルでこっちがクライマックスか。勘弁してくれ、使えるリソースは疾《と》うに絞り尽くして浸食値もギリギリだぞ。主に私の心が蝕《むしば》まれているという意味で。

私程度の賛辞で上機嫌になるのが不可解極まるが、とりあえずこの場で一番位が高いであろう御仁に臍《へそ》を曲げられるよりはずっといい。

かくして、目が盛大に濁ることを代償に正気を取り戻した私は、ようやっと本題に戻ることができた。

「麗しき姿を拝謁するのみならず、賛美する栄誉を賜りながら、更なる欲を出すことをお許しいただきたく。どうか私めに麗しき貴方様《あなたさま》の名をお教え願えませんでしょうか」

「ん？　ああ、そういえば名を名乗っておらなんだか」

今初めて思い至った、とばかりに彼女は言い、暫《しば》し悩むかのように顎に指を添えて呻《うな》る。

そして、僅かな逡巡《しゅんじゅん》の後に名乗った。

「フランツィスカ。此方はフランツィスカ・ベルンカステルである」

家名持ちかぁ、やっぱりなぁ。

三重帝国において家名というのは非常に重く、貴種か貴種に近い存在でしか持つことも名乗ることも許されぬもの。一番軽いところでいえば地頭が長年の安定した農地の運営を讃《たた》え、家名を与えられることもあるが、それくらい頑張らねば名乗れないのだ。

隠し名といって、かつては高貴なる身分だったのだと嘯《うそぶ》く農民がこっそり家に受け継ぐ家名なんてのもあるが、それは一部の例外なので今は関係ない。何処《どこ》の世界であっても、実は尊い血が流れているのだという自負で心を補強しようとする文化は共通なのだ。それを真面《まとも》に取り合っていたら、帝国人の半数が開闢《かいびやく》帝の子孫になってしまう。

余談はさておき、貴族らしい長ったらしさがなかろうと、家名があるだけで格上となる。ただ、私が好きな散文詩家と同じ名前というのは中々良い偶然だな。

「ちょっ、大伯……」

「まぁいいからいいから、黙って合わせろ愛しき姪御よ。さてと、態々名を聞いたということは色々と気になっているということであろ？　ま、無理もなかろうよ。目が覚めれば知らぬ館で身ぐるみ剝がれて寝かされているとくれば、説明も欲しかろうて」

此方であれば疾うの昔に暴れておるわ、と口元を隠しながらフランツィスカ殿はお笑いになった。何かちょっと気になるやりとりがあったが、さてどっちの意味だろう。家名を気軽に名乗るのかとお嬢様が焦ったのか、はたまた……。

「長い話だ。汝《なれ》も寝床でとあっては落ち着くまい？　安心せよ、捕って食いはせぬゆえ、ゆるりと身繕いを整えるがよかろ。何より此方は今大変気分がいい。ゆっくりと支度をするがよい。特に許す」

フランツィスカ様は心底機嫌良さそうに立ち上がり、今まで完璧に気配を消して「私は関係ありませんが？」みたいな顔をしていたクーニグンデに着替えを用意するよう命ずる。

貴人の屋敷だけあって替えの服くらい幾らでもあるということか。

「それと、此方はかまわぬが姪御よ……なんという格好か」

「え？……あっ」

指摘されて初めて気付いたのか、まるで火にかけられたかのようにセス嬢の血色が薄い肌に朱が差した。

彼女はここまで相当に慌てて駆けてきたのか——つまり、場合によってはそれほど急がねば私が危ないと判断する御仁であったのだろう——シルクの薄い肌着《アンダードレス》一枚しか着ていなかったのだ。露出度は巨大なブーメランを投げているフランツィスカ様に比べたら何てことはないが、光に透けて体の陰影を淡く浮かび上がらせる薄衣《うすぎぬ》だけを纏《まと》った姿はなんだ、その……変に色々ほっぽり出しているより却《かえ》って目に悪い。

少女らしい健康的な四肢の湾曲が完全に露《あら》わになり、薄衣で朧《おぼろ》に窺《うかが》える肢体は成熟を待つ青い美しさで見えぬが故の妖しさを帯びる。その対比も相まって言葉を選んで控えめに表現するとしたら……うん、ドエロいね。

仕方ないだろ！　前世は日本人だ、チラリズムとか見えそうで見えないのに惹《ひ》かれて何が悪い！

あと、何より体は中学生レベルなんだよ！　分かるだろ!!

いやほんと、余計な所に回せないくらいの貧血でよかったよかった。

「っ……！　あっ……その っ……!!」

手がぱたぱたと体を隠そうと儚《はかな》い努力をし、羞恥に沸騰し回転速度を落とした脳味噌《のうみそ》で言語が死滅する。何か弁解を口にしようとして失敗すること数度、釣り上げられた魚みたいに口をぱくぱくさせ続けた後に彼女は何も言わずに駆けだした。

敷き詰められた絨毯《じゆうたん》が拉《ひしや》げ、焦げ臭い匂いがするほどの勢いで。ぎゅっと凄《すご》い音がしたのは、それほど高い摩擦力で絨毯が蹴立てられたからか。立ち上る焦げ臭さには、彼女が覚えた羞恥が滲《にじ》んでいるかのようであった。

「うむうむ、初心《うぶ》いのぅ、実に初心い。よいものだ、見ていて若返るようだのぅ？」

「妾《しよう》はまだ若いので、誠に申し訳御座いませんが斯様《かよう》な感慨は察することすらとてもとても」

「は？　一体何年此方に仕えておるか忘れたか？」

「四捨五入すれば赤ん坊ですよ」

「こやつ何の恥ずかしげもなく三の桁を……」

頭の悪いやりとりをしている主従を余所《よそ》に、私は頭を振って目頭を揉《も》んだ。雑念、というよりも眼《め》に強く焼き付いてしまった光景を追い出そうと無駄な努力をしているのだ。正直、際どい美人の半裸――美人の際どい半裸でないところが重要――よりも、慎《つつ》ましやかに隠されたパッと見同年代の少女の肉体に反応してしまうのは、なんだ、その、大分メンタル的にクるな。

頭を振るのに合わせて、窘《たしな》めるようにピアスがちりんと揺れた……。


【Tips】三重帝国における女性の貞操観念は現代と比して尚も重く、偶然や事故によって起こった事象でさえ多義的に責任を取らされることも珍しくはない。人生の墓場的な意味しかり、物理的な墓場しかりである。


「ご説明をお願いしても？」

整った顔をぶすっと不快そうに歪《ゆが》め、手早く肌着の上に部屋着を羽織った又姪は大伯母を睨《にら》み付けた。着替え終えるのを待つこともなく部屋に入り込んだ彼女は扇子で笑みを隠す気があるんだかないんだか曖昧な態度で問いに答える。

「なぁに至極簡単なことよ、我が愛らしき姪御よ。この婆《ばば》は無駄に長生きしておらぬが故、汝によいように差配してやろうと思うてなぁ」

長椅子に寝そべった女皇が言う言葉は、世の大人が口にする理屈と何ら変わらない。

大人もかつては子供で、子供の頃にやらかして痛い目を見たからこそ、子供に説教をし行動を封じようとする。やったことがあるからこそ、やらない方が良いことが分かるのだ。

「汝が思うより我らに流るる血は濃く、重いものよ」

それくらい分かっていると口にしかけたが、僧は舌の上にまで乗った言葉を吐き出すことができなかった。

弧を描き、外連味《けれんみ》ある笑みの形を装う目。その中で煌《きら》めく瞳が全く笑っていなかったからだ。

「血によって人は人となり、血に従って果つる。これはいつの世も変わらぬ。馬には馬の仕事をさせよ、と昔から言うように」

笑い声なのに笑っていない。完璧に笑みを作り、笑い、体を震わせるほど喜んで見せながら本質は欠片《かけら》も笑っていなかった。

感情から切り離された言葉が語るのは、一つの真理。

人は血によって人を作る。即《すなわ》ち、生まれが人を作る。同じ種族であっても農耕馬が軍馬のように振る舞えぬように、下層民は貴種の如《ごと》く振る舞うことはできない。

そして、下層民は下層民として自らに流れる血に従って生きて死に、貴種は貴種として産まれた血に殉ずる。二つの血は交わらない。何があっても。

無理に混ぜたならば、巻き起こるは悲劇ばかりだ。たった一滴の汚濁を注げば、一樽《ひとたる》の美酒が無に帰すように、一滴の美酒では下水を清めること能《あた》わず。

「汝は気に入ったのであろう？　あの儚き定命を。なればこそ、優しい優しい婆は言うとも。無為に重い血を晒《さら》すな。血は人を作り、人に流れるがため人の意思を押し流してしまうのでな」

そうであるなら、皇統家であることは黙するべきだ。人によっては受け入れはするだろう。個人として尊重しつづけるかもしれない。

だが、決定的な所で〝自分とは違う存在〟として区別される。

認識する相手が賢明で賢ければ賢いほど、個人としての付き合いを変えなかったとして〝立場〟だけは決定的に歪む。

一体誰にできるのか。己《おの》が祖国の最も尊き血と気軽に付き合うことが。

家格が見合う貴種なら、可能性としてはあり得る。忠実な臣下でありながら莫逆《ばくげき》の友となった例は幾らでもある。

ただ、彼は平民だ。謂《い》われはなく背景もない単なるヒト種《メンシュ》の小倅《こせがれ》。吹けば飛ぶ数多《あまた》の臣民。帝国という存在からして、彼はその程度に過ぎない。

寄る辺のない平民では貴族の威に反することはできぬのだ。ツェツィーリア個人が許そうと、貴族全体が風紀と〝価値〟を損ねることを嫌って絶対に許すことはない。

どれだけ子供がピカピカ光る石を大事にしていたところで、大人は価値を認めぬものだ。寝床に持ち込み、肌身離さず大事にしたところで〝不適格〟だと判断したなら、容易《たやす》く取り上げ河原に捨てる。そうなっては、子供が大事にした石は二度と手元に戻らないのだ。

大事にするなら見合った物でなければならない。それがどうしても無理なら、せめて自分が見合ったところまで〝降りていって〟ゆかねばならない。

「ま、儚き定命に惹かれるのは若き非定命が必ず陥る病よ。甘美で一生物の病」

彼女にとっては優しく甘い大伯母であっても、同時にテレーズィア・ヒルデガルド・エミーリア・ウルズラ・フォン・エールストライヒは何処までもライン三重帝国の皇帝であることをツェツィーリアは忘れていた。

積み重ねてきた歴史と経験、今までは姪御可愛《かわい》さで表に出すことのなかった為政者の威圧が形をもって絡みつく。

ぱちりと扇子が閉じられ、満面の笑みを形作った冷厳なる無表情が姪を捕らえた。毒蛇毒虫が這《は》いずるような言葉が脳髄に浸透し、向けられた言葉を二度と忘れぬように巨大な箱と錠を生み出す。

「拗《こじ》らせるでないぞ?」

自我にまで食い込む言葉に若き僧は悟る。ああ、彼女は今も煩っているのだろうと。だからこそ、これほどまでに若い世代に構い、過たせまいとするのだ。

「ま、ここまで釘《くぎ》を刺せば小坊殿《こぼんどの》……ああ、汝の父も一〇〇年は真面目に当主をやろう。暫《しばら》くは好きに振る舞うがよいさ。皇女であるより、名家の子女としての方が幾分か気楽であろうよ」

再度扇子を広げ、表面上の笑みを繕わぬ本物の笑顔に戻し、一人の旧《ふる》き吸血種《ヴァンピーレ》は立ち上がった。

「それくらいの時間があれば、満足するまで眺めて時が足りぬことはなかろ?」

未《いま》だ長く生きた先達から受けた〝毒〟を分解しきっていない僧の後ろに回り、肩を捕まえ微笑《ほほえ》みかける。

「この一〇〇年は頑張った汝への褒からの贈り物といったところかの……さて、長く待たせては哀れゆえ、手早く覚えるが良い。なぁに劇作家である此方《こなた》が練った設定である。五分ほどで考えたが、ボロはでまいよ」

かくして彼女は一時、仮初めの身分を名乗ることとなった。気遣いからか、それとも別の思惑があってか。

彼女の名はツェツィーリア。ツェツィーリア・ベルンカステル………。


【Tips】三重帝国において貴種が平民と番《つが》うことは蛇と小鳥が夫婦になるよりも難しい。


高級な服に物怖《ものお》じしなくなったのをフォン・ライゼニッツに感謝すべきか。はたまた、慣れるほど彼女の性癖を充足させてきた自分を恥じるべきか。

実に甲乙付けがたい命題を前に、私は鏡の中に佇《たたず》む自分を見てとりあえずの満足をした。

襟丈の高い黒い本繻子《ほんしゆす》のダブレットと、すらりとした白いタイツに重ね履きした膝丈の脚絆《きやはん》の組み合わせは、上質ながら簡素に纏まった見た目からして従卒の装束であろう。それも相応の格好をさせ、貴人の応接もできる上級使用人のお仕着せだ。

決して見窄《みすぼ》らしくなく、さりとて主人より目立たず一目で従僕と分かるよう繊細に気遣われた意匠は「こいつら金持ってんなぁ……」としみじみ思わされる。

だって、こんなブツが必要になって家に常備しておく理由は一つしかなかろう。必要だからだ。これだけ金を費やして身を飾った従僕に応対させる必要がある客が来るからに他ならず、重ねてこの衣装が見劣りしない高度な教育を施した使用人を抱える力があることに通ずる。

ほんと、どれほどに高貴な名家なのだろう。家名に貴族位《フォン》がついてなかったが、政治的な理由で貴族位を辞し、今も尚《なお》高い権勢を誇る名家というのは実在するからなぁ。後は長年の奉公が認められて家名を名乗り帯刀を許された、江戸の地頭みたいな従者家も少数ながら存在しているし。

「おや、様になっていますね」

衣装室から出ると、クーニグンデ殿が少し意外そうに私を見ていた。この手の装束は簡素な平民の襯衣《シャツ》やダブレットと違って色々〝締める〟部分があるから、慣れていないと格好《よ》く着こなせなかったりするのだ。

「まぁ、色々ありまして」

「このまま当家の従僕としてもやっていけそうな佇まいでございます」

先導されながら、たわいもない会話を楽しんだ。ただ残念ながら私の家格では上級使用人をやるには障害が多すぎるのでどうにもならないだろうけど。

因《ちな》みに雑談の中でぽろっと聞いた限り、この家だと上級使用人であれば下っ端でも給金では金貨が基準になるらしい。この調子だと大家の家令は下手な田舎領地の男爵より金持ってるってのは嘘《うそ》じゃないのかもしれないな。

雑談を楽しみながら歩くこと暫《しば》し。廊下でさえ絨毯を行き渡らせるあり得ない金持ちっぷりに感嘆させられつつ、辿《たど》り着いたのは細い渡り廊下の先に作られた温室だった。

鳥かご状の支柱を持ち、高価な硝子《ガラス》――均等な板状の硝子は、この文明レベルでは宝石に等しい――を張り巡らせた温室は植物を飾るよりも、冷え込む冬でも寒さに悩まされることなく庭園を眺めながら茶会を催すための場所と思われる。

しかし、不思議なのは硝子に覆われているのに中が真っ黒で様子が窺《うかが》えないことだが。

「では、暫しここでお待ちください」

通された先の空間を上手《うま》く認識できなくて、私の脳は暫く活動を放り投げた。

夜だったからだ。

芝が植えられた温室の中には夜が切り取られていた。

見上げれば丸い月が同胞である星々を引き連れて煌々《こうこう》と輝いているではないか。黒く塗った硝子に絵の具で描いた子供だましの風景でもなく、アグリッピナ氏の工房のように魔法で投影したものでもない。空気までが心地好く冷えた静謐《せいひつ》な空気が流れる温室の中は、優しい夜だけが満ちている。

「……いやいや、どんな高位の祝福だよ」

深く考えるまでもなく、奇跡だ。語弊もなく誤解もなく、正しく神が意図的にもたらした奇跡。夜に本領を発揮する吸血種《ヴァンピーレ》が真に安らげるのも夜であり、これはきっと夜陰神が昼でも穏やかな一時を過ごせるように贈った聖遺物の一種だと思われる。私でも感じられる神威の名残は相当に旧く、これがかなりの依怙贔屓《えこひいき》によってもたらされた奇跡の残滓《ざんし》であることが分かった。

こんな奇跡の恩恵を受け続けられる人間の連枝なのか、セス嬢……。

気を取り直して温室の真ん中に用意された円卓の下座に座った。

さぁ、一旦落ち着いて思考する時間ができたから現状の再整理……。

ではなく、溜《た》まった熟練度を確認いたしましょう。

現実逃避するなと冷静な自分から石を投げつけられているが、もう事態が色々混濁し過ぎて訳が分からんのだ。死にかけていた興奮のせいで助けられた時の記憶は曖昧だし、起きた後もびっくりの連続で行為判定が驚きの低空飛行だ。今日私にダイスを振らせたら、期待値はきっと5を割るぞ。

だから少しくらい楽しいことに意識を逸《そ》らしたっていいじゃない。

「おっ」

権能を呼び起こしてみれば、思わず感嘆するほどのポイントが蓄積されていた。日々の鍛錬や仕事の積み重ねに加え、普通に死にかける規模の冒険をこなしたからか貯蓄の量は最初にアグリッピナ氏によって放り込まれた館をクリアした時さえ上回る。日を跨《また》いで色々やったから、キャンペーンクリアみたいな扱いだったのやもしれぬ。

この量は嬉《うれ》しいな。これだけ経験点が貰《もら》えるなら、GM《ゲームマスター》が明らかにバランス間違えたとしか思えないエネミーを何度も叩《たた》き付けられたことも許せるかもしれない。

まぁ、実際にやられた時は「詫《わ》び石かよふざけんな！　もっとやれ！」と卓の全員で煽《あお》り倒し、こっそりと靴に四面体サイコロ《まきびし》を仕込んで転げ回る醜態を堪能してから最終的に笑って許してやったが。

次の卓？　エンジョイ気味だった方針を投げ捨てて全員が最適解で物理的に強化されたから、全ての陰謀を筋力判定で薙《な》ぎ倒して終わったよ。ヤツが用意したギミックも小話も全て物理の力で薙ぎ倒して。

この世の全ての陰謀というものは、脳味噌《のうみそ》まで筋肉に染め上げた怪物的暴力の前では無力なのだ。

これは素晴らしい。悲願であった〈神域《スケールⅨ》〉と〈寵児《スケールⅨ》〉に〈器用〉と〈戦場刀法〉の両方を引き上げられるし、その上でまだ十分な経験点が残るのでコンボの発展も叶《かな》い、今まで後回しにしていた他の方面に手を伸ばすことだってできる。

……あとなんか、これ見よがしに〈信仰〉のスキルで夜陰神の高位奇跡がアンロックされているけど、これはアレだろうか、信徒を助けたことへの返礼か。はたまた、夜陰神の関係が深い血族に関わったが故の忖度《そんたく》か……。

まぁ何にせよ保留だな。慈母の神格だけあって防御的・回復的な奇跡が多く、私のビルドとは正直言ってかみ合わせが良くない。眠りの質を上げたり夜目が利くようになったりする常時発動型の祝福には惹《ひ》かれるものの、それだけが目的で信仰するのも気が引ける。

この世界で捧《ささ》げる信仰は、受験期だけ道真公《みちざね》の神社に足繁《あししげ》く通うのとは訳が違う。実態として神が存在し、神託なる電波が投げつけられる世界で、実用一辺倒で神を信仰するのは最終的に行為そのものが不敬に感じられてくるから困る。

いや、ここで贅沢《ぜいたく》にブチ込むのもいいが冒険者になる準備を始めるのも悪くないかもしれない。〈基礎〉で留め置いた〈野営術〉をミカに簡単な建築知識を教わったことで解禁された〈簡易陣地構築〉にアップグレードしてもいいし、〈野営料理〉や〈応急手当〉や〈簡易医療〉といった遠出するなら知っていて絶対に損はしない手頃なスキルを拾っても楽しそうだ。

それに将来的に冒険者として自立し、一党を率いるようになれば人心掌握系の特性やスキルはあってもいいよな。一つ数百円のＣＧ集に出てきそうなお手軽なのじゃなくて――そも、そこまで便利なスキルはないし、魔法で似たような術式を構築するなら幾らかかるやら――少人数を指揮するとか陣形構築に関するようなので。

〈交渉〉はどれだけ伸ばしたって腐ることはなく、信頼感を与えるような特性の数々もきら星の如《ごと》く魅力的だ。

あと、今より幼い頃になかったアレな情動が擽《くすぐ》られるスキルも沢山……。

「待たせたの」

頭が悪い方向に傾きかけた思考に一瞬で冷や水、いや、液体窒素がぶちまけられた。

椅子を背後に跳ね倒さずに立ち上がれたのは、多分なんかのご加護に違いない。どうしてこの人は先触れもなにもなしに現れるんだよ。ライゼニッツ卿《きょう》でさえ人がいる部屋に入る時は従僕に――つまり私に――入来の報告くらいさせるってのに。

「おお……」

が、その憤りは一瞬で霧散した。

豪奢《ごうしゃ》な娘衣装に着替えたツェツィーリア嬢の優美さに目を奪われ、余計なことに回す思考の余剰メモリが存在しなかったからだ。

「その……あまり見られると恥ずかしいのですが」

「うむ、この姪御《めいご》の愛らしさに免じて許すがよい。装束選びに些《いささ》か手間取ってなぁ。やれある訳もないのに僧衣がいいだの、体の線が出る服は絶対駄目だのとやかましく……」

「だって！　おお……伯母様が奨《すす》めてくる服は流行から遅れているんです！　今はあんなに肩を露出しませんし、腰や足に切れ込みを入れません！」

ツェツィーリア嬢の身を飾るのはクラシカルな午餐服《アフタヌーンドレス》だった。肩が膨らみ、大仰に広がる裾が特徴的な、ドレスと聞いて真っ先に想像する形の装束は、濡《ぬ》れたような光沢を放つ言不色《いわぬいろ》の色彩が黒髪を美しく引き立てていた。

同系色の糸で刺繍《ししゅう》された花柄は大輪の美華を前面に押し出す流行系ではなく、落ち着いた小ぶりな華を全体に散らしたもので、彼女の奥ゆかしい雰囲気を一層強くする。フランツィスカ様の装束を借りているだろうに、まるで最初から合わせて仕立てたかのような嵌《は》まり具合であった。

「そうは言うがなぁ、汝《なれ》は此方とよく似て豪奢に飾るのが似合う目鼻立ちをしているというに。地味な服と薄化粧ばかりでは、継いだ血が惜しかろうよ。第一なんだ、この装束は。五〇を超えたヒトの婦人が如き装いではないか。せめて紅くらい塗らせてたもれよ」

「これでいいんですよ！　第一なんですか伯母様こそ！　あ、あんなの服じゃなくて、殆《ほとん》ど布を紐《ひも》で括《くく》っただけみたいじゃないですか！　馬鹿じゃないんですか!?　あんな踝《くるぶし》どころか太股《ふともも》まで露出して！」

　髪も午餐《ごさん》に合わせて淑《しと》やかに結い上げられ、五月蠅《うるさ》くない程度に髪飾りで彩られた姿は正しく良家の子女。何がなくとも跪《ひざまず》いてしまいたくなる空気がある。

　何というべきであろうか。成り上がり者ではなく、産まれた時から尊き血《ブルーブラッド》が流れている。そんな風情だ。私も貴種系の特性を持っていれば、こんな風に人の目に映るのだろうか。

……うん、やっぱ印象系の特性は大事か。一考して覚えておこう。成人も近いしな。

「あれは東方風といって、当時はまだ通っていた東方交易路から入ってきた向こうの王朝文化なるぞ。余所様《よそさま》の文化を馬鹿にしてはならん」

「違う酒を同じ瓶に汲《く》むなとも言うでしょう！　あと、東方交易路は今上帝が再打貫なさっています!!」

　思わず見惚《みと》れていると何やら会話がヒートアップしているようだった。とりあえず椅子を引いて二人に座っていただいたのだが、何の話題で盛り上がっていたのだろう。

「なぁ、汝も思うだろう？　こんな老婦人みたいな装いよりも素材を活《い》かした方が姪御は似合うと」

「はい？」

急に話題を振られて変な声が出た。へ？　と気抜けした返事でなかったのを誰か賞賛してもいいのよ。

「長い手足は包まず晒《さら》すのが最上よ。まぁ此方《こなた》の着こなしを真似《まね》るのは難しかろうが、それでも夜会服まで袖つきを選ばんでもよかろう。なんだってあんなケープまで羽織って……」

「淑女は隠してこそなのですよ！　エーリヒもそう思いませんか!?」

「アッハイ」

あ、なんだ、洋服談義か。ここで何も考えずツェツィーリア嬢なら何着ても似合うと思いますよ、と素直に答えちゃ拙《まず》いんだろうな。

前世でもお付き合いのあった女性に似たような感想を口にして、半時間文句言われたこともあるし。

私は別に面倒臭くってそう言ったのではなく、心から思っていたのだけど。

「だがな汝よ、見たくは無いか？　夜着とは違った婬御の艶姿《あですがた》を」

ねっとり耳に絡む色っぽい声音。まるでそんな魔法でもかかっているように鼓膜に絡みつく声が、ツェツィーリア嬢の寝間着姿を喚起させる。それに合わせて色々と脳にこびり付いた色っぽい衣装——一体何時から私の脳内は盆と年末の有明になった!?——に頬が赤みを帯びるのが分かった。

　しかし私も良い大人、直《す》ぐに笑みを作り直し「今の服装も大変お似合いかと」と麗句を作るのに遅れはない。明け透けに助平な男が受け容《い》れられるのは、仮にイケメンであったとして酒場だけなのだから。

「ああ、それに……一番似合うのは、夜陰神の僧衣だと思いますので」

　ってあれ、なんだ今の感想。最後の一文、私言おうとしたっけ？　偽りなき本心だけど、今の格好を下げるような発言はいただけないことくらい分かっているのだが。

　不意に重い音が響き、何事かと思えばツェツィーリア嬢が額を机に打ち付けていた。よくよく見やれば吸血種《ヴァンピーレ》の血色が薄い肌が赤く、耳まで真っ赤だ。

……どうやら予期せずしてときめきイベントを踏んだのだろうか。

　撃沈された姪っ子を眺めながらフランツィスカ様は扇を広げて楽しそうに笑い始めた。そして、一頻《ひとしき》り笑った後で小振りな鐘を鳴らして茶の用意をさせる。

「いやはや、茶を饗《きょう》す前でよかった。しかし、汝に褒美を渡さねばならぬなと考えていたが、これはアレよなぁ」

　給仕台で運ばれてくる黒茶や絢爛《けんらん》豪華な菓子を満載した喫茶台《ティースタンド》の華やかさに心が浮き立つ。三重帝国人ならお茶でテンションが上がらない訳がないからな。

「なんなら我が姪御を褒美にとらせたほうがよいやもしれんなぁ」

「伯母様!?」

それにしても空気を破壊するのが得意な御仁である。私は手に仕掛けた茶を取り落としそうになって慌て、ツェツィーリア嬢は卓を破壊せんばかりに起き上がり、不穏な発言をした伯母に摑《つか》みかかる。

うん、最初の登場も劇的だったけど、色々と凄《すご》すぎる。

将来に備えてポイント備蓄、という選択肢もあるのだなと私は何ともなしに思った…………。

【Tips】流行を発信する貴種は新しい物、派手な物に惹かれる傾向にあるため、商人達《たち》は挙《こぞ》って他国の文化を〝派手に弄《いじ》くった〟ものを持ち込むことが多い。それ故、正しい他国の文化・風俗が交易路を通ってやってくるとは限らない。

サポ特化ヒーラーが種族特性ガン盛りタンク――尚《なお》、火力を出せないとは言っていない――に軽くあしらわれるという悲喜交々《ひきこもごも》があったものの、お茶が冷める前に話は元の筋に戻った。

うん、お茶を冷ますのはね、三重帝国人的にね。沽券《こけん》に関わるからね。

「さて、我が姪御を差し出すのは冗談として、褒美の話といくか」

香ばしくほのかに甘い高級な黒茶を一口啜《すす》り、自分の発言を反芻《はんすう》した後にフランツィスカ様は額に指を添え、悩ましげに吐息した。

「ん、ま、褒美というよりも詫びというほうが近しいが」

「別にお詫びを受けるようなことはなにも……」

「さにあらず」

私の発言を遮り、ぱちんと扇子を畳んで笑みのままに真面目な表情を作るという器用な真似を見せ、名家のご老公は朗々と語る。

曰《いわ》く、平民を家の大事に巻き込み、剰《あまつさ》え半生半死の怪我《けが》をさせるのはいやしくも名家を名乗る上で大変な不祥事だという。のみならず、次代を担う若い純血統、その大事をただの平民一人が解決に導いたとあれば、分家や傍流筋から鼎《かなえ》の軽重を問われかねないとのこと。

無論、覆い隠すことは容易《たやす》い。此度《こたび》の婚姻話も内々にしか進んでおらず、婚姻の相手方も都合を汲んでくれる間柄ということもあって、なんなりと処理できるそうだ。

だが、他人があずかり知らなかろうと、家中にケーニヒスシュトゥール荘《しょう》のエーリヒが大事な連枝を助けたという記憶は残る。

なんと言っても彼等《ら》は非定命。ほんの数十年で代が入れ替わり、一〇〇年足らずで故人が口伝にしか残らない定命の家とは家法も感覚も違うのだ。

記憶、薄れがたく忘れにくいことは罪業にも繋《つな》がる。過去にした不義理が延々と残るのだ。故に彼等は忘れっぽい我々を憐《あわ》れむと同時に……。

「時として羨ましく思うものよ。積み重なった記憶の重みは如何《いか》なる枷《かせ》より酷《ひど》く身に食い込むものでな」

羨んでいる。繊細に花の形に整形された砂糖菓子――落雁《らくがん》みたいなもので、割と上品な甘さで黒茶と合う――を弄びながら、まるで眩《まぶ》しいものを見るような目で旧《ふる》き吸血種《ヴァンピーレ》は私を眺めた。

非定命には非定命の悩みがある。何より元はヒトであった吸血種《ヴァンピーレ》の精神に永劫《えいごう》は長く、定命が甘受する死する権利は甘く映るのであろう。

なればこそ、生に飽いて陽《ひ》の下に身を晒す吸血種《ヴァンピーレ》が現れるのだ。

「受け取ってたもれよ、温《ぬく》き血の子よ。汝が此方らの心のトゲとならぬように」

針槐《アカシア》の華を模した砂糖菓子が指の間で砕けた。そして、黒茶の薄い闇に沈んでいく様は酷く心を掻《か》き乱す。

結局、私にできたのは謹んでお受け致します、そう声を震わせぬよう注意しながら発するだけであった。

ああ、ほんと、根本的に違う生き物なのだなと実感させられる。

「素直でよろしい。さて、身につけておったものは此方で代替させよう」

言われてふと思い出した。私の鎧《よろい》は何処《どこ》に行った。

「ああ、随分と傷んでおったから新しいものを……」

「あのっ、いえっ、あれは思い入れのあるものでして！」

なんと言っても初めて手前で用立てた冒険道具である。荘の職工たるスミス氏が私の成長まで見越して作ってくれた鎧を手放すのはあまりに惜しい。

「ふむ？　思い入れのぅ……良質な金属鎧を仕立ててやってもよいが？」

一瞬魅力的かと思ったけど、実際そうでもない。全身を覆う板金の鎧は防御力に優れるが、小器用に動き回る銀河チャンバラ集団的な動きをする私には重すぎる。何より金属は魔力を良く通すため、あまりに金属が多い鎧は魔力の集中を乱す。帷子《かたびら》や胸当ての金属だけでも一杯一杯なのだから、全身金属鎧なんぞを身につけた日には〈見えざる手〉の発動数を半分ほどに下げねばならなくなる。

あと、利便性が低すぎるのだ。折りたためないので鎧櫃《よろいびつ》も大型になりがちだし、一人で着込むのはかなり難しく、あと目立ちすぎる。冒険者を志す私にとっては長すぎる帯でしかない。

「そうか。ならば職工同業者組合の伝手《つて》にあたって繕わせよう。それでよいか？」

「是非に。折角の申し入れを断ったにも関わらず、お心遣いに感謝いたします」

「よいよい。ヒトの身に思い入れは丁度良い荷物であろう。大事にせよ」

素直にありがてぇ、ありがてぇ。鎧の修繕代なんて幾らするか分かったもんじゃないからな。薄い財布が更に薄くなって、エリザの学費を払うための蓄えが減るのは困るなんてものじゃないし。

「さてと、次に分かりやすいのは金か……」

一番有り難い提案に心が浮き足立った。ただ、彼女は顎に手を添えて首を傾《かし》げ、悩ましげに眉根を寄せる。

「……ヒトの稼ぎは近年だとどの程度であったか？　月に一ドラクマは稼いでおったかの？」

茶を噴き出しかけた。金持ちが庶民感覚に疎いのは分かっているが、これはちょっと度を超していないだろうか。アグリッピナ氏やライゼニッツ卿《きょう》は下々の感覚に詳しかったが……ああ、彼女らは実地研究《フィールドワーク》で方々を彷徨《さまよ》っていたし、従僕を雇っているからか。

「いえ、伯母様、せいぜいその半分かと」

「む？　そんなものか？　あれはどの治世であったか。館を直す人足を集めるに用立てた金額がだな」

「それは職工を派遣する同業者組合への仲介金込みの話ではございませんか？」

いやー、だとしても月五〇リブラは多いんだよなぁ。大店《おおだな》の正規従業員でもなきゃ、そんなには貰《もら》えんよ。お姫様も多分、聖堂に喜捨して徳を積める高給取りを基準に語っていらっしゃるのでは？

ただまぁ、収入の多寡を一口で語るのは難しい。地方分権気味な三重帝国であっても、地方の荘園で暮らすのと都市部で暮らすのでは収入も必要となる金銭も大分違うのだから。

それでも小作ではない家の年収と同程度を一馬力で稼がれてたまるか。

貴人の会話に割り込むのは無礼と承知ではあるが、このまま変な金銭感覚で報酬の話が進むと困るので、私は割って入って適正な庶民感覚を語った。

マンチ的にこれが一度会ったら二度と会わない系の依頼主であったなら、そりゃあもう有り難く狂った金銭感覚の報酬を頂戴したとも。

だが、今後もお付き合いができそうな御相手に後足《あとあし》で砂を掛けるような真似はできまいて。この世界のコネクションアイテムは、ケチなコインよりずっと強力なのだから。

たった一度使ったら終わりのコインと、難事を退けてくれる〝縁《えにし》〟と言う名の護符。マンチ的にどっちが強力かなんて分かりきった話。

なんと言ってもツェツィーリア嬢は運勢的にピンゾロ振っていた私のサイコロを裏返してくれたのだ。最低値の反対には最高の値がくっついているなら、私の守護女神に等しい御仁に不義理だけは働けない。

マンチ云々《うんぬん》以前に人間として拙かろうよ。さっきフランツィスカ様が仰《おつしや》ったことと変わりが無い。ヒトだって記憶によって苛《さいな》まれるものなれば……。

「なるほどの……今は帝都でもその程度で生活できるのか」

意外そうに頷《うなず》きながら、フランツィスカ様は指折り数え昔の記憶を口にする。かつて帝都が造営されたばかりの頃、家賃は最低でも一〇リブラほどかかっていたそうな。

「時代は巡るのぉ……劇作家として古典ばかりではなく現代物も触るべきか」

どこから取り出したかは全くの謎だが、メモ帳らしき紙束に書き付けをしながら古《いにしえ》の吸血種《ヴァンピーレ》はしきりに頷いてみせた。知識の更新をこまめにしないと定命と会話が食い違うのはホント大変そうだな。

「俗世間と離れて創作に溺れておると時流に取り残されていかんな。えーと、ではアレかの、五〇〇ドラクマくらいはくれてやるのが妥当かの？」

「ぶふっ!?」

「きゃあっ!?　だ、大丈夫ですか!?」

今度こそ我慢できずにお茶を吹き出した。今の話聞いてました!?

「我が姪御《めいご》の価値と比べたらまだ安いが、過ぎたる金は身を滅ぼすかと思ったのだが」

急な体調不良かと思って奇跡を請願しようと大慌てをする姪御を余所《よそ》に、伯母上殿はなんてことなさそうに宣《のたま》って首を傾げた。

「まだ高いか？」

「私の実家が生涯かけても稼げるかどうかかっつー額をポンと投げないでいただきたい!!」

下層向けの宮廷語が乱れてきているが、それくらいの衝撃に打ちのめされたのだ。

たしかに大した冒険をした自信はあるが、あまりに金額に現実感がなさ過ぎて死にそうになる。農民なんて土地所有の自作農ですら一家族だけでやってれば稼ぎは年に五ドラクマかそこらというところだ。それ以上は小作農を何家族も束ねる富農の領域で、ちょっと価値観が違いすぎる世界の話に踏み入っている。

たしかに冒険者の金銭感覚ってのは得てしてぶっ壊れるものではある。金額的には家どころか城が建つような武器に入れ込み、専用化だの魔法の武器化だのに金と名誉点をつぎ込みながらも、冷え込む厩《うまや》で安酒を呷《あお》るのが我らの習性。とはいえ、流石《さすが》にガチの金額を出されるとなんだ……どうしても尻込みしてしまうな。」

奇跡を願って神に誓願しようとするツェツィーリア嬢を押し止《とど》め、私は口を拭ってから口を開いた。

割と妥当かつ私の難事を解決し、同時にフランツィスカ様を納得させられる金額があるのだ。

「でしたら……我が妹の学費にご支援をいただきたく存じます」

「ぬ？　学費？」

人は自分が付けた値よりもかなり下の値を言われると怒るもの。なんといっても自分が認めた価値、それを「いやぁ、それほど価値ねぇっすよ？」と否定するに等しいのだから、激昂《げきこう》したとして不思議はあるまい。

「はい。我が妹は魔導の才とちょっとした個人的な気質により、魔導院の研究者に見出《みいだ》され師事しております」

「ほぉ、魔導院の。なるほど、たしかに地下の者には重い学費よの」

「学費だけで年に一五ドラクマの支払いがございます。これは我が家の稼ぎ全てを二年分注いでもまだ足りず、生活費や衣装代、勉学に必要となる諸経費を重ねてゆけば倍額でも足りませぬ」

衣食住はアグリッピナ氏が賄ってくれているが、それだって全てが無料ではないし、エリザに必要な物を揃《そろ》えていけば幾らあっても金は足りない。正式な弟子として聴講生の身分に上がったら、ローブや杖《つえ》も仕立ててあげないといけないからな。

ローブは魔導師《マギア》の証《あかし》であるため必須であり、余りに見窄《みすぼ》らしい格好では貴族の子弟揃いの魔導院で浮いてしまって可哀想《かわいそう》だ。杖はたとえ焦点具がなくとも魔法を発動できる半妖精《チェンジリング》であるにせよ、効率を上げるために良い物を持たせてやりたいのが兄心。

……まぁ、ローブはライゼニッツ卿が嬉々《きき》として用意し、杖はアグリッピナ氏がお下がりとかいって凄《すさ》まじいのを持ち出してきそうだから、私が態々《わざわざ》用立てる必要はないかもしれないけれど。

ともあれ、五〇〇ドラクマには達すまいが学費は大金。それを褒美としてねだったなら、あまりに低い値付けであると怒られることもないと培った〈交渉〉のスキルが語っている。

うん、これをもっと伸ばすのも視野にいれとこ。

「あー……つまりアレだの、要は此方《こなた》が普段していることをしてやればよいわけだ」

「普段している、とは？」

「後援《パトロン》であるよ。此方は音楽芸術に目がなくてのぉ。使うアテもなく金をだぶつかせると蔵相に目を付けられる故、気に入った若人に金を撒《ま》いて芸術に専念させておる」

なるほど、これほど金を持っていて暇を持て余している御仁であれば、至極普通の文化と言えるか。古来より優れた美術家や芸術家、発明家なんぞは貴人に囲われて日々の生活を助けてもらう代わりに、好む創作物を作って献上したり流通を専任したりしているそうだし。

「よかろう。なれば此方は汝《なれ》の妹の後援者として名乗り出ようではないか。生活の一切、研究の全てに予算を付けてしんぜよう。期間は特に定めぬし、此方は魔導への造詣が深くない故、これといって進物をねだることもない。気楽にやらせるがよいぞ」

後援者と被後援者の関係は親子関係にも似ているが、決定的に異なる点は結果を出さねば関係を解消される点である。ミカのように地元の代官から後援を受けて聴講生をやっているような学生も同じようなもの。長い間結果を出せぬなら当然見限られ、好みの作品を献上できねば次第に興味をなくされてしまう。

その点、報酬として後援してくださるというのであれば実に有り難い。後援者の気まぐれで支援を打ちきられ、可愛《かわい》いエリザが路頭に迷う心配をせずに済むのだから。

私は感激に震える身を押し止めながら立ち上がり、フランツィスカ様の前に跪《ひざまず》いた。

「有り難き仕合わせにございます。今後、御身のお役にたてるのであらば、どうか私めも気軽にお呼び付け頂きたく存じます」

「ん、大儀であったぞ、ケーニヒスシュトゥール荘《しょう》のエーリヒ。褒美は後に文書として汝の下へ送らせよう」

褒美の言葉を賜り、面を上げる許可を待っていると不意に手が差し伸べられた。吸血種《ヴァンピーレ》の血の気が薄く、大理石や白磁の如《ごと》き滑らかな肌が冴《さ》え冴《ざ》えとした月光の下で麗しく輝いている。

「これは汝への褒美じゃ。汝自身が受け取るものがなくては寂しかろ？」

「……身に余る光栄にございます」

貴人の手の甲に贈る口づけは男性側から敬意を示すもの。当然、位に合った貴人同士の文化であり、身分無き私には無縁の挨拶。

だが、それを女性から許されるということは相応の意味を持つ。

私は壊れ物を扱うように手を取り、唇を付けるふりをした。礼儀として実際には付けず、寄せるだけで済ますものと書架の本で読んだからだ。

「ふむ、慎み深いの。さて、此方からばかり差し出してはつまるまい」

手を引いたフランツィスカ様は、実に外連味《けれんみ》溢《あふ》れる笑みを浮かべて立ち上がったかと思えば、どこか不服そうな顔で私達《たち》のやりとりを見ていたセス嬢の後ろに立ち、あろうことか脇に手を差し入れて強引に立ち上がらせたではないか。

「えっ!? なっ!? おお……伯母様!?」

「汝からも褒美を授けてやるがよい。淑女の手の甲、それも神よりの寵愛《ちようあい》深き処女《おとめ》の新雪とあらば、霊験は実に灼《あらた》かであろうことよ」

猫の仔《こ》のように抱きかかえられた彼女は私の前に強引に立たされ、促すように腰を一度叩《たた》かれた。決して無理矢理に手を差し出させようとしないところが、なんとなしにフランツィスカ様の人間性を匂わせる。

楽しいことは楽しみたい。だが、本当に嫌なことは無理強いしない。芸術家肌の人間にしては、希有《けう》な御仁であるな。

「えと……その……」

跪いたままの私を見下ろし、彼女はもじもじと視線、ついでに右手を彷徨わせた。

うん、分かるよ、神殿育ちの僧が手の甲とはいえ、急に男性へ肌を許せなんて言われたって困るわな。

さて、なんとか知恵を出して彼女を逃がしてやらねばと思考を回し始めた時……。

「……どうぞ」

「えっ」

彼女は私に手の甲を差し出してきた。それも、長い手袋からわざわざ手を引き抜いて。

誰にも穢《けが》されていない新雪のような手の甲。見ているだけで口腔《こうこう》に唾液が湧き、人肌の筈《はず》なのに煮えたぎるように熱いそれを嚥下《えんげ》するのに苦労した。

にやにやと私達を見ているフランツィスカ様の視線が絡みつく網のようで酷《ひど》く重く感じられる。

恥ずかしそうに伏し目がちに私を見下ろすツェツィーリア嬢。その上に並ぶよく似ているが決定的に似ていない顔。二つの顔に見下ろされ、私はあまりのいたたまれなさに手を取った。

ここで拒否すれば、彼女に恥を掻《か》かせることにもなるから。

私はさっきと同じように唇を寄せる振りをし、直《す》ぐに顔を放そうとする。

ただ……できなかった。

俄《にわか》に朱色が強くなった手の甲の方から、私の唇に近づいてきたからだ。

まるで濡《ぬ》れていると錯覚するほど瑞々《みずみず》しい肌が私の唇に触れ、小さな口づけの音が鳴る。

そして、一拍遅れて私の顔にも、爆発したのではと不安になる勢いで血が上るのであった……。


【Tips】手の甲への接吻《せっぷん》は親愛・尊敬・忠誠を意味し、専ら主従間の挨拶とされ、高貴な女性への紳士からの挨拶になるのはもっと後の時代のことである。だが、時に親しい相手に直接肌を許して為《な》される場合は、より深い関係を意味することも……。


後はお若いお二人で、なんて言葉と共に投げ出されても大分困る。

特にあんな気恥ずかしいやりとりの後では。

微動だにせず顔を真っ赤にしてうつむくセス嬢から一旦視線を外し、私は慰めるかのように温かな湯気を立てる黒茶を手に取った。

この状態で何を話せというのだ。

居心地が悪いとまではいかないが、もじもじした気恥ずかしい時間だけが過ぎていく。

お茶のポットの中身がなくなり、茶菓子が尽きかけた頃に掠《かす》れるような声が一つ。

「……指しませんか？」

「え？」

顔を上げれば、朱が失《う》せやらぬ顔を伏せたまま指をもじもじさせるセス嬢。

「あ、貴方《あなた》が無事であるという報《しら》せと、屋敷への招待を魔導院に送ったのでエリザちゃんがそろそろ来ると思います。伯母様がミカも見つけてくださいましたので、彼女にも同様の招待が行っているため一緒に訪ねてくるでしょうから……そ、それまで、一局付き合っていただけますか？」

馬鹿みたいに考えることもせず頷《うなず》いてみれば、彼女は机の下に手を差し込み兵演棋の一式を取り出したではないか。

なにやら下に薄い収納が一段隠れていたらしく、そこに収まっていたようだ。

重厚な寄せ木細工の板は月光の下で美しく光を照り返して舞台の如く映え、箱に収まった美麗な駒は白が御影石《みかげいし》、黒が黒曜石で作られた最高級品であった。震える手で取ってみれば、私が扱っている内職で作った物とはレベルが段違いの職工の作であると一目で察せられる。

何より驚くのは、美術品の造詣を深める〈観察眼〉のおかげで分かった、駒が〝この場に誂《あつら》えて用意された品〟だということ。月明かりの下でこそ映えるよう、角度から何から完璧に計算しつくされているのだ。

これが噂《うわさ》に聞く、所領に等しいとされる逸品なのかと確かめるまでもなく確信できた。

本当に凄《すご》い家のお嬢様だなぁ。

「次の先手は確か……」

「私の番でしたね」

触れることさえ躊躇《ためら》われる美しい駒に手を伸ばし、私はしかつめらしい顔で玉座に座する白の皇帝を盤上に配した。先手は白で、手番を問わず第一の駒として皇帝を置き、次いで皇太子を配するのが兵演棋の規則だ。

一つの楽器もかくやの麗しい駒音を発する盤へ配下達を並べること暫《しば》し、毎度の如く一手五秒の早指しで盤面を作り上げたが、今日は何時《いつ》もと風情が違った。どちらも序盤は臨機応変に動けるぼやっとした陣を作ることが多いのに、今日の彼女は実に攻撃的な布陣を作り上げているではないか。

愛用の女皇は勿論《もちろん》、攻撃的な駒が前方に集中し早期に入玉して大駒で殴り倒すことを前提にしている意図を隠そうともしない。中盤以降、彼女の配置に合わせてある程度は防御寄りの配置にしてみたものの、これは上手《うま》く流さないと一瞬で蹴散らされるな。

小気味良く駒が飛び交い、戦陣が有機的に移り変わる。駒の位置一つ一つの意味が瞬く間に塗り替えられ、さっきまで死に駒だった物が利いてきたり、有効的だった駒が意味を喪《うしな》っていく様はこれぞ兵演棋といった光景。

配置が終わる頃には薄れていた気恥ずかしさが五手も交わせば完全に忘れ去られて、一〇手を超えて序盤の要訣《ギャンビット》《ようけつ》が姿を現す頃には完全に霧散していた。

差し込むような一手一手が、自分はこういう者ですと改めて自己紹介してきているようで、ご丁寧にどうも私はこういう者ですと返すつもりで指していく。

いつもと違う場所で違う立場になって、違う駒を触っているのに本質は何も変わってはいなかった。彼女は良い指し手で、実直な人だ。

歩卒を捨て駒として切り開いた穴を騎士がこじ開け、苦し紛れに置いた魔導師《マギア》を回り込んできた竜騎が断固として叩き潰し穴を広げて行く。まるで感情で殴りつけてくるような隙がなく重い指し筋。的確に大駒が叩き付けられる度に私の陣形は軋《きし》み、古くなった櫛《くし》の歯が欠けていくように駒が落ちる。

駒に籠《こ》められた言葉を受け止め、私も変わらぬよう駒を叩き付ける。こじ開けられた穴を無理に防ぐのではなく、駒をずらし、時に取って攻勢の頭を挫《くじ》いて受け流す。

言葉の代わりに駒をぶつけ合う対話は、彼女の攻勢が一旦途切れた頃に終わりを見せ始めた。大駒の速度に小駒が追従しきれなかったが故、私が合間に竜騎をブチ込んでかき回したせいで攻めを続けられなくなったのだ。

退路は一マス先の駒しかとれない弓箭兵《きゆうせん》が防いでいるので重要駒も引きづらく、竜騎を守るか騎士を守るかのどちらかといった状況。ついでに逆撃を浴びせた勢いのまま決着まで持って行けそうでもある。

「……届きませんか」

空間に反響し鐘の音のような音が鳴る駒を置き、ここ数十分で初めて彼女が口を開いた。場所と駒の大きさで独特の音階を作る駒、その中でも一際重く美しい音を作る皇帝が最後の突撃を目論《もくろ》んで前に出て来たのだ。

「いえ、まだ分かりませんよ」

世辞ではない。詰みに持って行ける段階に入ってきているが、このゲームの妙は優勢側こそ手を抜けないところにある。たった一つ駒の位置がズレただけで、間に合わなかったはずの致命の一手が間に合ってしまう。故に勝利に手をかけた者は最後まで精神を削り続ける定めを帯びていた。

時に何かを賭けた試合であれば、勝者の方が余程憔悴《しょうすい》していることがある位に。

生き残った駒を率いて遮二無二突っ込んで勝機を拾おう等《など》する捨て身の軍に対し、私は粛々と駒を捌《さば》いて致命の一打を差し入れる。突撃に追従しきれなかった騎士が斃《たお》れ、竜騎が堕《お》ち、近衛《このえ》が皇帝の盾となって果てる。

「……ありません」

何処《どこ》までも技巧を凝らされた駒と盤は、行く手を喪った皇帝が倒れる音さえも劇的に響かせる。討たれることより自裁を選んだ皇帝の駒を見つめ、大きく嘆息した。

「やはり貴女《あなた》は貴女でしたね」

この疲れる一局のおかげで漸《ようや》く安心することができた。

最初、私はちょっと不安だったのだ。彼女に助けられた事実、短いながら今までの付き合いが全て嘘《うそ》でなかったことは分かっていたけれど、違う世界の住人であると思ってしまったから。

今まではなんだかんだ言いながら、私対彼女という二人の付き合いだった。

だけど、これからはツェツィーリア・ベルンカステルとして彼女を認識し、同じベルンカステルの血脈である彼女の伯母上との縁もできた。

縁は人を紡ぐが、遠ざけることもある。こと高貴な血と平民の間では。

倒れた皇帝、それが暗示することは多い。けれど分かったことは一つ。

彼女は今まで私と触れあった中で、自分を偽ることはなく、今も尚《なお》変わることはないのだと。

数手前に譲位して軍勢を多少なりとも退き、持久戦に持ち込んで私がトチるのを待つ戦法も考えられた。だのに彼女は勝ちを目指して前に突き進み、最後には皇帝を自ら倒して幕を引いてみせる。

彼女らしい指し筋は一つも変わっちゃいなかった。つまり、どうあっても彼女は私が知っているツェツィーリアから変わってはいない。

なら腹を括《くく》ろうか。気遣いつつも、私も変わらず接するために。

「……だというなら、貴方も貴方ですよ、エーリヒ」

意思の強そうな鳩血色《ピジョンブラッド》の瞳の目尻が笑みに下がった。力のない笑みというより、安堵《あんど》が滲《にじ》む笑みは私と同じことを感じ取ったのか。

思ったとおり、この一局は改めての自己紹介。駒を介して交わした再度の自己紹介は、最初から揺らがぬ印象を返してくれる。

私は私、貴方は貴方。これだけ分かれば私達《たち》には十分だった。

「ほんと、ここの夜警がずっとずっと鬱陶しくて」

「ええ、途中で失敗したかなと思いましたけど、ここ……この辺から流れが変わって、しめた！　と思いましたね」

敢《あ》えて何もいうことをせず、私達は笑みを交わして感想戦に入る。

ま、これからもいいお友達でいましょうねってことで一つ。

心残りがあるらしい盤面にコマを並べ直していると、セス嬢が額を押さえて目を閉じた。

少しの間の後、微笑《ほほえ》みを浮かべて扉の方を見る。

ノックを連れて、嬉《うれ》しい訪問者がやって来た。

五体満足、少し疲れているものの健康そのもののミカ。そして下宿を訪ねてくれた時と同じく、精一杯めかし込んでくれているエリザが。

月夜のお茶会は、とても幸せな祝勝会の場となった……。


【Tips】公式の規則として制定されてはいないが、負けた側が敗北を宣言するのが兵演棋の礼儀とされる。

マスターシーン

マスターシーン

GMによって運営されPCが登場せず、またPCによって干渉することが出来ないシーン。物語の終わりを清算しなければならないのはPC達だけに限らない。そして、ことの終わりは新たな始まりに繋がることも……?

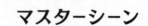

これほど座り心地の良い椅子に身を投げ出して、その感覚に不快さを覚える人間は実に希《まれ》であろう。

なにせ世の中には、一度でいいから自分や我が子を彼の席に座らせたいがためだけに家の不沈にさえ響く莫大《ばくだい》な金銭を投じ、何人もの罪なき者の首を連ね、飽くなき執念を連綿と遺伝させ続ける者が山のように現れる席なのだから。

「……半世紀ぶりか」

皇帝の執務机に座り、仮面の貴人、もといマルティン・ウェルナー・フォン・エールストライヒ公爵は、そんな俗にして実態や〝皇帝の責務の重さ〟に想像を馳《は》せられぬ愚か者を蹴飛ばすような勢いで足を机の上に投げ出した。

「相も変わらず座り心地の悪い椅子だ。どうして皆がこれに尻をねじ込みたがるのか理解に苦しむ」

心底不愉快そうに鼻を鳴らし、不逞《ふてい》の極みを更に高めんと言わんばかりに吸血種《ヴァンピーレ》は腹の上で手を組んで舌打ちを溢《こぼ》した。銀の髪を丁寧に撫《な》で付け、豪奢《ごうしゃ》な皇帝紫のローブに着替えた紳士的な魔導師《マギア》の装いには全く似合わぬ、場末の酒場にて威張るチンピラの如《ごと》き振舞いなれど、不思議と様になるのだから奇妙なものだ。

いや、彼はエールストライヒ家の家訓である、成人までに何十年かは地下の者に交じって帝室とは離れた生活をするべし、という制度《しきたり》に従ってリプツィの下町で苦学生をやっていた時期があり、その時分は鄙《ひな》びた酒場を根城にちょっとした不良の頭領をやっていたため堂に入って当然であった。昔取った杵柄《きねづか》というものだから。

奇《く》しくも此処《ここ》に集まった三人全員が、似たような青春を送っていたことを世の誰が知っていようか。言い換えれば、権威在る皇帝執務室はいつまでも若年の心を忘れぬ不良少年のたまり場と化していた。

「アレで死なねぇってのも難儀だよなぁ、吸血種《ヴァンピーレ》ってやつぁ」

「うむ。ヒトであれば普通は自ら終わりを懇願する有様であったが」

「他人事《ひとごと》だと思って好き勝手ヌカしおって……」

改めて、以前の構図が一人分ズレた立ち位置で三重帝国の明日を決める、三皇統家の重鎮達が皇帝の執務室に集まっていた。

貝紫の皇帝装束に着替えたマルティン公。数ヶ月後にはマルティンI世として返り咲き、四選目を務めることになる新皇帝。

そして、皇帝位を辞するがため、同じく数ヶ月の後には大公——生きたまま譲位した皇帝に与えられる個人尊称、あるいは三重帝国隷下の衛星諸国の王が持つ位——と位を改める前皇帝アウグストⅣ世。彼は貝紫の装束と一緒にストレスも脱ぎ捨ててきたのか、眉根の皺《しわ》も薄く装飾のない平服に着替えて佇《たたず》む。

最後に他人事のような気楽さで頭の悪い空騒ぎ、実態としては蔵相が気絶しかける程の捜索費を蕩尽《とうじん》する重大なお家騒動——尚、捜索費は諸悪の根源であるマルティンI世持ちとなった——を眺めていた人狼《ヴァラヴォルフ》は、やれやれとでも言いたげに首を回した。

昨日の騒動で消えた次期皇帝予定の娘を捜すため、陣頭指揮を執っていたのは他ならぬ彼であったのだから。

久方ぶりの椅子に座ったマルティンI世は指を鳴らして虚空から上質な羊皮紙を呼び出した。数枚の羊皮紙を圧着して作った分厚い用紙の合間には、複雑精緻極まる魔導術式や神への宣誓文が刻み込まれており、記入そのものが一つの儀式として成立する代物であった。

長い犬歯を用いて左手親指の腹を割き、マルティンI世は羽ペンで以《もっ》て自身の血液をインクとし一枚の書類を認《したた》める。

即位に際して必要となる、選帝会談を申請する書類だ。譲位を希望する新皇帝が書類を作り、前皇帝が承認し、残った皇統家当主が同意した場合、この書類は即座に燃え上がり各地の選帝侯へ〝物理的には全く同一の書類〟が転送されるようになっている。

研究者らしい几帳面《きちょうめん》な筆致で迷いなく書類が仕上げられ、最後に記名へ添えて血液にて印章指輪が捺《お》される。あとは前皇帝と立会人が記名と捺印《なついん》を終えれば、申請の準備は整う。

「ん、できたぞ。確かめよ」

「かしこまって御座います、陛下」

「誰がだ誰が。まだ正式に承認されておらんというに」

ぶつぶつ文句を宣《のたま》う吸血種《ヴァンピーレ》を余所《よそ》に、全く老いを感じさせぬ前皇帝は書類を眺めて瑕疵《かし》がないことを確かめた。

この手の帝位に関わる書類は、存在の仰々しさの割に書式は極めて簡素なのだ。

それもこれも開闢《かいびゃく》帝リヒャルトが選定と継承の儀を考えるにあたり「あんま複雑にしていると後世で妙な解釈されて、要らん手順を付け足した末に失効して断絶する羽目になったら笑えねぇよな……」と頭を捻《ひね》り、解釈の余地が他にないほど突き詰めていった結果である。

故に申請書本体に凄《すさ》まじい手間と費用がかけられ、書式自体は迂遠《うえん》と煩雑に難解のオンパレードになりがちな三重帝国の書類らしからぬ簡潔さと相成った。簡便な内容は理解も確認も楽であり、ケチをつけるのも難しくて手続きも円滑に進むため文句の付けようもない。

この事実を知ったなら、数多《あまた》の官僚貴族達は「どうして俺達の書類もこうじゃないんだ……」と頭を抱え、嫉妬に狂うことであろう。

「問題ないな。後は会談を済ませるだけか」

「フツーに根回し済んでるから、通らないとかありえんがなぁ」

前皇帝と立ち会った皇統家当主の記名捺印が済むと同時、申請書は虹のような複雑な色彩の炎を上げて燃え落ちた。制約を見届ける神々の加護と魔導術式が並列して動くという、希有《けう》な事象によって引き起こされる幻想的な光景も三人にとっては今更どうということはないもの。

三者三様にやっと片付いた、とばかりに興味を示しすらしなかった。

「さーて、次は同窓会の準備だなぁ」

「流石《さすが》にこればかりは陛下のお手を煩わせるのも酷か。どちらが幹事をやるか決めねばな」

「お、じゃあ久しぶりに一局指そうぜ」

「飲み比べでなくてよいのか？」

「いやぁ、侍医に止められててよぉ」

「曲がりなりに皇帝を決める会談なのだから、同窓会扱いはよさぬか諸兄ら」

気どころか魂まで抜けそうな軽いやりとりで次代の皇帝就任が通るか否かの場を用意する相談を始めた二人に、当の皇帝になる筈《はず》の吸血種《ヴァンピーレ》が呆《あき》れたように嘆息した。

とはいえ、三重帝国を三重帝国という形で正しく継承しようとするならば、規則上の制約が国体の成立に伴い固められているため無理もないが。

軽率な――考えなしの弑逆《しいぎゃく》から始まる済《な》し崩《くず》し的な反逆など――下剋上《げこくじょう》が難しいよう考え抜かれ、さりとて皇帝が堕落した瞬間に首をすげ替えられるよう練りに練られた構造は絶妙な緊張と弛緩《しかん》を作り出した。

世代交代の早いヒト種《メンシュ》と人狼、そして非定命ながら肉体的にも内面的にも欠陥を抱える吸血種《ヴァンピーレ》。更には三家を監督する多様な種の選帝侯家という構造は、後世の歴史家がケチを付けるのに手間取る程によくできている。

成り上がることはできる。婚姻、養子縁組、相続など手段は少なくない。されど邪《よこしま》に帝国を専横することに関し、制度はあまりに厳しい。その上、皇帝の椅子に付帯する多くの業務からは〝誓約によって〟逃れることができない寸法になっている。

皇帝の責務とはふんぞり返り、集められる膨大な財貨を恣《ほしいまま》に使って遊ぶことではないがために。

帝国を総攬《そうらん》する者には相応の義務と権利が付き纏《まと》うと法が定め神が認めた。この世において神に宣誓し、魔導で己を縛ることは決して軽いことではない。

なればこそ、斯様《かよう》な親戚づきあいにも似た帝国運用が成り立っているのであった。

「それにしても、割とすんなり受け容《い》れたなぁ陛下」

「む？　それがどうした」

いそいそと幹事を押しつけ合うため兵演棋の準備を始めた友から視線を外し、問を投げかけた人狼に吸血種《ヴァンピーレ》は眉を潜めた。散々お前らが押しつけようとしたのに文句でもあるのかと。

「いや、もっとゴネるかと思ったぜ。それにエールストライヒの血脈は広いだろ。どっかから適当なの拾って来ることだってできたんじゃねぇか？」

「そんなことか……」

あまりにもあまりな物言いであるが、マルティンⅠ世は別に腹を立てるでもなく一つだけ鼻を鳴らして手を後頭部に回して組み、既に余人が見れば卒倒しかねない体勢を更に度しがたくふてぶてしい様に高めてみせる。

「権力を欲する者が権力を握るに値するとは限るまい。今の二才衆《にせ》は位を譲るに値せんのでな」

「そりゃまた辛辣な」

「我とて皇帝位はクソがこびり付いた古い便座くらいにしか思っておらぬが、父祖が育てた帝国を愛している。傾くのも潰れるのも見るに忍びない。まだ不死を陽導神に返上する予定もない故、この国の最期を見届けるのは我慢ならぬ」

吸血種《ヴァンピーレ》として帝国成立以後の五〇〇余年で広まった己の血族内で絶えず政治闘争が繰り広げられ、次代の当主位や権勢を争っていることを道楽に浸りながらもマルティンⅠ世は当然のように把握していた。

その為《ため》に彼は高い諜報《ちようほう》能力を自身の最高傑作である〝しろいゆき〟に持たせたのだ。

当主として執務をこなしながら三重帝国の公爵として片付けねばならぬ公務を果たすのは、生半な実力ではあっと言う間にすりつぶされる激務である。その上、血族は非定命の傲慢さと寿命では死なないという厄介さを持つ吸血種《ヴァンピーレ》であり、誰も彼もが忠誠心に厚いわけでもないときた。

元より吸血種《ヴァンピーレ》というのは、そういった種でもあるのだ。起源からして主神格を騙《だま》くらかした野郎の連枝なのだから、さもありなん。

だが、世の摂理というべきか〝権力志向〟の持ち主が〝権力者の器〟であるかどうかは一致しないものだ。彼の伯母が自身の直系血族や他の血族から後継を選ばなかったように、その時その時で時流に見合った皇帝の器というものがある。

半世紀近く皇帝として君臨した彼には、時流を見る目がしっかりとあった。なればこそ皇帝として選出され、海千山千の皇統家当主や選帝侯家から〝資格無し〟と断ぜられず、この椅子に座って記名と捺印を繰り返しつづけられたのだ。

ならば一体どうして「やりたくないから」の一つだけで、責務を果たせぬ者へ仕事を投げつけられようか。

「悲しいかな我が血族には権力者になる才能の持ち主は数人生まれたが……」

「権力を正しく使う才能はないと」

駒の箱を空けながら興味もなさそうに宣うヒト種《メンシュ》の言葉に対し、吸血種《ヴァンピーレ》は悲しげに首肯した。

よくある話だ。簒奪《さんだつ》までは見事な手腕を見せ付けるが、いざ即位した後には坂へ放られたように転落を遂げる為政者というものは。

そんな血族の中で彼の娘だけは、親の欲目を抜きに見て為政者としての才があった。

権力や金に興味が欠片《かけら》ほどもなく、庇護《ひご》下にある者や庇護されて然《しか》るべき者の存在には情が厚く、しかし確実に一線を引いて自分ができる範囲で手を差し伸べる。神殿の者、紛れ込ませた配下から送られてきた報告にあった娘の人格は、今正に三重帝国が欲する平時の統治者に向いていた。

大きな戦乱は落ち着き、東方交易路を塞いでいた邪魔な小国連合は、今正に兵演棋に興じようとしている先帝が蹴散らして戦後の処理も安定させた。この時代に必要なのは獲得した権益を以て国の土台を更に固める内政向けの皇帝である。

無意味に慈悲深いだけではない娘であれば、未成熟な部分を己と血族で補佐すれば十分以上に責務を果たせると判断したからこそ、マルティンⅠ世は当主位の譲位を決断したのだ。

これがただ喜捨という善意によって立っていることも忘れ、花をばらまくだけの阿呆《あほう》であったなら、マルティンⅠ世は娘の政治的な扱いを僧会との伝手《つて》を作る駒としてのみ見て、政治には関与させず父親としてのみ愛《め》でたであろう。

されど、暫《しばら》くは機能しなかった遺伝が働いてしまっていた。あの子はどうあっても高い位に行くだろうと、皇帝としての任期、三選四五年を満了した経験と感覚が嘯《うそぶ》く。

今はただ、帝室からの頼みで預けられたことで僧会が遠慮し、当人も辞退したために無位の僧でいられているが、その威光も今回の一件で薄れて忘れ去られて行くだろうから、そう間もなく高みに登っていくはずだ。

何と言ってもツェツィーリアは、今の夜陰神帝都大聖堂座主が幼き頃に教えを授けられ、影を踏むことすら畏れ多いと避けるほど慕う直接の指導僧であったのだから。

渡りに船とばかりに今回のお家騒動を引き渡したが、単に皇帝が嫌で嫌で仕方ないだけではなく、理由もあるにはあったのである。

末は大僧正か聖堂総監か。親馬鹿にありがちな夢想であればよいが、どうせならば後を継いで欲しいと思うのが親心。阿呆な発言に紛れ、彼はちょっとした欲を見せていたのだった。

まぁ、それも全て怖《おそ》ろしき女帝の介入で無と帰した訳だが。向こう一〇〇年はそっとしておかねば、また半殺しを超えて十分の九殺し位の目に遭わされかねない。

「それにだ、我にも多少の矜持《きょうじ》はある。格好悪い父親で終わる訳にはいかんのでな」

「なんだそりゃ」

疑問に首を捻る人狼《ヴァラヴォルフ》に答える気はないと溜息《ためいき》で答え、新皇帝は手を枕に瞑目《めいもく》する。娘に皇帝位投げつけて自分が実務を片付け、時間をかけて全てを譲る野望が絶えた今、少しは真面目にやって喪《うしな》った父親の威信と信用を取り返さなければならない。

なに、焦ることはない。あの場面において自分に対抗できるコマを引き寄せる剛運と、必要とあらば大伯母という特級の危険物を背負う覚悟を決められる胆《きも》があるのだ。

彼女はきっと政治の舞台に立つ。いずれ、必ず。当人が求めようが求めまいが、為政者の器を持つ者は表舞台に引き摺《ず》り出される定めにある。

なんといっても、血は水よりも濃いのだから。

なれば、伯母から言いつけられた百年ほどはそっとしておいてやれ、という厳命も受け容れることも難しくはなかった。

「しかし、言を返せば俺なら全部上手《うま》くできるってのも、すげぇ発想だよな」

「であるな。実に非定命らしい傲慢さが滲《にじ》んでおる」

「諸兄らほんっと嫌なヤツだな!!　手打ちにしてやろうか!!」

「残念でしたー！　三皇統家は帝権侵犯か大逆罪でなければ死罪にはできませーん！」

「っかぁー！　俺もなぁー！　陛下の命とあらば酒杯に毒を垂らすのもやぶさかではねぇんだがなぁー！　開闢帝がお定めになったこったからなぁー!!」

「なんっだと！　分かった！　じゃあ軍の費用をがりっがりに削って、竜騎兵の充足数は半分にしてやる！　暫く戦をやらかす気はないからな！　余計な予算はバンバン削っていくからそのつもりで震えておれ!!」

「「はぁ!?」」

ぎゃあぎゃあと俄《にわか》に執務室が喧《やかま》しくなり、聞く人が聞けば毒杯を呷《あお》って現世から辞したくなるであろうやりとりは、最終的に予算獲得兵演棋トーナメントが開催されて〝暫くは例年通り〟という結果に落ち着くのであった。

「しかし、魔導院の予算をどうしたものか……」

マルティンI世は面倒臭そうに魔導師《マギア》の駒を弄びながら呟《つぶや》いた。銀細工の精緻な駒はフードを被《かぶ》り長杖《ちょうじょう》を担った魔導師《マギア》の似姿を取り、敵の駒を押しのけて取ることはできないが、現在地から動かず一から二マス先の駒を取れるというアクが強いながら強力な存在である。

政治の妙手である彼は、兵演棋においてもこの手の駒を上手く扱う嫌らしい指し手であり、まだ幼い娘に手ほどきをしていた頃は手筋の嫌らしさから泣かれたこともあった。これが重篤な心的外傷として残ったからだろうか、娘が正統派かつ脳内筋肉率が高い指し手になったのは。

「何を悩む。皇帝となったなら多少は優遇し、陛下の趣味に予算を割いても我らは口を挟まぬぞ。皇帝に許された多少の贅沢《ぜいたく》ではないか」

「そーさな。竜舎を各領邦に増やして、二個飛行連隊規模で拡充させたのはどーかと思うが」

「やかましい、東方征伐では大活躍であったろう。航空支援がやってきた時の兵児共があげる歓声は今も思い出すほどにな。あと、それをいうなら卿《けい》の親父《おやじ》殿の時も大概であったぞ。猟兵隊の拡充まではよいが、何を思ってあそこまで兵器廠《しょう》の新規建築をやったのか」

「……まぁ、諸兄らのは普通に国策として使えるからよいが、我が下手に予算に触れると身内贔屓《びいき》扱いされて居心地が悪くなるのだ」

　駒をくるくる弄びながら、マルティンI世は教授会に居並ぶ怪物共の面を思い出して憂鬱な気分になった。

　一人一人と付き合うのはいいのだ。何奴《どいつ》も此奴《こいつ》も度し難い変態性癖揃《ぞろ》いであるが、塔に引きこもって人類廃絶を誓ったり、人間を生きたままバラして溶接するような害のある変態ではない。

　が、交ぜると途端に始末が悪くなる。どいつもこいつも我を張って、議論なのか口舌を以《もっ》て殺し合いをしているのか分からなくなる有様。最終的には手袋が乱舞して死屍《しし》累々《るいるい》の学閥紛争もあり得るのだ。

それも、下手すると国が滅ぶ規模のものを、帝城の鼻先でやられるのだからはた迷惑具合は筆舌に尽くしがたい。彼等《ら》に交じってメチャクチャやって、伯母を悩ませていた頃は何も思わなかったが、いざこうやって自分が対峙《たいじ》すると「もう皆殺しにした方がいいのでは？」とさえ思えてくる。

いっそ遠方に移封してしまえば楽だが、それはそれで不便というのが何処《どこ》までも始末が悪かった。

これが普通の皇帝ならばよかった。喧嘩《けんか》を仲裁しながら予算を国策に従って、贔屓にならない程度に分けてやればいいのだから。

だが、残念ながらマルティンI世はガッチガチの関係者である。古巣といって良い場所に縁故は深く、学友や僚友、研究仲間に何より面倒くさいことに頭が上がらない先輩も少ないながら在籍していると来た。更に一線は退いたものの、未《いま》だ内部に錆《さ》び付かぬ繋《つな》がりを持つ古《いにしえ》の先輩共まで現れ始めたら目も当てられない。

上と下と同期から挟まれて予算争いをされると人間は死ぬのだ。肉体的にはなんとでもできても、精神的な死を避けられぬ。会議前に「先輩は俺のことが大事じゃないんですか！」とか「そういやあん時の貸しがあったっけなぁ？」みたいなヤカラ一歩手前の根回しが死ぬほど来て、その上で結果を出しても向こう数百年は愚痴を言われ続けては堪《たま》ったものではない。

　かといって政治的折衝を任せる名代を立てようにも、魔導に精通し魔導院に詳しいほどの人物となれば閥に属していない訳もなく、当然に閥の干渉は不可避であって……。

「あ」

　弄んでいた駒を見て彼は一つ思い出した。

　丁度良い緩衝材を用立てられるのではなかろうかと。

　何だっていままで研究者止まりであったのか不思議な程魔導への造詣が深く、閥との繋がりは然程《さほど》深いようではなく――何より閥の主宰から不良扱いされていたし――外国の超が付くほど有力な貴族の出身ということもあって国内貴族政治が干渉するのは容易ではない。

　あまつさえ簡単に殺されるような脆弱《ぜいじゃく》さはなく、ボケも病も怖ろしくない種族と来た上、鼻薬を嗅がせようと思えば所領の一つ二つじゃくらりとも来ない金持ち。

　まるで輪転神と試錬神が肩を組みながら親指を立てて「頑張れよ」と応援してくれているかのような人物。これは最高の人身御く、もとい生けに、じゃなくて名代になるのではなかろうか。

「なぁ、バーデン公」

「如何《いかが》した陛下」

「ぐぁっ!?　ちょっ、その竜騎待った！　それ見逃してた!!」

「待ったは無しだグラウフロック公」

「そうだ、見苦しいぞグラウフロック公。ただ、そこの弓箭兵《きゆうせん》を一歩前に出せばいいと我は思う」

「あ、なーる、したらこっちの近衛《このえ》が効いてっから、騎兵を垂らして頭を叩《たた》いてやりゃぁ……」

「今のは無粋では？　陛下……」

じっとりした視線を無視して魔導師《マギア》の駒をカツンと執務机に下ろし、皇帝は暫く政務より離れて忘れていた知識を先帝に請うた。

「外国貴族の子弟を叙爵する例外規定とは、法典のどの辺りにあったか？」

【Tips】過去、選帝侯より承認を受けられなかった皇帝は数少なく、また同様に政治の失策によって退任に追いやられた皇帝も片手の指を超えることはない。そして、国家に重大な被害を負わせる大逆罪の適用は皇帝にも及ぶよう規定されているが、これにより首を晒《さら》された皇帝は幸いなことに未だかつて生まれていない。

ヘンダーソンスケール1.0

Ver0.4

ヘンダーソンスケール1.0

【Henderson Scale 1.0】

致命的な脱線によりエンディングに到達不可能になる。

時には強力な存在に転化した代償として、GMにキャラ紙を取り上げられることも。

深夜、夜陰神の加護も篤《あつ》く輝かしい月の光を受けて雲海を滑る物があった。

空を飛ぶ巨大な構造物。それを人は〝航空艦〟と呼ぶ。

横から眺めれば扁平《へんぺい》な構造をした分厚い三角錐《さんかくすい》は、船体後部から伸びる三枚二対の推進術式を暗く輝かせながら、慎《つつ》ましく薄い雲と夜陰で姿を隠していた。

夜闇の舞台を舞う彼女のことをより詳細に語るのであれば、二〇〇〇年以上も昔に初めてライン三重帝国が〝正式量産型〟として世に送り出し、中央大陸西方の国家全てに激震を走らせ、軍事的な観念に不可逆の変異《パラダイムシフト》を引き起こした怪物の嚆矢《こうし》である。

名を航空外征巡洋艦テレーズィア級の命名艦《ネームシップ》、テレーズィアといった。

帝国暦五〇〇年代の半ばに処女航海を終えた彼《か》の船とその姉妹は、実に多様な機能と恐るべき性能を持って帝国の威信を各国に知らしめ、天災に等しき古の竜達《たち》を除けば、世界の空を支配するのはライン三重帝国であると高らかに宣言したものだ。

限りなく第一種永久機関を実現した閉鎖循環魔導炉を六基搭載する空の女王は、ヘリウム嚢《のう》なる大気よりも極めて比重が軽い気体を用いる浮動機構補助によって、かつて悩まされた魔法が行き渡らなくなれば船体の維持さえできぬという枷《かせ》から解き放たれて自由に天空を支配した。

更には統一規格を採用し、船体を区画ごとに分割して統一の構造により構築することで、用途によって区画を入れ替え、時に破損した区画をまるごと交換することで高い整備性と汎用性まで併せ持つ。

外征の名を冠する通り、数多《あまた》の政治儀礼で大使を乗せた彼女の血族は多くの国々をひれ伏させてきた。

船体底部にて雄大な大地と圧倒的な技術力を来訪者に叩き付ける天空舞踏場。戦となれば舞踏場の代わりに接続され、多数の魔導焼夷弾《しょういだん》を搭載し軍や国を炎で舐《な》め尽くす爆弾槽。そして決死で上がってきた敵国の騎竜を迎撃する頼もしき帝国の竜騎兵を腹に飲み込む航空竜舎。

最終的に一九隻建造された姉妹達は、その圧倒的な戦力によって大々的な国家紛争の勃発を抑え付け、一度として大戦を経験せず、否、起こさせることなく一〇〇と五〇余年を過ごした。

しかし、それはヒト種《メンシュ》であれば実際に目撃した者が全て死に絶える程昔のこと。

帝国暦六〇〇年代の初頭にはテレーズィア級を上回る性能と整備性を持つ船が建造されるようになって時代の一線は遠ざかり、抗《あらが》いようのない時流の流れに押された最後の一隻が帝国暦七〇〇年に入る頃に退役して随分と経《た》っている。

かつて空を震撼《しんかん》させた脅威の令嬢達も最後の何十年かのご奉公においては、有力貴族の脚を務める優雅な時を過ごすのみとなり、今や何隻かの武勲艦を記念保存しているだけで殆《ほとん》どが解体された。

では、何故《なぜ》この老いた女王が空を飛んでいるのかと言えば、やんごとなき事情があった。

三重帝国における正式な書類によれば、テレーズィア級航空外征巡洋艦一番艦テレーズィアは、一二〇年前に帝立海軍の総旗艦及び第一直轄艦隊旗艦の任から免じられ、五〇と余年前には現役にも終止符を打ち、帝都はマルティンI世記念空港にて記念艦として展示される余生を過ごしている筈《はず》である。

しかしながら、実情としてこの令嬢は採算に合わぬとして破棄された筈の近代化改修を施されて異国の空にあった。今、テレーズィアとして空港建屋の側《そば》で飾られているのは、塗装を改められた二番艦のヒルデガルドであることを知るのは極一握りの人間だけだ。

表舞台にて帝国を守る役割を退いた船は、今度は裏側から帝国を守る役割を与えられていた。

現在は帝立海軍籍から除籍され、管轄は近衛府に移っている。

そして、現在はライン三重帝国皇帝の命を受け、秘密裏に西方最辺境を越えた周辺諸国家の国境線が複雑な領域を人知れず航行していた。

航空艦の脅威が知られ、他国が帝国に遅れるなと追随して技術研究と建艦競争が始まった頃、航空艦の効率的な戦闘教義《ドクトリン》が確立されるにつれて航空艦の〝現在位置〟が熱心に捜されることとなった。

動くだけで重要な戦況を覆す女王は、その御所の位置を正確に知れば戦闘を避けて威力を発揮させることが出来なくなるためである。

一時間に何十里と翔《かけ》ることが能《あた》う航空艦であっても、飛び立つまでには時間がかかり、実際に戦闘行動を可能とする準備を終えるまでには更に時を必要とする。それ故、全ての国が他国の航空艦の位置を熱心に探るようになっていった。

これはそれを逆手に取り、解体したことにして姿を偏執的に隠した公式には存在しない軍艦。見つからぬ、知られていない、ということは単に一戦力として大きく圧力を掛ける以上に強力であると進言した、とある近衛の立案によって発足された一隻限りの極秘艦隊。

この夜もまた、古き体を空に横たえて帝国に奉公する女王は、夷狄《いてき》を打ち払い脅威を寄せ付けぬための戦いに従事していた。

「最終確認！　現在位置確認よし、高度よし、規定速度、方位正常！」

「最終確認諒《りようかい》解！　方位、速度そのままぁ！」

方位計や操艦設備が機能的に配置された後艦橋に船員達の声が響き渡る。航海士からの報告を受けてた副長は、雄大な空を臨む窓際――実際には魔導的に正面が投影されただけの壁――に立つ艦長に駆け寄って報告した。

「作戦位置に到着いたしました」

「……麗しい月だ」

「はっ！……は？」

軍人として反射的に言葉を肯定した副長は、続いて間抜けな声を漏らした。遠い目で空を眺める艦長が呟《つぶや》いた言葉の意図を察することができなかったのである。

「……なんでもない。結構、始めたまえ」

「はっ！」

今度こそ正しく命令を拝領し、副官は魔法で投影される地図を監視する航空管制員に指示を出す。

船体下部に取り付けられた多目的船倉、その一部を改良して作った騎竜竜舎へ命令を出すように。

「こちら航空管制より夜燕一号《ナハトシュヴァルベ・アイン》、発艦準備宜《よろ》しいか」

『こちら夜燕一号より航空管制、準備万全なり。出撃許可を請う』

最低限の空間だけが確保された狭苦しい竜舎から続く、合板が剝《む》き出しの空間で三頭の騎竜が出撃の時を今か今かと待ちかねていた。

航続能力に秀でた平原種の騎竜は、奇妙なことに全身に青黒い塗料を塗られて夜空に溶け込む偽装が施されているではないか。

いや、それ自体は別段おかしなことではない。騎竜の視認性を下げるため、任地での欺《ぎ》瞞《まん》効果が期待できる色を塗るのは昔からあったことだからだ。

本当に異質なのは、その竜の胴部に巻き付けられた帯状の竜具《ハーネス》から伸びる鋼線《ワイヤー》に接続された物体である。

笹《ささ》の葉形をした異様な物体は、蓋をされた船であった。

竜艇と呼ばれる竜に牽引《けんいん》されて荷を運ぶ、三重帝国において何を置いても最速で荷を届けねばならぬ時にだけ用いられる移動手段。

しかし、その竜艇は通常の〝それ〟とは風情が随分違った。

流線形の船体を一部の隙なく竜と同じ塗料で塗り固め、三方から伸びる補助翼のせいで魚のような姿をしている。

その上、何を思ったか先端が矢鱈《やたら》と張り出しており、金属で補強されているのだ。

通常の竜騎回船の船頭が見たなら、これは一体何だろうと首を傾《かし》げるような異物。

「航空管制諒解、船底解放せよ。発艦を許可する」

『夜燕一号諒解、これより発艦する』

艦橋からの指示を受け、船底にて赤い警告灯が回り始めた。騎竜が竜艇と共に待機する空間に詰めていた男達が走って退避し始め、やがて騎竜とその乗り手以外が失《う》せたかと思えば、次第に前方の壁が前へと開いていった。

与圧されていた船室が解放されて大気が薄い外へ吹き出す空気が荒れ、固定されていなかった細かなゴミや、出撃前に景気づけで食事を貰《もら》った竜の食べ残しが散らばった。

しかし、そんなことを一切気にすることなく、三騎並んだ竜の中央、夜燕一号の識別記号を与えられた竜騎兵は前に出た。

「さぁ、行くぞ相棒。頑張ろうぜ」

鞍《くら》に跨《また》がった騎手が手を伸ばして首を撫《な》でれば、騎竜は相方と任ずる男の頼みに従って走り出す。牛さえ掴《つか》んで飛び上がる雄大で凶悪な爪を備えた脚が床を蹴り、重量のある竜艇を物ともせず引き摺《ず》ってゆく。

十分な滑走距離がある船倉を走り抜ける頃には、騎竜の速度は全速の馬ですら追いつけぬ域に達し、空気を裂きながら夜空に飛び出した。

航空艦から与えられる慣性の速度と自らの疾駆の速度を受け取った騎竜は夜空に身を投げた後に翼を振って増速。あっという間に母艦を抜き去って高度を上げる。

それに負けじと続く二騎の騎竜。狭い船倉からの解放を喜ぶ控えめな咆哮《ほうこう》を引き連れ、空に放たれた最強の軍用魔獣は人類の叡智《えいち》を容易《たやす》く置き去りにした。

十分に船から離れて安全な距離に達すると、騎竜は夜燕一号を先頭に三角形の陣形を取る。

『夜燕一号より航空管制、全騎発艦完了。これより目標地点へと向かう』

「航空管制より夜燕一号諒解。これより本艦は現在位置にて待機する。以後、作戦中止の例外を除き通信を絶つ。幸運を」

決まり文句に見送られ、三騎の騎竜が作る小さな鋒矢《ほうし》は夜の闇に溶けていった。

航空艦に見守られながら飛び去った竜達は、数刻の過酷な旅に堪え続けなければならない。生理的な魔法で空を飛ぶ騎竜の鞍上《あんじょう》は空気抵抗を受けぬよう張った結界で冷厳なる外界から守られているものの、人類が身を置いて快適と呼べる状況に程遠い。

華やかで子供達からの憧れを一身に集める兵科も、実際には空の中では儚《はかな》いもの。何重にも着込んだ防寒着や綿を詰め込みに詰め込んだ二重の耐寒手袋で凍傷から逃げ、オムツを穿《は》いて長旅に備える哀れな人間に過ぎない。

先頭を行く夜燕一号の騎手は、鞍袋に手を伸ばして保温術式がかけられた特別製の水筒を取りだし、杯にもなる蓋に中身を注いだ。それは温かい黒茶と呼ぶべきか、ぬくめた蒸留酒を黒茶で割った物と呼ぶべきか判断が難しい騎竜乗りの恋人だ。

着込んでも逃げる温度、かじかんで痛みさえ覚える肉体を癒やす液体を啜《すす》る彼に、ちょっとした不快を表す思念波が届く。傍目《はため》には悠々と飛んでいるように見える相方からの苦情であった。

騎竜の文句を人語に変換すれば、お前だけ狡《ずる》いぞ、であろうか。

騎竜とその騎手は他の騎乗動物と異なり、主従関係ではなく友好関係のみが成り立つ。とある世界の人間が親しみを感じるよう表現したなら、自分だけ延々と運転している中で助手席の者が優雅に物を食っている状況と言えよう。

「文句言うなよ、お前は飛びながら飲めないだろ。終わったらたらふく飲ませてやる」

愛騎の首を宥《なだ》めて暫《しば》し、風に飛ばされぬよう注意しながら地図を広げた彼は、やがて雲海の切れ目より覗く地形と地図を照らし合わせ、目的地が近いことを察した。

『夜燕一号より僚騎及び〝乗客の皆様方〟。領域突入まであと僅か。これより思念波通信を厳封。各魔導将校は魔力を漏らさぬよう留意されたし。これより各騎惰性航行に移り、後に鋼線を自切し投下準備に入る』

思念通信機を飛ばして必要な事項を伝えつつ、騎手はこの後の手順を思い返す。首に巻いた送話器から伸びる線を本体から抜き、更に通信機の電源を落とした上で魔晶を抜き取った。何らかの故障や意図せぬ操作により思念波をまき散らさぬようにするための措置だ。今頃、他の二騎や乗客の皆様も同様の措置を取ろうとしていることだろう。

『対象上空突入後は各機の判断に委ねる。以後、作戦中止の例外を除き通信を絶つ。神のご加護を』

先ほど航空管制より受け取ったのと並ぶ決まり切った文句の後、騎手は無線封止の手順を確実に熟《こな》し、手綱を用いて騎竜に自らの意を伝えた。

付き合いの長い愛騎は相方の頼みに従い、翼を広げて筋を張り、生理的に扱う魔法の出力を絞り惰性での滑空に入った。

長い滑空の後、竜は雲を潜《くぐ》り、曇天に夜陰の慈母を隠されて夜闇に包まれた世界を征《ゆ》く。野を越え、山を跨ぎ、林を飛び去って荒地を抜けて辿《たど》り着いたのは帝国最辺境を更に越えた辺境。

大公達《たち》に統治が委任された衛星諸国群の領地が一つ。

彼等《ら》は危難の折に支援を得られることを対価として三重帝国の幕下《ばくか》に加わり、いざ帝国に危難が訪れなば助成することを約した盟の者。帝国にいくらかの貢納と無害通航権、そして流通の自由まで差し出しているものの、三重帝国の国力を背景に統治を行い、他国と外交できる利点は実に大きい。

更に鷹揚《おうよう》な友人を自認する帝国は、彼等が凶作になれば喜んで豊作地から作物を送って支援を惜しむことなく、気まぐれに重大な――されど帝国では型落ちになりつつある――知識をもたらしてくれるのだから、友人として選ぶにはまだ〝マシ〟な相手と言えよう。

現在、三重帝国と近隣の大国の間には、このような緩衝国が幾つも設けられて危ういバランスを保っていた。似たような背景を背負い、盟主を異にした国が入り乱れることで直接干戈《かんか》を交えることなく大国はしのぎを削る。

が、その均衡を崩そうとする者が現れた。

とある小国の王が――襲っている側も襲われている側も三重帝国の盟に加わっている大公の一人であった――約定を無視し、周辺の国家を併呑《へいどん》して自立を目論《もくろ》んでいる。

当然三重帝国は受け容《い》れられるはずもなく、何度も無体を止《や》め、交渉の卓に付けと急使を送るが帰って来ることはなかった。

そして、五人目として最後通牒《つうちょう》を持たせられた勅使だけが帰参を果たす。馬の尻に括《くく》り付けられたそっ首だけの姿となって。

明らかな反逆である。それも、他の大国の助成を受けて起こした戦としか思えない。

皇帝は農繁期で各領邦に散《ち》っていた貴族達を急遽《きゅうきょ》呼び寄せ、緊急の議会で戦を宣した。

この対応に貴族達は目を剥くこととなる。

言ってはなんだが、この程度の謀反や小競り合いは日常的なものなのだ。それこそ小規模な鞍替《くらが》えであれば数年に一度はどこかの地方で起こるし、盟下の小国同士が許可無く殴り合うことも屢々《しばしば》。

そもそも、大国同士が直接殴り合う混乱を避けるために斯様《かよう》な緩衝地帯が半ば自然に構築されたのだから、何処《どこ》かの国を扇動して殴り合わせるなんて至極当たり前の〝お祭り〟

に過ぎないはずなのだ。

三重帝国だって数え切れない程に擾乱工作《いやがらせ》を仕掛けて他国盟下の国を煽《あお》り倒し、劣勢になったら梯子《はしご》を外してシラを切る外道行為に手を染めてきたのだから。

確かに小国が中堅規模の国を旋風の勢いで滅ぼして併呑し、野火の如《ごと》く周辺に手を伸ばしていく様は異様でこそあれ、三重帝国直々に戦を起こす程かと問われれば微妙なところだ。

小遣いを握らせた他の盟下に連合討伐軍を組織させて〝切り取り自由〟のご褒美を餌に鎮圧させるか、辺境伯にでも命じて小規模な軍を起こし、同じく配下に戦力を供出させてちょちょっと捻《ひね》るのが一般的な処遇である。

が、皇帝が常の反乱とは違う臭いがする、として議会を説得し、結局三重帝国は戦に踏み切った。

三重帝国が最後に正式な軍を挙げてより二〇〇年以上。竜騎帝が東方交易路再打貫を目的として行った第二次東方征伐以来の戦に国は沸き立つこととなる。

そして議会が戦を宣し、戦に際しての全権が皇帝の手からグラウフロック家の若人に託されたのが本日の昼。その一刻を待つこともなく、存在を秘匿された令嬢は密《ひそ》かに辺境地から飛び立ち……この地、帝城と比べれば余りに粗末な城の建つ、件《くだん》の国に討ち滅ぼされた中堅国の王都へやって来たのであった。

「不寝番の空中警戒機も無し？　流石《さすが》辺境の田舎者共だな……これでよく帝国に喧嘩《けんか》を売

る。舐《な》めてんのかねアイツら」

　正しく無人の野を征くが如く。

　僅かな羽ばたきによって高度を保つ以外では、最低限の魔導反応を絞って飛んで来たのが馬鹿馬鹿しくなる有様であった。王城だというのに上空への警戒――奇襲は勿論《もちろん》、暇を飽かした竜がやってこないとも限らないというのに――すら置かれていない様は、むしろ騎手に罠《わな》を疑わせた。

　もし罠でなかったとすれば、静粛性を近代化改修により引き上げたテレーズィアが城に乗り付けても寝こけていそうなやる気のなさではないか。

「まぁいい、宅配便の到着だぜお客様」

　彼は手を突き上げてハンドサインを僚機に示し、係留してきた竜艇の鋼線を外した。

「罠も何もかもご馳走《ちそう》として平らげる吸血種《ヴァンピーレ》をたっぷり楽しみな」

　解かれて暴れる鋼線に巻き込まれぬよう、騎竜はしなやかに身を翻して殆《ほとん》ど直角に上昇し、取り残された竜艇は緩やかな落下軌道に入った。後端の翼が蠢《うごめ》いて角度を調整し、竜艇は戦の疵痕《きずあと》が殆ど見えない王都へ墜《お》ちて征く。

　二つは王城へ。一つは軍の集積地点と思《おぼ》しき広場へ向かって真っ逆さまに。

　それらの位置は全て、事前に潜り込んだ帝国の間諜《かんちょう》から知らされていたため、航路に一切の迷いが見られない。

　機首が薄い城壁を越え、王都の敷居を跨いだと同時に竜艇の腹が横に滑って脱落した。

そして、なんと中から黒喪の軽装を纏《まと》った者達が次々飛び降りていくではないか。

彼等は兵士であった。最低限の装甲だけを身に纏い、後は分解できる組み立て式の槍《やり》や盾に短弓だけを背負った身軽な兵士達。全身を黒ずくめの装束で覆い、闇に溶け込む兵士達はそれぞれ好いた方法で減速して市街地に散っていく。

ある者は自前の翼を伸ばして大気を叩《たた》き、ある者は帆布で作られた落下傘を広げ、またある者は抗重力術式で以《もっ》て速度を和らげる。

次々と秩序だって降下していく兵。最後の二人となった兵士の一人が、操縦桿《かん》に取り付いていた兵士の肩を揺すった。

「隊長、我らも参りましょうぞ！　限界です!!」

「おお、そうか、じゃあ行け行け、私はこのままでいい」

「はぁ!?」

雲に阻まれ夜陰神の加護が失われたせいでヒト種《メンシュ》なら城の輪郭さえ見えぬ闇を小さな窓から見据えつつ、兵士は振り返って微笑《ほほえ》む。

形の好《よ》い唇の端から、凶悪な牙を溢《こぼ》しつつ。

「皇帝陛下に一番槍を約束してたな」

「いや……アンタだからって……また……」

突拍子もないことを言う上司に配下は渋面を作り頭を振った。普通であればブン殴ってでも一緒に降下すべきなのだが、この男は一度言い出したら聞かないのだ。無茶をポンプから吐き出される水の如く言う男であるが、一度もその無茶を失敗させたことがないのも事実。

色々な諦めを吐息に混ぜて吐き出し、彼はご武運をと呟《つぶや》いて自らも夜の空に身を投げた。

「ふんっふふふーんふん、ふんっふふふーんふん、ふんっふふふーんふんふんふふーん」

登り調子の鼻歌を機嫌良く奏で、一人残った男は操縦桿を傾けた。形ばかりで微調整程度しかできない操縦桿を操って、鼻先を王城のど真ん中へ向ける。構造的に見るに王族が逗留《とうりゅう》する奥の間はあの辺だろうとアタリを付けて。

そうして竜艇三隻は全て重力の導くまま虚空を駆け……当然の帰結の如く熱烈に大地や壁と抱擁を交わし、逢瀬《おうせ》の歓喜が代わりとばかりに爆炎を挙げた。

世界そのものが揺れているかのような轟音《ごうおん》。竜艇の各一五名の僅かな乗員を乗せる空間の余剰すら削りに削り、快適性という言葉を根っこからかなぐり捨てる無茶をして搭載した精製燃料が着弾の衝撃に合わせて炸裂《さくれつ》したのだ。

燃料が瞬く間に爆《は》ぜて広がり、気体が膨れあがる膨大な圧力が衝撃波となって着弾点の全てを抉《えぐ》る。遅れてばらまかれた熱波が無機物・有機物を問わずに熱い炎の舌で愛撫《あいぶ》を贈り、焼け付く地獄を作り出した。

一つの竜艇は兵士が詰めていた区画の三分の一を薙《な》ぎ払い、勝利の余韻を噛《か》み締めて眠っていた兵士達を永遠の眠りに導いた。もう一隻の竜艇は城の上部に突き刺さり、明日の我が身を案じて浅い眠りに悩む使用人達を悩みごと吹き飛ばす。

そして最後の竜艇は目当てより少し離れて玉座の間に突き刺さり、歴史を感じさせる壮麗な装飾や玉座を吹き飛ばすに留《とど》まった。

「出会え出会え！　くそ、一体何事だ!!」

平穏な夜を引き裂く轟音に王都中が目を覚ました。

唐突な戦と支配者に怯《おび》えていた市民、戦勝に酔っていた兵士達、次なる戦に備えて城内で策を練っていた高級指揮官や処刑を待つばかりの被征服側王族。身分の貴賤《きせん》無く、何の前触れもなしにやって来た圧倒的な暴力の気配に皆が慌てふためく。

玉座の間に一隊を率いてやって来た、壮麗な甲冑《かっちゅう》を纏った女性騎士は見るも無惨に破壊された場を見て事態を上手《うま》く飲み込むことができなかった。

不寝番の彼等は、王から策を与えられて帝国の反撃に備えていたが、これはどんな想定の中にも含まれていない光景であったから。

敢《あ》えて上空を空けることで、悠々とやってくる竜騎や有翼種の先兵を城内へ招き入れて取り殺す策。その後、郊外に伏せ置いた鬼札である竜騎で空に蓋をし、帝国の先兵を打ち倒せば時間は十分に稼げ、更なる士気の高揚も望める上に〝来たるべく援軍〟からの覚えもよくなろうものと彼女の主人は謳《うた》った。

圧倒的国力を持つ帝国が田舎の小国と舐めてかかってくることを予想しての一撃。事実、過去に起こった反乱はさっくりと竜騎だけで鎮圧して終わらせることも多かったので、彼等の予測は全くの的外れではない。

そう、今までの帝国と同じであれば。

違うことと言えば、今の皇帝が〝軍事的才覚〟を発揮できる眷属《けんぞく》を持ち、彼に大きな裁量権を与えているということ。

夜襲に十分備えていた不寝番の彼女は、押っ取り刀でやってきたものの配下諸共《もろとも》に困惑するばかり。

何をどうすれば、斯様に苛烈な破壊をまき散らせるのか。魔法の才に長《た》け、肉体を強化することで男顔負けの戦力として一線に立ってきた彼女でさえ、ただの一撃でここまで建物を破壊する術《すべ》を知らない。

何はともあれ、火を消さねばならないと思い至るのに呼吸十数回分の時間を要した。

この城は占領地の中枢として今後も使う予定があるし、同時に三つも爆発して単なる事故ということは〝あり得ない〟のだから。

この混乱を用いて寄せて来る敵が必ずいるはず。竜騎が舞い降りて蹂躙《じゅうりん》してくるという予測こそ外れたが、為《な》すべきことは変わらない。

女騎士が魔法を練り上げて水を撒《ま》こうと呪文を口にしようとした瞬間、巻き上がる煙の中から腕が伸びてきた。

焼け焦げ、肉が落ちて骨が露出した腕は爆発に巻き込まれた使用人が必死に逃げ延びて差し出したものか。

いや、違う。手は酷《ひど》い損傷が嘘《うそ》のような力強さで彼女の顔を鷲《わし》づかみにしたかと思えば、万力の如き力で締め上げて煙の向こうに浚《さら》っていったからだ。

「っあああ!?」

頭蓋が軋《きし》んでいるかのような激痛に女騎士は悲鳴を上げ、煙の中に自らを引きずり込んだ怪物に精神を侵される。

それは焼け焦げた死体。小柄な体の表面は炭化し、破れた腹から臓物が溢《あふ》れながらも動きまわる異形の不死者《アンデッド》。

だが、忌まわしき地に湧く動死体《ゾンビ》と、彼女を煙の中に誘った死体のおぞましさは比較にならなかった。

見た目がどうのこうのという話ではない。存在が持つ〝圧〟が違うのだ。ただ〝在る〟だけで全てが制圧されるような悍《おぞ》ましさを何と形容すれば良いのか。

それは、死という概念が二つの足を生やして歩いて来るかの如くあった。

「こんばんはお嬢さん、そしておやすみなさい」

丁寧な発音のそれは三重帝国語の響き。彼女も外交上重要な国だからと幼少の頃から母国語と並行して習ってきたものだから理解できる。優しく、慈しむような声音に滲《にじ》む教養が。

同時、首に感じる微《かす》かな痛みと……それを塗りつぶすほどの圧倒的な悦楽。ヒトの身では抗《あらが》えない快楽に脳が痺《しび》れ、視界が揺れて正気が蕩《とろ》ける。彼女に快楽へ抵抗できるだけの精神力があったなら思い出せただろうか。

吸血鬼は血を吸う時、獲物が逃げ出さぬよう抗いがたい快楽で身を縛るという言い伝えを。

肉体を瑞々《みずみず》しく回っていた魔力が抜け落ち、戦いの予感にみなぎっていた闘志と共に命が吸われていく。あくまで血だけを抜いているため体が萎《しお》れるようなことはないが、白かった肌が更なる白さ、死者の色に変貌し褪《あ》せていった。

愉悦に蕩け、首筋に埋《うず》められた首へ知らぬ内、縋《すが》るように抱きついた手の感覚が変わっていく。焼け焦げた皮膚が慈雨を浴びた大地もかくやの勢いで瑞々しさを取り戻し、さらりと長さを取り戻した艶やかな髪が顔にかかる。

そして遂《つい》に命を維持する最低限の血液すら抜き取られた後、顔が擡《もた》げられる。

女騎士が最後に見たのは、怖《おそ》ろしく美しい鳩血色《ピジョンブラッド》の瞳であった…………。

【Tips】テレーズィア級航空外征巡洋艦。極めて高い発展性を持つ初期の量産型の航空艦であり、三重帝国特有の〝国外における政治活動〟を前提に据えたことにより〝航空外征艦〟という特異な類型を生み出すに至った。

外征の名の通り国外への軍隊の展開、及び守勢時の内線戦略での運用を重視した構造となっており類を見ない居住性を誇る。また大戦を経験しなかったため、世界で唯一喪失艦の存在しない艦級としても有名。

行儀が悪いのは百も承知だが、私は唇についた血をぺろりと舐め上げ精一杯外連味《けれんみ》に溢れる笑みを作って見せた。

全ては目の前で腰を抜かした男の心を折るためだ。

はてさて、あんだってこんな所でカミカゼやらかしてから無双プレーをしでかすハメになったかを思い出すと色々長い。

ただ、突き詰めれば、全てはツェツィーリア様に堪《こら》え性《しょう》がなかったからに尽きるだろう。

あの夜、怪我《けが》を負って瀕死《ひんし》だった私は彼女の牙にかかって果てた。香り高い血の匂いに耐えかねたが故の暴挙だったそうだが、今のこの身であれば、どれ程の耐えがたさかは重々分かるから別段文句を言う気にはならない。

ああ、そうさ、そして彼女は血を吸われて果てた私に血を与えた。殺してしまったという自責の念に堪えかね、己を弱めかねない行為に迷い無く手を伸ばしたのだ。

吸血種《ヴァンピーレ》が後天的に他種を吸血種《ヴァンピーレ》に堕《お》とすには、吸血行為によって死に至らしめた対象に自らの血を与えねばならないのだ。そして、血の濃さは吸血種《ヴァンピーレ》の純度と強さに密接に絡みつく。

さもなくば、地上はあっと言う間に吸血種《ヴァンピーレ》で埋め尽くされてしまうだろう? 陽導神は直情的であっても馬鹿ではないというのは、この辺によく現れていると思うね。

彼女は私に自身が持つ〝血の半分〟をも注ぎ込んだ。純血統、誇り高き〝三皇統家〟に名を連ねる偉大なる吸血種《ヴァンピーレ》の血を。

何はともあれ、私は吸血種《ヴァンピーレ》になった。なってしまった。望む望まないはさておき、なってしまったものは仕方がない。

なった後は色々大変だったね。妖精達《アールヴたち》にはブチギレられて、馴染《なじ》みの三人以外には愛想尽かされたり――何やら種族的に吸血種《ヴァンピーレ》に抵抗を持つ妖精《アールヴ》は多いそうな――エリザにわんわん泣かれたり、アグリッピナ氏も色々と過酷な環境にブチ込まれたせいで頼りにならず、何度心が折れたか分からん。

辛《つら》い夜と焦げ付く朝を幾つも越え、気がついた時には私は〝エールストライヒ家次期頭首〟として立ったセス――コンスタンツェとは呼ぶなと固く禁じられてしまった――の隣に護衛として立つ帝国騎士になっていた。

何があったかは説明し続けると文庫本でいうと一〇冊を超えると思うので割愛しよう。

ともあれ、私はここに立っている。エーリヒ・フォン・ヴォルフ帝国騎士として。きっとこれから続くであろう大戦、帝国軍という振り上げられた大剣の切っ先として。

だってねぇ、これほど大規模に肩入れしてやらかしてんだから、いつもの政治的な擾乱《じょうらん》攻撃では済むまいよ。周辺の混乱だのを考えりゃ、費やした戦費が見合わない。

多分、調子こいたヤツに鼻薬を嗅がせて嗾《けしか》けて、仕事が終わったら周りの国諸共に挽《ひ》きつぶして〝通り道兼食料庫〟に仕立てるつもりなんだろう。この国が接している辺りは平地も多くて進撃がし易《やす》い地形だから目を付けられたに違いない。

「さて王弟殿下、まずは三重帝国皇帝、慈愛帝コンスタンツェI世が名代として謹んで緒戦の勝利をお言祝《ことほ》ぎ申し上げる」

「ひっ!?」

彼が真面目にしていれば結構な美貌と言える顔を歪《ゆが》め情けない悲鳴を上げたのは、十三の頃から成長を止めた私の顔に畏怖してくれたからか。それとも血を吸い尽くして殺した護衛の騎士を足下に放り投げたからであろうか。

うん、折角だからね、開き直って吸血種《ヴァンピーレ》の特性ガン伸ばしビルドで今の私は完成している。攻撃を肉体で受け止めながら反撃の一撃ブチ込んだり、攻撃で飛び散った血を吸って回復みたいな、吸血種《ヴァンピーレ》ならではの強特性を前面に押し出した理不尽ムーブだ。

予想外とはいえセスがくれた贈り物だ。使わなきゃ損だろ？　ほら、普段基本ルルブばっかりで遊ぶＧＭ《ゲームマスター》が、今回は無制限で！って言うなら公式が小声で「非推奨です」というクラスを選びたくなるじゃない。

なので今の私は、前世のホラー映画で描かれた知性あるゾンビ位の強さしかなかったヴァンパイアを鼻で笑い、バトル漫画で章ボスくらいなら張れそうな性能に仕上がっている。

物理攻撃に耐性が強く、攻撃すればするほど回復する。実にそれらしいだろう？

ついでに我が主が敬虔《けいけん》な夜陰神の信徒——皇帝なので今は僧籍にないが——というおかげで、銀器に多少の耐性もついた今、私は夜なら理不尽な程タフで強い殴りタンクとして戦えるって寸法よ。

〝いいお手本〟がいたので、完成形は結構簡単に見つけられたな。

「なに、我が主は大変寛大であらせられる。それこそ、今宵《こよい》この地を私と我が配下、総計四五名の吸血種《ヴァンピーレ》の晩餐《ばんさん》としない程度には」

それに吸血種《ヴァンピーレ》の特性というのには、心底えげつないものもあるのだ。こういった情報を引き出すための威力偵察にはもってこい。殺しても簡単には死なないってのは勿論《もちろん》……。

他者の魂を血を介して啜《すす》らねば生きられないという惨めな性質の副産物。血に混じった魂の記憶を垣間見《かいまみ》ることができる特性が。

これは相当高位の、血を吸うことに慣れきった吸血種《ヴァンピーレ》になって漸《ようや》く扱える特性であるため、控えめな方が多い帝国では殆《ほとん》ど知られていないものだ。酒杯一杯の血で何百年も耐えてきたなら無縁の力は、彼等《ら》がこれを〝呪い〟と厭《いと》うてきたからこそ人々の記憶より忘れられたのだろう。

存分に役立てている私が言うのもなんだが、疎んで忘れようとするのも分かるよ。こんな力があるなんて知られたら、吸血種《ヴァンピーレ》を受け入れるのは相当に難しかっただろうからな。

だから私も先人に習い大声では喧伝《けんでん》しない。数少ない吸血種《ヴァンピーレ》らしい吸血鬼の筆頭であるテレーズィア様が黙しているように、これからの同胞のため口を堅く閉ざして主君以外に語ることはないだろう。

「しかし、それも無条件とはいかない。さしもの我らが主とて庭先で丁寧に育てていた薔《ば》薇《ら》の生け垣に油虫が付いたなら、憂いの溜息《ためいき》一つも零《こぼ》されようもの」

ただ……うん、私はちとやり過ぎてしまったらしい。

騎士として前線で斬った張ったをやっている間に特性を使いすぎて、そのまんま〝吸血鬼〟が異名になってしまってね。いまや三重帝国では吸血鬼というのは堪え性の無い阿呆《あほう》への罵倒ではなく、私個人のことになってしまったから困った困った。

別に食い散らかしたり無為に暴れたりしている訳ではないんだけど……流石《さすが》にアレだよ、曲がり角で出くわした途端に失神される位怖がられるとね。凹《へこ》むよね。

だからなんだ、言い訳するつもりはないが、私は別に必要以上に血を呑《の》みたい訳ではないのだ。いや、その、ええ、血を飲むと不思議と熟練度が凄《すご》い勢いで溜《た》まったので、一時期やり過ぎたことはあるかもしれないけど、神罰は下ってないからセーフセーフ。

故にだ、一応は自重して血を吸わずとも済む道筋も用意してやっている。

ま、可愛《かわい》いおねーちゃんなら兎《と》も角《かく》、イケメンでも野郎の血は好き好んで飲みたくなくなって理由を否定しないけども。

「さて、まずはその整備された庭のどこからどうやって虫が紛れ込んだのから調べねばならない……おわかりで？　虫が入る庭では、ついた虫を潰してもキリがないものでしてね」

何はともあれ、そのやり過ぎのおかげで私は地下の出身ながら我が主の御側《おそば》に置いてもらえているし〝こんな無茶な竜艇降下作戦〟なんぞも提案して通すことができる。

でも、実際いい手だと思うのだ。竜相手の迎撃戦ができる国は多かろうとも、切り離されて惰性で墜《お》ちていく竜艇を止めることは極めて困難だ。壮絶な質量を持つ物体が放つ運動エネルギーを迎撃するには、同量の物をぶつけるか、空中にて一撃で吹き飛ばすくらいしか方法がないからな。

後は少々物理的に潰れても死なない吸血種《ヴァンピーレ》を詰め込んで敵地を強襲し、先鋒《せんぽう》として後続の支援ができたら強いだろう？

それに最後の最後まで気張ればそこそこ精密な誘導で爆撃ができるんだから、時代背景をブチ抜いた強いムーブだと自負している。確かに乗員は死ぬが、普通に蘇生《そせい》してくるんだから尚《なお》のこと問題なし。

吸血種《ヴァンピーレ》の命なんて安いもんだからね。一回死ぬくらい誤差よ誤差。

城に詰めてる敵の数だけ残機を補充できるから更に安い安い。

さて、私はこんなにお得で効率的な作戦を提議したというのに、一体何だってグラウフロック家の参謀から「正気の沙汰ではない」と貶《けな》されまくったのだろう。私の配下達だって「マジかよ……」みたいな顔しつつも、最終的には乗り気だったというのに。

「それでですね、王弟殿下、私は陛下の庭の庭師であると任じております。なればこそ職責において問いましょうぞ」

さて、余人からの評価はともあれ、私は働かねばならない。この身になったことに思うことが全くないと言えば嘘《うそ》になるが、自分で毎日向いていないと嘆きながら直向《ひたむ》きに頑張るセスの助けになれるのであれば気にならなくなってきた。

私では夫になれないが、私は彼女の眷属《けんぞく》。最も濃く血を分けられた唯一の同胞。皇帝でありながら婚姻を結ばぬが故、処女帝と密《ひそ》かに呼ばれることもある彼女の側に立ち続けるためなら、鉄火を潜《くぐ》り血を浴びるような戦場に浸ろうと嫌はないとも。

なにより「私は貴方《あなた》を私のモノにしました。だから、私は永遠に貴方のモノです」なんてグッとくる告白をされた日には、男として腹を括《くく》るほかなかろうよ。

「貴殿は虫か？　それとも……」

最後に彼女の側に立っているのは私だ。彼女が皇帝を辞しても、僧籍に戻っても、その全てに倦《う》んで陽《ひ》の下に身を晒《さら》すことになろうとも。

彼女は私を殺した責任を取った。なら、私は生かされた責任を取ったっていいだろう？

彼女と彼女の帝国のため、私は分かりきった問いをかけて牙を剝《む》いた。

どう答えてくれたって構わないよ色男。

牙にかかって魂丸ごとゲロしようと、無様に歌おうと、私の仕事はなぁんにも変わらないのだから………。

【Tips】慈愛帝コンスタンツェⅠ世。史上希《まれ》なる女帝の一人。元僧侶ということで当初僧会への肩入れが懸念されるも、就任後は吸血種《ヴァンピーレ》らしからぬ決断力による中・短期的な政策の好調さを見せ、長期的な政策においてもケチの付けようのない治世を行ったため人気が高い。

尚、当人は最初「一期だけ助けると思って」と懇願されて就任したこともあり、以後はことある毎《ごと》に出家を望むが、安定性の高さと頼まれたら断れない性格からか通算で八期一二〇年という帝国史上最長の在位記録を打ち立てるに至った。

また、唯一政治的な婚姻を結ばず独身を貫いたため処女帝とも呼ばれ、未婚である苦言を全て実績で叩《たた》きつぶしてきた問題児としても歴史に名を残す。


一人の淑女が月夜の露台で涼んでいた。

夏の心地好《よ》く温《ぬる》んだ夜風に身を任せ、瀟洒《しょうしゃ》な庭園椅子に腰掛けて満ちるのを待つ月を楽しんでいる。

淑《しと》やかな、地に降り注ぐ月の光が形になったような女性であった。

嫋《たお》やかな肢体から優美に伸びた四肢は得も言われぬ調和を保ち、歪《いびつ》に大きくもなく、物足りなさを感じさせることもない母性の象徴と相まって完璧な調和を形作る。

細く滑らかな首を戴《いただ》く顔は柔和に整い、鳩血色《ピジョンブラッド》の目を彩る簾睫《すだれまつげ》が物憂げな色を差すことで得も言われぬ美を作る。夜闇を織って作ったと言われても腑《ふ》に落ちる美麗な髪は緩やかに編み込まれ、体の前へ流されていた。身に纏《まと》う深い蒼《あお》の装束と相まって、まるで欠けていく自分を憂う更待月が如《ごと》き美女。

彼女は傍らに饗《きょう》された酒杯を完全に意識の埒外《らちがい》に追いやり、自分の手を熱心に見つめていた。

なだらかな処女雪の雪原を思わせる左手。正確には、その薬指を彩る深紅の宝石が嵌《は》まった指輪を。

不思議な指輪であった。神銀《ミスタリレ》製の精緻な彫金が施された台座の見事さはさておき、嵌まっている大粒の宝石は、仮に優秀な宝石商であっても如何《いか》なる品かを判別することはできないだろう。

繊細にして大胆なカットが施された楕円《だえん》の宝石が持つ色合いは血よりも深い、しかし黒には落ちきらぬ筆舌に尽くしがたき赤。上質な紅玉《ルビー》のような鮮烈な赤でも、石榴石《ガーネット》のような沈み込む赤でもない。

強いて言えば赤い尖晶石《スピネル》に近いが、如何なる作用が働いているのか、その宝石は奇妙なことに一定間隔で煌《きら》めくのだ。それも持ち主が傾けることなく、光源である月や星々が変わることなく佇《たたず》んでいるにも関わらず。

鼓動の如く一定の拍子で途切れることなく輝き続ける宝石を眺め、淑女はほぅと陶酔の溜息を零した。

どれほどそうやって宝石に見惚《みと》れていただろうか。俄《にわか》に宝石が煌めく頻度が高まった。

憂いを帯びた瞳が喜色に染まり、歓喜の吐息が溢《あふ》れる。

そして喜びに声を上げようとした時、それはやってきた。

一匹の蝙蝠《こうもり》。掌《てのひら》に載る大きさの、ようよう見れば愛らしい顔をした鳥ならざる空を飛ぶ獣。ぽつりと夜から飛び出してきた蝙蝠は一匹、二匹と増えていき、やがて膨大な数が音も無く女性の傍らに群がっていく。

瞬く間に群となった蝙蝠が嵐の如く乱舞し、最後には消えゆくように一点へ収束する。

するとどうだ。夜よりも黒い蝙蝠達の嵐が去った後に一つの影が残された。

それは、死が二つ足で立っているような男だった。

黒の詰め襟を隙無く着込み、黒く不気味な長剣と質素な片手剣を腰に佩《は》いた姿は、大外套《おおがいとう》を含めても城の近衛《このえ》と変わらぬ姿だというのに酷《ひど》く不吉な印象を見る者に与える。

白く血色の失せた顔はどこかあどけないのに凄絶な死の気配を滲《にじ》ませ、口の端から隠すことなく、否、秘めた獣性を誇るかの如く伸びた牙からは血の匂いが烟《けむ》るよう。

かねて恐れよ、泣く子の前に〝吸血鬼〟が現れる。市井にて教育のため、簞笥《たんす》に潜む怪物と並んで囁《ささや》かれる化物がそこにいた。

褪《あ》せて月のような色をした金の髪を椅子に座る淑女と揃《そろ》いの形で纏めた彼は、ゆったりした歩調で彼女の眼前に立ったかと思えば、優雅に外套を翻して跪《ひざまず》いた。

「ご下命に従いまかり越して御座います、我が主」

しんと静謐《せいひつ》な夜に染み入る声は夜風を想起させる。耳朶《じだ》を撫《な》でる優しさが滲んだ声に淑女は微笑《ほほえ》み、跪いたため差し出される形となった頭にそっと手をやった。

「大儀でした、我が眷属。仕儀は如何に？」

問い掛けに男は頭を上げることなく懐に手を差し入れ、一塊の布を捧《ささ》げ出す。独りでに包みが解かれた布の中には、指輪が二つと……束ねられた色の異なる二つの髪が収まっていた。

「こちらが主の命によりお招きいたしました件《くだん》の王と、その王弟殿下にございます」

指輪は印象指輪。持ち主の権威と権力の正当性を担保する品であり、かつて何代も前に三重帝国から下賜された品。そして、ひっそり添えられた髪は、その主兄弟のもの。

それらが揃ってここにある意味は、最早《もはや》語るまでもなかろう。

「そう、ご苦労でした。陛下も殿下も歓迎いたしましょう、ようこそ我が帝国へ。どうかごゆるりとなさってくださいね」

彼女はそっと布を包み直し、テーブルの上に移すと全ての興味を失って笑みのままに己《おの》が従僕を見やる。

「本当に大儀でしたね、エーリヒ。もう崩してもよいですよ？」

「有り難き仕合わせ」

許しを与えられた男、三重帝国騎士エーリヒ・フォン・ヴォルフは立ち上がって自らの主人、慈愛帝コンスタンツェI世へ微笑みを投げ返す。

「それで、今回はどうでした？」

「まぁ大したことは。竜艇突撃の効果は中々でしたね。私だけではなく、細胞賦活速度が速い配下を同道させれば中規模の城塞なら半刻とせず墜とせるようになるかと。増産と訓練を提案致します。慣れてないと結構痛いもので。やはり火はしんどいですな」

「そう。私にはちょっと酷いやり方に思えるけど、効果があったならいいでしょう。今度、正式な案件として議会に上げておきます」

配下が聞けば顔を真っ青にして「常用するのは止《や》めてくれ」と叫びそうなことを宣《のたま》いながら、椅子に座るエーリヒにツェツィーリアは良く分からなそうな顔をして頷《うなず》いた。

「これで止まるでしょうか……」

「まぁ無理でしょうな」

憂い顔の主人の言葉を切って捨て、吸血鬼は薄い月を見上げて嘆息した。

「城に蓄えた兵糧と……〝彼等《ら》自身〟から聞いた情報を頼るのであれば、まぁ次善の策が幾つも仕組まれていましょう。此度《こたび》の戦、中々に侮れますまい」

「そうですか……」

慈愛帝の悲しげな呟《つぶや》きを聞き届ける男がいたならば、彼女の悲しみを祓《はら》うため己の全てを擲《なげう》つだろう。女性にとって褒め言葉になるかは怪しいが、これほど憂い顔が様になる者は帝国に二人といまい。

「……上手《うま》く行けばようやく退位して、当主位も譲れると思ったのですが」

「全て無に帰しましたな。世の中は分からぬもので」

女帝の憂い、全てはそこにあった。

というのも彼女はここ暫《しばら》く精力的に水面下で政治的な暗闘を繰り広げていたのだ。穏やかに退位して見所のあるバーデン家の連枝に帝位を譲り――尚、相当に頑迷な抵抗が予想されていた模様――当主位も道楽に浸っているが才能在る同胞に叩き付け、誰にも止められぬ速さで僭籍に入ろうと目論《もくろ》んでいた算段が全てご破算である。

これまで彼女は長く帝位についてきた。民からの人気があるのは兎も角、この御仁はどうにも他人をやる気にさせるのが上手い。彼女の為なら死ねる、と本心からの忠義心を抱く家臣が相当の数に及ぶほど彼女にはカリスマがあった。

なればこそ、外交的な政局に伴う譲位までは上手くいっても、当主位の退位までは適《かな》わなかった。何卒《なにとぞ》、大難が去った後には慈愛帝の穏やかな御代《みよ》にて民心を慰撫《いぶ》されたく、と百家揃って跪いて懇願されたら、さしもの彼女も逃げられない。

ツェツィーリアは自分の父親程、色々とふっきれて投げ出せない性質《たち》であったのだ。

そして全てが台無しになり、自分の大事な眷属を先鋒として差し向けて戦を早期に片付けようとしたが……大国の意思の前では、たった一つの戦勝では足りない。

相手も衛星諸国家を挟んで三重帝国とウン百年も小突き合ってきた古豪。出足の一つ二つ崩したところで、どうとでも調整できるよう戦略を組んできているようだ。

当たり前の話である。たった一つの策が崩れたくらいで成立しなくなるようなら、戦争なんてものはするべきではない。

どうあれ殺す。その目処《めど》が立って初めて剣を抜くのが外交というものであるのだから。

「長くなりそうですか」

「……宸襟《しんきん》を騒がせ奉り、恐縮に御座いまする。全ては臣の力不足故」

「そうかしこまることはありませんよ、エーリヒ。別に貴方一人で戦をどうこうしようなども烏滸《おこ》がましいことを私は考えておりません」

今は神代ではない。一人の英雄が戦況を一変させることはないのだ。この眷属を放り込んだなら、戦術的にであれば幾つも勝利を拾えよう。

それでも直接的な勝利には繋《つな》がらない。竜騎や騎士、優れた駒が盤面の一画を制圧することはできても、戦局全てを本質的に壊してしまわないのと同じように。そんな駒があったなら、兵演棋は成立しないのだ。

「……しかし、無茶をしてきたようですね。酷く臭いますよ」

「え？　あー……はは、まぁ、一番槍《いちばんやり》を期待すると陛下が仰《おっしゃ》ったもので、少し気が入りすぎたようですな」

ただ、彼女は分かっていて駒を動かした。強力な無二の大駒。どれほど大事にしても駒は盤に配さねば意味がない。それが、取られてしまう危険性を背負うことになっても。だとしても今回、この駒はやり過ぎているきらいがある。こと血の臭いとなれば、この上なく敏感な嗅覚に凄《すさ》まじい血の香りが引っかかるのだ。

普通、三重帝国の吸血種《ヴァンピーレ》は軽々に牙を用いて血を吸うことはない。それが文化であり礼儀であり矜持《きょうじ》だからである。

が、この男は恥も外聞もなく「牙で吸った方が効率が良いし、沢山吸ったら強くなるので」とかヌカして牙で血を啜《すす》る。

そうして得た力で自らを賦活し、類稀《たぐいまれ》なる技術を用いながらも本質的には命を無視するという高度なゴリ押しで相手に理不尽を叩き付けるのだ。

相手は死ぬが自分は蘇生《そせい》するからと相打ち上等で際の際を狙う絶技を放り込んでくる戦法は、実力が拮抗《きっこう》すれば拮抗するほど悪辣さを増す。なにせ途中までは死なずに勝つ剣を振るい、土壇場で命を投げ出してくるのだ。普通の剣筋に慣れた戦士では、その誤差に対応仕切れず呆気《あっけ》なく相打ちに持ち込まれる。

にもかかわらず自分は素知らぬ顔で「え？　これで死ぬの？　脆《もろ》ーい」とでも煽《あお》るように復活してくるのである。これを悪辣と言わずして何と言う。

それに相手が同等の不死者《アンデッド》であったとしても、外聞を捨てて血を補給するエーリヒに有利に働くというのが尚更《なおさら》性質が悪い。

こんなのだから吸血鬼とはやし立てられ、市井で子共を怖がらせる唄なんぞにされるのだと主人は嘆いた。

「……首を出しなさい」

呆《あき》れながらの命令に眷属《けんぞく》は顔を喜色に染めて立ち上がり、詰め襟の高い襟を外した。

白くなだらかな死者の色をした肌が月の光の下で冴《さ》え冴《ざ》えと光る。皮膚から薫る吸血種《ヴァンピーレ》だけに分かる濃い血の匂いに唾液が湧き上がるのを感じながら、ツェツィーリアは牙を剝《む》く。

吸血種《ヴァンピーレ》間における吸血は一般的ではない。が、眷属とその主人の間においてのみ、例外的に発生する行為だ。

吸血種《ヴァンピーレ》の吸血行為には陽導神から受けた呪いである渇きを癒やす以外にも大きな意味がある。他人の魂を血液を媒介として取り入れ自らの力に変換する。つまりは、元々受け取った主人の血が薄まることにも繋がる。

やがて眷属は眷属ではなく、独立した一人の吸血種《ヴァンピーレ》となろう。

それを避ける方法は二つ。主人が血を与えるか……血を抜くのだ。

眷属として作った吸血種《ヴァンピーレ》が離れていかぬよう、主人が血を抜くことは技法としては伝わっている。だが、血を吸うことを恥じらうようになった帝国の吸血種《ヴァンピーレ》においては、殆《ほとん》ど廃れた文化といってもよい。

最早彼等は己の眷属が独立することに対し、感慨を抱かぬような文化を持つに至っているのだから。

それでも眷属は喜んで首を差し出し、主人は受け容《い》れた。

決して余人が近づかぬよう命じてある露台であるから、慈愛帝は迷わず自身に秘めた吸血種《ヴァンピーレ》の本能を解き放つ。牙を剝き、真珠色の凶器を迷わず己の従僕の肩口に食い込ませた。

大いなる歓喜が口腔《こうこう》にて踊る。従僕自身の膨大な魔力を秘めた血液が抗《あらが》うことなく、否、むしろ望んで主人の体に取り込まれていく。自らが蓄えた力が薄まることを厭《いと》いもせず、主に血を吸われて従僕は随喜に身を震わせる。

これほどの深い交わりがあるものか。命を分けられ、分けられた命を返す。そうしてまた濃くなった繋がりを取り戻し、延々と高め合う。

エーリヒは吸血種《ヴァンピーレ》と強くなった折に気付いた。何時の日か、眷属と主君という関係が薄れてしまうと。

そして、彼は選んだ。自らの主を説得し、ただ一人の主君として仰ぎ続ける為《ため》。

熱心で長い交渉に少し堪《こら》え性《しょう》が足りなかった主は結局折れた。斯《か》くして、隠れるようにしてこのような光景が屢々《しばしば》繰り広げられるようになる。

どうやら主君が主君であるなら眷属も眷属であったらしい。

惚《ほ》れた弱みというべきか、転ばされた弱みというのやら。どうにも屈折した感情を拗《こじ》らせてしまった、吸血種《ヴァンピーレ》としては未《いま》だ年若い領分にある彼は血を捧げる喜びに打ち震えた。

主人が吸血の快楽に――血は吸う側にも悦《よろこ》びを与える――耐えかねて肩に縋《すが》る様を見れば、どちらが主人か分かったものではなかった。

物理的な弱点を一個つぶせるとかいう打算的な理由ではあるが、吸血種《ヴァンピーレ》の存在骨子である〝心臓〟さえ魔法で凍結させて差し出しているというのに。

「……エーリヒ、貴方《あなた》やっぱり吸わせたくて無理に吸ってきていませんか？」

「真逆《まさか》。我が皇帝陛下のお手を自らの悦びのため煩わせるようなこと、畏れ多くてとてもとても……」

「よくいいますね全く……もう少しいただきますよ」

「御意に。どうか心ゆくまで」


―

一度口を離した主人に眷属はあくまでかしこまってみせる。そして、からかわれていることを理解し、年頃の娘がごとく頬を膨らませる主人を笑うかのように宝石の形をとった心臓が煌《きら》めいた…………。

【Tips】吸血種《ヴァンピーレ》に本当の破滅をもたらすのは不死者《アンデッド》を滅する神の祝福、陽《ひ》の下での致命的な死、そして銀器による心臓の破壊。

或《あ》る男がその命を終えようとしていた。

男は帝国の何処《どこ》にでもいそうな騎士家に産まれた男であった。長子として家を継ぐことを期待され、期待に応えて家を継ぎ、それどころか期待以上の成果を上げて近衛《このえ》にまでなった。

家格を上げて一族から祝福された男は、主家筋の四女を妻に貰《もら》うという破格の婚姻を結んで子を成し、それからも働ける限りは忠勤に努めて家を盛り立てた。

近衛として皇帝の側《そば》に侍《はべ》ること二〇と三年。実働より退いて新兵の扱《しご》きを続けること更に二〇と八年。生きている間に踏み越えた戦場の土は数知れず、その功労に報いるべく皇帝直々に勲章を授けられたこともあった。

家督を息子に譲って隠居し、近衛を退いても末期の床に伏すまで一日数百の素振りを欠かすことはない、これぞ弓矢の家に生まれた男と称賛されて余りある武人であった。

このまま息子の後を継いだ孫が忠勤に努めれば昇爵も望める程に人生を通して家を立てた武人であった男も、ヒト種《メンシュ》に生まれ落ちた当然の定めとして命を燃やし尽くしつつある。

後悔はなかった。未練も最早ない。この五〇年も生きれば上等と呼ばれる世において七〇年以上も生き、ひ孫が婚姻し玄孫《やしやご》の顔まで拝めるというのはむしろ恵まれすぎなくらいだ。これで未練や悔いがあると宣《のたま》えば神々も顔を顰《しか》めることであろう。

武人はある日、唐突に己の限界を悟った。日々の素振りの稽古の中、一度も覚えたことのなかった肘の痛みを得た日のことだ。

剣を振り肘が痛むのは振りに原因がある。手首を必要以上に反らせるよくない振り方をすると肘を痛めてしまうのは、未熟な子供時代に我が身を以《もっ》て学んでいた。

つまり、武人としての五〇年を超える人生で一度も狂わなかった振りが乱れたのだ。

これを死期の到来、練武神が休み時を伝えてくれたのだと悟った彼は人生の終《しま》い仕度に入る。

隠居屋敷の私物を整理し――妻には先立たれて随分になる――くれてやる価値のある物はそれぞれに宛てた長持に仕舞い込み、不要品は庭で火を掛けてさっぱりと整理する。日記は残そうか迷ったものの、見られることが七〇過ぎにして恥ずかしく感じたため不要品と共に燃やした。

ずっと前に武人の倣いとして認《したた》めたものの内容を忘れるほど放置していた遺言書も改めて現状に則した内容に直し、ついでとばかりに普段の筆無精さが嘘《うそ》の如《ごと》く、死後知人に届けさせる手紙も何十通と書いた。

支度に要したのは丁度一〇日間。

そして、一一日目の朝に彼は倒れ、臥所《ふしど》から起き上がれなくなった。

大変な騒ぎであった。家中どころか付き合いのあった家の者が次々訪れ、終いには主家筋の当主までもが見舞いの品を持って訪れる大騒ぎ。訪れた全員に最期の挨拶をし、そんなことを言うなと励まされるのは難儀なことであった。

若い頃の彼ならば考えもせなんだろう。何故《なぜ》ならずっと、皇帝への忠義の果てに何処ともしれぬ戦場の土となって死ぬと思っていたのだから。

絶えることを知らぬ見舞客に疲れ果てた男は、当主となった孫に最期は静かに過ごさせて欲しいと頼み込んで以後の面会を断った。

そして部屋に自分だけとなり、日に三度従者に様子を見させ、生きていれば世話をして貰えればよいと差配する。明日からは、一人で誰も訪れぬ部屋で過ごせるはずだ。

ただ、孫への体面もあってそう言ったが、男には明日の朝日が拝めないことが分かっていた。

理由はない。今まで生き抜いてきた人間としての感性がそう告げていた。

重い体を寝台に横たえ、静かな部屋で考えることは多くない。

ただ痛かった。病に伏した肉体は七〇年以上使わせてやったツケだと言わんばかりに軋《きし》み、戦場で矢玉を受けたのが可愛《かわい》らしく思えるほどに苦痛を押しつけてくる。

これが死か、と感じると共に……ふと思い出した。

近衛であった時の同僚。己が取り上げられた時には既に古参として名が売れており、同時に恐ろしげな二つ名を囁《ささや》かれていたあの男。

彼は今も生き続けているはずなのに、見舞いには来なかった。

共に酒を酌み交わした時、冗談交じりにでもお前の死に顔は珍しいから、見物しに行ってやると言っていたのに。

最期にあの紅《あか》い紅い、欲しいと思ってしまうほどに紅い目が……。

ふと、軋んだ音が聞こえる。蝶番《ちょうつがい》が掠《かす》れる音に首を巡らせれば、閉じていたはずの窓が開いているではないか。紗幕《しゃまく》が風に吹かれて小さく揺れており、死の間際に聞く幻聴でないことを教えてくれた。

「やぁ」

声を聞き、男の体が跳ねた。あり得ざる時にあり得ざる方向から届く声には攻撃する習性が身についていたのだ。近衛として誰もが骨身に染み込ませる不意打ちへの備え、そして老いようと枯れようと止めることがなかった枕の下に懐剣を隠し持つ習慣。全てが老いさらばえた肉体を叩《たた》いて動かし、人生でも中々見られなかった鋭さで懐剣を抜き放たせる。

されど、渾身《こんしん》の抜き打ちが肉を抉《えぐ》ることはなかった。

若い小さな掌《てのひら》が枯れ枝のようになった手首を押さえ、刃を留めていたからである。

「随分な挨拶じゃないか、古い戦友が訪ねてきたというのに」

「お、おお、おま、お前は……！」

「お前は変わらんね、フロレンツ。酒の趣味も変わっていなければいいのだが」

老いを全く感じさせぬ、並の刺客であれば一撃で首を刎《は》ね飛ばしていた斬撃を涼しい顔で受け止め、逆の手に持った琥珀《こはく》酒の酒瓶を掲げる彼に男は覚えがあった。

少年の如きあどけない容《かんばせ》は子供特有の丸みで性差が些《いささ》か判別しづらく、よく見れば少年と分かる女顔。伸ばして魚の骨を連想させる形に編み込んだ色素の薄い金色は、今宵《こよい》も天に輝いている月のような色合い。

何より目を惹《ひ》くのは、紅い瞳だ。鳩血色《ピジョンブラッド》の鮮血でさえ褪《あ》せる鮮烈な赤は、一度見れば魂にこびり付いて忘れられない。

何も変わっていない。小柄な体軀《たいく》に不釣り合いな詰め襟の近衛制服、身に余るほど巨大で不気味な剣と簡素な剣の二本持ち。乙女が羨んで手巾を嚙《か》むような髪も、宝石として欲する者が現れるほど煌びやかな目も。

初めて近衛の兵営に踏み入れた時から、戦場で首を捕ろうと馬乗りになった敵を蹴り飛ばしてくれた時から、退官式で酒を掲げていた時から、何一つ変わっていない。

当たり前だ。吸血鬼《ブルートザオガー》のエーリヒが老いることはないのだから。

全盛と変わらぬ斬撃を放った肉体から一気に力が抜けた。そのまま魂まで一緒に蒸発してしまいかねない勢いで。

寝台に体を凭《もた》れさせ、心でも読んだのかと言いたくなる時勢に現れる珍客に男は溜息《ためいき》を溢《こぼ》した。

「……何が変わらないなだ吸血鬼め。俺はもう七〇過ぎの爺《じじい》だぞ。嫌味か、いつまでも餓鬼みたいなナリをして」

「嫌味なものかよ、我が古き友。お前は何も変わっていないさ、一緒に酒場で馬鹿みたいに飲んで、平服なのを良いことに地下のチンピラ共と殴り合いに興じていた頃と何もね」

器を借りるぞと勝手に宣い、月色の吸血鬼は寝台脇に伏せてあった硝子《ガラス》の杯をひっくり返しつつ、なんで一個しかないんだとぼやいた。

小気味好《よ》い琥珀酒の栓が抜かれる音。手酌で杯に酒が注がれれば、月明かりを反射した琥珀色の液体が幻想的に輝いた。

飲めば万病が癒やされる薬のように。

あるいはこれは、本当に万病を癒やす薬なのかもしれない。骨が折れたり矢が刺さったりして耐えがたい痛みを受けた晩も、これがあれば安らかに眠ることができたから。

「ほれ、これ好きだったろ。ちゃんと覚えてるぞ」

「何十年前の話だ、こんな安酒……半分密造酒みたいなモンじゃねぇか」

差し出される杯を受け取りながら、鼻腔《びこう》に突き刺さるようにキツい酒精の匂いが懐かしかったからであろうか。男の口調はすっかり馴染《なじ》んだ老爺《ろうや》めいたものから、若く恐れを知らなかった近衛であった時のものに戻っていた。

声の嗄《か》れも舌の震えも、欠けた歯のせいで不明瞭になっていた発音も嘘のように消え去って。

「お前が言い出したんだろ？　私が一押しする銘柄を断って、コイツなら同じ値段で五倍は飲めるぜなんていって」

「うるせぇな……騎士家なんて名ばかりで金ばっか出てくんだ。馬の飼育費、騎手や歩卒に使用人共の雇用費、親父《おやじ》が伝統が伝統がとうるせぇばかりの襤褸《ぼろや》家の修繕費……領地と近衛の俸給が幾らあっても足りやしねぇ……」

懐かしくも財布が寂しかった時分の思い出と共に口に含めば、酒精神の聖堂で作られてはいるものの安かろう悪かろうの精神で作られた酒の酷《ひど》い味が記憶の中そのまま過ぎて酷く笑えてきた。

酒の味は変わらないのに、目の前の小兵もこんなにも変わらないのに、俺だけが老いすぎたと。

「美味《うま》いなぁ……美味い……昔とおんなじだ。俺は、こんなに歳《とし》ぃ食って変わっちまったのに」

自然と涙が零《こぼ》れて来た。病による痛みでもなく、何故か悲しくて、妻が死んだ時以外に緩むことのなかった涙腺が仕事をし過ぎてしまう。

そんな男を見て笑うでも慰めるでもなく、震える手から杯を取り上げた吸血鬼は自分も呷《あお》って渋い顔をする。

「この酒の不味《まず》さもお前も変わらないさ。私にとってはいつまでも眩《まぶ》しいままだよ」

「……俺ぁ、俺ぁこんなになっちまったんだぞ。もう馬にも乗れねぇ、鎧《よろい》を着たら行軍するどころか家を出ることすらできねぇ、それどこか、唯一残った剣すら振れねぇ……それがお前、お前よぉ、何も変わってねぇ吸血鬼の、非定命のお前が……」

「悪くとってしまったなら謝ろう、友よ」

だがね、と前置きし、残った酒を乾《ほ》してからつぎ足しつつ吸血鬼は続ける。

「末期の時まで必死に生きようとするお前達《たち》は、死ぬのを忘れてしまった私にとっていつまでも若々しくて輝かしく、どこまでも羨ましいんだよ」

私だってそうだったはずなのに、その感覚を忘れてしまった。言って継ぎ足した酒を二口三口含み、残りを男に押しつける。

「……そうだなぁ、他ならぬお前が望むなら、血を分けてやろう。私と一緒に来てもいい」

「あ……？　あぁ……？」

「いつだか言ったろ。あれはたしか、戦の前だったな。吸血種《ヴァンピーレ》の牙に掛かって死ぬのは、苦しくなくて気持ちいいんだろって聞いてきたのは」

　言われてみれば言った気もすると男の褪せた記憶が過去の中から浮かび上がる。

　あの時は記憶が正しければ、矢玉が当たろうが魔法で弾《はじ》け飛ぼうが簡単に死なないヤツを揶揄《やゆ》するのが目的だったはずだ。その後、皮肉を吐き捨てるように俺もんな体だったらなと言った……かもしれない。

「お前が忘れても私は忘れないよ。吸血種《ヴァンピーレ》だから。その後、死ぬような目に遭ったお前が、私の牙に掛かって死ぬなら悪くない、なんて気色の悪いことを言ったのも」

「なっ!?　う、嘘だ！　嘘だぁ!?」

「馬鹿、お前相手に嘘なんて吐《つ》くかよ」

　やれやれと首を竦《すく》めてみせる吸血鬼に嘘だと続ける男であるが、こればっかりはたしかに言ったと記憶が甦《よみがえ》ってしまった。

　死は常に覚悟していたが、痛い死に方は嫌だった。それなら、綺麗《きれい》だなと思った目を見ながら、なんて馬鹿げたことを考えてしまっただけのこと。

他意はない。そんな頭の悪い冗談だった。

だが、それを彼はずっと覚えていたのだ。律儀にも。

中身の減った酒の瓶を弄ぶ吸血種《ヴァンピーレ》は、琥珀色の液体を目で追いつつ問うた。

「痛むか？」

「……ああ、痛むよ」

答えに迷わなかった。返答を聞いた吸血鬼の流し目を受け、酒と共に唾を飲み込む男。

また問われていることが分かった。言外に、言葉にする無粋を避けて吸血鬼は聞いているのだ。

安くて酒精ばかりがキツい酒の後味を舌の上に感じつつも、男はやがて覚悟を決めて小さく首を振った。

微《かす》かなれど断固とした仕草に迷いは感じられず、未練を断つ刃のよう。

答えはない。されど、酒瓶に栓をした音が了承を表していた。

ただ、代わりに男は夜着の襟を開く。横たわったまま瞑目《めいもく》し、胸の上で手を組んで静かに息をして待った。

こんな皺首《しわくび》でいいのならと。

やがて酒瓶が寝台の脇に置かれて空の杯が伏せられた。

そして、そして…………。

夜が明け、男の様子を見に来た使用人が彼の死に顔を見て大慌てで家人を呼ぶと、男が病床に伏した時以上の大騒ぎとなった。

亡くなったことに血族揃《そろ》って悲しんだのもあるが、満足げに笑ったまま逝った男の顔があまりにも青白く、首元に傷があるという異常な死に様であったからだ。

すわ殺人かと誰もが慌てながらも、とりあえず遺言書を確認して葬儀を執り行わねばと混乱の中で済《な》し崩《くず》し的にことが進んでいく。

公証人として呼び寄せた本家の人間立会の下、今後の捜査をどうするかと気にしながら開いた遺言書には、奇妙なことが最後に一文書き残されていた。

もしも自分の血が抜かれて死んでいても、そのことに対して一切の調査をしてはならぬと……。

【Tips】吸血種《ヴァンピーレ》の牙は血を吸う相手に快楽を与えることもできるが、望めば安らぎをもたらすこともできる。

また置いて行かれた。

小さな墓の前でそんなことを思ってしまった。

田舎の荘《しょう》の中、手入れはされているものの時の流れによって朽ち始めている墓がある。

岩は苔生《こけむ》して形を残すが、それさえ永劫《えいごう》ではない。

刻んでいる名は愛《いと》おしい名前。それと同じ位に恨めしい名前。

私を置いて行ってしまった人の名前。

今でも忘れられない名前と顔ばかりだ。共に過ごし、笑い合って、それでも置いて行かれてしまった。

あの時は今よりずっと若かったから、無様に縋《すが》ってしまったな。私の勝手を許してくれと、一つ頷《うなず》いてくれさえすればいいなんて。

私を置いていくなと、血を吸う鬼が無様にぴぃぴぃ泣きわめいたものだ。

だけど、誰も頷いてなんてくれなかった。

父も母も兄達も。

マルギットやミカさえも。

私の願いを聞いて、私のために命を、人生を賭けてくれた彼等《ら》だったのに。一緒に永遠を生きてくれという願いだけは聞き入れてくれなかった。

そりゃあ分かるよ、理屈では。彼等は彼等として精一杯生き抜いて満足の行く人生を綴《つづ》ったのだ。そこに惨めったらしく現れて、まだ完結させないでくれと縋り付くなんて。作家に例えたらどうしようもないファンみたいなものじゃないか。

私が愛した人達はみんな強かった。だから生きる意味を理解して終わっていった。

私にはセスがいる。お互いを所有しあう分かち難い愛しい主人がいるから自死を望むなんてことはないとも。

それでも寂しくて仕方がないのだ。置いて行かれるのがどうしようもなく。

今日もまた、よく知っている友人が一人逝ってしまった。神々の膝元に招かれて、安らかに冥府で眠るため。

今まで誰一人として、私の問いに頷いた人間はいないが、これで一体何連敗なのだろう。あまりにもフラれすぎじゃないかな私。

その悲しさと寂しさと虚《むな》しさのあまり、こうやって一番悲しかった別れの場所に来てしまう。きっとこの後、北の果ての雪の下を最後の寝床に選んだ彼の所にも訪ねてしまうだろう。帰りがあまりに遅くなると仕事が溜《た》まるし、主人にも心配されるのにな。

それとも、このまま朝まで留《とど》まって、それを口実に誰かの家に行ってしまおうか。日が沈むまで匿《かくま》ってくれなんて尤《もっと》もらしいことを言って、私が大好きな人達の面影が残る人々に会いに行く。

それもまた幸福だけども……やはり私はどこまでいっても吸血種《ヴァンピーレ》になって果ててしまったようだ。

置いて行かれたという勝手な思い込みでの寂しさと、私が愛した強い人達が確かに残したものを見つめられる幸福、そして私を置き去りにした全員を巻き込んでしまいたかったという拭いきれない破滅的な願望。

考えずとも分かるだろうに。そんなことをしでかしたなら、流石《さすが》にみんなだって許してはくれまい。

ああ、本当に難儀な生き物だ、吸血種《ヴァンピーレ》というものは。仮面を被《かぶ》った変態――間接的に血縁になったとは思いたくない――と戦っている時はただつよ生物じゃねぇかと羨む気持ちがあったが、いざなってみると辛《つら》いものだ。

他の人達は、一体どうやってこの孤独を噛《か》み締めて生きているのだろう。

……これもまた贅沢《ぜいたく》な悩みか。私にはセスがいるし、趣味だってあるからな。私を知り続けている人間が絶えた訳でもないのに、こんな世界が終わったみたいなことを宣《のたま》って感傷に浸ること自体が贅沢だ。

ああ、やっぱり今日は帰ろう。最後に北に行って、雪の寒さを堪能したついでに幾つかの〝作品〟を眺めてから。

「おかえりなさい、兄様」

満足行くまで趣味の悪いことをして楽しんだ私を館で出迎えたのは、普段魔導院の工房に引き籠もって出てこないエリザだった。

「ああ、ただいま、エリザ」

帝都の一角に与えられた私邸に佇《たたず》む彼女は、私と一緒で変わらない。柔らかくて長い、母から貰《もら》った金色の髪と父の色を受け継いだ琥珀《こはく》の瞳。一〇代の末頃から変わることのなくなったほっそりした少女の雰囲気を残す体は、私に合わせてか喪服を連想させる黒く豪奢《ごうしゃ》な装束に飾られている。

彼女は度々こうやって私を訪ねてくれる。連絡するでもなく、予定を合わせることがなくても、私が凹《へこ》んでいるとどうやってか察して訪ねてくれる。多分、否定しているが今も付き合いのある妖精達《アールヴ》がコソコソ情報を流しているに違いない。

「ね、兄様、少しお酒を召し上がりません？　いいものを頂いてしまったので」

「そうかい？　嬉《うれ》しいね、お裾分けに来てくれて」

朗らかな淑女の笑みを浮かべて手を取ってくれるエリザ。

なのに私は、彼女と会う度に罪悪感を抱いてしまう。吸血種《ヴァンピーレ》として生きることに楽しみ始めた私に彼女だけは巻き込んでしまったから。

半妖精《チェンジリング》は肉の殻を持って生まれてきた妖精《アールヴ》。今までそうだったように、彼女も人間に憧れ人間として生きて……死ぬことができる生き物だったのに。

だのに彼女は私に合わせて体の成長を止めてしまった。ヒト種《メンシュ》としても妖精《アールヴ》としても半端なままで。

一度、申し訳なさのあまり言ってしまったことがあった。君まで私に付き合うことはないのだよと。

それにエリザは笑いながら答えてくれたのだ。

私は兄様と一緒です。兄様が望む時までと。

これは多分、私の思い上がりでないとすると……いや、止《や》めておこう。

セスも私も吸血種《ヴァンピーレ》として大きくなりすぎたが、それでも完璧にも永劫にも程遠い。いつか吸血種《ヴァンピーレ》で、生物でいることが絶えきれなくなって陽導神に不死を返上する日は訪れる。

いつの日か必ず。尽きることのない膨大な私の将来が、積み上げて来た過去の私を摩耗し尽くすその日が。

今はまだ、甘えていよう。まだ生きていて、私と居てくれる人の優しさに。

ただなぁ……エリザ、一度でいいからセスからの晩餐会《ばんさん》のお誘いに答えてくれないかな？　お兄ちゃんそろそろ外聞が悪くて辛いよ。セスも嫌われてしまっているのでしょうかと悩んでいて、それを見るのは忍びないし。

そう話題を切り出そうとしてみたけれど、にっこりとおっかない笑顔を浮かべられたので諦めるしかない私は、まだまだ若いのかもしれない…………。

【Tips】非定命、敢《あ》えてそう名付けた意味を知る時に定められぬ寿命の意味を悟る個体が多い。

Aims for the Strongest
Build Up Character
The TRPG Player Develop Himself
in Different World
Mr. Henderson
Preach the Gospel

CHARACTER

名前

ツェツィーリア

Cecilia

種族

Vampire

ポジション

プリースト（夜陰神）

特技

耐久力 スケールⅦ

技能

- 夜陰神信仰
- 日除けの奇跡
- 献身の奇跡

特性

- 高貴なる出生《ブルーブラッド》
- 旧き血統
- 祝福された乙女

Aims for the Strongest
Build Up Character
The TRPG Player Develop Himself
in Different World
Mr. Henderson
Preach the Gospel

CHARACTER

名前

マルティン

Martin

種族

Vampire

分類

コネクション

特技

魔力貯蔵量 スケールⅨ

技能

- 最上級生体操作魔法
- 上級空間操作魔法
- 最上級行政知識

特性

- 高貴なる出生《ブルーブラッド》
- 旧き血統
- 好奇心の枷

あとがき

二回目のお盆を迎え、少しずつ心の整理がついてきた祖母に。

そして今回も遅い進行とスケジュールを勘違いしていた愚かな私に怒るでもなく、根気強く原稿作業を促してくださった担当氏。及び毎度毎度面倒くさい情景描写が多かったり、土壇場になってキャラデザも依頼していないキャラを追加したりしても、素晴らしい筆の速さと味のあるイラストで拙作を彩ってくれるランサネ様。そして、何よりも私を推してくださり、感想やRTで支えてくれている読者諸氏に捧《ささ》げます。

さて、この海外文学かぶれの謝辞も五回目。初の上下巻構成を走り抜くことができたことに感動を覚えております。

なにより初の上下巻の締めくくりで、初の限定版まで出るという慶事が重なったのが本当に有り難い話です。通常版、或《ある》いは電子媒体だけで本シリーズを追っていらっしゃる方々には何のこっちゃ、という話でしょうが、書店に並ばない公式通販限定ながらも初の公式グッズが企画されたのです。

話を頂いた時は「アクリル……ブロッ……ク……？　え？　スタンドじゃなくて？」と無礼にも担当氏に何度も聞き直し、無礼の重ねがけで「これって何に使うんです？」と聞いてしまったのも良い思い出です。

世界一可愛《かわい》い文鎮、ないしはマルギットちゃんなので某TCGの蜘蛛《くも》トークンに使うなど用途はさておくとしても、売れ行きによっては今後の公式キャラグッズに繋《つな》がる！　と思うと心が昂《たか》ぶりますな。

欲しいなぁ、マルギットちゃんやミカのメタルフィギュアとか、各キャラモチーフを最大の出目数に採用したダイス……。

半分以上私欲が透けて見えておりますが、モチーフとしたＴＲＰＧに関連する道具が出せたら、喜びのあまり昇天してしまうと思いますので、皆様どうか、どうかご支援をお願いいたします。そうすれば、きっとリアルダイスを転がして得もいえぬ恍惚《こうこつ》を噛《か》み締められると思いますので……！

冗談はさておき、そろそろ本編のことにも言及しておきましょうか。今回、お手にとって頂いた方にはおわかりでしょうが、上巻時以上に調子乗って頁数《ページすう》が激増した結果、あとがき頁も大変に増量いたしましたので。

そもそも私は、あまり文章量による一巻あたりの構成というものを考慮せずＷｅｂ版を連載しており――書籍化を前提に据えて、連載を始めるのはあまりに傲慢と言えようか――何の縛りもねぇんだから、書きたいシーンを書きたいように書くぜヒャッハーという無法ぶりを見せておりました。

その結果がご覧の有様です。笑えよ。

冗談はさておくとしても、まぁまぁ不格好な形になってしまいました。文字数に換算して二〇万文字を軽く超え、上巻より一〇〇頁ほど分厚くなってしまう為体《ていたらく》。担当さんの

「並べた時の見栄えが悪い……」という苦言が、いざ形になってみるとよく分かる……。

まぁ、でも一巻や上巻以上に読者諸氏から「あれ、俺コレ知らねぇ話だな……」とか「殆《ほと》ど書き下ろしじゃねぇか！」という驚きの感想が聞けそうで楽しみですが。

どうあれ、Ｗｅｂ版から推してくれている方も楽しめるよう、大幅に改稿・加筆をし、そしてＷｅｂ版連載時の「一ヒロイン一エピソード」では、ストーリーが味気ないかと思い至り、ちゃんとヒロインを大勢参加させてのセッションにしよう！　という思いつきのせいで大変なことになりました。

書けば書くほど色々増えて、あれ、これ後編でちゃんと収まる？　と不安になって呟《つぶや》けば、Twitter のフォロワー諸氏が口を揃《そろ》えて「中編にすればいい」とか「真・下巻」「下巻Ⅱですね分かります」と言い出して、笑ってしまいましたね。作劇上、丁度よい所でカットできないし、木っ端作家の我《わ》が儘《まま》で、今更刊行予定を崩せるか！　という葛藤は兎《と》も角《かく》、どうにかこうにか一冊に収まって――正確には収めていただけて――よかったよかった。

いえ、ちょっと考えたんですけどね。三巻と同じく、エンディングは次巻冒頭にした方が良いかなとも。ただ、生き残っただけじゃ収まりがよくないよなと感じてしまい、結局は最後の最後までねじ込みましたが。

しかし、その結果、前巻のあとがきで言及していた、挿話によってマルギットの出番を増やそうという目論見《もくろみ》はオシャカになってしまいましたが。あと、やりたかった僧会関係の増量も消化不良……。流石《さすが》の私もこれ以上文章量を足すのは憚《はばか》られたのはありますが、時間が足りませんでした。

そして例によってヘンダーソンスケールですが、ご存じの通りWeb版やってる時から大分形が変わっております。まぁ、単純に私がWeb版と書籍版の間に口から重油が出そうになるほどSFや仮想戦記を読んだから書きたくなっただけです。本当に書いていた時、何に嵌《は》まっていたか分かりやすい男だと笑ってやってください。

ネタバレを避けつつ本編の話題をするのは難しいものですが、書けなかったものの代わりに書けたものの話を。

本作のみならず様々な作品に登場する非定命。いわゆる寿命がない、あっても人類文明が存続してるような期間と大体一緒という生命体の悲哀と感情について、が四巻の裏テーマでした。

裏と銘打つほど分かりづらくもなかったですが、主題とする程ではなかったので裏としております。やはり寿命が実質的にないならば、精神性は我々ホモ・サピエンス・サピエンスとは大きく変わってくるはずですから。

これは私が二〇二一年の八月で三十路《みそじ》に達したことで実感しましたが、人間でさえ感情は摩耗するのです。皆様にも覚えはないでしょうか。子供の時と比べて、腹が痛くなる程笑うことがなくなったなと。

小さいの頃の私はゲラとまではいきませんが、お笑い番組やパロネタの入った動画を見てよく笑っており、時に笑いすぎで横隔膜が痙攣《けいれん》して辛《つら》くなることがありました。しかしもう一〇年ばかり、そうなる位の笑いを得ておりません。

経験が積み上がって行くと大体の物は、陳腐になってしまうからでしょう。予想外の方向から飛んでくる笑いもなくなり、展開が想像できると笑いも小さくなる。あの懐かしい、苦しい程の楽しさを味わうのは、今後益々《ますます》難しくなっていくでしょう。

それでも、この忘れっぽい脳味噌《のうみそ》は、忘れることで最低限の新鮮さを確保してくれる。感情もそうですが、何十年生きても新しいドラマや本を見れば、既知の情報が含まれていても多少は面白く感じられるのだから、まだ生きやすいものですね。

反面、非定命達《たち》にとっては、それが感情の全てに適用される上、記憶能力も生命のスケールに沿った物になっているので、そうもいきません。

尽きぬ寿命と褪《あ》せぬ記憶が生み出すのは、大量の経験と感情の朽ちることなき蓄積。積み上がった経験は全てを既知に塗り替えていき、最終的に辿《たど》り着くのは日常の冗長化、既知の感情への飽き、そして生命活動そのものの惰性化。

考えてみれば何とも酷《ひど》い話です。私達人間は、生きるという行動自体に思考の何割かを常に割かれているため、刹那主義的、または悲観主義、そして〝詰み〟という人生の袋小路《ふくろこうじ》に陥った絶望でもなければ、生きることに飽きるのは希《まれ》です。

なんといっても、食わないと死にますし、風呂に入らないと気持ち悪く、ちゃんと排泄《はいせつ》しないと苦しいですからね。体が適度に叱ってくれるのです。

この、ちゃんとしないと感じる苦しさや気持ち悪さ、痛みによって惰性を感じようが、そこそこ真っ当に生きていけるのだから、まだ恵まれた生物といえるでしょう。

が、生命体としての完成度が高すぎるとそうもいきません。「ヘンダーソン氏の福音を」世界の長命種《メトシエラ》は飲まず食わず眠らずでも平気ですし、吸血種《ヴァンピーレ》もちょっとの血さえ飲んで部屋に引き籠もっていればまた同じ。

つまり、彼等《ら》には、生きるため尻を引っぱたいてくれる拍車がないのです。

肉体が完璧すぎて生きることに喜びを見いだせなくなってくると、今度は精神に重きを置くほかなくなる。故に非定命キャラは大体自分の趣味に傾倒して、常人からするとぶっ飛んだ価値観を持っています。

然《さ》もなくば生きることに飽いて、死ぬか石仏の如《ごと》く佇《たたず》むしかなくなってしまうので。

その精神活動の重きを人間関係に置くのは、趣味より簡単と言えば簡単です。社会にいれば否応《いやおう》なく触れあうこととなり、更には勝手に多数のパターンを構築して、完全に同じ物がない訳ですから。同じ生き物なら似る部分はあっても、常に多少の新鮮味をもたらしてくれるので、悪趣味だとしても趣味にするのは丁度よいかもしれません。

しかし、偏重しすぎると、自分達を置いていってしまう定命の流れに耐えきれなくなり、本作でも言及した「皆、私を置いていってしまう」という泣き言に通じる訳ですね。死なない知人も死なないだけに感情も行動も大体固定されるため〝飽き〟が来るのが早くなり、飽きが来づらい定命を好めば置いていかれる。悲しいことです。

存在しない種族の文化と意識をトレースして物語の質を上げようと思い、考えすぎて業が深い生命が生まれてしまった気がしてなりません。いやぁ、大変だなこの人達。少なくとも私は、不老になれる薬を貰《もら》えたとしても飲みたくなくなりました。今際《いまわ》の際《きわ》くらいに後悔するかもしれませんが、それでも真っ当に生きたいなら絶対不要ですな。

そんなことを考えつつ、皆様のご支援が形を結んで五巻に繋げられるとしたら、またそんな連中の話になると思います。

ええ、つまり外道のエピソードです。Ｗｅｂ版ではさらっと流した、成人するまでの期間にあったアグリッピナが帝国貴族にされてしまう話を膨らませ、ねっとりとですね。そして、どういう訳か謎の人気がある――多分、一番人気なのではなかろうか――ヘンダーソンスケールも……？

色々宣《のたま》いましたが、また五巻でお会いできることを切に祈っております。つい先日、私もようやくネット端末遺伝子ことワクチンの第一回接種が済みましたので、そろそろ脳をネットに直結し、偉大なる精神意志体と自我を統合できるようになるはずですから、制作速度も上がると思いますので………。

【Tips】作者はTwitter（ID：@schuld3157）にて〝ルルブの片隅〟や〝リプレイの外側〟と称して本編で書けなかった設定や小話を不定期に公開している。

伯母様と

作品のご感想、
ファンレターをお待ちしています

あて先
〒141-0031
東京都品川区西五反田 8-1-5 五反田光和ビル4階
ライトノベル編集部
「Schuld」先生係／「ランサネ」先生係

OVERLAP

TRPGプレイヤーが異世界で
最強ビルドを目指す 4下
～ヘンダーソン氏の福音を～

発　行 2021年9月25日 初版第一刷発行
2024年11月27日 第二刷発行
著　者 Schuld
発行者 永田勝治
発行所 株式会社オーバーラップ
〒141-0031 東京都品川区西五反田8-1-5
校正・DTP 株式会社鷗来堂
印刷・製本 大日本印刷株式会社

Printed in Japan ISBN 978-4-8240-0000-2 C0193

第9回 オーバーラップ文庫大賞
原稿募集中!
イラスト：KeG
紡げ、魔法のような物語!
【賞金】
大賞…300万円
(3巻刊行確約+コミカライズ確約)
金賞……100万円
(3巻刊行確約)
銀賞………30万円
(2巻刊行確約)
佳作………10万円
【締め切り】
第1ターン 2021年6月末日
第2ターン 2021年12月末日
各ターンの締め切り後4ヶ月以内に佳作を発表。通期で佳作に選出された作品の中から、「大賞」、「金賞」、「銀賞」を選出します。
投稿はオンラインで! 結果も評価シートもサイトをチェック!
https://over-lap.co.jp/bunko/award/
〈オーバーラップ文庫大賞オンライン〉
※最新情報および応募詳細については上記サイトをご覧ください。
※紙での応募受付は行っておりません。